VERFÜHRUNG
KÜNSTLER UND MODELL

Aus dem Französischen übersetzt
von Roland Erb

France Borel

VERFÜHRUNG

KÜNSTLER
UND MODELL

E.A.Seemann
Leipzig

für P. R.

Dieses Werk, das vierte der Sammlung
DIE ILLUSIONEN DER WIRKLICHKEIT, wurde geleitet und
realisiert von Florian Rodari unter Mitarbeit von:
Monica J. Renevey (Dokumentation)
Patrick Magnenat (Lektorat)
Jacques Wunderli (Herstellung)
Fotolitho, Satz und Druck
IRL Imprimeries Réunies Lausanne s. a.

Die Deutsche Bibliothek – CIP-Einheitsaufnahme

Verführung: Künstler und Modell/[aus dem Franz. von
Roland Erb]. – 1. Aufl. – Leipzig: Seemann, 1994
Einheitssacht.: Le modèle ou l'artiste séduit ›dt.‹
ISBN 3-363-00588-1
NE: Erb, Roland [Übers.]; EST

© by Editions d'Albert Skira
S. A., Genf 1990
Reproduktionsrechte bei PRO LITTERIS, Zürich, und
Cosmopress, Genf

© der deutschen Ausgabe by E. A. Seemann
Kunstverlagsgesellschaft mbH, Leipzig 1994
1. Auflage

INHALT

Das Modell 7

Die erschaffenen Welten der Sinnenfreude 9
Die Allgegenwart des Körpers 10
Das Double und seine Vielfachen 19
Die Spiegelungen des Narziß 29

Sinnestaumel und Wonnen des Voyeurs 37
Faszination und Freude am Selbstporträt 41
Geburten des Pygmalion 52
Vom Wettstreit zwischen Kunst und Wirklichkeit 55

Auf der Suche nach dem Modell 61
Das unerreichbare Modell 62
Die blutige Frage des Inkarnats 73
Wie man den Körper zähmen kann: Kanon und Proportion 85
Die Schönheit des Teufels 93
Die doppelte Verführung oder die Verführung durch den Blick 95

Die privaten und gefährlichen Liebschaften 111
Das skandalöse Modell 112
Die geheiligte Prostituierte und die ehrbare Dirne 121
Heißhunger des Eros, Heißhunger des Modells 137
Der Kult des Fleisches 145

Mehr als nackt oder die Leidenschaft für die Anatomie 165
Die Lust am köstlichen Leichnam 166
Das Lob des Muskelmannes 172
Die anatomische Empfindung 187

Von der Pose zur Pause, ein Epilog 193

Anmerkungen 196

Bibliografie der zitierten Werke 200

Verzeichnis der Illustrationen 202

Das Modell

Was ereignet sich in der seltsamen Beziehung des Künstlers zu seinem Modell? Warum sieht sich der Schaffende über die Jahrhunderte hinweg dazu gedrängt, durch Vermittlung eines lebenden Modells zu bilden, das seine Blöße vor ihm zur Schau stellt? Der Betrieb der Akademien und der Ateliers organisiert sich um die Anwesenheit beseelter Anatomien, die sich in den vom inneren Antrieb des Malers diktierten Posen darstellen. Die Blöße bietet sich dem Blick dar, um den Akt zum Leben zu erwecken – das ewig gleiche Grundthema der bildenden Künste. Die Künstler kommen, um sich Beistand beim Fleisch zu holen. Sie inspirieren sich an ihm, versuchen, seine unmerklichsten Schwingungen zu erfassen, um sie dem Marmor und der Leinwand einzuhauchen. In einem unaufhörlichen und vieldeutigen Wechselspiel wandern das Auge und der Geist oder die Hand und der Geist zwischen mentalen Bildern, phantasmagorischen Idealen, kulturellen Kanons und der greifbaren Tatsache einer Gestalt hin und her.

Der Künstler wählt seine Modelle einem »Typus« entsprechend, der in ihm lebt; indessen scheint er oft unzufrieden, da er stets nach einem Objekt sucht, das dem von ihm Ersonnenen noch genauer entspricht. Wenn er nicht sogar – als verborgener Narziß – ein Modell sucht, das ihm selbst ähnlich ist.

Wenn er des Suchens müde geworden ist, entschließt er sich mitunter, aus praktischen Erwägungen auf das Modell zu verzichten und nach der Erinnerung zu arbeiten. Oder sich sogar – im Flirt mit der Medizin – der Anatomie mit ihren Leichnamen, ihren Abgehäuteten, ihren Skeletten und sonstigen unbelebten Gegenständen zuzuwenden.

Gustave Courbet:
Das Atelier des Malers, Detail – 1855.

Henri Matisse:
Der Maler und sein Modell – 1936.

Die erschaffenen Welten der Sinnenfreude

Die Allgegenwart des Körpers

*Pablo Picasso:
Der Schatten – 1953.*

In der plastischen Darstellung ist der menschliche Körper allgegenwärtig, er ist dominant in der Ikonographie des Abendlandes als Venus und Odaliske, Apollo und Cupido. Bekleidet oder entkleidet ist er anwesend und bietet sich dem Blick in unendlichen Verwandlungen dar, wobei er sich hinter zahlreichen Masken verbirgt. Seine Metamorphosen sind unendlich, sie enthüllen ihn und verbergen ihn; indem sie die Erscheinungsformen des Körpers vervielfachen, entzieht er sich einer Festlegung. Seine Gegenwart ist manifest und offensichtlich; man glaubt ihn mit Händen greifen zu können, und dennoch flieht er. Sowie man sich ihm zu nähern sucht, ist er schon an einem anderen Ort. Wahrscheinlich deshalb, weil er sich niemals ganz einfangen läßt, kehrt der Künstler ständig zu ihm zurück und wendet sich ihm mit großem Aufwand an Referenzen, Raffinessen, Inszenierungen zu. Unermüdlich versucht ihn der Künstler aus der Spitze seiner Radiernadel oder aus den Haaren seines Pinsels erstehen zu lassen.

Er stellt ihn in wechselnden Haltungen dar, zieht ihn an, entkleidet ihn, schält ihm die Haut vom Leib, um seine Muskeln studieren zu können, er beraubt ihn der Muskeln, um sein Skelett kennenzulernen. Er schafft ihm mythologische oder andere Environments, die für den Ausdruck seiner Sensualität von Vorteil sein können.

Er konstruiert und rekonstruiert den menschlichen Körper durch die Vermittlung mehr oder weniger abstrakter Systeme. Er mißt ihn, errechnet ideale Proportionen, ist bemüht, ihn sich mit allen erdenklichen Mitteln gefügig zu machen.

Unwiderstehlich wie ein Magnet – zieht der Körper den Künstler an und erschreckt ihn zugleich. Dennoch verfügt der Künstler allerorts und in jeder Form über ihn: ganzer Körper, partieller, fragmentarischer, aufgeplatzter, zerstückelter Körper; schlafender Körper oder Körper in Bewegung; leidender Körper oder beglückter Körper.

Filigranartig, Seite an Seite mit dem bewußt auf der Leinwand oder im Marmor dargestellten Körper, schwebt das Ingenium des Künstlers. Verstohlen und transparent zeichnet dieser sich ab, oder erscheint unscharf verdoppelt. Da er sich im Zentrum des Werkes befindet, stellt er dessen wesentlichen, aber geheimen, fast klandestinen Beweger dar. Das Werk wird aus der Haut seines Schöpfers gewebt (»Double aus Fleisch«[1] schrieb Jean-Paul Sartre über die Literatur), es ist die Fortwirkung der Empfindungen in dem, was sie an Physischem suggerieren. Die Ängste und die Sinnenlust des Künstlers verkörpern sich im Werk. Und in der Haut des Modells prägen sich Vergnügen und Furcht ein.

Ohne das Ferment dieser Mehrdeutigkeiten würde die Kunst blutlos, steril und kalt bleiben. Das Werk nährt sich aus dem Verlangen des Künstlers: dem Verlangen nach dem anderen, dem Modell, der nackten Frau, die vor ihm posiert; und dem narzißtischen Verlangen nach sich selbst. Der Schaffensprozeß ist recht eigentlich ein Liebesakt. Die Werke der Malerei und der Bildhauerkunst sind, so betrachtet, aus erogenen Zonen, taktiler Materie konstituiert. Ihrem eigentlichen Wesen folgend, nehmen sie menschliche Gestalt an. Sie sind eine Art Fetisch, gleichzeitig Substitute und Supporte körperlicher Projektionen. Wenn sie aus dem Körper und dem Geist ihres Erzeugers hervorgehen, werden sie von ihm unabhängig, um sich dem Betrachter danach als Mittel zum Genuß anzubieten.

Der Künstler ist allgegenwärtig: im Sujet, das er sich wählt, aber auch in der Malweise, die ihn charakterisiert und die seinen eigenen Stil konstituiert. Indessen kann er – als Individuum – verschwinden, seine Schöpfung besteht auch jenseits seiner selbst. Der Fetisch, den er sich geschaffen hat wie ein Kind, das zur Reife gelangt, wird autonom, er schreitet allein, ohne Beschützer, voran und verwandelt sich schließlich in ein riesiges Sammelbecken von Phantasmen für all jene, die ihn betrachten, die in ihn eindringen.

Der Künstler, der sich mit »Leib und Seele« im Werk abbildet, der sich projiziert, ruft seinerseits die Projektionen der Betrachter hervor. Der anfangs wesentlich individuelle Fetisch erweitert sich und stimuliert den Genuß einer mehr oder weniger ausgedehnten Personengruppe. Der Genuß des Schaffenden steigert sich, teilt sich mit und strahlt aus. Ohne ihn wird die Kunst stereotyp, Wiederholung, Hülle ohne Inhalt, langweilige Oberfläche, die in ihrer Unzulänglichkeit erstarrt ist, leere Erscheinungsform, die ihres Fleisches beraubt ist, sinnlose und banale Nachahmung. Das Stereotyp, erläuterte Roland Barthes gelegentlich seines Nachdenkens über die literarische Schreibweise, »ist der Ort des Diskurses, wo der Körper fehlt, wo man sich sicher ist, daß er nicht ist.«[2] Diese Definition kann in gleicher Weise auf die Malerei angewandt werden. Die Kunst muß wie das Denken »Purpurrotwerden vor Vergnügen« sein.[3]

Die physische Implikation des Künstlers kann höchst unterschiedliche Verkleidungen annehmen, sie kann sich unter Schichten von Farbe verbergen und hervortreten, wo man es am wenigsten erwartet.

Diego Velázquez:
Venus im Spiegel – um 1650.

Welche erotische Kraft findet man in der Art und Weise, wie Grüntöne und Rosatöne vermischt werden, um eine Hautfarbe zu erzielen! Welche erotische Kraft liegt in der Art, wie durch Vermittlung eines Pinsels aus dem Haar eines Marders, eines Dachses, eines Iltis oder einer Bürste aus Schweinsborsten eine Schicht von Ölmalerei aufgetragen wird! Selbst die Handbewegungen des Malers bestehen aus lebhaften oder zarten Berührungen, aus sanften oder heftigen Liebkosungen. Hinter der bildlichen Darstellung wird der sinnliche Körper als eigentliches Wesen des Kunstwerkes sichtbar. Jedes ästhetische Werk, das diesen Namen verdient, ist aus Wünschen gewoben. Die Allgegenwart des Körpers liegt ihr zugrunde. Das Werk vermischt sich mit dem Leben, ohne jedoch seinen Wechselfällen ausgesetzt zu sein. Es wird aus ihm geboren, befreit sich aber von ihm und macht so die unmerklichsten Schwingungen der Lust wie auch der Angst unsterblich.

Die Kunst und der Körper sind aus ähnlichem Stoff gewebt, sie spiegeln sich gegenseitig.[4] Durch die Wahrnehmungen des Künstlers wird der Körper zum Maß und zum Bezugspunkt aller Dinge; die künstlerische Produktion läßt ihn fortleben und löst sich gleichzeitig von ihm, wobei sie jedoch die Prägung durch ihre Ursprünge bewahrt.

Die schöpferische Arbeit wird meistens mit Hilfe auf den Körper bezogener Metaphern beschrieben. Die Bilder der Niederkunft, des Gebärens, der Ausstoßung, der Ausscheidung oder des Erbrechens häufen sich in den Selbstzeugnissen der Künstler. Selbst das Vokabular des Schaffens ist häufig aus der Sphäre des Somatischen hervorgegangen. Man braucht nur zu beobachten, wie häufig die Ausdrücke Inspiration, Konzeption, Gestation verwendet werden, um sich von dieser Tatsache zu überzeugen.

»Schaffen«, bemerkt Didier Anzieu, »heißt ja nichts anderes, als sich an die Arbeit zu begeben. Es bedeutet, sich arbeiten zu lassen durch das bewußte, vorbewußte, unbewußte Denken und auch in seinem eigenen Körper oder zumindest seinem körperlichen Ich wie auch an deren Verbindung, Trennung, Wiedervereinigung, die immer problematisch sind. Der Körper des Künstlers, sein realer Körper, sein imaginärer Körper, sein Phantasiekörper sind während der ganzen Arbeit anwesend, und er webt daraus Spuren, Orte, Figuren in das Gewebe seines Werkes.«[5] Und schaffen, das heißt auch einen Teil an Unsterblichkeit fordern, also auf einen Schutz hoffen, auf ein Bollwerk vor dem vergänglichen Fleisch und auf Überleben im Gegensatz zum physischen Körper. Das künstlerische Schaffen ist darauf gerichtet, sich von den Drohungen und Begrenzungen zu befreien, während es doch gleichzeitig auf höchst gefährliche Weise mit dem Feuer spielt. Wie es in der Erotik geschieht, überschreitet auch das Schaffen die tödlichen Verbote, indem es das Risiko eingeht, zugrunde zu gehen wie der Schmetterling, der sich die Flügel verbrennt, wenn er dem Licht zu nahe kommt.

Das Werk erweist sich in seiner Fülle auch als eine Revanche, die an der menschlichen Existenz genommen wird. Der Künstler zeugt in einem Zweikampf, abwechselnd höchst mühevoll und freudig, das Universum. »Die Leinwand des Malers, die weiße Seite des Dichters, die mit regelmäßigen Linien getränkten Blätter des Komponisten, die Bühne oder das Terrain, das dem Tänzer oder dem Architekten zur Verfügung steht und offensichtlich auch der Film, die Leinwand des Filmemachers, sie alle materialisieren, symbolisieren und lassen aufs neue die Erfahrung der Grenze zwischen zwei symbiotischen Körpern als Schreibfläche aufleben; mit ihrem paradoxalen Charakter, der sich im Kunstwerk wiederfindet, daß sie gleichzeitig Fläche der Trennung und des Kontaktes ist.«[6] Der

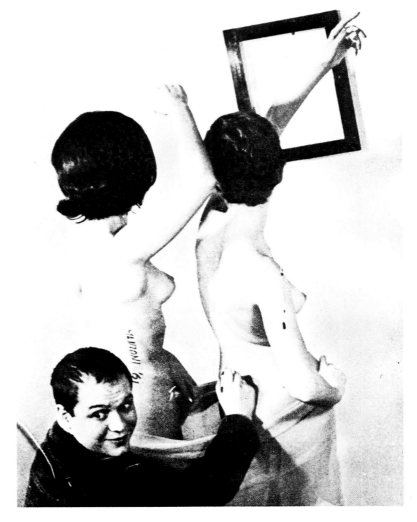

Piero Manzoni: Sculture viventi – 1961.

Künstler gibt dem Werk, Pygmalion gleich, einen Körper, er verleiht einem geistigen Bild konkrete Existenz. Er modelliert, belebt imaginäre Formen und haucht ihnen Odem ein.

Der Körper des Werkes extrahiert sich aus dem eigenen (gelebten und imaginierten) Körper seines Schöpfers, als ob es diesem dank einer seltsamen Fähigkeit gelänge, die eigene Haut umzukrempeln wie einen Handschuh und darauf Träume, Phantasmen, Empfindungen abzubilden. Der Künstler verfügt über den eigenen Körper mit dessen offensichtlicher Verfügbarkeit, ein erstes Modell, einen wesentlichen und wirklichen Archetyp, einen unverzichtbaren Prototyp, der ihn mit großer Wahrscheinlichkeit und mitunter sehr bestimmend, wenn auch indirekt, in der Wahl seiner Modelle leiten wird. Die beharrliche Suche nach bestimmten Typen geprüfter Modelle durch Maler und Bildhauer ist ein Symptom für diesen Sachverhalt.

Ausgehend von den Empfindungen seines eigenen Körpers, seinen geistigen Bildern und dem Verlangen nach dem Körper des anderen sucht der Künstler einen idealen Körper, in dessen Umfeld das Imaginäre trotz aller Hindernisse schließlich zu kristallisieren vermag. Im menschlichen Körper findet das Werk seine Grundstruktur, seine Sprache, seine Logik.

Und das künstlerische Werk schafft im Zuge seiner Entstehung einen neuen Körper für seinen Urheber, eine neue Haut, eine Art Double, das ihn enthält und das sich aus seinen wesentlichen Energien, seinen physischsten Empfindungen speist.[7] Dieser metaphorische Körper, ein Behältnis für Phantasmen, eröffnet einen Raum der Freiheit. Jenseits der materiellen Zwänge kann der Schöpfer hier seine idealen Figuren »erfinden«. So stattet Ingres seine Odaliske mit einem weiteren Wirbel aus. Modigliani verlängert das Gesicht der Frauen in Form einer Mandel. El Greco zerlegt die Gestalten in grelle Farben. Giacometti löst sie in winzige Metallfasern auf... Im Werk können die Anatomien glatt oder zerrissen, zersplittert und aufgeplatzt dargestellt werden; in die Länge

Yves Klein:
Anthropometrie 82 – 1960.

Yves Klein, sein Modell auf die Anthropometrie vorbereitend Ant.15 – 1960.

gezogen, überdehnt oder auch untersetzt, korpulent. Die Grenzen der Formen sind nur durch die des Imaginären bestimmt. Mit den Fingerspitzen tastend oder grob zupackend schafft sich der Künstler selbst, wenn er seine Modelle schöpft. Immer wieder wendet er sich der Wirklichkeit zu, um in ihr die Sujets zu finden, die ihm am genauesten entsprechen, wenn er auch ahnt, daß kein lebendes Modell seinen geistigen Bildern entsprechen wird.

Der Künstler verfügt über eine doppelte Existenz in seinem Fleisch und in seinem Werk. Er wendet sich wie ein Nessusgewand[8] um und gebiert sich wie aus einem mütterlichen Körper. Sein Blut, sein Sperma breiten sich im Werk aus und befruchten es, und zwar mit solch einer Intensität, daß man zu wiederholten Malen Künstler, die für die außergewöhnliche Qualität in der Wiedergabe der Inkarnate berühmt waren (wie zum Beispiel Tizian), verdächtigte, daß sie ihren Pigmenten tatsächlich Blut oder Sperma beigemischt hätten, das heißt, die Lebenssubstanzen ihres Wesens. Das Geheimnis eines gelungenen Inkarnats ist stets von Spekulationen über die alchimistischen Mittel und die ausgeklügeltsten Rituale umgeben. Der Künstler bewahrt seine Rezepte und den Wortlaut seiner Geheimnisse, und sein eigener Körper ist es, der tatsächlich das erste Modell diktiert.

Die physische Beziehung des Künstlers zu seinem Werk setzt ein mit der ungemein sinnlichen Wahl der Instrumente und der Art und Weise, sich ihrer zu bedienen. Kratzen, Reiben, Darüberstreichen, Bedecken sind mit Sinnlichkeit geladene Handlungen, bei denen sich der Körper direkt beteiligt und sich auf einer materiellen Unterlage aus Leinwand oder Marmor, Ton oder Metall einprägt.

Wie häufig kommt es doch vor, daß die Materialien des Künstlers, die aus Leinwand, Karton, Papier oder Stein bestehen, mit den natürlichen Integumenten in Verbindung gebracht werden, die die Inschriften aufnehmen! Mit seinen Handbewegungen verkörpert und entkörpert sich der Künstler in einer weiten Vielfalt. Dort kann er, ausgehend von seinen zahlreichen Facetten, wieder Gestalt werden, nicht anders als der Autor, der seine Personen erzeugt.

Edvard Munch:
Mädchen vor einem Bett – 1907.

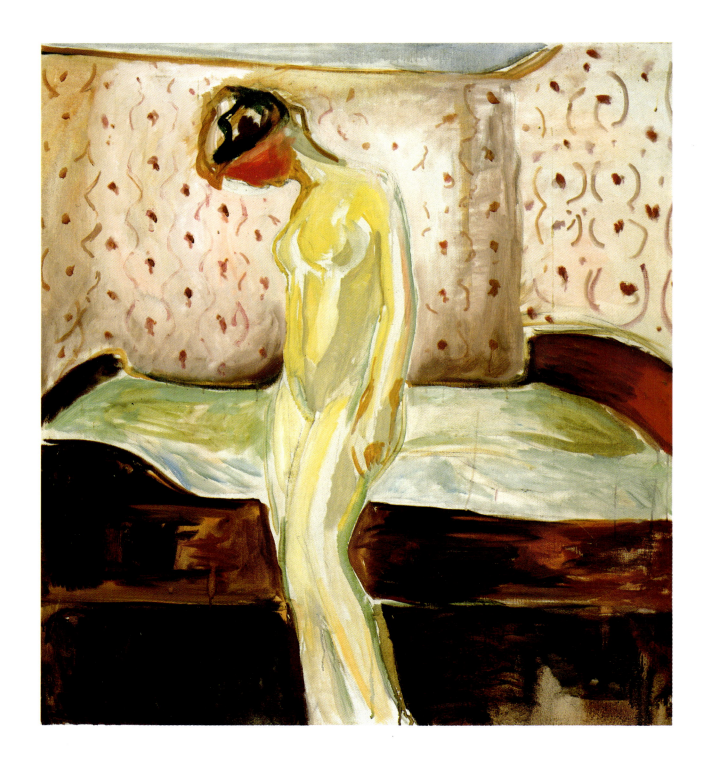

Edvard Munch:
Das Modell Rosa Meissner im Hotel Rohne – 1907.

»So ist die Leinwand«, erläutert Max Loreau, »für den Maler insgeheim das Double seines eigenen Körpers. Wenn er sie handhabt und das Spiel ihrer Flächen erprobt, ist es sein eigener Körper, den er erfindet, den er sich selbst hervorbringen und machen läßt. Ohne etwas davon zu wissen, läßt er sich selbst auf der Leinwand zur Welt kommen, sich selbst, den er entdeckt, ohne ihn zu erblicken, obwohl er an der Bildung seines Körperbaus, seiner Gestalt teilnimmt; es ist, als ob er sein Fleisch modellierte, indem er seinem eigenen Wesen Gestalt verleiht (…) Der Körper gleicht einer Leinwand, die Leinwand gleicht einem Körper. In den Händen des Malers ist sie ein Kunstgriff, um den eigenen Körper zu verstehen, sich ihn gedanklich vorzustellen; ja, ein Trugbild, das seinen Praktiken und seinen Besorgnissen zur Verfügung steht und dessen Handhabung es ihm gestattet, ständig einen lebendigen Körper vor Augen zu haben, einen Körper, der im Entstehen begriffen und aktiv ist, der sich unaufhörlich ereignet, also ein Wesen, das ewig unfaßbar ist, weil es sich unbegrenzt in Arbeit befindet, kurz – ein Körper, ganz ähnlich dem eigenen, der infolge seiner Natur als eines Spiegelbelags ein für allemal dazu verdammt ist, sich dem Blick zu entziehen.«[9] Während der Maler mit der Leinwand umgeht, geht er indirekt mit seinem eigenen Körper um. Der Protagonist ist ein heimlicher Schauspieler, der sich nur in seinen Spuren offenbart und ein Double aus Fleisch und Blut errichtet.

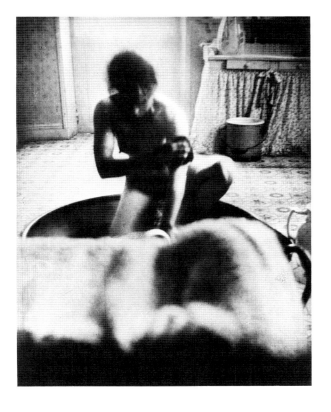

Pierre Bonnard:
Modell in einem Badezuber – o. D.

Salvador Dalí:
Der Angelus von Gala – 1935.

Das Double und seine Vielfachen

Der Schöpfer spielt mehrere Rollen, er ist Subjekt und Modell, er halbiert sich, er reduziert sich. Ganze Jahrhunderte der Literatur berichten mit Selbstverständlichkeit von den Abenteuern der Doubles. Guy de Maupassants Geschichte »Der Horla« erzählt von einem idealen Wesen, das abstrakt ist wie ein Kunstwerk: »Ein neues Wesen! Warum nicht? Es mußte ja zweifellos kommen! Weshalb sollten wir die letzten sein! Wir können es nicht erkennen, im Unterschied zu allen anderen, die vor uns geschaffen wurden? Weil seine Natur vollkommen, sein Körper feiner und fertiger ist als unserer, als unser so schwächlich, so ungeschickt konzipierter Körper, der von stets erschöpften Organen behindert und wie fehlerhaft konstruierte Federn ständig überbeansprucht ist, unserer, der nicht anders lebt als eine Pflanze und ein Tier, indem er sich mühsam von Luft, Fleisch und Kraut ernährt; eine tierische Maschine, die ein Opfer der Krankheiten, der Verformungen, der Fäulnis ist, kurzatmig, schlecht eingerichtet, naiv und absonderlich, auf geniale Weise verpfuscht, ein grobes und zugleich empfindliches Werk, die Skizze zu einem Wesen, das intelligent und strahlend schön werden könnte.«[10]

In E. T. A. Hoffmanns »Geschichte vom verlorenen Spiegelbild« lesen wir von den betrüblichen Wandlungen eines Mannes, der sich in eine dämonische Frau verliebt. Während sie ihn vor einem Spiegel umarmt, bemächtigt sie sich seines Spiegelbildes. In einem Märchen von Hans Christian Andersen wird der Schatten eines Menschen geraubt. Schatten und Spiegelbilder sind miteinander verwandt wie die zahlreichen Bilder, die mit einer Person verknüpft sind. Das Double ähnelt seinem Helden, aber es verstört ihn, es bringt ihn in Gefahr. Meistens steht die Katastrophe im Zusammenhang mit dem Erscheinen einer Frau.[11] Die Liebe ruft ein Zerspringen der Persönlichkeit, eine Bedrohung der Integrität hervor, ein Teil des Wesens löst sich ab und wird autonom. Die Ähnlichkeit der beiden ist offensichtlich und zugleich entsetzenerregend. Das Individuum verliert die Kontrolle über einen Teil seiner selbst. Teuflische Machtkämpfe zwischen dem einen und dem anderen beginnen. Jakow Petrowitsch Goljadkin, der Held aus Fjodor Dostojewskis Roman »Der Doppelgänger«[12], setzt sich erbittert gegen das neue sonderbare und fremdartige Wesen zur Wehr, dessen äußere Kennzeichen indes beunruhigend vertraut wirken: die gleiche Kleidung, der gleiche Hut … Der phantastische Aspekt dieses Textes ist um so wirkungsvoller, als darin kein wirklich übernatürliches Phänomen vorkommt. Goljadkins Kollegen aus dem Büro und seine Diener wundern sich keineswegs. Er steht seinem Double völlig allein gegenüber! Ist der Künstler nicht in der gleichen Lage, sobald er sich an die Arbeit begibt?

Als eine Art Überschuß an Leben verknüpft sich das Double ständig mit dem Tod. Das Reich der Schatten ähnelt dem der Toten, aber es kann auch der Ort der Wiedergeburt, der Unsterblichkeit sein. Die Nichtexistenz des Schattens macht ihn verdächtig. Der Teufel, sagt man, hat keinen Schatten, und den eigenen Schatten zu verlieren, kündigt in bestimmten alten Kulturen Kraftlosigkeit, Unfruchtbarkeit oder den unmittelbaren Eintritt des Todes an.

Schatten und Spiegelbilder suchen die Welt des Imaginären heim. Die Folklore, die Literatur und die Träume nehmen zahllose von einem unentwirrbaren Gemisch aus Lockungen und Ängsten inspirierte Geschichten in sich auf. Wie jede Schöpfung ruft das Double ein Gedächtnis, die Erinnerungen an das Vergangene wach. Manchmal widersetzt es sich sogar der gegenwärtigen Persönlichkeit und präsentiert sich mit einen Teil der früheren. Diese Spiele mit der Zeit gehören zum Wesen des Doubles, mit dem auch die Obsession von der Unsterblichkeit verknüpft ist, ob nun auf abstrakte und allgemeine oder eher anekdotische Weise durch Verjüngungsgeschichten.

So ist das Double keineswegs ein einfacher Doppelgänger, ein gewöhnliches Duplikat; es existiert kraft einer Verschiebung, ist ähnlich, aber doch anders. In der Spiegelung, im Schatten kommt das Wirkliche ins Gleiten, es gestaltet sich um, es verwandelt sich auf den gleichen Wegen wie im plastischen Bild.

Seite an Seite mit der Obsession der Unsterblichkeit findet sich die der Schönheit. Viele Doubles sind idealisierte Porträts, verwirrend gerade dadurch, daß sie eine allzu perfekte Bezugnahme mit sich bringen (selbst wenn sie sich im Bereich des Bösen abspielt), und so besteht die Gefahr, daß sie zum Mord oder zur Selbsttötung führen. Die Bestandteile der das Double, den Doppelgänger, thematisierenden Literatur sind identisch mit denen der Malerei: Spiegel, Schatten-Bild, Schönheit, Faszination von der Frau und vom Tod …

Es ist höchst bezeichnend, daß Plinius der Ältere in seiner »Naturgeschichte« den Ursprung der Kunst mit einer Geschichte von Körper, Schatten und – Liebe verknüpft. Ein Töpfer aus Sykion war der erste, schreibt Plinius, »der in Korinth die Kunst erfand, Porträts aus derselben Erde zu machen, die er für seine Arbeit verwandte, allerdings verdankte er es seiner Tochter; diese, die in einen jungen Mann verliebt war, welcher sich auf eine lange Reise begeben mußte,

Giacomo Manzù:
Selbstbildnis mit Modell in Bergamo – 1942.

Giorgio Vasari:
Das Atelier des Apelles in Ephesos, Detail – 1542.

schloß den Schatten seines beim Licht einer Lampe auf eine Mauer projizierten Gesichts in Linien ein; der Vater strich Lehm auf diese Gesichtszüge und fertigte daraus ein Modell, das er mit seinen anderen Töpfereien ins Feuer legte. Man berichtet, daß jener erste Typus bis zur Zerstörung Korinths durch Mummius im Nymphaeum aufbewahrt wurde.«[13] Der Text konzentriert in seiner Dichte eine Vielzahl von Elementen. Zunächst, die Kunst entsteht aus einer Handlung der Liebe, dem Streben, das Bild eines Geliebten, der entschwindet, zu bewahren. Dieser Ersatz mittels der Zeichnung zielt darauf, eine Abwesenheit zu kompensieren, eine Erinnerung einzuschließen und berührbar zu machen. Die Liebe als Antrieb der Vorstellungskraft (wie sie bei den Surrealisten und vor allem bei André Breton gesehen wird[14]), drängt darauf, Mittel zu finden, um das Entbehren erträglicher zu machen, indem man es durch eine neue Gegenwart ausfüllt: das Bild des Geliebten. Der Schatten, ein bewegliches, dem Individuum aber spezifisches Element, wird bewahrt und fixiert. Dem Geliebten in der Form entsprechend, dient er als Anhaltspunkt für ein Porträt. Als eine Art Konturstrich wird er es dem Vater der untröstlichen Liebenden gestatten, ein Modell zu schaffen und es der Feuerprobe auszusetzen, wodurch es dauerhaft, mit einem Wort: ewig wird.

Diese Erfindung setzte sich nach den Worten Plinius des Älteren allmählich durch. Die Künstler begannen Figuren und Ornamente zu modellieren, und zwar so häufig und so gut, daß sie sich bald um Ähnlichkeit bemühten. »Der erste, der das Porträt eines Mannes aus Gips nach dem Gesicht selbst erzeugte und der dieses erste Bild aufstellen konnte, weil er den Gips mit Wachs vermischte, war Lysistrates von Sikyon, der Bruder des Lysippos; er war es auch, der sich bemühte, Ähnlichkeit zu erzielen; vor ihm übte man sich nur darin, möglichst schöne Köpfe zu machen. Der gleiche Künstler kam auch auf den Ge-

21

David Allan:
Der Ursprung der Malerei – 1773.

danken, Modelle für die Standbilder herzustellen; und diese Idee fand solchen Anklang, daß man fortan weder eine Figur noch ein Standbild ohne ein Modell aus Ton machte; so daß alles dafür spricht, daß die Kunst der Marmorskulptur älter ist als die des Bronzegusses.« Um Ähnlichkeit zu erzeugen, gab es damals natürlich nichts anderes als den Formguß, diese Technik, die den Abdruck bewahrt, wobei das direkteste Mittel eingesetzt wurde: ein Modell zu verwenden.

Diese sehr eindrucksvolle Geschichte oder andere, sehr ähnliche, wie sie von Quintilian und Isidorus von Sevilla überliefert wurden, erweckten die Aufmerksamkeit der Künstler und der Historiographen, und dies vor allem seit der Renaissance, einer Periode, die in besonderem Maße am Thema der Illusion interessiert war. »Das erste Gemälde«, erklärt Leonardo da Vinci entschieden, »war die lineare Kontur des Schattens eines Menschen, die von der Sonne auf eine Mauer übertragen wurde.« Andererseits sind die Schatten für Leonardo stets »als Begleitung mit dem Körper verbunden«. Und Vasari übertrifft ihn noch in seinen »Vitae«, wenn er sich diese Behauptung aneignet und sie für sich reklamiert, um die Bedeutung der Zeichnung als »Fundament und Seele« aller Kunst zu unterstreichen. »Meiner Meinung nach«, erklärt der Florentiner, »ist es die Zeichnung, welche das Fundament der Skulptur und der Malerei und der Seele selbst bildet, welche alle Teile des Verstandes in sich aufnimmt und nährt; sie, die schon zur Zeit des Anbeginns aller Dinge entstand, als der Allerhöchste, nachdem er die Welt geschaffen und den Himmel mit den strahlenden Lichtern geschmückt hatte, durch den transparenten Äther auf das feste Land herabstieg und den Menschen modellierte, womit er die erste Art der Skulptur und Malerei in seiner wunderbaren Erfindung aller Dinge offenbarte. Wer will leugnen, daß vom Menschen als einem lebendigen Vorbild die Idee der aus dem Stein gebildeten Statuen und all dessen, was die Kontur und die Haltung betrifft, ihren Ausgang nahmen!«[15]

Die Phantasie des Biografen erhitzt sich, und er schmückt die Geschichte mit einer Anekdote eigener Erfindung aus, nach der man das erste Gemälde Gyges von Lydien zu verdanken habe, der, als er sich eines Tages vor einem Kamin aufhielt, ein Holzkohlenstück nahm, um an der Wand seinen eigenen Schatten festzuhalten. Dies ist für ihn in gewisser Weise der Prototyp des Selbstporträts. 1548 stellt der Maler und Biograf die Szene im Interieur seines Hauses von Arezzo dar, und um 1570 wiederholt er es und läßt sie in seiner Wohnung von Florenz spielen.

Vier Jahre später ersinnt Gérard de Jode in einer Sammlung gravierter Embleme die Gestalt eines Schäfers, der mit seinem Hirtenstab auf dem Erdboden den Schatten eines seiner Schafe nachzeichnet. Ein Miniaturmaler aus Rouen illustriert eines der schönsten Stücke aus Ovids »Heroides«, die Epistel der Laodamie an Protesilas. Der Dichter beschreibt, wie die Liebende nachts von ihrem Gemahl träumt, der in den trojanischen Krieg gezogen ist, und wie sie bei Tage das Bild des Abwesenden umarmt. Der französische Übersetzer, der sich einige Freiheiten bei seinem Text erlaubt hat, verwandelt Laodamie in eine Malerin, die das Porträt ihres Mannes »lebensecht« darstellt. Die Malerei hat die Hauptrolle inne, die unter anderem auch von Leon Battista Alberti, einem glühenden Verfechter des Illusionismus, hervorgehoben wird. Sie spielt die Hauptrolle, wenn es darum geht, der Nachwelt das Bild der Abwesenden und insbesondere der für immer Abwesenden, nämlich der Toten, zu übermitteln.

Man konstatiert, daß sich die Geschichte geschmeidig den Erfordernissen all jener anpaßt, die sie im Grenzbereich von Skulptur, Gemälde und Zeichnung für sich ausbeuten wollen. Andererseits ist dieses

Edouard Dantan:
Abdruck nach der Natur – 1887.

A. de Curzon:
Das Porträt – o. D.

*Michael Sweerts:
Ein Maleratelier – o. D.*

erste Werk für die Autoren je nach der Eingebung des Moments ein Selbstporträt, das Porträt eines Geliebten oder auch das eines Freundes.

Für diese dritte Formel entscheidet sich vor allem das 17. Jahrhundert. Murillo wählt sie zum Thema des Bildes, das er der Malerkapelle von Sankt Andreas zu Sevilla anläßlich seiner Wahl an die Spitze der städtischen Akademie zum Geschenk macht; ein eleganter Dank an seine Wähler in Form eines Lobes der Freundschaft.

Das folgende Jahrhundert, ein ausgesprochen libertinistisches Zeitalter, macht aus dieser Episode eine galante Szene, auf der man die schöne Dibutade und ihre von der mühevollen Tätigkeit enthüllten Reize sieht. Mit ausgestrecktem Arm zeigt sie auf den Schatten, wobei ihr Amor als Führer und Inspirator die Hand stützt. Eine etwas theatralische Auffassung, die an den Einfluß neoplatonischer Theorien denken läßt, nach denen die Liebe die eigentliche Quelle der Kunst ist. In diesem Jahrhundert der Marivaux und Casanova kommen die Maler und Theoretiker nicht umhin, sich für diese schöne Geschichte zu begeistern und sie in einem Klima verhaltener Koketterie fortzuspinnen. Die Liebe ist der wesentliche Antrieb, alle Ausdrucksmittel leiten sich von ihr her. Casanova reist unaufhörlich in ganz Europa umher, um Eroberungen zu machen, die zwar nichts Militärisches an sich haben, aber dennoch nach ausgeklügelten Strategien ins Werk gesetzt werden. Und die Marianne des Dichters Marivaux ist einzig von der Hoffnung beseelt, daß es ihr gelingt, jemanden zu verführen.

Auf dieser Woge getragen, lebt unsere Geschichte im neunzehnten Jahrhundert in der Vielfalt ihrer Varianten fort, und Cupido spielt stets eine wichtige Rolle darin. Er führt der jungen Frau die Hand, rückt die Kerze oder die Lampe zurecht, damit sich der Schatten gut zeichnen läßt. Manchmal leiht er sogar seinen Pfeil aus, damit er als Stilett dienen kann.

Cupido ist es in der Tat, der sich am Ursprung der Malerei befindet. Die Geliebte wird ein spezifisches Verbindungsglied zwischen Kunst und Liebe. Dem Ruhme Cupidos, der die Hauptrolle spielt, werden Gedichte dargebracht:

»Ja, er ists, der im alten Argolis
der jungen Schönheit führte die Hand.«

oder auch:

»Die zarte Dibutade wird, von Amor unterwiesen,
Des flüchtigen Schattenbilds Kontur festzuhalten.«[16]

Gleichzeitig beginnen nicht enden wollende Auseinandersetzungen über die Ähnlichkeit und die Treue gegenüber dem Modell. Für Winckelmann, einen Vorkämpfer der Archäologie und glühenden Verteidiger der Antike, stellten die ersten gezeichneten Figuren die Menschen dar, wie sie waren, und keineswegs, wie sie zu sein schienen: sie gaben die Konturen ihrer Schatten und nicht den Anblick des Körpers.[17] Schon Plinius bemerkte, der Ursprung der Malerei liege im Dunkel; zu behaupten, daß er im Schatten verharrt, wäre ein höchst verführerisches Wortspiel!

Die kürzliche Wiederverwertung der antiken Geschichte im Milieu der Fotografie enthüllt nochmals den potentiellen Reichtum dieser Texte. Fragen, bei denen es um Schatten, Lichter, zum Stehen gebrachte, unsterblich gewordene und »fixierte« Momentaufnahmen geht. Gewisse Theoretiker der Fotografie konnten die Geschichte von der Dibutade nicht übergehen. Trotz des großen technologischen Abstandes zwischen der Handlung der Töpferstochter und jener der Fotografen bleibt der Vorgang der gleiche. Als elementarer Beweis genügte es festzustellen, in welchem Maße die Liebesgeschichten (oder die angeblichen Liebesgeschichten) bestrebt sind, auf das Zelluloid gebannt zu werden: offizielle Hochzeitsfotos, Nacktfotos, die privateren Charakters sind, oder in der Brieftasche mitgeführte Bilder

von Idolen. Diese Dokumente – Fetische oder Talismane – sind Zeugnisse von Augenblicken des Gefühlsüberschwangs. Roland Barthes erforscht seine verstorbene Mutter in den kleinen, von der Zeit ein wenig vergilbten Papierstückchen.[18] Und die Familienalben füllen sich mit ungeschickten Anhäufungen nicht einzufangender Augenblicke.

Die Doubles werden immer zahlreicher, dabei sind sie stets mehr oder weniger ähnlich, mehr oder weniger unähnlich. Sie verweisen auf einen Ausschnitt des Wesens, ohne daß es ihnen gelingt, es ganz aufzunehmen oder auch nur zu spiegeln; sie lassen uns immer frustriert, unbefriedigt, sie führen zu einer höllischen und oftmals völlig geschmacklosen Vervielfältigung. Die Doubles aus wertlosem Material vermehren sich, weil sie außerstande sind, der Wirklichkeit völlig entsprechende Doppelgänger zu sein.

Es ist gewiß kein Zufall, daß eines der bedeutsamsten Abenteuer in der ganzen Literatur des Doubles mit der irritierenden Einmischung eines Malers einsetzt. Es handelt sich natürlich um Oscar Wildes »Bildnis des Dorian Gray«. Infolge eines Gelübdes bewahrt Dorian Gray, ein unverbesserlicher Dandy, seine strahlende Jugend, doch dafür bedeckt sich sein von Basil Hallward, dem schönheitstrunkenen Maler, geschaffenes Bildnis nicht nur mit den Stigmata seines Alterns, sondern auch mit seinen schändlichsten Verbrechen. Das Porträt ist von dem Maler allerdings im Zustand übertriebener Bewunderung für sein Modell geschaffen worden. Obwohl der Maler selbstverständlich weiß, daß »jedes Porträt, das man mit wirklichem Gefühl malt, nicht ein Porträt des Modells, sondern das des Künstlers ist, und daß das Modell nur ein Zufall und ein Vorwand ist«[19], so hat er bei der Begegnung mit der anmutigen Person Dorian Grays nichtsdestoweniger den deutlichen

Eindruck, daß er »der« Vollkommenheit begegnet ist. In der Tat war der Künstler von seinem Modell völlig in Bann geschlagen, behext, und er war wohl auch darein verliebt. Überall fand er es wieder; selbst wenn er es nicht gerade malte, war es für ihn »mehr als ein Motiv oder ein lebendiges Modell ...« Das Bekenntnis des Malers zu seinem Modell ist eine Liebeserklärung: »Von dem Tag an, an dem ich Euch traf, Dorian, übte Eure ganze Person den ungewöhnlichsten Einfluß auf mich aus. Herz, Verstand, Tätigkeit, mein ganzes Wesen war Eurer Wirkung ausgesetzt. Ihr wurdet für mich die sichtbare Verkörperung des unsichtbaren Ideals, und die Erinnerung daran sucht unsere Künstlerhirne heim wie mit einem köstlichen Traum. Ich bete Euch an. Sowie Ihr mit jemandem zu sprechen begannt, wurde ich eifersüchtig. Ich hätte mir gewünscht, daß Ihr mir ganz allein gehörtet. Nur mit Euch war ich glücklich. Wenn Ihr fortgegangen wart, fand ich Euch noch in meiner Kunst wieder.«[20]

Als Dorian Gray vor seinem mit Leidenschaft aufgeladenen Porträt steht, wird er – wie Narziß – von seinem eigenen Bild verführt und ist bereit, seine Seele für eine immerwährende Jugend dahinzugeben. Das Werk macht sein Modell zum Vampir. »Ich bin eifersüchtig auf das Porträt, das Ihr von mir angefertigt habt. Weshalb sollte es das behalten, was ich verlieren muß? Jede Minute, die verstreicht, fügt seinen Reizen das hinzu, was sie meinen raubt. Oh, könnte es doch umgekehrt sein! Wenn sich das Porträt verändern und ich so bleiben könnte, wie ich heute bin! Wozu mußtet Ihr dieses Porträt malen, dessen Ironie, dessen grausame Ironie mich unweigerlich verfolgen wird?«[21]

Während das Double die sichtbaren Folgen, die dem Alter und dem Laster zu verdanken sind, auf sich nimmt, ist es ein heimlicher (Dorian bewahrt es klüglich vor fremden Blicken geschützt auf), doch nichtsdestoweniger unerträglicher Zeuge unserer Lage als sterbliche Menschen; es erinnert Dorian ständig an das, was aus ihm geworden ist, ohne daß man dies wie bei anderen direkt auf seinem Körper und seinem Gesicht ablesen kann, die völlig unversehrt geblieben sind und ihre ungewöhnliche Schönheit bewahrt haben.

Eine junge Schauspielerin, die unglücklich und verzweifelt in ihn verliebt ist und die er verläßt, begeht Selbstmord. Im Augenblick dieses indirekten Mordes zeichnet sich in Dorians Porträt ein grauenhaftes Lächeln ein. »Aber das Porträt mit seinem zerstörten schönen Gesicht und seinem grausamen Lächeln war da und sah ihn an. Seine glänzenden Haare funkelten beim ersten Schein des Tageslichtes, der Blick seiner blauen Augen kreuzte seinen. Dorian fühlte sich von unendlichem Mitleid erfaßt, es war nicht Mitleid mit sich selbst, sondern mit seinem Bild. Schon hatte es sich verändert; und es würde sich noch viel mehr verändern. Sein goldblondes Haar würde grau werden. Sein Rosa, sein Rot und sein Weiß würde dahinwelken. Bei jeder von ihm begangenen Sünde würde ein Fleck seine Schönheit besudeln und zerstören.«[22]

So vermerkt das Porträt den Verfall. Der Maler, der offenbar unschuldige Schöpfer des teuflischen Bildes, kann seinen Augen nicht trauen, als er die Veränderung seines eigenen Gemäldes konstatiert; er versucht, der Qualität der Farben die Schuld zu geben, die vielleicht »irgendein mineralisches Gift, irgendeine verfluchte Unreinheit enthalten«, oder auch »das feuchte Klima des Raumes, das Verschimmeln« dafür verantwortlich zu machen ... Da Dorian Gray es nicht ertragen kann, sein tragisches Geheimnis an die Öffentlichkeit gebracht zu sehen, und wäre es auch nur in den Augen des Malers selbst, tötet er Basil Hallward und im gleichen Augenblick wird das Porträt von einem Blutfleck besudelt, »einem abscheulichen roten Niederschlag, dessen feuchter Glanz auf einer Hand wie aus der Leinwand gequollener Blutschweiß funkelte.«[23]

Als sich die Malerei auf die Illusion stützte, hat sie den Sitz des Bösen oder vielmehr dessen sichtbare Folgen an eine andere Stelle verlagert. Dorian Gray möchte sich für unverwundbar halten, aber sein Porträt weiß alles, und es häuft die Spuren der Ausschweifungen an und erinnert sein Modell durch eine wahrhafte Folter an seinen physischen und moralischen Zustand.

Dem Dandy, einem reizenden Müßiggänger, dessen Leben allein der Kunst gilt, gelingt es, »das Gesicht zu wahren«, indem er sein Porträt bis zu dem Tage einschließt, wo er sich, erschöpft und voller Zorn auf das unerträgliche »lebendige« Zeugnis seiner Handlungen, entschließt, das Bild zu zerstören. Doch es gelingt ihm dank der magischen Kraft des Doubles nur, sich selbst zu töten. Man findet ihn mit einem Messer im Herzen am Boden liegend vor, sein Gesicht ist verwelkt, zerfurcht und abstoßend. Und es ist erst durch die Prüfung seiner Ringe möglich, ihn zu identifizieren.

Welch glanzvolle Ehrenbezeigung Oscar Wildes an die Malerei, dieses Autors, der in einem berühmten Aphorismus erklärte: »Die Natur ahmt die Kunst

René Magritte:
Der Versuch des Unmöglichen – 1928.

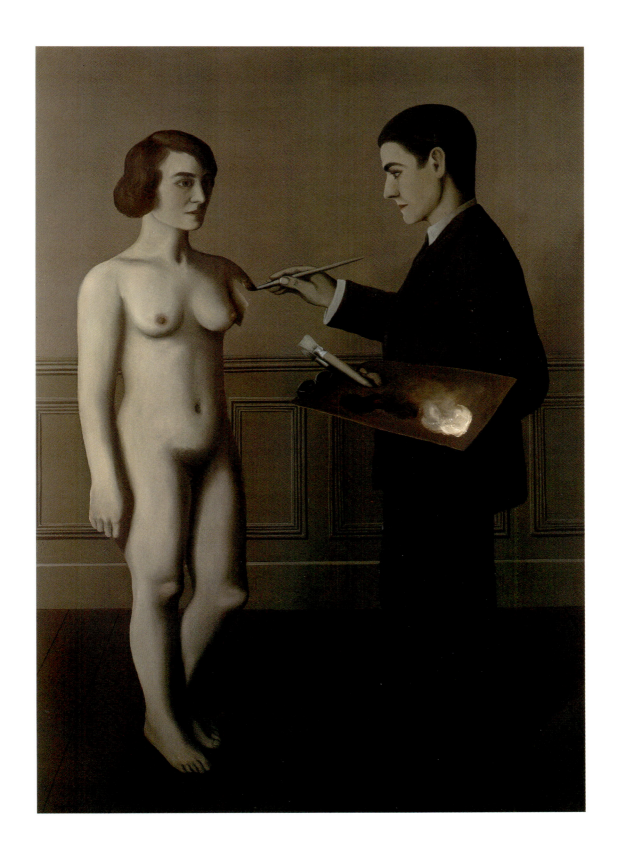

nach« oder auch: »Man darf weder die Dinge noch die Menschen betrachten. Man darf allein die Spiegel betrachten. Denn die Spiegel zeigen uns nur Masken!«[24]

Mit Dorian Gray hat die Spiegelung Gestalt angenommen, die Maske ist wirklicher geworden als die Natur. Der gemalte Anschein hat die Seele gefangengenommen, und eine schreckliche Kluft hat sich zwischen dem sich ständig wandelnden Anschein des Porträts und dem unantastbaren von Dorian aufgetan. Der Held, völlig aufgelöst und in sich zerrissen, konnte nur sterben, und zwar auf theatralische Weise sterben, also durch einen Kunstgriff, denn er ist Dandy und Ästhet. Sein Sterben erfolgt nicht direkt, was zu »gewöhnlich« gewesen wäre, es wird inszeniert. Die Waffe ist das Messer, das den Maler getötet hat, mit ihm »tötet« Dorian nun auch das entsetzliche Gemälde. Aber die bilderstürmende Tat wird auf der Stelle eine selbstmörderische. Gleichzeitig wird das Bild schön wie am ersten Tag, und Dorian Grays sterbliche Hülle wird von ihren sämtlichen Lastern erniedrigt. Die Illusion hat die Spuren der Kunst und des Lebens, des Sichtbaren und des Unsichtbaren zu einem grauenerregenden Knäuel verwirrt.

Auch Edgar Allan Poe läßt sich in seinen »Neuen ungewöhnlichen Geschichten«[25] mehr als einmal vom Double behexen. Seinem William Wilson[26] wird das Leben durch die Schuld seines Doubles von der Schule bis zum Tode vergiftet. Noch seltsamer in dieser Hinsicht ist die kurze Erzählung vom »Ovalen Porträt«, denn hier greift die Malerei direkt in das Geschehen ein. Ein Verwundeter sucht bei anbrechender Dunkelheit Zuflucht in einem Schloß, das offensichtlich seit kurzem verlassen ist. Er richtet sich seitab in einem Turmzimmer ein. Die Wände sind auf wunderbare Weise mit einer großen Menge von Bildern bedeckt. Beim Schein eines Kandelabers betrachtet der Held, um seiner Schlaflosigkeit Herr zu werden, diese Bilder und blättert in einem »auf dem Kopfkissen vorgefundenen« Büchlein, das Einschätzungen und Analysen jener Kunstwerke enthält.

Während er den Leuchter weiterrückt, um besser sehen zu können, entdeckt er das Bild einer jungen Frau, ein Porträt, dessen »Zauber« von einem »vitalen Ausdruck« herrührt, welcher »dem wirklichen Leben völlig entspricht«. Voll Entsetzen liest der Mann in dem Buch die Geschichte des Modells: Eine junge Frau von seltener Schönheit hatte sich schweren Herzens und dem Verlangen ihres Ehemannes willfahrend, ins Unvermeidliche geschickt und ließ sich von ihm malen. Je länger er sie porträtierte, desto schwächer wurde sie und siechte mehr und mehr dahin. »Und er wollte nicht sehen, daß die Farben, die er auf dem Bild auftrug, von den Wangen jener genommen waren, die neben ihm saß. Und als viele Wochen vergangen waren und nur noch ganz wenig zu tun übrigblieb, nur noch ein Pinselstrich am Mund und eine Lasur an einem Auge, da flackerte der Geist der Dame gerade noch wie die Flamme im Brenner einer Lampe. Und dann wurde der Pinselstrich ausgeführt, und dann wurde die Lasur angebracht; und einen Augenblick lang stand der Maler in wahrer Ekstase vor der Arbeit, die er vollendet hatte; doch eine Minute darauf, als er sein Werk noch betrachtete, zitterte er plötzlich und wurde sehr blaß, und Entsetzen ergriff ihn; mit lauter Stimme rief er: ›Tatsächlich, das ist das Leben selbst‹ und wandte sich plötzlich um, seine Geliebte anzusehen; doch sie war tot!«[27]

Auch in diesem Fall verhält sich der Maler zu seinem Modell wie ein Vampir; mit seiner Lebenssubstanz nährt es seine Kunst. Das Double zehrt das Sujet auf wie eine Phagozyte, bis der Tod eintritt ... Aber damit ist eine andere Unsterblichkeit erreicht.

Fernand Khnopff:
Geheimnis-Reflex, Detail – um 1910.

Die Spiegelungen des Narziß

Dorian Gray ist ein ausgesprochen narzißtischer Typ. Oscar Wildes Roman lebt von dieser zentralen Gestalt, um die sich ein Netz von Intrigen knüpft, die für den eleganten Aristokraten schließlich zum tragischen Ende führen. Noch bevor das »Original« die Szene betritt, wird Dorians Porträt vorgestellt,' und es wird sogleich mit dem Namen »Narziß« versehen.

Kann man deutlicher sein? Narziß ist von ungewöhnlicher Schönheit, einer Formschönheit, die höher steht als das Genie, denn sie ist nicht darauf angewiesen, sich zu beweisen. Ihr genügt es, sich zu zeigen, sie stellt sich als eine »Spiegelung der silbernen Schale, die wir den Mond nennen, auf dem dunklen Wasser dar.«

Beim Anblick dieser reinen Schönheit erleidet der Maler Basil einen Schwächeanfall. Sigmund Freud wird später darauf hinweisen, wie anziehend narzißtische Persönlichkeiten auf andere wirken. Frauen, Kinder, Katzen, große Raubtiere, Verbrecher und Humoristen nötigen uns ein gesteigertes Interesse ab. Der Dandy könnte der langen, aber keineswegs erschöpfenden Aufzählung des Doktors aus Wien noch hinzugefügt werden.

Dorian Gray verbreitet den Charme eines Ungeheuers um sich.[28] Unter der Maske seines von Unschuld und Schönheit strahlenden Gesichtes ist das Verbrechen eingezeichnet. Außerdem denkt er nur an sich selbst, er allein existiert auf der Welt. Zum Unglück von Dorian Gray hat der Maler, der ihn porträtierte, seiner Seele Ausdruck verliehen. Das Äußere des »originalen« Dorian Gray verwandelt sich in eine Art glatten, unveränderlichen Panzer, auf dem kein Ereignis haftenbleibt. Wenn Dorian posiert, hat er einzig und allein Augen für sein entstehendes Bild und kümmert sich herzlich wenig um den Maler. So läßt er es geschehen, daß er von diesem seiner selbst beraubt und in Besitz genommen wird.[29]

Dorian gibt sich keiner Täuschung über seine Verehrung für sich selbst hin. Eines Tages spielt er den Narziß und küßt (oder tut doch wenigstens so) die purpurroten, grausamen, aber wunderschönen Lippen seines Porträts, das ihn anlächelt. Eine Zeitlang setzt er sich, in sich selbst verliebt, jeden Morgen vor das Bild. Er betrachtet sich als das Urbild jeglicher Schönheit und verurteilt, ausgehend von der eigenen, die Schönheit der anderen. Sein Porträt hat sein kritisches Urteil geschärft, und er kann niemanden mehr lieben. Wie Narziß weist er alle, ob sie Männer oder Frauen sind, ab, und die Nymphe Echo spricht ganz allein von ihrer Liebe.

Es mag in dieser Hinsicht von Interesse sein, einen Blick auf das mythologische Epos »Die Metamorphosen« des Ovid zu werfen.[30] Der lateinische Dichter erzählt darin von der Geburt des Narziß, des Sohnes der Leiriope mit den azurblauen Haaren und des Flußgottes Kephissos, der sie mit seinem gewundenen Lauf umschlang, um ihr Gewalt anzutun. Leiriope, die mit seltener Schönheit ausgestattet war, konnte nur ein Kind zur Welt bringen, das würdig war, von den Nymphen geliebt zu werden. Sie befragt Teiresias, den Seher, um in Erfahrung zu bringen, ob ihr Sohn lange leben wird. Dieser seltsame Alte gibt der Mutter eine rätselhafte Antwort, denn er kündigt ihr an, daß ihr Kind nur dann ein höheres Lebensalter erreichen wird, »wenn er sich nicht erkennt«, ein dunkler Spruch, den man danach für lange Zeit als nichtig betrachtet.

Im Alter von sechzehn Jahren zieht Narziß junge Männer ebenso an wie junge Mädchen, doch gestattet es der schöne Gleichgültige weder den einen noch den anderen, sich ihm zu nähern. Eines Tages, als er sich auf der Hirschjagd befindet, trifft er die Nymphe Echo, die damals noch einen Körper besaß, aber von Juno schon dazu verurteilt war, jeweils die letzten von der Stimme erzeugten Laute zu wiederholen. Glühend vor Verlangen, verfolgt Echo heimlich den Jüngling, aber die Natur des Narziß setzt sich zur Wehr, als sie sich ihm als erste mit schmeichelnden Worten nähert. Durch einen glücklichen Zufall, den nur die Mythologie ersinnen kann, spinnt sich auf Grund der bloßen Wiederholung des Endes aller von Narziß gesprochenen Sätze ein Liebes-«Gespräch« an. Aber in dem Moment, wo sie den Jüngling umarmen will, stößt er sie zurück und möchte eher sterben, als sich ihr hingeben. Von Scham verzehrt, von Kummer zermürbt, trocknet ihr Körper ein, und allein ihre Stimme und ihre Knochen bleiben zurück. Ebenso verschmäht wie sie, hebt ein anderes Opfer des Narziß die Hände flehend zum Himmel und ruft aus: »Könnte auch er doch lieben, ohne den Gegenstand seiner Liebe jemals zu besitzen!« Der Wunsch wird erhört, denn der junge Mann verliebt sich eines Tages, als er an einer frischen Quelle seinen Durst löschen will, in das eigene Spiegelbild und wird somit von einer Leidenschaft für ein Trugbild ergriffen. In einer anderen Version, die von Pausanias stammt, ist er in seine Zwillingsschwester verliebt, die eben gestorben ist und die er im Spiegelbild wiederzufinden glaubt. Inzestliebe und Eigenliebe vermischen sich in diesem Text. Auf jeden Fall »hält er etwas für einen Körper, das doch nur Wasser ist, gerät in Ekstase

*Caravaggio:
Narziß – 1594–1596.*

beim Anblick seiner selbst; er bleibt reglos, mit undurchdringlicher, gelassener Miene, einer aus Parischem Marmor gebildeten Statue ähnlich. Auf dem Boden ausgestreckt, betrachtet er seine Augen, zwei Sterne, seine Haarpracht, die der eines Bacchus und nicht weniger der eines Apollo würdig ist, seine glatten Wangen, seinen Elfenbeinhals, seinen anmutigen Mund, seinen Teint, der das Weiß des Schnees mit leuchtendrotem Glanz vereint; schließlich bewundert er alles, was ihn bewundernswert macht. Ohne selbst etwas davon zu ahnen, begehrt er sich selbst; er ist der Liebende und der Gegenstand seiner Liebe, das Ziel, auf das seine Wünsche gerichtet sind; die Feuer, die er anzufachen sucht, sind zur gleichen Zeit die Feuer, die ihn verbrennen. Wie oft gibt er dieser trügerischen Quelle vergebliche Küsse!«

Als er seinen Irrtum erkennt, als er errät, daß er in Liebe zu sich selbst entbrannt ist, bricht er zusammen, er träumt davon, sich von seinem eigenen Körper zu trennen, er reißt sich die Kleider vom Leib und zerfleischt sich die eigene Brust »mit seinen marmorweißen Händen«. Er stirbt. Mit einer unmenschlichen, idealen Schönheit ausgestattet, kann Narziß nur physisch sterben und im Mythos die Unsterblichkeit erreichen. Dies wird übrigens auch in einem Gedicht Rainer Maria Rilkes besungen:

Narziß verging. Von seiner Schönheit hob
sich unaufhörlich seines Wesens Nähe,
verdichtet wie der Duft vom Heliotrop.
Ihm aber war gesetzt, daß er sich sähe.

Er liebte, was ihm ausging, wieder ein
und war nicht mehr im offnen Wind enthalten
und schloß entzückt den Umkreis der Gestalten
und hob sich auf und konnte nicht mehr sein.[31]

In der antiken Literatur ist die Schönheit eng mit dem Begriff des bildhauerischen Schaffens verknüpft. Die Fülle der Metaphern, die eine Einheit zwischen dem Körper des Narziß und dem Marmor oder dem Wachs herstellen, bezeugt dies. Diese Verbindung wird Narziß zum Erfinder der Malerei machen. Leon Battista Alberti unterstreicht in seinem »Traktat von der Malerei« entschieden diese Herkunft der Malerei:

»Ich pflege meinen Freunden zu sagen, daß nach dem Zeugnis der Dichter Narziß es war, jener, der in eine Blume verwandelt wurde, welcher zum Erfinder aller Kunst geworden ist, denn die Geschichte von Narziß kommt hier recht gelegen. Willst du tatsächlich behaupten, daß Malen etwas anderes sei, als auf diese Weise kunstvoll den Wasserspiegel der Quelle zu küssen?«[32]

Es sei wiederholt, Malen erweist sich ganz deutlich als ein Liebesakt; Malen, das heißt, sich zu küssen und eine Oberfläche zu küssen: die des Wassers, des Spiegels, der Bildleinwand, des Steines.

Sigmund Freud schmiedet über fünfundzwanzig Jahre lang am Begriff des Narzißmus und verbindet ihn unlösbar mit dem Phänomen der Kunst. Indem der Künstler den eigenen Körper zum Gegenstand der Liebe macht, bringt er sich selbst zur Welt; im »Orgasmus des Ichs« gelingt es ihm, anderen Körpern zur Geburt zu verhelfen. Wenn die Psychoanalyse wie jede zum System erhobene Betrachtungsweise ihre Grenzen hat, wo es um das Kunstwerk im allgemeinen und die Darstellung des Körpers im besonderen geht, so kann sie dennoch der ästhetischen Anziehung nicht widerstehen.

Wenn sich der Schöpfer der Psychoanalyse an die Analyse der Kindheitserinnerungen und Phantasmen Leonardo da Vincis wagt[33], wenn er Michelangelos »Moses«[34] zerpflückt, dann beginnt er einen Flirt mit dem künstlerischen Schaffen, wie er es übrigens auch mit dem literarischen Schaffen hält, als er versucht, sich Goethe, Jensen und seiner »Gradiva«, Dostojewski und Poe zu nähern.[35] Die Beziehung zwischen Kunst und Narzißmus erscheint als fundamental. Die narzißtische Struktur gehört offenbar zu den Schlüsseln der künstlerischen Tätigkeit, sie ist eine Struktur, die nicht nur den Schaffenden, sondern auch den Kunstfreund auszeichnet.

Wie ein Gott erschafft der Künstler die Welt nach seinem eigenen Bilde neu. Leonardo da Vinci hätte diese Deutung des künstlerischen Schaffens nicht in Abrede gestellt. Er, der in seinen Schriften die Maler vor allzu unmittelbaren Projektionen ihres eigenen Körpers in ihrem Werk warnt, vor allem dann, wenn der Urheber häßlich ist, was – wie dieser Misanthrop unterstreicht – recht oft der Fall sein könnte, sagt: »Der Maler, der schöngeformte Hände hat, wird seinen Gestalten ähnliche geben, und ebenso wird er es mit allen Gliedmaßen tun, falls ihn ein ausführliches Studium nicht davor gewarnt hat (…) Wenn du häßlich bist, werden deine Gestalten ebenfalls so aussehen und ohne Geist sein; und so wird alles, was du an

Gutem oder Schlechtem an dir hast, in gewisser Weise bei deinen Gestalten durchscheinen (…); vermerke die schönen Partien einer großen Zahl schöner Gesichter, deren Schönheit eher durch generelle Meinung bekräftigt ist als durch dein eigenes Urteil, denn du kannst dich täuschen, wenn du Gesichter wählst, die deinem ähnlich sind. Es geschieht tatsächlich, daß wir das lieben, was uns ähnlich ist (…) Der größte Fehler der Maler ist es, daß sie in einer Komposition die gleichen Bewegungen und die gleichen Gesichter und Draperien wiederholen und auf diese Weise dafür sorgen, daß die meisten Gesichter ihrem Urheber ähneln (…); jede Eigenart der Malerei entspricht einer Eigenart des Malers selbst. Nachdem ich mehrmals über die Ursache dieses Fehlers nachgedacht habe, scheint es mir, daß Grund zu der Annahme besteht, daß die Seele, die den Körper regiert und leitet, auch unsere Urteilskraft bestimmt, noch bevor wir sie uns zu eigen gemacht haben; sie hat also das ganze Gesicht des Menschen geformt, wie sie es für richtig hielt, mit der langen oder kurzen oder stumpfen Nase, und ebenso hat sie seine Größe und alles übrige festgelegt; diese Urteilskraft ist so mächtig, daß sie den Arm des Malers bewegt und ihn zwingt, sich selbst zu kopieren, weil es der Seele scheint, daß dies die wahre Art ist, einen Menschen zu malen, und daß derjenige, der nicht handelt wie sie, sich täuscht. Und wenn sie jemanden findet, der ihrem Körper, den sie sich geformt hat, ähnelt, dann liebt sie ihn und ist oftmals geradezu verliebt in ihn; und deshalb verlieben sich viele Leute und nehmen Frauen, die ihnen ähnlich sind, und oft ähnen die Kinder, die aus diesen Verbindungen entstehen, ihren Eltern.«[36]

Narziß warnt uns also vor Narziß! Wie der Traum ist auch das Kunstwerk eine Projektion, die die Erfüllung der Wünsche auf dem Weg der Halluzination erlaubt. Der Künstler bezieht seine psychischen Spiele aus seiner Selbstbezogenheit und verleiht ihnen Gestalt durch die Illusion. »Nur auf einem Gebiete«, erklärt Freud, »ist auch in unserer Kultur die ›Allmacht der Gedanken‹ erhalten geblieben, auf dem der Kunst. In der Kunst allein kommt es noch vor, daß ein von Wünschen verzehrter Mensch etwas der Befriedigung Ähnliches macht und daß dieses Spielen – dank der künstlerischen Illusion – Affektwirkungen hervorruft, als wäre es etwas Reales. Mit Recht spricht man vom Zauber der Kunst und vergleicht den Künstler mit einem Zauberer. Aber dieser Vergleich ist vielleicht noch bedeutsamer, als er zu sein vorgibt. Die Kunst, die gewiß nicht als ›l'art pour l'art‹ begonnen hat, stand ursprünglich in Dienste von Tendenzen, die heute zum großen Teil erloschen sind. Unter diesen lassen sich mancherlei magische Absichten vermuten.«[37]

Die Kunst entfaltet sich in einer zwischen der Realität und dem Imaginären ausgespannten Zone. Der Künstler ist der »Held«, dem es gelungen ist, »den Vater zu töten«, um die eigene Unsterblichkeit zu erlangen, und dies häufig vermittels einer Schönheit, die ewig und allumfassend sein möchte. Der Künstler wird zum Vater seiner Werke, er erzeugt Körper, die sich fortschreitend verselbständigen, während sie Werke werden, aber er wird auch selbst durch sie erzeugt, da sie ihm eine Identität schaffen. Das Werk sagt »mehr« als der Künstler selbst, es überschreitet ihn. Das Double wird errichtet, um den Tod zu besiegen; wie Sarah Kofman bemerkt, »verdoppelt es nicht eine Anwesenheit, es ersetzt sie«[38], und ruft auf diese Weise einen Effekt von beunruhigender Befremdlichkeit hervor.

Pablo Picasso:
Der Maler und sein Modell – 1970.

Jean-Dominique Ingres:
Raffael und La Fornarina – 1814.

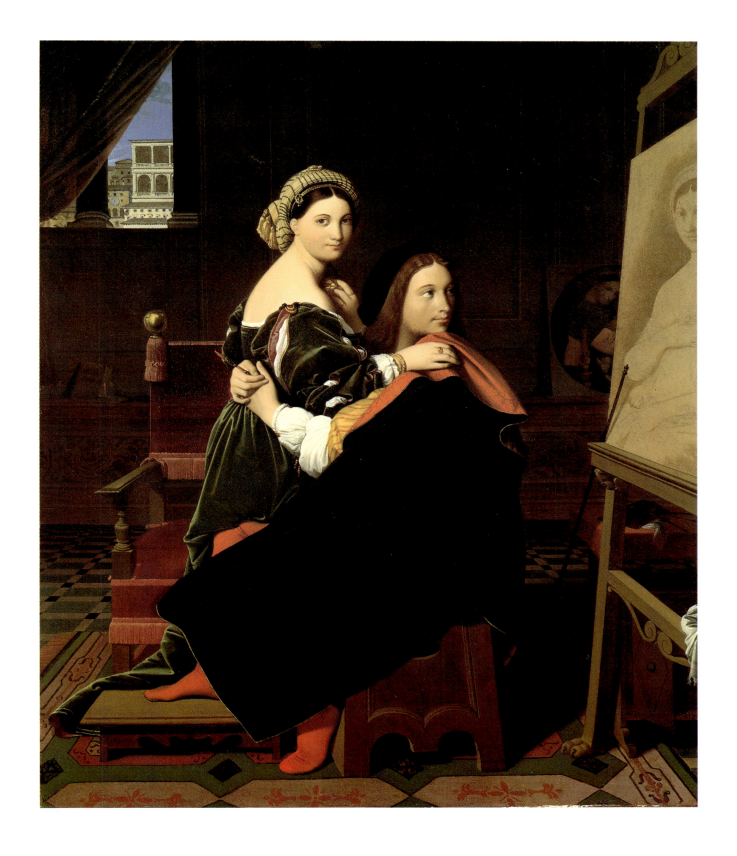

Christian Schad:
Selbstbildnis mit Modell – 1927.

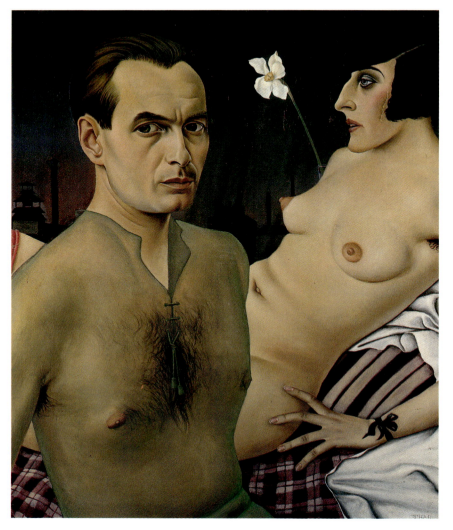

Das Double, das von Eros und Thanatos beherrscht ist, erlaubt dem Künstler, sich zu erschaffen, indem er gleichzeitig Vergangenheit, Gegenwart und Zukunft einsetzt. Erinnerungen, gegenwärtige Wünsche, Verlangen nach Unsterblichkeit koexistieren im Werk. Und rings um den sakrosankten, aber undefinierbaren Begriff der Schönheit scharen sich die Spielarten des Vergnügens.

Der Künstler erarbeitet sich ein »grandioses Ich« durch eine auf Verschmelzung zielende Beziehung zu seinem Werk und auch zu seinem Modell. Anton Ehrenzweig hat in seinem Buch »Die verborgene Ordnung der Kunst«[39] diese verschmelzende Etappe, die der Produktion inhärent ist, deutlich analysiert. Der Schaffende ist dann »in« seinem Werk; äußere Welt und innere Welt bilden eine Einheit. Er betrachtet nicht das Modell, er ist das Modell, oder genauer gesagt, er ist »im« Modell. Mit aller Kraft schützt er dieses ozeanische Gefühl in dem warmen und quasi gebärmutterhaften Klima des Ateliers. Wie in der Liebesbeziehung wird alles Trennende abgeschafft zugunsten einer privilegierten Einheit.

Die Schönheit wird errichtet durch eine enge Beziehung, eine Art Handgemenge der Körper. Das Werk ist niemals nur ein Reflex des Lebens des Künstlers, es ist sein Leben, und zwar gerade dadurch, daß es über ihn hinausgeht. Während er es erzeugt, glaubt der Schöpfer, von seinem Machtgefühl beseelt, an die Einheit und die Unsterblichkeit.

»Das Schaffen«, fragt sich Lou Andreas Salomé, »sei es nun philosophischer, künstlerischer, praktischer oder anderer Natur, ist es denn nicht stets auch eine Methode, um die Welt und das Subjekt zu ihrer

Otto Mueller:
Sitzendes Paar – um 1922.

uranfänglichen Einheit zurückzubringen – wobei das letztere der ersteren in der Entwicklung seines Ichs entgegengesetzt ist –, eine Methode, um sich mit dieser Welt zu vereinigen?«[40] Das Verlangen steht im Zentrum des Schaffensprozesses. Der Eros hat die Hauptrolle inne, und der Körper sitzt allgegenwärtig auf dem Thron.

Weniger mathematisch und ökonomisch denkend als Sigmund Freud, errät die große Liebende Lou Andreas Salomé, daß das Werk mit Leben und Sexualität angefüllt ist, und dies nicht unbedingt zu deren Schaden. Das Schaffen wird hier als ein ernster und fröhlicher Zeuge erneuerter Vereinigung betrachtet. Der Künstler macht die Welt noch einmal, er will die Tatsache offensichtlich und greifbar machen, daß »der Andere«, das »Draußen« von den Herzschlägen des Lebens beseelt sind und mit ihm eine Einheit bilden.

»Es ist sicher, daß man in dem, was ein schöpferischer Geist in seinem Werk vermittelt, einen Reichtum an Erotik findet, der alle bereichert, die es wirklich assimilieren. Nun ist das, was dem Werk Gewinn gebracht hat, diese geheimnisvollen Verwandlungen der menschlichen Wärme in Schöpfungen des Geistes, für den Schöpfer selbst nicht nur eine Art Abreagieren, sondern auch ein Übermaß seiner selbst, das ihn den harmonischen Kontakt mit seiner eigenen fundamentalen Natur verlieren lassen kann. Es führt kein Weg von einer Sublimierung zur anderen und ebensowenig von einem Gipfel zum anderen ohne den irdischen Umweg durch die Abgründe, die sie trennen.«[41] Und dann unterscheidet sie, nicht ohne gewisse Ironie, die Schöpfer von den Sublimatoren, denen es an einer fröhlichen Bejahung des »Ichs« mangelt und die ihre Fruchtbarkeit trübsinnig auf asexuelle Ziele richten.

Durch Eros stellt sich der Narzißmus in den Dienst der Kunst. Der prometheische Künstler erschafft aus dem Leben und seinem Körper eine zweite, sublime und ideale Wirklichkeit, deren Ferment die Liebe ist.

*Rétif de la Bretonne:
Tafel XXXVII aus »Der Bauer als Emporkömmling«:
Edmond beim Aktzeichnen – 1784.*

Sinnestaumel und Wonnen des Voyeurs

Albrecht Dürer:
Der Zeichner – 1525.

Hans Bellmer:
Die Spiele der Puppe – 1949.

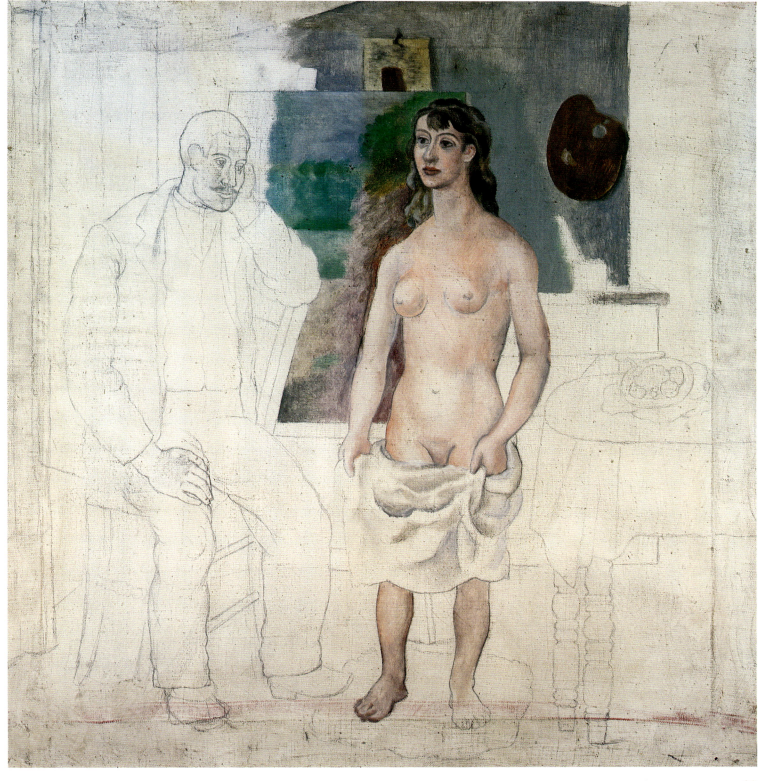

*Pablo Picasso:
Der Maler und sein Modell – 1914.*

Michelangelo:
Detail aus dem Jüngsten Gericht:
Die sterbliche Hülle des heiligen Bartholomäus –
1537–1541.

Lovis Corinth:
Selbstbildnis mit Modell – 1903.

Faszination und Freude am Selbstporträt

Durch Vermittlung des Spiegels gelangt der Künstler zum Selbstporträt und benutzt sich selbst – in einer auf Verschmelzung beruhenden Autarkie – als Modell. Das Selbstporträt konnte sich erst mit der Entdeckung des Individuums in Geschichte und Gesellschaft entwickeln. Wenn man auch seit dem 13. Jahrhundert an den Rändern von Handschriften immer wieder Selbstporträts findet, so sind sie doch selten und bleiben ... Randerscheinungen.[1] Wenn der Maler in dieser Zeit seine Identität behauptet, dann geschieht es in erster Linie durch den Blick. Er drängt sich in die Bildkomposition ein und unterscheidet sich von ihr durch die Richtung seines auf den Zuschauer gerichteten Blickes, den er auf diese Weise befragt, wenn er ihn nicht sogar herausfordert. Erst später stellt sich der Maler mit seinen Attributen, den Pinseln und der Palette dar und äußert laut und deutlich den Unterschied, in dem er sich zu seiner Umgebung befindet. Die Objekte, die ihn umgeben, und seine eigenen Haltungen gleichen dann Codes, die zu entschlüsseln sind und reichhaltige Informationen bieten können.

In äußerst fesselnder Verkürzung hält das Selbstporträt eine Rede über den Körper des Malers und eine Rede über die Malerei selbst. Der Maler zeigt sich bei der Arbeit, in der Familie, als Mitglied einer sozialen Gruppe oder als Exzentriker und schließlich auch als Verdammter, als »maudit«, der sein Elend auf ostentative Weise zur Schau trägt.

»Als sie ihr Porträt machten, betrachteten sie sich in einem Spiegel, ohne daran zu denken, daß sie selbst ein Spiegel waren«, schreibt Paul Eluard.[2] Die Maler sind auch die Spiegel ihrer Phantasmen. Caravaggio malt sich als den von König David enthaupteten Goliath und als ein von sich windenden Schlangen bedecktes Medusenhaupt. Michelangelo stellt sich in der Sixtinischen Kapelle als die vor Schmerz zuckende Haut des heiligen Bartholomäus dar. Der Maler als Märtyrer. James Ensor läßt sich von den Kritikern kreuzigen und enthaupten. Albrecht Dürer schreibt sich rühmlichere Rollen zu, er stellt sich als Christus dar. Paul Gauguin tut das gleiche mit seinem »Christus im Garten Gethsemane«. Raffael, der diskreter zu sein scheint, schleicht sich nichtsdestoweniger in die Versammlung der Philosophen und Denker der »Schule von Athen« im Vatikan ein. Vom Spiegel, lateinisch »speculum«, zur Spekulation ist es nur ein einziger Schritt, den das Wort »reflektieren« mit seinem Doppelsinn ausführt.

Rembrandt läßt nicht davon ab, sich von der Jugend bis ins Alter mit Hüten von jeglicher Form, mit seinem von jeder erdenklichen Stimmung erfüllten Gesicht – vom Lachen bis zur Schmollmiene – zu porträtieren. Er ist mit seinen Frauen zusammen, er hält ein Glas oder einen Säbel in der Hand. Er posiert, er liebt es ungemein zu posieren, und legt, um sich selbst zu malen, die unterschiedlichste Kleidung und den vielfältigsten Schmuck an. Die Feststellungen wiederholen sich und zwar, ohne daß Zugeständnisse an den Publikumsgeschmack gemacht werden. Seine stumpfe Nase, sein kupferrotes Inkarnat, sein Doppelkinn, das Aufgedunsene des Gesichts, die tiefen Falten werden von dem mit Lichtern, Goldtönen und Bernsteingelb getränkten Pinsel vermerkt. Gelegentlich nimmt er Pinsel, Palette und Malstock, oder er verkleidet sich als Apostel Paulus. In der Mehrzahl der Fälle sind es Brustbilder, wobei sein Körper bis obenhin in Kleider aus weichem Samt und Pelz gehüllt ist. Er hatte wohl eine Vorliebe für Kopfbedeckungen. Er trägt sie in den unterschiedlichsten Ausführungen: mit Federn, mit breiten Krempen. Baskenmütze, Schirmmütze, Helm oder türkischer Turban erschrecken ihn keineswegs. Oft trägt er auch einen kleinen Ohrring. Manchmal zieht er sich nicht an, um zu posieren, sondern er verkleidet sich, als wolle er die Verwandlungen betonen, und dennoch herrscht über die Jahrzehnte hinweg immer der gleiche Blick, der dem Spiegel, dem Betrachter und der Zeit zugewandt ist, die verstreicht und von Rembrandt in flagranti ertappt wird.

Allgegenwart des Blickes auch bei Vincent van Gogh, aber ein Blick, der stets woanders und nirgendwo ist. Der Maler sucht die Gestalt, die Gestalt, deren Studium Kraft verleiht. Im Briefwechsel mit seinem Bruder Théo erscheint dieses Hauptinteresse als ein Leitmotiv. »Ich glaube, daß ich mich unversehens einem wilden Verlangen hingeben werde, die Gestalt zu malen (...) Oh, das Porträt, das Porträt mit dem Gedanken, die Seele des Modells, dies scheint mir jetzt unbedingt kommen zu müssen.«

Doch unter dem Vorwand, daß er kein Modell hat, und auf Grund seiner Abneigung gegen die Fotografie nimmt er sich selbst nicht nur zum Modell, sondern auch als eine Art Prototyp; da er glaubt, daß er, sofern es ihm gelingt, sich selbst zu malen, auch die anderen malen kann. Vom Besonderen zum Allgemeinen. Vom Ich zum anderen. Vom Einen zum Vielfachen.

»Ich sehe mich stets in meinen besten Fähigkeiten durch den Mangel an einem Modell betrogen (...) Ich habe mir extra einen recht guten Spiegel gekauft, um in Ermangelung eines Modells nach mir selbst zu

*Pablo Picasso:
Im Atelier – 1954.*

arbeiten, denn wenn es mir gelingt, die Farbgebung meines eigenen Kopfes zu malen, was mir einige Probleme bereiten kann, dann könnte ich ebensogut die Köpfe der anderen Männer und Frauen malen (…) So arbeite ich in diesem Augenblick an zwei Selbstporträts – mangels eines Modells – weil es Zeit wird, daß ich ein wenig Gestalt mache. Man sagt – und ich will es gern glauben – daß es schwer ist, sich selbst zu erkennen, aber es ist auch nicht leicht, sich selbst zu malen.«[3]

Nichts ist leicht, selbst wenn der Spiegel versucht, für die Abwesenheit des anderen aufzukommen. Picasso, ja Picasso hätte ebenso wie Lewis Carolls Alice durch den Spiegel hindurchgehen, ihn mit Löchern versehen und mit einem Fotoapparat kombinieren wollen. »Als ich aufwachte und mich mit meinem zerzausten Haar im Spiegel erblickte – wissen Sie, was mir da im Kopf herumging? Nun, ich bedauerte, daß ich kein Fotograf bin! Es ist völlig verschieden, wie die anderen einen sehen, und wie man

sich selbst in bestimmten Augenblicken im Spiegel sieht. Mehrmals in meinem Leben ist es passiert, daß ich mich bei einem Gesichtsausdruck überraschte, den ich niemals auf einem meiner Porträts wiederfinden konnte. Und das sind vielleicht meine wahrhaftigsten Gesichtsausdrücke gewesen. Man müßte ein Loch in den Spiegel bohren, damit das Objektiv das geheimste Gesicht, das man selbst hat, ganz überraschend einfangen könnte.«[4] Doch im November 1918, während Picasso dabei ist, sich im Hotel Lutetia vor einer Psyche, einem beweglichen Standspiegel, zu rasieren, erhält er die Nachricht vom Tod seines Freundes, des Dichters Guillaume Apollinaire. Von dieser Zeit an wird er keinen Spiegel mehr ertragen, da er zu eng an den bei dieser Nachricht erlittenen Schock gebunden ist.

Spiegel sind auch Abgründe, aber der Künstler in seiner Allmacht als Schaffender verhält sich wie Dionysos, der sich in dem von Hephaistos gefertigten Spiegel betrachtet; er läßt sich von seinem Spiegelbild verführen und schafft die Dinge nach seinem eigenen Bilde. »Und das Selbstporträt des Malers ist gleichzeitig eine Metapher der Malerei selbst und dessen, wodurch sie definiert wird. Maler und Malerei können nirgendwo sonst enger vermischt sein: Der Maler malt sich als Maler, und die Malerei, zu der er wird, ist das von ihm Hergestellte. Der Autor, das Modell und das Werk haben den gleichen Namen; und der über die Quelle gebeugte Narziß erfindet die Malerei. Jeder Maler, der das Modell betrachtet, das ihn selbst im Spiegel zeigt, ist die wiedergeschaffene Metapher von Narziß, und er erfindet die Malerei damit von neuem.«[5]

Vielleicht ringt der Maler gerade im Selbstporträt am erbittertsten mit dem Tode. Interessant ist in diesem Zusammenhang die Handlungsweise des Malers Géricault, der leichenblaß auf dem Totenbett liegt und mit seiner rechten Hand die linke Hand zeichnet und sich so zum letzten Modell erwählt hat.

Häufig wird das Selbstporträt[6] von den Maler auf ihren Bildern dem Modell hinzugesellt, und man sieht ihn mit seinem professionellen Instrumentarium versehen, in Gesellschaft entkleideter Gestalten, die speziell für ihn posieren. Der Künstler stellt sich gespannt dar, in voller Aktion oder in einem Augenblick lasziver Entspannung. Er spielt dabei mit dem Kontrast von Bekleidet und Unbekleidet, wie Manet in einem gewissen »Frühstück im Freien«; er ist auch das aktive Element im Vergleich zu dem willenlosen Opfer der nackten Figur. Das Modell steht ganz zur Verfügung seines Blickes. In einigen, zugegeben recht seltenen Fällen verwandelt sich das Modell in eine Art Menschenfresser. Otto Dix stellt sich bis zum Hals in seinen Malerkittel gehüllt dar, bewaffnet mit einem Malerstock, den er wie eine Lanze schwingt, um einer drohenden Frau mit gierigen Lippen und riesigen Brüsten Paroli zu bieten; er berührt sie mit der Spitze seines Pinsels und scheint sich damit in unmittelbare Gefahr zu begeben. Mit den Fingern hält der Maler seine Werkzeuge umklammert, die er gleichzeitig zu seinem Schutzschild macht. Das Bild ist der Schau-

Otto Dix:
Selbstbildnis mit Modell – 1924.

platz einer dramatischen Strategie, eines Kampfes um die Macht, eines Versuches, auf Distanz zu gehen.

Sonderbar ist auch die von Lovis Corinth erdachte Szene. Der Maler zeigt sich von vorn, wobei sein Oberkörper die wuchtige Wölbung eines Stieres aufweist, mit unstetem, fiebrigem Blick, die Palette und ein Bündel Pinsel in der rechten Hand haltend, die Arme vom Körper abgespreizt. Ein Modell von üppiger Nacktheit gleitet auf ihn zu und zeigt, ihn fast berührend, uns den entblößten Rücken, dies alles mit Gesten einer vertrauten Zärtlichkeit, die den Maler völlig aus dem Konzept zu bringen scheint. Überrumpelt, verloren, fragt er sich, was da mit ihm geschieht.

Wird ihm das Modell Gewalt antun, ihm die Kleider vom Leibe reißen?

Es gibt sanftere Beziehungen zwischen dem Selbstporträt und dem Modell. Matisse verfügt über diese Alchimie. Er zeichnet sich mit der Brille auf der Nase, einem dreiteiligen Anzug und sorgfältig gebundener Krawatte, um in eine Szenerie von verwirrenden Raumverhältnissen einzutreten, wo ein Modell in überlegenenr, doch ihm zugleich innig zugewandter Schönheit prangt. Die ausgeglichene Stimmung des in matter, lässiger Haltung daliegenden Modells strahlt gleichsam Wellen über die ganze Zeichnung aus, so daß sie die komplexe Komposition und die Vielfalt der Ebenen geradezu vergessen läßt. Denn in

Brassaï:
Matisse und sein Modell – 1939.

Wirklichkeit liegt das Modell vor einem Spiegel ausgestreckt, es verdoppelt sich also, und nur der Spiegel zeigt uns Matisse, der sich mit Besonnenheit seiner Arbeit widmet. Die Anwesenheit des Spiegels ist keineswegs offensichtlich, gibt aber Anlaß zu dieser räumlichen Konfusion, in der Selbstporträt und Modell vermischen, sich verschmelzen. Matisse zeigt sein Modell zweimal, einmal direkt, ein zweites Mal durch Vermittlung des Spiegelbildes, so daß es sich dann im gleichen Bereich befindet wie er, auf ein und derselben Ebene.

Jenseits der Unterscheidung aktiv – passiv, bekleidet –entkleidet treten die beiden Personen in eine erschütternde Symbiose ein. Der nackte Körper des Modells, der zum Teil durch sein Bild verdoppelt wird, nimmt drei Viertel der Bildkomposition ein, er bewohnt den Raum mit der Fülle des gleichmäßigen Atems, und Matisse gleitet, von seiner Anmut berührt, auf ihn zu. In den Schriften des Meisters kehrt das Thema des Modells mit der Bescheidenheit der Alltagsreflexion – gleichsam als Leitmotiv – wieder, verbunden mit dem allumfassenden Aspekt der Malhandlung. »Ich bilde eine Einheit mit der Malerei wie ein Tier mit dem, was es liebt«, erklärt der weise Matisse.[7]

Im Körper der Frau will er das Wesentliche »verdichten«, nämlich das »religiöse« Lebensgefühl. »Ich will zu dem Zustand der Verdichtung gelangen, der das Bild schafft (...) Ich habe einen Frauenkörper zu malen: Zunächst verleihe ich ihm Anmut, einen Reiz, und es geht darum, ihm noch etwas mehr zu geben. Ich werde die Bedeutung dieses Körpers verdichten, indem ich seine wesentlichen Linien suche (...) Was mich am meisten interessiert, ist weder das Stilleben noch die Landschaft, es ist die Gestalt. Sie ist es, die mir am ehesten gestattet, das sozusagen religiöse Gefühl auszudrücken, das ich für das Leben hege. Das lebendige Modell, der nackte Körper der Frau ist der herausragende Ort der Empfindung, doch gleichzeitig auch der Befragung. Um keinen Preis darf man das Modell mit einer Theorie oder einem von vornherein geplanten Effekt zusammenfallen lassen. Das Modell muß euch markieren, in euch eine Emotion wecken, die ihr eurerseits auszudrücken versucht.«[8] »Aber wie soll man einen Akt schaffen, ohne daß er künstlich ist«, fragt sich Matisse.[9]

»Meine Modelle, menschliche Gestalten, sind niemals Statisten in einem Interieur. Sie sind das Hauptthema meiner Arbeit. Ich bin völlig abhängig von meinem Modell, das ich in seiner Ungezwungenheit beobachte; dann erst treffe ich eine Entscheidung und bestimme die Pose, die seinem Naturell am besten entspricht. Wenn ich ein neues Modell nehme, errate ich aus seiner Ruhehaltung die Pose, die zu ihm paßt und an die ich gebunden bin. Ich behalte diese jungen Mädchen oft mehrere Jahre lang, bis mein Interesse erschöpft ist (...) Ihre Formen sind nicht immer vollkommen, aber sie sind stets expressiv. Das gefühlsmäßige Interesse, das sie mir abnötigen, sieht man nicht so sehr an der Darstellung ihrer Körper, als vielmehr an Linien oder besonderen Farbwerten, die sich auf der ganzen Leinwand oder auf dem Papier ausbreiten und welche die Instrumentierung, die Architektur darstellen. Aber nicht jeder bemerkt es. Dies ist vielleicht sublimierte Sinnenlust.«[10]

Das Modell wird zum unverzichtbaren Energiezentrum des Malers. Als Initiator der Malhandlung nährt es ihn. »Vor allem schaffe ich keine Frau, ich mache ein Bild (...) Das Modell ist für die anderen eine Auskunft, für mich ist es etwas, das mich innehalten läßt. Es ist das Zentrum meiner Energie (...) Ich zeichne in umittelbarer Nähe des Modells – ja, dicht vor ihm – die Augen kaum einen Meter von ihm entfernt, und mein Knie kann das des Modells berühren. Ich habe den Eindruck, als hätte ich Fortschritte ge-

Henri Matisse:
Akt mit Spiegel – 1937.

macht, wenn ich in meiner Arbeit eine immer deutlichere Ablösung von der Hilfe durch das Modell konstatiere und von der Gegenwart des Modells, die nicht als eine Möglichkeit von Auskünften über seine Beschaffenheit zählt, sondern als eine Möglichkeit, mich in Erregung zu halten, einer Art von Flirt, der schließlich zur Vergewaltigung führt. Doch zu wessen Vergewaltigung? Der meiner selbst auf Grund einer gewissen Rührung angesichts des sympathischen Objekts (...) Dieses Modell ist für mich ein Sprungbrett, es ist eine Tür, die ich aufbrechen muß, um den Garten zu betreten, in dem ich allein bin und mich überaus wohlfühle; selbst das Modell gibt es nur, damit es mir dient.[11] Was für mich am wichtigsten ist? An meinem Modell zu arbeiten, bis ich es genügend in mir trage, so daß ich improvisieren, meine Hand laufen lassen kann und es mir gleichzeitig gelingt, die Größe und Heiligkeit jedes lebenden Wesens zu achten.«[12]

Das Modell befruchtet die Malerei in einer eng verschmelzenden Beziehung. Matisse berührt das Knie, spricht von Vergewaltigung; er dringt in das Modell ein, öffnet es, versenkt sich hinein, aber er absorbiert es auch, holt es herein zu sich selbst. Handlung und Betrachtung sind für ihn keine Gegensätze mehr.

Und der Maler vermehrt seine Ratschläge: »Fügt eure Körperteile aneinander und errichtet eure Gestalt wie der Zimmermann ein Haus. Alles muß errichtet und aus Teilen zusammengesetzt werden, die ein Ganzes bilden: ein Baum ebenso wie ein mensch-

Henri Matisse:
Weiblicher Akt vor einem Spiegel liegend – 1937.

licher Körper, ein menschlicher Körper ebenso wie eine Kathedrale. In die Arbeit muß folgendes eingehen: Kenntnisse, Betrachtung, die vom Modell oder von einem anderen Subjekt genährt wird, und die Vorstellungskraft, die das anreichert, was man sieht. Schließt die Augen und haltet euch eure Vision gegenwärtig, und dann arbeitet mit eurer eigenen Sensibilität. Handelt es sich um ein Modell, so nehmt selbst die Pose des Modells an; die Stelle, wo sich die Spannung bemerkbar macht, ist der Schlüssel zur Bewegung.«[13]

Die Pose des Modells einnehmen, sie sich völlig aneignen, sie verstehen, sie physisch erleben. Doch obwohl Matisse in eine solche Symbiose mit dem Modell eintritt, fürchtet er zeitweise, verschlungen zu werden, und denkt sich Strategien aus, die es ihm erlauben können, sich davon zu befreien. »Ideal wäre es, ein Atelier mit drei Etagen zu besitzen. Dann könnte man als erste Etappe die Arbeit nach dem Modell in der ersten Etage vorsehen. Von der zweiten Etage stiege man dann schon seltener hinunter. In der dritten hätte man gelernt, ganz ohne das Modell auszukommen.[14] Es handelt sich darum, das Modell darzustellen, und nicht, es zu kopieren, und es darf keine Verwandtschaft der Farben zwischen ihm und eurem Bild geben; man darf nur die Äquivalenz der Farbverhältnisse eures Bildes mit den Farbverhältnissen des Modells ins Auge fassen.«[15]

Um ohne das Modell auszukommen, ist es erforderlich, völlig von ihm »durchtränkt« zu sein, es zu besitzen; und Matisse zeichnet, um diesen inneren Besitz zu überprüfen, mit verbundenen Augen. Die Kenntnis wird dann in solchem Maß verinnerlicht, daß sie ihren Platz jenseits des Auges hat, sie wird auto-

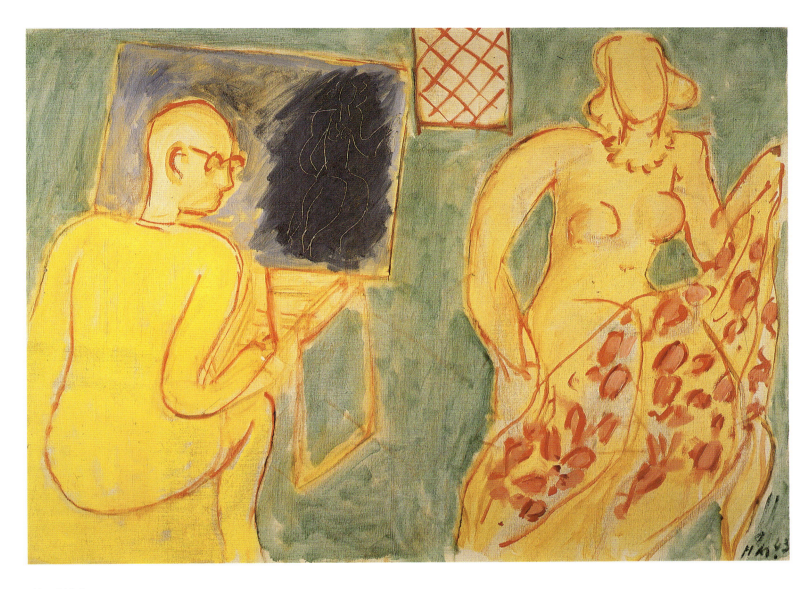

Henri Matisse:
Die Sitzung – 1943.

nom, um schließlich in die Hand zu schlüpfen, die den Stift oder den Pinsel führt.

Das ganze Leben lang läßt Henri Matisse sich von seinen Modellen verführen. Seinem Freund Rouveyre erzählt er mit einfachen, ja fast banalen Worten eine Geschichte halluzinatorischen und visionären Charakters, in der es darum geht, daß er sich in seinem Modell – einer schönen Engländerin – verkörpert, bis er selbst die Farbe ihrer Augen verändert! Und mit dem größten Ernst läßt Matisse diese Verwandlung mit Hilfe eines Zeugen nachprüfen und versucht sogar eine medizinische Erklärung dafür zu finden!

»Du erzählst mir von einer Engländerin im Traum. Vor einer Stunde hat mir zum dritten Mal eine Engländerin für meine Zeichnungen Modell gesessen, eine Frau, die vielleicht noch schöner ist als jene, von der du mir berichtest und die sich schließlich verflüchtigt hat. Meine ist da, sie wird übermorgen wiederkommen und mir in die Augen sehen, so, wie man mich gewöhnlich ansieht, wenn ich an der Arbeit bin, das heißt, daß man mich ohne Gegenwehr, Besorgnis oder Schutz ansieht. Da ihre schönen nußbraunen Augen gestern, heute nicht mehr ihre Farbe fanden, als ich sie betrachtete, habe ich Lydia gebeten, zu mir zu kommen und mir zu sagen, was es damit auf sich habe. Sie hat mir geantwortet: Ich habe Augen von der Farbe der Ihren, das heißt, meiner eigenen. Ich war sehr erstaunt darüber. Doch im Laufe der Sitzung sah ich, wie ihre Augen sich veränderten und dunkler wurden, während eine Röte ihr Gesicht überzog. Ich schwöre dir, daß ich nichts dafür konnte, ich dachte, es sei der Blutandrang, der die Veränderung ihrer Augen bewirkte. Du kannst dir nicht vorstellen, zu welcher harmonischen und zauberhaften Wirkung sich ihre Augen, ihre Lippen und die Schwingung ihres Kinns verbinden. Niemals werde ich das wiedergeben können. Sie ist da vor mir nicht anders als eine kleine unruhige Taube in meiner Hand.« Selten ist ein

Albrecht Dürer:
Selbstbildnis als Akt – um 1503.

sein Gesicht. Sein Körper ist der eines reifen Mannes mit hervortretender Muskulatur und relativ athletischem Bau. Der Gesichtsausdruck ist verstört, die Augen sind aus den Höhlen getreten.

Dürer erkennt man mit nacktem Oberkörper, in ermüdeter, entmutigter Haltung dasitzend, auch in der Gestalt des »Schmerzensmannes«, der eine Peitsche und eine Rute in den Händen hält. Und er erscheint zweifelsfrei wieder in einem Selbstporträt, wo er – mit der Spitze des Zeigefingers – auf seine Milz deutet. Die Inschrift am oberen Ende des Blattes erklärt diese Geste: »Die Stelle, an welcher sich der von meinem Finger bezeichnete gelbe Fleck befindet, ist die, wo ich krank bin.« Die Milz, der von der Temperamentenlehre jener Zeit anerkannte Sitz der Melancholie, sonderte die berüchtigte »schwarze Galle« ab, die die düstere Laune hervorbrachte. Der »Spleen« der Romantiker beruft sich übrigens auf das gleiche Organ als Quelle der gleichen Übel. Wollte Dürer, als er so auf die schmerzende Partie zeigte, ein physiologisches Unwohlsein, einen psychischen Zustand oder die Verknüpfung von beidem bezeichnen?

Die beiden Selbstporträts, die nicht unter religiösen oder mythologischen Hüllen verborgen sind, waren keineswegs für die Öffentlichkeit bestimmt. Die Kunst

Albrecht Dürer:
Selbstbildnis des kranken Dürer – nach 1521.

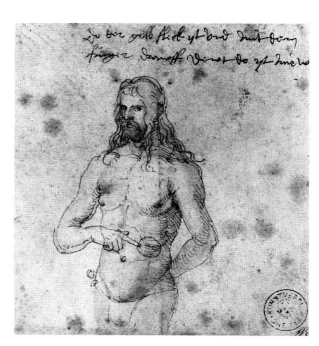

Maler so weit gegangen in seiner Identifizierung mit dem Modell.

Wenn die Künstler große Verbraucher und Erzeuger von Aktfiguren sind (»Was die Liebe für die Erzähler und Dichter gewesen ist, das war der Akt für die Künstler« schrieb Paul Valéry) und wenn sie sich mit großer Wahrscheinlichkeit in allen Aktfiguren, die sie darstellen, unmerklich selbst abbilden, so scheint in der Geschichte der Malerei doch nach wie vor eine Art Verbot zu bestehen, die eigene Nacktheit direkt und offiziell darzustellen.

Es gibt jedoch einige Grenzüberschreitungen. Eine höchst überraschende verdanken wir Albrecht Dürer.[16] Dürer fertigt mit zweimaliger Wiederholung nackte Selbstporträts an. In einer unvollendeten Zeichnung mit Feder und Pinsel stellt er sich vom Kopf bis zu den Knien völlig nackt dar und definiert so seine persönliche Anatomie mit gleicher Genauigkeit wie

*Iacopo Pontormo:
Aktstudie
(Selbstbildnis) – 1525.*

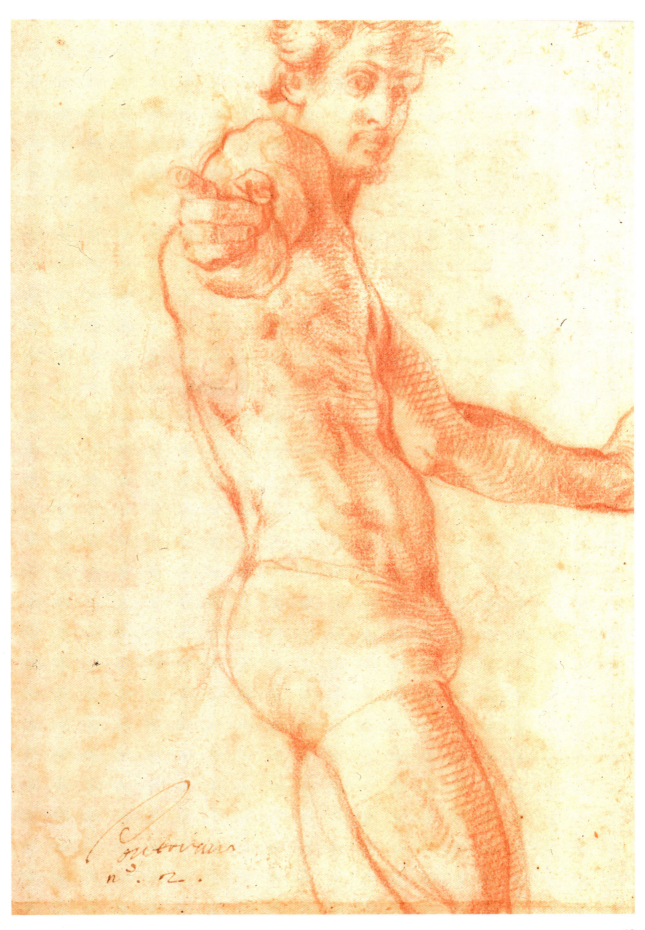

Egon Schiele:
Selbstporträt als Akt – um 1910.

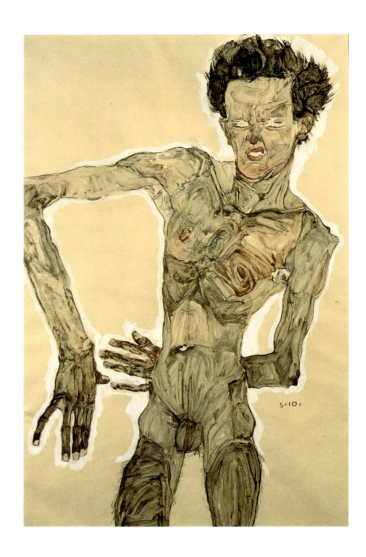

Dürers verklärt sie, jedoch rühren sie nicht von einer Idealisierung her. Der Künstler beschreibt sich hier, ohne Zugeständnisse zu machen. Obwohl genaue Datierungen fehlen, kann man vermuten, daß Dürer das zweite nackte Selbstporträt mit dem Ziel geschaffen hat, es zu einem Arzt als illustriertes Gesundheitsbulletin zu schicken.

Iacopo Pontormo, ein typisch manieristischer Künstler, ein weiterer Produzent nackter Selbstporträts, ist völlig besessen von der Beobachtung seines Gesundheitszustandes. Sein griesgrämiges Temperament trieft aus jeder Zeile, aus jedem Komma seines intimen Tagebuches. Detailliert beschreibt er, beinahe Unze für Unze, die Bestandteile all dessen, was er zu sich nimmt, besessen sowohl von dem, was in seinen Körper eingeht, wie auch von dem, was ihn verläßt. Seine Mahlzeiten und die Wirkungen, die sie hervorbringen, sind auf diese Weise eng mit der trockenen, summarischen Beschreibung des Fortgangs seiner Arbeiten verknüpft. Zum Beispiel: »Am dritten April machte ich das Bein, beim Knie angefangen, mit großer Mühe, die durch die Dunkelheit, den Wind und den Anstrich bewirkt wurde, und am Abend soupierte ich vierzehn Unzen Brot, zwei gebratene Eier, Chicorée. Am Freitag begann ich eine Stunde vor Tagesanbruch mit dem Rücken, der sich unter dem anderen befindet. Ich soupierte ein Pfund Brot, Spargel und Eier, und es war schönes Wetter. Am Sonnabend soupierte ich. Am Palmsonntag aß ich bei Bronzino wunderbare Pfannkuchen zum Mittagessen. Am Montag früh kam jemand zu mir in den Garten, der die Weinstöcke festband und den Garten umgrub (…)«[17]

Pontormo ist zudem vom Gedanken an seinen Körperbau besessen. Die Legende will es, daß er, um die Figuren des Chors von San Lorenzo natürlich darzustellen (sie mußten so aussehen, als seien sie im Wasser der Sintflut ertrunken), Leichen für längere Zeit in wassergefüllten Trögen aufbewahrte, um sie anschwellen zu lassen, und daß er auf diese Weise die ganze Umgebung verpestete. Seine zahlreichen Skizzen und Studien zeigen eine unabänderliche Vorliebe für die Nacktheit. Für eine dieser Darstellungen hat er sich um 1525 selbst zum Modell gewählt und sich so gezeichnet, wie er die anderen Gestalten zeichnete (falls er nicht die anderen zeichnete wie sich selbst), das heißt, mit einer lebhaften und ausdrucksvollen, ein wenig buckligen Muskulatur; verkrümmte Haltungen in Momentaufnahmen; Augen, die das Gesicht durch düstere Höhlungen verunstalten. Pontormo war, wenn man Giorgio Vasaris Be-

richten glauben darf, ein Mann von seltener Schönheit, er hatte sehr harmonische Gesichtszüge, »bellissimi tratti«. Gleich nach dieser Bemerkung konstatiert der Biograph, daß der Maler solche Angst vor dem Tod hatte, daß er sich weigerte zuzuhören, wenn vom Sterben gesprochen wurde. Das Unbewußte läßt Paradoxe an den Tag treten!

Unter den seltenen nackten Selbstporträts muß noch ein sehr nacktes Brustbild van Dycks in Gestalt des Hirten Paris hervorgehoben werden.[18] Es ist kein Zufall, daß sich der Maler als Schiedsrichter der Schönheit verkörpert, als jener, der entscheiden soll, wer von Athene, Hera und Aphrodite die Schönste ist. Die Schönheit fällt von jeher in die Kompetenz des Künstlers, sie ist seine »Spezialität«, und er ist besser gerüstet als jeder andere, wenn es um den Versuch geht, sich ihr zu nähern.

Wenn das, was der Schriftsteller Michel Tournier die »autonus«, Selbstakte, genannt hat, in der Fotografie häufig ist, so bleibt es in der Malerei des zwanzigsten Jahrhunderts doch noch recht ungewöhnlich. Pierre Bonnard, der Urheber einiger solcher »autonus«, versucht nicht, möglichst schön auszusehen. In seinem »Selbstporträt im Spiegel des Ankleide-

Pierre Bonnard:
Der Boxer (Selbstbildnis) – 1931.

raums«[19] bedient er sich des Spiegels, um einen etwas kläglichen Oberkörper erscheinen zu lassen. Eine vierschrötige, schmalschultrige Gestalt, die ihre Wirkung noch gründlicher in einem »Selbstporträt als Boxer«[20] verdirbt, dessen Männlichkeit alles andere als überzeugend bleibt. Egon Schiele schafft zahlreiche nackte Selbstbildnisse, auf denen er sogar über die Nacktheit hinausgeht, er skelettiert sich regelrecht. Der lebende Muskelmann mit der Passion für schmächtige kleine Mädchen hat nur noch Haut auf den Knochen. Sein Gesicht mit den leeren Augenhöhlen wird zum Schädel. Die Schlüsselbeine, die Beckenknochen springen vor, und das Geschlecht scheint völlig verkümmert zu sein. Die Spuren der Behaarung nehmen sich auf dem vom Leben fast verlassenen Körper lächerlich aus.

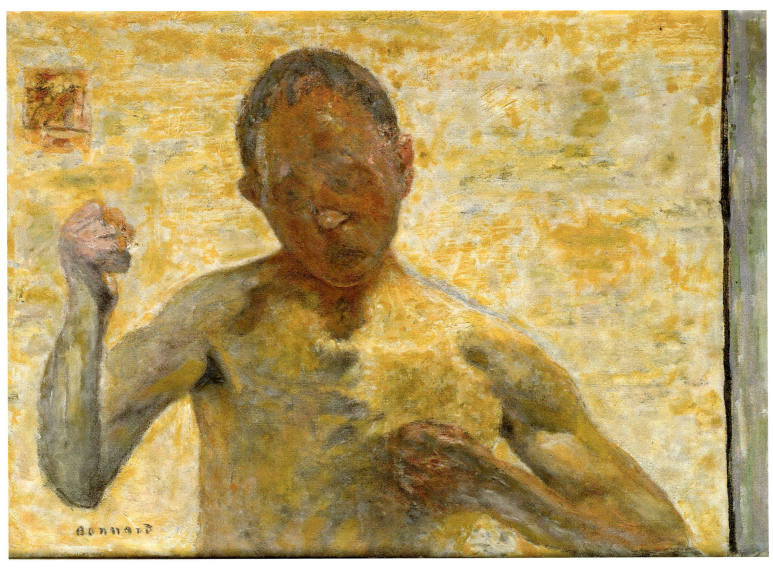

Geburten des Pygmalion

Mit der künstlerischen Arbeit bringt der Schaffende seine Doubles aus Fleisch und Blut hervor. Mit seinem Körper und aus dem sinnlichen Verlangen heraus haucht er der Leinwand oder dem Marmor Leben ein. Es ist lohnend, bei diesem Thema auf die Geschichte Pygmalions[21] zurückzukommen. Als Zeuge der Laster, mit denen die Natur den Körper der Frauen geschlagen hat, bleibt Pygmalion unberührt und Junggeselle, doch als er eines Tages aus Elfenbein einen weiblichen Körper von überragender Schönheit gebildet hat, verliebt er sich in diese jungfräuliche Gestalt, die alle Merkmale eines wirklichen Menschen aufweist, so daß sie völlig lebendig wirkt. »Die Kunst verbirgt sich durch große Kunst.« Der Bildhauer begeistert sich für das aus ihm selbst hervorgegangene Bild. Oft nähert er sich ihm mit den Händen, um zu ergründen, ob es aus Fleisch oder aus Elfenbein ist, und er kann sich nicht damit abfinden, daß es lediglich Elfenbein sein soll. Er küßt seine Statue und bildet sich ein, daß sie seine Küsse erwidert. Er spricht mit ihr, schließt sie in die Arme und stellt sich vor, daß das Fleisch bei der Berührung durch seine Finger nachgibt; er befürchtet sogar, daß sie Abdrücke in der Art von Totenflecken auf den berührten Gliedern hinterlassen könnten. Er bringt ihr Geschenke, wie sie jungen Mädchen zu gefallen pflegen: Muscheln, glattgeschliffene Kieselsteine, kleine Vögel, Blumen in allen erdenklichen Farben, Bernsteintränen. Er schmückt sie mit schönen Kleidern und streift ihr mit kostbaren Steinen geschmückte Ringe auf die Finger, hängt ihr lange Colliers um den Hals und steckt ihr leichte Perlen an die Ohren, heftet ihr Kettchen an die Brust. Nackt ist sie genauso schön, wie mit Schmuck behängt. Einfach alles steht ihr. Er bedeckt sie mit Matten, die mit sidonischem Purpur gefärbt sind, nennt sie seine Gefährtin und legt ihr Haupt auf flauschige Federkissen, »als ob sie dafür empfänglich sein könnte«. An den Tagen, da auf Zypern mit großem Gepränge das Fest der Venus begangen wird, da man Färsen mit gewundenen, goldüberzogenen Hörnern opfert, bringt auch Pygmalion sein Opfer dar und erbittet mit schüchterner Stimme von den Göttern, daß sie ihm eine Frau zur Gemahlin geben, die seiner elfenbeinernen Jungfrau gleicht (wobei er es nicht wagt, die Worte »elfenbeinerne Jungfrau« direkt auszusprechen).

Doch die goldgeschmückte Venus versteht das Gelübde, und als der Künstler bei der Rückkehr in sein Haus die Statue wiederfindet und in die Arme schließt, fühlt er, wie sich ihr Körper erwärmt. Er nähert ihr seine Lippen, legt die Hand auf ihre Brüste.

Meister L.D. (nach Primaticcio):
Pygmalion erschafft Galatea – um 1545.

Bei diesem Kontakt wird das Elfenbein plötzlich von einer Art Rührung ergriffen, es verliert seine Härte, läßt sich von seinen Fingern eindrücken und wird geschmeidig wie das Wachs vom Hymettos bei Sonnenbestrahlung. Der Bildhauer weiß nicht, ob er sich freuen darf, denn er fürchtet, daß er sich getäuscht haben könnte. Seine Hand tastet wieder und wieder den Gegenstand seines Verlangens ab; doch es besteht kein Zweifel mehr: Es ist wirklich ein lebender Körper, dessen Adern er pulsen fühlt, wenn er ihn mit den Händen berührt. Das Elfenbein, ein Material, das der Haut dank seiner Glätte und Blässe ähnlich ist und dem nur das Inkarnat gefehlt hat, belebt sich, es wird durchblutet. Seine Lippen heften sich schließlich auf wirkliche Lippen, das junge Mädchen er-

Jean-Léon Gérôme:
Pygmalion und Galatea – 1890.

widert die Küsse, die es empfängt, und überdies errötet es, ein unwiderleglicher Beweis dafür, daß es ein Wesen von Fleisch und Blut ist. Gleichzeitig schlägt sie die Augen auf, erblickt den Himmel und ihren Geliebten. Auf dem Weg über das Sinnesverlangen hat sich das Kunstwerk in Fleisch verwandelt.

Der Wunsch zu sehen, wie das Leben und seine feinsten Schwingungen in das Kunstwerk Eingang finden, stellt die eigentliche Obsession des Künstlers dar. Dieser Wunsch wird zur fixen Idee in den Gedichten Michelangelos an die schöne Vittoria Colonna, die er sein ganzes Leben lang liebt, ohne daß seine Neigung erwidert würde. Der Bildhauer behandelt die Skulptur als eine Freundin, eine Gefährtin, eine Geliebte. »Die sublime Skulptur ist zugleich eine Freundin«[22], und vom Marmor spricht er wie von einem Frauenkörper. »Ein herausragender Künstler entwirft kein Sujet, das ein Marmorblock nicht in seinem Schoß tragen kann.«[23]

Vittoria Colonna erläutert er in einem Madrigal, »daß man, wenn man Teile eines Marmorblocks mit dem Meißel entfernt, im Schoße eines rauhen, kompakten Steines eine lebendige Figur zur Welt kommen läßt, die in dem Maße wächst, wie der Stein sich

Thomas Eakins:
William Rush und sein Modell – 1907–1908.

Michelangelo:
Sklave – um 1532–1534.

verkleinert.«[24] Ständig verbindet Michelangelo in seinen Texten das Warme mit dem Kalten, die Flamme mit dem Stein. »Wenn das innere Feuer der Freund des kalten Steins ist und wenn es, aus dem Stein selbst extrahiert, diesen umschließt, ihn brennt, ihn zersetzt und auf gewisse Weise immer noch lebt, dann verbindet es die übrigen Steine miteinander und wird unzerstörbar; und wenn es sich mit ihnen zum Himmel erhebt und Winter und Sommer Trotz bietet, dann mißt man ihm größeres Verdienst bei als vorher; es scheint, daß es den Winden und den Stürmen dann ausweicht und Jupiters Blitze verachtet. Ebenso ist es, wenn die aus mir hervorgegangene Flamme, die in meinem Innern ein verborgenes Spiel ist, mich selbst zersetzt; wenn ich verbrannt und schließlich erloschen bin, hoffe ich mehr Leben zu gewinnen.«[25]

Durch die Arbeit am Stein erkennt sich das Leben die Macht zu, unsterblich zu werden, und der Zauberer, der diese Verwandlung bewirkt, ist ganz offensichtlich der Bildhauer, und zwar über sein eigenes Leben hinaus. »Wie ist es möglich, edle Dame«, verwundert er sich gegenüber der gefühlskalten Vittoria Colonna, »daß ein lebendiges, aus einem felsigen, harten Stein gehauenes Bildnis länger leben kann als sein Schöpfer, der bald vom Tod hinweggerafft wird?«[26] Da er weiß, daß er über dieses Unsterblichkeitsvermögen verfügt, möchte er es der distanzierten Vittoria Colonna zunutze machen, indem er sie im Stein nachbildet, wie Tizian die Geliebte des Herzogs von Urbino als Venus mit dem kleinen Hund verewigt hatte. Er schlägt der Unerreichbaren vor, ihrer beider Porträts zu schaffen:

»Vielleicht kann ich uns beiden ein langes Leben verleihen, sei es durch Farben, sei es durch Marmor, indem ich unsere Liebe und unsere Gesichter wiedergebe; so daß man noch tausend Jahre nach unserem Fortgang sehen wird, wie schön du warst, wie ich dich liebte und weshalb ich nicht wahnsinnig wurde, da ich dich liebte.«[27]

Aber die Schöne lehnt gleichgültig ab und beraubt sich so der einzig möglichen Unsterblichkeit. Michelangelo ist überzeugt, daß die Schönheit es erlaubt, an die Ewigkeit zu rühren. Er widmet Vittoria einen wahren Kult und vergöttert sie, die ihm als Führerin und zugleich als Spiegel dient.

Michelangelo weiß wohl, daß die Schönheit schwer zu erfassen ist. Dieser Vorläufer von Goethes Werther leidet und träumt von einer fröhlichen Schönheit. Ebenso wie Leonardo da Vinci legt er sich deutlich Rechenschaft davon ab, daß der Künstler sich selbst als Modell dient.

»Wenn es mitunter vorkommt, daß ein Künstler, um ein anderes Bild zu machen, sich selbst im Stein totenblaß und leichenhaft darstellt, so tue auch ich es häufig, der ich durch sie so geworden bin;

Und es scheint, daß ich immer mein eigenes Bild nehme, wenn ich ihres zu machen glaube.

Ich könnte wohl sagen, daß der Stein, dessen Modell sie ist, ihr ähnelt; aber ich kann niemals etwas anderes in Stein hauen als meine kummervollen Glieder. Doch wenn die Kunst die Erinnerung an eine große Schönheit bewahrt, dann müßte sie mich fröhlich stimmen, damit ich sie schön machen kann!«[28]

Wenn Michelangelo als Bildhauer wie auch als Maler die Wirkung hervorhebt, die von der Projektion ausgeht, so fühlt er sich doch keineswegs davon schockiert, er wundert sich kaum darüber, betrachtet sie als natürlich und möchte lediglich mehr Freude daraus gewinnen.

Vom Wettstreit zwischen Kunst und Wirklichkeit

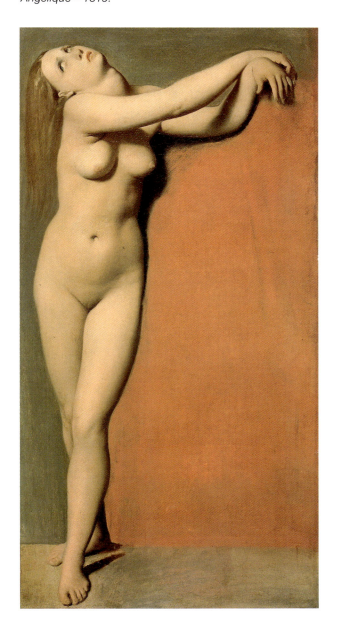

Jean-Dominique Ingres: Angélique – 1819.

Durch seine Fähigkeit zur Verklärung verwischt der Künstler die scheinbaren Grenzen zwischen Kunst und Wirklichkeit. So berichten viele Geschichten von der in diesem Zusammenhang entstehenden Verwirrung. Emile Zola hebt in seinem Roman »Das Werk« diese Vieldeutigkeiten mit äußerster Schärfe hervor. Wir wissen, daß Cézanne, ein Kindheitsfreund des Schriftstellers, als er das Buch entdeckte, eine irrige Spiegelung seiner Person darin erblickte und daß dies zum fast definitiven Bruch eines langandauernden guten Einvernehmens führte.

Der Maler, ein Mann namens Claude Lantin, der allein lebt, begegnet durch Zufall einem jungen Mädchen, das vom Schicksal sehr schlecht behandelt worden ist. Erschöpft schläft sie schließlich bei ihm ein, erst in diesem Augenblick wagt er sie zu betrachten, sie zu bewundern; als er ihre Schönheit bemerkt, beginnt er sie zu zeichnen und begeistert sich für die gut angeordneten Farbtöne und Muskeln. »Schon hatte er das junge Mädchen vergessen, er befand sich in Verzückung über den Schnee der Brüste, der den feinen Bernstein der Schultern erhellte. Eine ängstliche Bescheidenheit ließ ihn angesichts der Natur schrumpfen, er preßte die Ellbogen an den Körper und wurde wieder ein sehr artiger, aufmerksamer und respektvoller kleiner Junge.«[29]

Er zeichnet das Mädchen, zeichnet es immer öfter; sie wird seine Freundin, sein offizielles, wenn auch überaus schamhaftes Modell. Claude aber verzweifelt. Es gelingt ihm nicht, dieses Modell zu erfassen, um es so, wie er es wünscht, in seine Malerei einzubeziehen. Er verliert die Kontrolle über seinen Gegenstand, er verdirbt ihn. Manchmal »flieht er vor seinem Werk mit dem entsetzlichen Schmerz darüber, daß er es so, von einer klaffenden Wunde entstellt, im Stich läßt.«[30] Christine steht ihm bis zur Erschöpfung, stoisch, monatelang Modell, sie läßt sich von ihm dirigieren und manipulieren, während er versucht, »in die Beschaffenheit dieser Haut, dieses Fleisches einzudringen, das alles Licht aufsaugt und dessen Blut er in den Adern seines Bildes fließen sehen möchte.«

»Trotzdem ist es ein phantastischer Akt (…) Und er vibriert und nimmt ein herrliches Leben an, als ob man das Blut in den Muskeln fließen sähe … Ach! Ein gut gezeichneter Muskel, ein prächtig gemalter Körperteil in voller Beleuchtung, es kann nichts Schöneres, nichts Besseres geben, das ist der liebe Gott selber! … Was mich angeht, so habe ich keine andere Religion, ich möchte davor niederknien und mein ganzes Leben so bleiben (…) Sieh mal! Da, die Partie

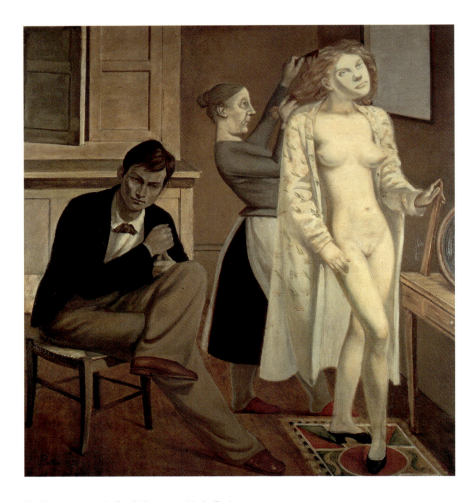

*Balthus genannt, Graf Klossowski de Rola:
Cathys Morgentoilette – 1933.*

unter der linken Brust, nun, das ist wirklich wunderhübsch, die bläulichen Äderchen, die der Haut die Feinheit eines köstlichen Farbtons verleihen ... Und da, an der Schwellung der Hüfte, diese Einbuchtung, wo der Schatten goldene Färbung annimmt, ein wahres Wunder! ... Und da unter der ausladenden Formgebung des Bauches, diese reine Kontur der Leistenbeuge, eine Spur von Karmin in blassem Gold ...«[31]

Aber Christine merkt, daß sie zum Objekt geworden ist, nicht anders als ein kleiner Krug oder der Kessel auf einem Stilleben. Die Leidenschaft des Malers für das Fleisch ist ausschließlich auf den Akt des Malens bezogen, seine Geliebten sind nichts weiter als gemalte Geliebte. Sublimierung, nichts als Sublimierung, würde der Doktor Sigmund Freud gesagt haben! Christine ist empört angesichts dieser Verfolgung eines bloßen Trugbildes. Sie ist tödlich verletzt von diesem »Dreiecksverhältnis«, in dem sie sich von der Geliebten auf dem Bild besiegt fühlt, jener, die allein imstande ist, das Blut ihres Freundes in Wallung zu versetzen, und die sie von ihm durch eine unüberwindliche Mauer getrennt hat.

Die Rivalin, die »Konkubine«, die so aufdringlich ist und »so furchtbar in dieser Reglosigkeit des Bildes«, trägt in Christines Augen den Sieg davon. Claude aber hört nicht auf zu kämpfen. »Er schwitzt Blut und Tränen«, um Fleisch zu schaffen, um ihm Leben einzuhauchen. Doch nie ist er ganz zufrieden; es gelingt seinem Modell nicht, ihn innerlich anzufüllen. Er sucht und sucht, ohne daß es ihm gelänge, sein Ideal zu erreichen. Eines Tages zerstört er in blinder Wut sein Gemälde. Christine freut sich insgeheim, die Rivalin »getötet« zu sehen. Claude nimmt seinen »Mord« in Augenschein: »Claude betrachtete diese ins Leere klaffende Brust. Ein unendlicher Kummer kam für ihn aus der Wunde, durch die das Blut seines Werkes auszuströmen schien. War es denn möglich? War er es, der so gemordet hatte, was er am meisten auf der Welt liebte? Sein Zorn verwandelte sich in Bestürzung, er begann mit den Fingern über die Leinwand zu fahren und an den Rändern des Risses zu ziehen, als ob er seine Lippen einer Wunde näherte.«[32]

So ist dieser ganze Roman Emile Zolas erfüllt von der Obsession, Wesen aus Fleisch und Blut erzeugen zu wollen. Der Romancier – ein Liebender in der Domäne der Literatur, ein Pygmalion seiner Gestalten – war mit dieser Problematik sicher im Innersten vertraut.

In Rudyard Kiplings Roman »Das erlöschende Licht« kann man sehr ähnliche Elemente finden, in denen sich die Liebe, die Sublimierung, die Einsamkeit des Künstlers und die doppeldeutige Anwesenheit des lebenden Modells miteinander vermischen. Die Hauptgestalt Dyck ist eine Art alter Haudegen, der für ein englisches Journal die Kämpfe im hintersten Sudan mit gezeichneten Illustrationen kommentiert, der aber seltsam verzaubert von einer Liebe in seiner Kindheit geblieben ist. Als er nach London zurückkehrt ist, will es der Zufall, daß er dem Gegenstand dieser großen Liebe wiederbegegnet, einer gescheiterten Malerin, die zu einer gefühlskalten Frau

Edvard Munch:
Der Künstler und sein Modell – 1919–1921.

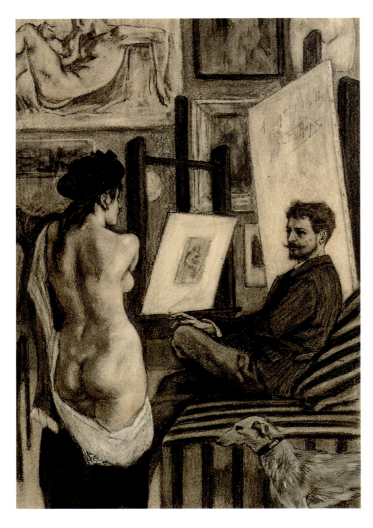

Félicien Rops:
Selbstbildnis mit Modell im Atelier – 1875.

geworden ist. Sie verweigert sich ihm entschieden. So stürzt das in der Erinnerung idealisierte Modell beim Kontakt mit der Wirklichkeit des Tages in sich zusammen. Doch zum Ersatz schenkt ihm die Vorsehung ein Modell in Form einer jungen Frau, die am Rande des Hungertodes von einem Freund aufgelesen wird, mit dem er die Wohnung teilt. Zuerst mißtraut der Künstler ihrer Armut, doch denkt er recht bald daran, sie als Modell zu verwenden. Er mustert sie eingehend, wie man ein Pferd vor dem Rennen begutachten würde, und sie empört sich, da sie sich durch die Beobachtung des Malers gewaltsam entkleidet fühlt. Dennoch wird sie, von der finanziellen Notwendigkeit getrieben, sein Modell. Der Maler nähert sich ihr, nachdem er seinen Freund Torpenhow gewarnt hat: »Denken Sie daran, daß sie keine Frau ist sondern mein Modell.«[33] Er bedient sich ihrer, um eine »Melancholie« zu schaffen, die er nicht vollenden kann. Rein zufällig also eine »Melancholie«!

Dyck, so heißt Kiplings Maler, arbeitet und arbeitet, doch fortschreitend und unwiderruflich trübt sich sein Blick, er erblindet. Als ihm das bewußt wird, malt er wie rasend, denn er will dieses Werk vollenden, in das er ein wenig von Bessie, seinem Modell, und ein wenig von Maisie, seiner Kindheitsliebe, zu legen ver-

Lucian Freud:
Akt mit Malerpalette – 1972–1973.

Oskar Kokoschka:
Selbstbildnis mit Puppe – 1920–1921.

sucht. Als die »Melancholie« schließlich vollendet ist, zeigt er sie, trunken vor Erregung und vom Whiskygenuß, seinem treuen Freund und Nachbarn, dem er gesteht, daß er sie »aus der Hölle« geholt hat. Bessie, die wütend ist, weil man sie so heftig gedrängt hat, Modell zu stehen, und noch wütender, weil sie durch Veranlassung des besitzergreifenden Malers von einem potentiellen Ehemann, nämlich Torpenhow, ferngehalten worden ist, läßt ihren Verdruß an dem Kostbarsten aus, das der Künstler in seinem Leben zu besitzen scheint: dem Bild, das sie in jähem Zorn vernichtet.

Die Schandtat wird von dem Maler nicht gleich bemerkt, da er in der Sekunde seines letzten Pinselstriches völlig blind geworden ist; als ob ihm das Gemälde die Augen gestohlen hätte! Doch als er nach einigen unvorhergesehenen Ereignissen schließlich erfährt, daß die Frucht seiner großen Leidenschaft zunichte gemacht worden ist, wird die Mitteilung schicksalhaft für ihn und zieht ihn indirekt in den Schlund des Selbstmordes.

Joyce Cary, ein anderer englischer Schriftsteller, beschäftigt sich in dem Roman »Das Pferdemaul«, der von der Bohemeexistenz eines siebenundsechzigjährigen und eben aus dem Gefängnis entlassenen Künstlers namens Gulley Jimson erzählt, ebenfalls mit der fleischlichen Bindung des Künstlers an sein Werk und den komplexen Beziehungen zum Modell.

Von seinem Modell (das auch seine Geliebte ist, oder von seiner Geliebten, die auch sein Modell ist!) wird er sagen: »Ich wußte niemals, ob ich Lust hatte, sie zu zeichnen oder sie lieber zu beißen (…) Sara hat ständig etwas an sich, das mir Verlangen einflößt, auf sie einzuschlagen, sie auf ein Bett oder auf eine Bildleinwand zu legen.«[34] Wenn er sie betrachtet, sieht er das Bild, das er aus ihr »herausholen« könnte. Die Überschneidungen zwischen Kunst und Illusion häufen sich bis zur völligen Konfusion, und Sara, eine sehr narzißtisch orientierte Person, bewundert sich selbst auf den Bildern ihres Geliebten. In einer langen Szene der Gegenüberstellung vergleicht sie sich mit ihrem Bild. Zug um Zug klagt sie den Maler der mangelnden Treue in der Wiedergabe an (»Ich habe niemals so rosig ausgesehen«), oder sie lobt die Geschicklichkeit, die etwas von ihr verbessert (Die Schicht von Weiß, die die Rundung ihrer Brust zur Geltung bringt). Künstler und Modell werden zu Rivalen in der Frage, wo die Quelle der Schönheit zu suchen ist. Der Maler rühmt sich, daß ihm die Brüste gut gelungen sind. »Gestehen Sie, daß sie fest waren«, erwidert das Modell, »und ungewöhnlich weiß (…) Betrachten Sie nur diese Ader, da, nichts als ein Pinselstrich auf der Oberfläche der Haut«, hält ihr der Künstler entgegen usw.

Außerdem ist Sara – wie die Tosca oder wie die Christine aus Zolas Roman »Das Werk«– in höchstem Grade eifersüchtig, und so gefällt sie sich darin, den Maler von seinen Zielen abzubringen. Eine Methode, über die sich das Opfer voll Ironie beschwert: »Wenn mich ein tolles Verlangen zu malen packte, war dies gerade der Augenblick, den sie wählte, um mich ins Bett zu treiben und selbst mit hineinzuschlüpfen und mein ganzes Feuer zu schüren, um den eigenen Topf kochen zu lassen. So verlieh sie meiner Einbildungskraft Flügel, um sich ein schönes Federbett zu bereiten.«[35] Zermürbende Rivalitäten! Jedoch ist es ausgerechnet diese unerträgliche Frau, deren Bild er auf der Leinwand festhalten will, und sei es um den Preis der Selbstzerstörung. Er wird zum »blutüberströmten Jüngling« und sie zur »strahlenden Jungfrau«. Eine »strahlende Jungfrau«, die in den Augen der anderen nichts weiter ist als eine gewöhnliche Hure. Doch fanden sich die Lieblingsmodelle von Degas und Toulouse-Lautrec nicht auch vorzugsweise in den Freudenhäusern?

Pablo Picasso:
Der Bildhauer – 1931.

Auf der Suche nach dem Modell

Anonym:
Zeuxis, die Jungfrauen Krotons malend – illuminiertes Blatt, Detail – um 1530-1540.

Das unerreichbare Modell

Seitdem der Kunst an Illusion und an Schönheit gelegen ist, stellt die Suche nach dem Modell eine allgegenwärtige Besorgnis dar. Plinius und Cicero erzählen die Geschichte von dem Maler Zeuxis, der nach kroton eingeladen wird, um den Tempel der Juno zu schmücken. Der Künstler, der die vollkommene Spiegelung der weiblichen Schönheit in ein Bild einschließen wollte, erließ die Bekanntmachung, daß die schönsten jungen Mädchen der Stadt vor seinem prüfenden Blick Revue passieren sollten. Da er keine von ihnen vollkommen fand, »aus dem einfachen Grund, daß die Natur nicht in einem einzigen ihrer Geschöpfe den Liebreiz aller ihrer Vollendungen vereinigt hat«, ließ er die fünf schönsten posieren und setzte die Gestalt seines Bildes dann aus den gelungensten Körperteilen jedes der Mädchen zusammen.

Die Kunst zielt darauf, es »schöner als die Natur« und auch »wahrer als die Natur« zu machen. Zeuxis, der so sehr von der Illusion besessen war, malte mit Hingabe Weinbeeren, die die Vögel aufpicken wollten, doch sah er sich grausam von seinem Rivalen Parrhasius in den Schatten gestellt, als er selbst einen von jenem als Trompe-l'oeil gemalten Vorhang zur Seite schieben wollte, denn er begriff, daß es ihm gelang, das Tierreich zu täuschen, während Parrhasius die Menschen zu verführen verstand. Die Geschichte geht noch weiter. Zeuxis stellt einen Knaben dar, der Weintrauben trägt. Aufs neue kommen die Vögel, die von den Früchten angezogen werden, um sie aufzupicken, und der Maler fühlt sich davon gequält, denn er ist der Meinung, daß seine Menschengestalt wohl nicht überzeugend genug gemalt worden ist, um die Geflügelten fortzuscheuchen. Die Illusion des wirklichen Lebens ist nicht erreicht worden.

Die auf Zeuxis Bezug nehmenden Anekdoten werden häufig in Erinnerung gerufen und umgedeutet. Das 12. Jahrhundert nimmt sie in das Repertoir der Illuminationen auf. So sieht man dort Zeuxis, der auf einer Leiter steht, und die fünf Modelle posieren zu seinen Füßen.[1] Manchmal verwandelt er sich auch in einen Bildhauer, der Statuen und Bildwerke schafft.[2] Später wird Zeuxis wieder zum Maler, und man sieht ihn vor seiner Staffelei, fünf Schönheiten gegenüber, die – dem antiken Zeugnis folgend – weitgehend entkleidet sind, während die Hand schamhaft das Geschlecht verdeckt (oder betont?). In einigen Fällen bezieht die Darstellung, in diesem Punkt dem Text Ciceros folgend, ein Gymnasion, eine antike Turn-

François-André Vincent:
Zeuxis bei der Modellwahl – 1789.

halle, mit ein. Der Text erinnert an das Widerstreben der Einwohner von Kroton angesichts des Vorschlages, ihre Töchter, Schwestern oder Ehefrauen dem Blick des fremden Zeuxis auszuliefern. Sie beabsichtigen, ihn von seinem Vorhaben abzubringen, führen ihn fort zum Gymnasion und bitten ihn, sich die Schönheit der Frauen ausgehend von jener der Männer vorzustellen! Muß man erwähnen, daß es der Maler ablehnte, sich auf ein derartiges Verfahren einzulassen.

Das erinnert, wenn auch in umgekehrter Weise, an eine Anekdote aus dem Leben Auguste Renoirs, die von seinem Sohn und seinem Kunsthändler Ambroise Vollard überliefert wurde.³ Renoir hegte eine Abneigung dagegen, Männer zu malen, und er wußte absolut nicht, wie er sich einem männlichen Modell gegenüber verhalten sollte. Da er jedoch eines Tages einen Paris malen wollte, der Venus gerade den Apfel reicht, schützte er vor, kein geeignetes männliches Modell zu finden, und verkleidete Gabrielle – die getreue Hausgehilfin und sein vertrautes, beinahe famlienzugehöriges Modell –, in einer Weise, daß sie diese Rolle spielen konnte! Danielle Canneel, das offizielle Modell Paul Delvaux' während einer Zeit von achtzehn Jahren, das er wegen seiner elfenbeinfarbenen Blässe und jünglingshaften Gestalt ausgewählt hatte, hat häufig in Jünglingsrollen posiert.

Die unermüdliche Suche nach dem Modell zeugt von der Suche nach Vollendung und auch nach Annäherung an ein geistiges Bild und ein Phantasma,

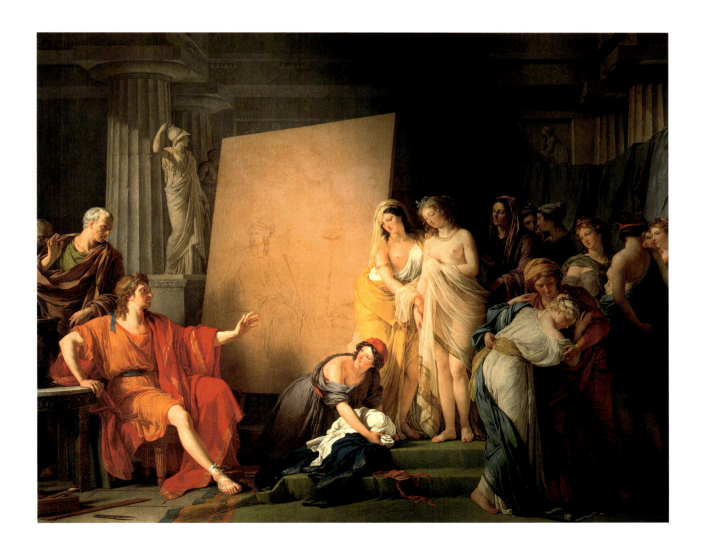

dem gegenüber die Wirklichkeit immer auf Abstand bleibt. Der Künstler will dem Bild Leben einhauchen, aber indem er das Leben seinem eigenen Willen unterwirft.

Die Macht des Ideals wird von Théophile Gautier in seinem Roman »Mademoiselle de Maupin« mit großer Hellsichtigkeit gezeigt. Albert, ein ständig unzufriedener Ästhet, verlagert das Wirkliche stets diesseits seiner Erwartungen. Den Frauen würde er jederzeit Bilder von Rubens oder Raffael vorziehen. Wenn er seine Geliebte Roisette analysiert, dann als Kunstliebhaber, der ein Werk in seinen kleinsten Details betrachtet: »… das ist ein Standbild, bei dem mehrere Teile richtig ausgeführt worden sind. Die anderen sind nicht so sauber vom Block abgelöst; es gibt Stellen, die mit viel Finesse und Anmut hervorgehoben sind, und einige, die schlaffer und nachlässiger wirken. Für die Augen der Menge ist die Statue völlig abgeschlossen und von vollkommener Schönheit; aber ein aufmerksamer Beobachter entdeckt daran alsbald Partien, wo die Arbeit nicht konzentriert genug ist, und Konturen, die, damit sie die ihnen eigene Reinheit erreichen, es erforderlich machen, daß der Fingernagel des Schaffenden immer wieder darüber fährt.«[4] Wie der berühmte Zeuxis hätte Albert sich vermutlich gewünscht, eine ideale Geliebte zusammensetzen, ein Mosaik aus vollkommenen Fragmenten erschaffen zu können.

Wahrscheinlich ist es Balzac in seiner Erzählung »Das unbekannte Meisterwerk« gelungen, das unzugängliche Wesen des Modells und die Art und Weise, wie der Maler die Malerei als Geliebte nimmt, als ein Werk von Fleisch und Blut, mit größtem Scharfsinn wiederzugeben. Hier vollzieht sich alles nach den Gesetzen der Leidenschaft, wobei man in den Begriff der Leidenschaft auch den des Leidens einschließen muß.

Der alte Maler Frenhofer, der sich auf dem Gipfel seines Ruhms befindet, empfängt in seinem Atelier den einstigen Schüler und Freund Porbus und gleichzeitig auch einen jungen Maler, der auf den Namen Poussin hört. Als Porbus eines seiner Bilder zeigt, um Frenhofers Meinung einzuholen, analysiert der erfahrene Meister dieses Frauenporträt und schätzt es wenig zufriedenstellend ein, da es zu wenig »lebendig« sei. Das Gespräch, oder genauer gesagt der Monolog, ist höchst aussagekräftig:

»Die Frau da ist nicht übel geraten, aber sie lebt nicht, Ihr glaubt immer, alles getan zu haben, wenn ihr eine Gestalt sauber gezeichnet und jeder Einzelheit den Platz zugewiesen habt, der ihr nach den Gesetzen der Anatomie zukommt. Dann koloriert ihr euren Entwurf mit einem Fleischton, den ihr vorher auf eurer Palette zurechtgemischt habt, und achtet sorgfältig darauf, die eine Seite dunkler zu halten als die andere. Und weil ihr von Zeit zu Zeit eine nackte Frau betrachtet, die aufrecht auf einem Tische steht, glaubt ihr, die Natur nachgeformt zu haben, bildet ihr euch ein, Maler zu sein und Gott sein Geheimnis entwendet zu haben! (…) Aber trotz aller lobenswerten Bemühungen vermag ich nicht zu glauben, daß dieser schöne Körper vom warmen Odem des Lebens beseelt sein soll. Legte ich die Hand auf die so feste Rundung dieses Halses, so würde ich ihn, scheint mir, kalt wie Marmor finden! Nein, mein Freund, unter dieser Elfenbeinhaut kreist nicht das Blut, diese Adern und Muskelfäserchen, die sich unter dem Ambraschimmer der Schläfen und der Brust netzartig verschlingen, sind nicht geschwellt vom Purpurtau des Lebens. Diese Stelle hier atmet, aber jene dort ist reglos; in jedem Detail kämpfen Leben und Tod miteinander: Hier ist eine Frau, da eine Statue, dort ein Leichnam. Deine Schöpfung ist unvollkommen. (…) Es ist nicht die Aufgabe der Kunst, die Natur zu kopieren, sondern sie auszudrücken!«[5]

Die Schönheit läßt sich nicht leicht in den Netzen fangen, man muß sie lieben, sie nochmals lieben, ihr unaufhörlich nachspüren, »sie drücken und eng umschlingen, um sie dazu zu zwingen, daß sie sich ergibt.« Wie viele Kämpfe, um sie in ihrer eigenen Vitalität zu erreichen! »Ihr macht euren Frauen schöne Kleider aus Fleisch, schöne Draperien aus Haar; wo aber ist das Blut, welches Ruhe oder Leidenschaftlichkeit erzeugt und das besondere Wirkungen hervorbringt?«[6]

Den Anschein wirklichen Lebens hervorzurufen, das kann nicht durch irgendeine Vorschrift, irgendeinen Unterricht bewerkstelligt werden. Wie soll man jenes Pulsen wiedergeben, »die Seele, die wolkengleich dahintreibt, die Blüte des Lebens.« Es gibt offensichtlich Mittel, die der Kunst förderlich sind, aber sie bleiben begrenzt. Frenhofer verwendet sie. Dem Rat Leonardo da Vincis folgend, überprüft er sein Gemälde mit dem Spiegel. Abwechselnd klagt er die Zeichnung an oder nimmt sie in Schutz: »Die Zeichnung gibt ein Skelett, die Farbe ist das Leben, aber das Leben ohne das Skelett ist eine unvollkommenere Sache als das Skelett ohne das Leben.«[7]

Der alte Maler hegt jedoch ein Geheimnis, ein großes Geheimnis. Seit langem schon arbeitet er an dem Bild einer Frau. Und trotz der inständigen Bitten von Porbus, der den Alten auffordert, ihn »seine

Mätresse« sehen zu lassen, weigert er sich mit Entschiedenheit, es zu zeigen. Der Maler spricht von dem Bild tatsächlich wie von einer Frau, die er verzweifelt liebt, und ruft es sich mit der lebhaftesten Erregung ins Bewußtsein.

›»Gestern, gegen Abend‹, meinte er, ›glaubte ich es fertig zu haben. Ihre Augen schienen mir feucht zu sein, ihr Fleisch war erregt, ihre Haarflechten bewegten sich. Sie atmete!«‹[8]

Der Künstler gerät mit der Natur in Streit, er hofft sie an sich zu reißen oder, besser noch, sie zu übertreffen. Aber da es ihm nicht gelingt, diese Frau zu vollenden, gibt er dem Mangel an einem vollkommenen Modell die Schuld. »›… was mir bis jetzt gefehlt hat, war die Begegnung mit einer untadeligen Frau, mit einem Körper, dessen Umrisse von vollkommener Schönheit sind und dessen Karnation… Aber wo lebt sie‹, unterbrach er sich selbst, ›wo lebt sie, diese unauffindbare Venus der Alten, die so oft Gesuchte, von der wir kaum ein paar verstreute Schönheiten zu sehen bekommen? Oh, um für einen Augenblick, ein einziges Mal, die göttliche, die vollkommene Natur, das Ideal zu sehen, dafür gäbe ich mein Vermögen hin, und müßte ich dich in der Vorhölle suchen, himmlische Schönheit! Wie Orpheus stiege ich in den Orkus der Kunst hinab, um das Leben von dort zurückzuholen.‹«[9]

Da kommt dem jungen Poussin der Gedanke, daß er seine zauberhafte Geliebte Gillette, ein bescheidenes Mädchen, das von bemerkenswerter Schönheit ist, dem Meister »borgen« könnte. Porbus greift zu einer List und verlangt, daß sie – »im Austausch dafür« – das geheimnisvolle Bild zu sehen bekommt. »Frau gegen Frau!« Der Alte ist schmerzlich empört angesichts der Aussicht, gezwungen zu sein, sein Gemälde zu zeigen.

»›Wie‹, rief er schließlich schmerzlich aus, ›mein Geschöpf soll ich zeigen, meine Gattin? Soll den Schleier zerreißen, unter dem ich mein Glück verborgen halte? Aber das wäre eine entsetzliche Prostitution! Zehn Jahre lebe ich nun mit dieser Frau, sie gehört mir, mir allein, sie liebt mich. Hat sie mir nicht bei jedem Pinselstrich zugelächelt, den ich an ihr tat? Sie hat eine Seele, die Seele, die ich ihr verliehen habe. Sie würde erröten, wenn andere Augen als die meinen auf ihr ruhten. Sie sehen lassen! Welcher Gatte, welcher Liebhaber ist denn so verächtlich, daß er die eigene Frau enthehrt? Wenn du ein Bild für den Hof malst, legst du nicht deine ganze Seele hinein, Höflingen verkaufst du nur kolorierte Gliederpuppen. Mein Gemälde ist kein Gemälde, sondern ein Gefühl, eine Leidenschaft! In meinem Atelier geboren, muß es darin jungfräulich bleiben und darf nur bekleidet von dort hinausgehen. Die Poesie und die Frauen geben sich nackt nur ihren Liebhabern!‹«[10]

Was kann man einer solchen Passage hinzufügen, in der die fleischliche Identifikation ihren Höhepunkt erreicht?

Dann aber betritt die junge Gillette das Atelier. Porbus und ihr Geliebter warten auf sie, das Ohr horchend an die geschlossene Tür gepreßt. Es folgt ein meisterhafter Theatercoup: Der Alte kommt heraus und heißt die beiden Verschwörer hereinkommen. Während diese angesichts der zahlreichen an den Wänden des Ateliers hängenden Meisterwerke ihre Bewunderung äußern, zieht sie der alte Mann in einem Zustand der Erregung, der dem »eines jungen liebestrunkenen Mannes vergleichbar ist«, mit sich zu einem Gemälde, dessen schwungvolles Lob er selbst sofort anstimmt.

Dieser Pygmalion gerät vor diesem Bild in Begeisterung, seine Rede zeugt von einem sexuellen Erregungszustand. Sprachlos überlassen die beiden Maler den alten Meister seinem ekstatischen Gebaren und gehen näher an das Bild heran, um nichts dar-auf wahrzunehmen als ein Chaos unentschiedener Nuancen, einen gestaltlosen Nebel, aus dem nur ein nackter Fuß herausragt, ein köstlicher lebendiger Fuß, der dort hervorsprießt wie aus den Trümmern einer durch eine Feuersbrunst zerstörten Stadt.

»Da ist eine Frau darunter«, ruft Porbus aus, als er die Überlagerungen bemerkt, welche die Gestalt verdorben hatten, während sie ihr zur Vervollkommnung verhelfen sollten. »Wieviel Genüsse finden sich auf diesem Stück Leinwand!« ruft er von neuem aus. Doch am Abend dieser furchtbaren Enthüllung begeht der alte Maler, nachdem er alle seine Werke verbrannt hat, Selbstmord …

Balzac verdichtet in dieser Novelle mit seltener Suggestivkraft eine Menge von Fragen, die hinsichtlich der Liebesbeziehung des Malers zu seinem Modell und zum Gemälde gestellt werden.

Paul Cézanne ist wie Balzacs Gestalt Frenhofer wahrscheinlich einer jener Maler, für die das Modell ganz besonders »unberührbar« zu sein scheint. Sein ganzes Leben lang wollte Cézanne badende Frauen und badende Männer schaffen, und stets hatte er den Eindruck, daß es ihm unmöglich sei, sie zu malen. Hat Cézanne, als er »Das unbekannte Meisterwerk« las, nicht erklärt: »Frenhofer, das bin ich«? Der Maler aus Aix ist von einer Zwangsvorstellung besessen: nicht »realisieren« zu können. »Ich habe eine gewisse Emp-

65

findung«, erklärt er gegenüber seinem Kunsthändler Ambroise Vollard, »aber es gelingt mir nicht, mich auszudrücken.«[11] Er sucht das Modell, wenn er auch große Angst vor ihm hat. Dennoch beginnt er sein Malerstudium an der Schweizer Akademie von Paris, auf der Ile de la Cité, wo man alles versucht, um die Schüler mit dem lebenden Modell vertraut zu machen.

Die Akademie, die von dem »russischen Vater«, einem früheren Modell, begründet worden war, baut ihren Unterricht bewußt auf dem Studium des lebenden Modells auf: in den ersten drei Wochen des Monats Männer, in der letzten Woche eine Frau. Ob dies eine Belohnung sein sollte? Zola kannte die Schweizer Akademie schon, bevor Cézanne dort immatrikuliert worden war. Er hat sie in seinem Briefwechsel mit dem Freund Baille beschrieben: »Chaillan behauptet, daß die Modelle hier recht passabel sind, wenn auch nicht von erstklassiger Frische. Man zeichnet sie bei Tage, und nachts liebkost man sie (das Wort liebkost ist ein wenig zu schwach). Soweit, was die Pose des Tages und die der Nacht angeht; es wird übrigens behauptet, daß sie sehr anpassungsfähig sind, vor allem, was die Nachtstunden angeht. Was das Feigenblatt betrifft, so kennt man es in den Ateliers überhaupt nicht; man zieht sich ungeniert aus wie in der Familie, und die Liebe zur Kunst verhüllt, was an den Nackheiten allzu erregend sein könnte.«[12]

Cézanne für seinen Teil fühlt sich unwohl, er fürchtet die körperliche Berührung und die Frauen, diese Frauen, deren Rolle er verkleinern möchte. »Ich jedenfalls benötige keine Frauen, das würde mich zu sehr stören. Ich weiß nur überhaupt nicht, wozu das dienen soll; ich habe immer Angst gehabt, es auszuprobieren.«[13] Indessen gehören die Modelle zum Leben der Ateliers und auch zum Leben Cézannes. Ein Bildhauer namens Jules Gibert, der nach Paris gekommen ist, um Cézanne zu besuchen, erzählt nicht ohne gewisse Trivialität das Folgende: »In Paris angekommen, ging ich gleich zu Cézanne, ich läutete, und die Tür wurde mir von einer splitternackten Frau geöffnet, die mich in das Atelier eintreten ließ, wo Cézanne, auf dem Kasten seines Klapphorns sitzend, malte. Und während wir uns unterhielten, kochte das Modell irgend etwas in einer Kasserolle, die auf dem Ofen stand, und die Düfte der einen waren nicht angenehmer als die der anderen.«[14]

Eine beträchtliche Anzahl von Werken Cézannes bringt mit Schwung und Begeisterung die Präsenz des Weiblichen zur Geltung. Wahrscheinlich ist die Angst des Malers seiner Anziehung proportional. Flieht er die Frau nicht aus Furcht vor einer schicksalhaften Verzauberung? Während sich Cézanne regelmäßig wieder seine Badenden vornimmt und über die der Provinz eigene Engstirnigkeit klagt, vertraut er dem Kunstsammler Osthaus an, daß er auf das weibliche Modell verzichtet hat und sich der Dienste »eines alten Invaliden« bedient, »der statt aller dieser Frauen posiert.«[15] Der Akt wird bei ihm der Akt an sich jenseits der Festlegung seines Geschlechts. Der badende Mann unterscheidet sich nicht von der badenden Frau. Skizzen weiblicher Akte dienen zur Komposition seiner »Badenden Männer im Freien«, und umgekehrt werden Skizzen badender Soldaten für die »Großen badenden Frauen« benutzt! Sollte die Malerei, von der Cézanne meinte, sie sei »großhodig«, weil sie hypersensibilisiert sei, nun Malerei außerhalb des Sexus werden, oder genauer, Traum vom totalen Sexus, Traum von der Androgynie, der Doppelgeschlechtlichkeit? Der Maler transformiert und transfiguriert die Körper. Es gibt bei ihm eine Badende, die keinen Kopf hat (Das erinnert an die Antwort Auguste Rodins, als man ihn fragte, weshalb »Der Gehende« keinen Kopf habe: »… als ginge er mit dem Kopf!«). Eine andere Badende hat keinen Fuß, eine dritte hat einen eingedrückten Oberkörper. Die Gestalten ziehen sich auseinander oder sie verkürzen sich, ganz nach dem Belieben der Bildkomposition.

Dies ist Cézannes Projekt: »Frauenkurven mit Hügelschultern vermählen«.[16] Die Landschaft als Körpermetapher. Der Körper als Landschaftsmetapher. Eine Verschmelzung findet statt oder wird jedenfalls versucht, aber Cézanne ist niemals völlig zufrieden damit, niemals besonders glücklich. Ebensowenig zufrieden mit dem Akt wie mit dem Porträt. Sein Kunsthändler Ambroise Vollard posiert für ihn und muß sich ständig ausschelten lassen. Als er eines Tages einschläft und auf den Boden fällt, wobei er gleichzeitig das von Cézanne mit unendlicher Sorgfalt konstruierte Podest zerbricht, wird er heftig gerügt. »Sie Unglücksrabe! Sie stören die Pose! Ich sage Ihnen, Sie müssen wirklich stillhalten wie ein Apfel. Bewegt sich denn ein Apfel?[17] Es ist überdies bekannt, daß Cézanne künstliche Blumen für seine Stilleben benutzte, damit sich die Farbe seiner »Modelle« nicht mit der Zeit veränderte!

Was Ambroise Vollard betrifft, so sieht er sich von dem Blick des Malers in Schrecken versetzt, sobald er auch nur den leisesten Anflug von Müdigkeit erkennen läßt. Die Sitzungen dauern oft dreieinhalb

Pablo Picasso:
Der Maler und sein Modell – 1925–1926.

Paul Cézanne: Die »großen« Badenden – 1898–1905.

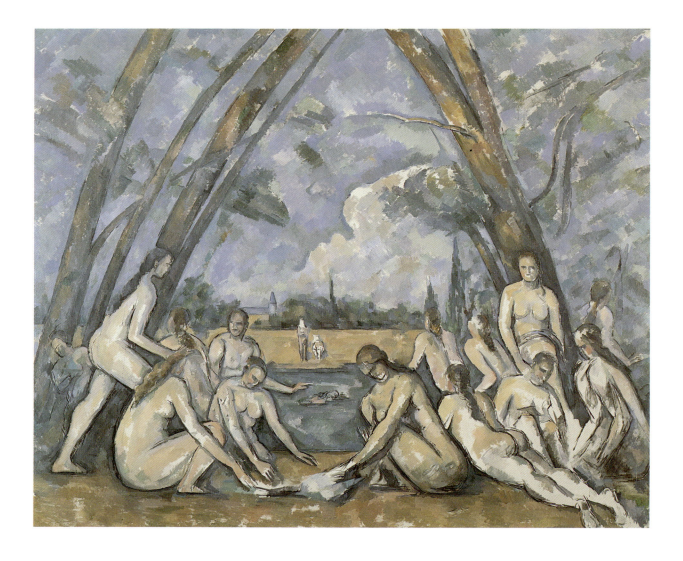

Stunden, und Cézannes Laune hängt von zahlreichen äußeren Faktoren ab. Der wichtigste davon ist das Licht; nur eine »hellgraue« Witterung kann für ihn von Nutzen sein. Außerdem ist Ruhe erforderlich, nicht allein im Atelier, sondern auch in der Umgebung. Das leiseste Hundegekläff droht eine Sitzung zum Erliegen zu bringen. Der Maler erträgt es ebensowenig, während der Arbeit von Dritten beobachtet zu werden, wie er die geringfügigste Veränderung der vertrauten Einrichtung seines Ateliers toleriert. Schon das bloße Verschieben eines Teppichs stellt für ihn die Arbeit eines ganzen Tages in Frage. Und niemals hat Cézanne den Eindruck, daß er irgendein Werk vollendet hätte. Nachdem Ambroise Vollard einhundertfünfzehnmal posiert hat, muß er sich zu seiner größten Verwunderung sagen lassen, daß das Bild nicht fertiggestellt sei, aber daß der Künstler nicht allzu unzufrieden mit dem Vorhemd sei.

Auch Giacometti scheint von einer ganz ähnlichen Unzufriedenheit heimgesucht zu sein. Sie spricht aus jeder Zeile des Tagebuches, das James Lord während der achtzehn Pose-Sitzungen zu seinem Porträt geführt hat. Zu Anfang ging es lediglich darum, in wenigen Stunden eine rasche Skizze anzufertigen. Doch, wie Giacometti selbst sagt, »je länger man an einem Gemälde arbeitet, desto unmöglicher wird es, zu einem Ende zu kommen.«[18] Der Künstler legt die Verfahrensweise genau fest, er setzt sein Modell auf einen Stuhl, dessen Position sorgfältig auf dem Fußboden markiert ist, er schreibt Unbeweglichkeit und einen geradeaus gerichteten Blick vor, untersagt jegliches Lachen und befiehlt die Pose bis zur vorangerückten Dämmerung fortzusetzen. Verzweiflung ist die Grundstimmung dieser Sitzungen. »Es geht dermaßen schlecht, daß es nicht einmal so schlecht geht, daß man hoffen könnte.«[19] Die Kunst wird zu einer Frage von Leben und Tod.

Überdies identifiziert sich der Künstler mit dem Modell, und seine Wut rührt gerade von der Tatsache her, daß dieses Bild, das er hervorbringt, der eigenen Absicht nicht genügend zu entsprechen scheint. Lange Zeit saß ihm der japanische Professor Isaku Yanaihara Modell. »Wir waren so sehr zusammen, daß ich deswegen eines Tages eine interessante Erfahrung machte. Yanaihara saß Modell für mich, und auf einmal trat Genet ins Atelier; ich fand, daß er recht selt-

Paul Cézanne:
Studienblatt – um 1882.

sam aussah mit seinem rundlichen, rosigen Gesicht und den Lippen, die mir geschwollen vorkamen. Und dann merkte ich plötzlich, daß ich Diego und Genet genauso sah, wie sie Yanaihara erscheinen mußten.«[20]

Eine seltsame Verschmelzung, die an die des Malers Henri Matisse mit der schönen Rothaarigen mit den Chamäleonaugen erinnert! Der Künstler verschmilzt nicht nur mit seinem Modell, so daß er mit dessen Augen sieht, sondern er identifiziert auch die Illusion eng mit der Wirklichkeit. Eines Tages, als er seine Leinwand durch eine ungeschickte Bewegung von der Staffelei fallen läßt, entschuldigt er sich bei ihr, als hätte er sein lebendes Modell angestoßen!

Mit jedem Pinselstrich riskiert der Künstler seine Haut, die Angst ist allgegenwärtig. Regelmäßig verschwindet das Porträt vor seinen Augen. »Der Kopf macht sich davon«, sagt er zu seinem Modell, »er macht sich auf und davon (...) Vielleicht wird sich das Bild völlig entleeren, und was soll dann aus mir werden? Ich werde daran zugrunde gehen!«[21] Der Künstler bemüht sich unaufhörlich, aus dem Nichts das hervorzuholen, was er sieht. Das Bild baut sich auf und baut sich wieder ab. Das Porträt wird zur »Hölle«. Giacometti fällt über das Modell her, als wolle er es gewaltsam in Besitz nehmen, und dennoch ist er sich – trotz seiner ständigen Beschuldigungen – der Rolle des Modells völlig bewußt.

Für den Künstler »hängt alles an einem Faden. Wir sind immer in Gefahr.«[22] Was das Modell betrifft, so steht es manchmal unter dem Eindruck, daß es für immer in der Pose erstarrt bleiben muß, und es fürchtet ängstlich das Endergebnis, während es von einem Tag auf den andern mitansieht, wie sich sein Bild aufbaut und wieder auflöst. Dennoch kommt der Narzißmus dabei auf seine Kosten. Wenn für das Modell das »Endbild« wichtig ist, versteht es dennoch, daß es für Giacometti nur ein Augenblick in dem Zurücklegen seines Weges sein kann. Wenn man das Tagebuch der achtzehn Sitzungen liest, das ohne Ausschmückungen und eher im Stil eines Polizeiberichts abgefaßt ist, kann man sich leicht vorstellen, daß es durchaus möglich gewesen wäre, daß sich die Arbeit unendlich lange hinzog. In der Tat wird die Hervorbringung des Porträts nur durch die Abreise von James Lord und durch Giacomettis Versprechen abgebrochen, das Bild auf eine Ausstellung zu schicken. Aber zu keinem Zeitpunkt drückt der Künstler das Gefühl aus, daß er sein Werk vollendet hätte. Die Unzufriedenheit scheint wie bei Cézanne den eigentlichen Antrieb zur Arbeit zu bilden. Die beiden Künstler waren übrigens einer wie der andere dafür berühmt, daß sie des öfteren eigene Werke wütend zerstörten.

Sein ganzes Leben lang fragt sich Giacometti, ob es ihm gelingen wird, die Frau so darzustellen, wie er sie sieht, wobei er nicht weiß, ob sie für ihn Göttin

Paul Cézanne:
Sieben Badende – um 1900.

Giacometti in Stampa, Annette malend.

Giacometti mit Annette in seinem Atelier.

oder Hure ist. Unaufhörlich besucht Giacometti die Freudenhäuser als ein Anbetender, der in der Prostituierten eine unerbittliche Gottheit sieht. Wie es Genet erzählt: »Er bedauert die verschwundenen Bordelle. Ich glaube, daß sie – und auch die Erinnerung an sie – einen zu großen Raum in seinem Leben eingenommen haben, als daß er es unterlassen könnte, davon zu sprechen. Es scheint mir, daß er sie als Anbetender betreten hat. Er kam dorthin, um sich auf Knien gegenüber einer unerbittlichen und fernen Gottheit zu sehen. Zwischen jeder nackten Hure und ihm gab es vielleicht die gleiche Distanz, die jede seiner Statuen unaufhörlich zwischen sich und uns schafft. Jede Statue scheint zurückzuweichen – oder daherzukommen –, zurückzuweichen in eine Nacht, die so dicht und fern ist, daß sie sich mit dem Tod vermischt: So mußte jede Hure eine geheimnisvolle Nacht erreichen, in der sie souverän war. Bei sich selbst, verlassen an einem Ufer, wo er sie sich zur gleichen Zeit verkleinern und vergrößern sieht. Ich wage noch diese Vermutung: Könnte es nicht sein, daß die Frau im Bordell stolz auf eine Verwundung ist, durch die sie sich niemals mehr von der Einsamkeit befreien wird, und ist es nicht das Bordell, das sie jeder auf einen Nutzen gerichteten Befugnis entledigt und sie so eine Art Reinheit erlangen läßt.«[23]

Und für Genet steht die Verwundung am eigentlichen Ursprung der Schönheit: »Es gibt keinen anderen Ursprung für die Schönheit als die Verwundung, die einzigartig und unterschiedlich bei jedem ist, verborgen oder sichtbar, die jeder Mensch in sich bewahrt, die er sich erhält und zu der er sich zurückzieht, wenn er die Welt einer zeitweisen, aber tiefen Einsamkeit zuliebe verlassen will.«[24] Schönheit, Verwundung und seltsame Unzugänglichkeit des Modells bilden eine endlose Kette.

*Alberto Giacometti:
Großer sitzender Akt – 1957.*

*Peter Paul Rubens:
Das Pelzchen – um 1638.*

Die blutige Frage des Inkarnats

Es ist die fixe Idee des Schaffenden, seinem Sujet zum Leben zu verhelfen, indem er es aus einem idealen Modell hervorholt. Aber er übermittelt es gleichermaßen ausgehend von seinem eigenen Blut und seiner Galle. Die Malerei, die Bildhauerei sind überaus körperliche Handlungen. Cézanne wunderte sich selbst darüber, als er sich dabei ertappte, daß er zwischen zwei Pinselstrichen mehr als zwanzig Minuten lang in einer Art von Ekstase verharrte. »Die Augen treten mir aus dem Kopf, sie sind blutunterlaufen … ich kann sie nicht herausreißen … sie sind derart auf den Punkt geheftet, den ich betrachte, daß es mir scheint, sie fangen an zu bluten. Eine Art Trunkenheit, Ekstase läßt mich umhertaumeln wie in einem Nebel, wenn ich von der Arbeit an meinem Bild aufstehe … Sagen Sie, bin ich nicht ein wenig verrückt? … Die fixe Idee des Malens … Frenhofer …«[25]

Die Kunst existiert dadurch, daß der Künstler sein Blut injiziert. Der Künstler macht sein Fleisch und das des Modells dem Werk zum Geschenk. Die unaufhörliche Frage des Inkarnats verfolgt die Maler. Wie soll man die Fleischtöne malen? Welche Rezepte ermöglichen es, die jeweilige Färbung der Haut und der Adern wiederzugeben? Doch vor allem, wie soll man das Leben zum Pulsen bringen? Die Farbe an sich bietet keine Lösung, man benötigt »etwas«, das weit schwerer zu definieren ist. Die Farbe ist nicht nur ein Ankleiden und auch keine Schminke. Sie darf sich nicht »darüber« legen, sondern sie muß wirklich »darin« sein, um »natürlich« zu werden.

Tizian faszinierte durch seine Fähigkeit, lebendig wirkende Fleischtöne zu schaffen. Man hatte ihn im Verdacht, daß er Blut in seine Pigmente hineingab wie ein Apoll, der den Marsyas häutete, mit der Absicht, seine Palette zu bereichern und das Bild »lebendig« zu machen. Bezeichnet das Wort Pigment, das vom lateinischen »pigmentum« herrührt, nicht sowohl die Farben zum Malen als auch die Epidermis selbst?

Die Maler vervielfachen die Rezepte, um das Inkarnat zu schaffen. Sie geben die Suche nicht auf, sie experimentieren und kommen ständig auf das Problem zurück. Cennino Cennini, ein Künstler der Renaissance, empfiehlt etwas Grünerde, ein wenig gut mit Leim vermischtes Weiß, und präzisiert: Für die frischen Inkarnate junger Menschen benötigt man Gelbei von Eiern, die in der Stadt gelegt worden sind, weil sie heller sind als die Eier der Hühner vom Land. Letztere sind dagegen höchst willkommen für Karnationen der Alten oder der braunen Menschen. Man muß, so empfiehlt er, auch Zinnober verwenden, diese rote Farbe, die wie Blut beim Trocknen allmählich schwarz wird; eine mythische Farbe, von der man sagte, sie sei aus den im Kampf umgekommenen Drachen gewonnen worden oder auch aus einem vorsintflutlichen Tier von seltsamem und gefährlichem Geruch extrahiert worden, vor dem man sich sorgsam in acht nehmen müsse.

In der Tat bedient man sich zur Gewinnung des Zinnobers einer sonderbaren Alchimie, bei der man eine Mischung aus geschmolzenem Schwefel und Quecksilber in ein Stück Haut einschließt. Es entsteht daraus eine sehr rote Farbe, die mit langen braunen Adern gesprenkelt ist und deren Heilkraft vor allem auf dem Gebiet der Geschlechtskrankheiten anerkannt ist. Zinnober wird als jene Farbe betrachtet, die am besten die des Blutes nachzuahmen vermag. Cennini empfiehlt sie ebenso für die Oberfläche der Epidermis wie für abgezogene Häute, Wunden und Blessuren; also in gewisser Weise das rohe Fleisch. Indessen ist der Zinnober mit Vorsicht zu verwenden. An die Darstellung des Fleisches kann der Maler nicht gefahrlos herangehen. In jedem Augenblick läuft der Maler das Risiko, sein Bild »abzuhäuten«.

Was den großen Koloristen endgültig verrückt werden läßt, bemerkt Diderot, sind die Wechselfälle des Fleisches, dieses stets schillernde Fleisch, das sich nach der Willkür der Erregungen der Seele verwandelt, dieses sich regende Fleisch, das errötet oder erbleicht, sich belebt oder zum Leichnam wird, aufleuchtet oder an Glanz verliert. Die Erregungen schwitzen sich auf der Oberfläche der Haut aus. Die Hülle des menschlichen Körpers erzittert und hallt bei den Regungen der Seele wider. Mit den Empfindungen verändert sich die Haut. Der Maler bemüht sich, diesen Wandlungen zu folgen, den kleinsten Hauch zu erfassen. Mit seiner Bewegung versucht er das zu fixieren, was unbeschreibliche, unsagbare Veränderlichkeit ist.

Das Inkarnat ist das »unmöglichste« Kolorit. »Es ist ein Kolorit, durch das sich die Malerei als Körper und als Sujet zu träumen vermocht hat: Kolorit der Wechselfälle des Lebens, also auch des Erwachens zur Begierde. Daß ein Bild schläft, aufwacht, leidet, reagiert, sich verweigert, sich verwandelt oder wieder Farbe bekommt wie das Gesicht einer Geliebten, wenn sie sich vom Geliebten betrachtet weiß, – das ist alles, was man erhoffen kann von der Wirksamkeit des Gemäldes.«[26] Das Inkarnat ist der Höhepunkt für den Maler, es ist sein Ideal, das Element, das spezifisch für seine Kunst ist, das eigentliche Wesen der Malerei. Einige wiederholen, um sich ihm anzunähern, die dem Körper eigene Struktur, indem sie mit Transparenzen spielen: dem Rot der Arterien, dem Blau der Venen, dem Gelb der Haut, und auf diese Weise die Oberfläche wiedergeben mit dem, was sich darunter, in der Tiefe, befindet, mit dem, was uns durch die Anatomie, die Sektion der Leichen bekannt ist.

Alle Mittel sind gut, doch keines ist völlig zufriedenstellend. Das Fleisch hält mit seiner Integralität den Pinsel zum Narren. In den Augen des Künstlers bleibt unweigerlich eine – wenn auch noch so geringe – Phasenverschiebung zurück, die neue Untersuchungen veranlaßt, welche manchmal nicht weit von der Verzweiflung entfernt sind. Die Haut und die Farben türmen Doppelsinnigkeiten und Widersprüche auf. Als Oberflächen verweisen sie beide auf eine Tiefe; wie der sichtbare Teil des Eisberges existieren sie nur dank einer verborgenen, geheimnisvollen, für ihre äußere Sichtbarkeit jedoch absolut bestimmenden Zone. Ihre durchscheinende Eigenschaft muß mehr darüber aussagen, das Feuer übermitteln, die Feuchtigkeit, das Blut, zwischen Sichtbarem und Unsichtbarem, Greifbarem und Ungreifbarem. Die Farbe müßte so labil sein wie die menschlichen Launen, so schwankend wie die Luft und das Wasser. Unvorhersehbar, veränderlich und zerbrechlich.

Der Maler William Hogarth, der das Problem des »Kolorits« in Angriff nimmt, enthüllt in seiner »Analyse der Schönheit, im Hinblick darauf geschrieben, die schwankenden Ideen des Geschmacks zu fixieren«,[27] die Bedeutung, die er dem Inkarnat beimißt. Für ihn ist die Schönheit des Kolorits vornehmlich die der Farbe des Fleisches. Die Kunst besteht darin, die Färbungen, die dem Fleisch zu eigen sind, abzuwandeln. Der Künstler wünscht angesichts des Sujets, das ihn gefangennimmt und das ihm immer wieder entschlüpft, »fundamentale Prinzipien« aufzustellen, Prinzipien, die sich auf die Faszination von der Haut stützen.

»Es ist wohlbekannt, daß das blonde junge Mädchen, der braune alte Mann und der Neger und die ganze Menschheit überhaupt das gleiche Aussehen haben und ebenso unangenehm für das Auge sind, sobald die Oberfläche der Haut entfernt wird; um nun aber einen so unangenehmen Sachverhalt zu verbergen und die Verschiedenartigkeit der Hautfärbungen hervorzubringen, die man auf der Welt sieht, hat die Natur eine durchscheinende Haut namens Epidermis geschaffen, die ein Futter ungewöhnlicher Art namens Dermis, Lederhaut, besitzt (...) Die Dermis setzt sich aus gespannten Fäden zusammen, die so etwas Ähnliches wie ein aus unterschiedlich gefärbten Säften gefülltes Adernetz bilden. Der weiße Saft dient dazu, den sehr blonden Teint zu bilden; der gelbe bildet den braunen Teint; der bräunlich gelbe den braunen und den leuchtendroten; der grüne den gelben und olivgrünen; der dunkelbraune den Teint der Mulatten; der schwarze den Teint der Neger. Diese verschiedenen farbigen Säfte mit den unterschiedlichen Maschen des Netzes und den Längen seiner Fäden in einer bestimmten Richtung bringen die Vielfalt der Hautfärbungen hervor.«[28]

Die Schönheit des Teints wird zum Konzentrat der Schönheit, man muß sie an sich reißen mit dem Blau der Gefäße, dem Rot des Fleisches und dem Gelb des Fetts. Der Maler ist Fleischfresser oder Vampir! Aber seine Aufgabe ist nicht einfach, denn die schönen Kolorite, welche den schönen Hautfärbungen angeglichen sind, erweisen sich als überaus veränderlich. Die Wärme, das Fieber, die lauwarme Temperatur, die auf sie einwirkende Kälte. Angesichts dieser Mannigfaltigkeit »ist der Pinsel machtlos«, sagt Hogarth traurig; nur feine Nuancen in der Anordnung der Färbungen erlauben es, der Schönheit ein klein wenig näher zu kommen. »Wenn diese Anordnung der Färbungen in der allgemeinen Farbe des Fleisches der Blondhaarigen fehlt, ist das Ganze von teigigem Weiß oder gleich dem Fleisch eines Ertrunkenen; die wenig natürliche einheitliche Farbe einer Hand oder eines Armes aus Wachs wäre schrecklich anzusehen in lebendigem Zustand. Und selbst die schönste blaßrote Seide, die der Farbe des Fleisches so nahe ist, daß man sie wiedergeben könnte, wäre noch abstoßender durch ihre größere Eintönigkeit; und ein Dunkelhäutiger von einer Farbe, die einheitlich wäre wie die eines Tuches, würde die Mohren vielleicht schockieren wie ein milchweißer Mohr. Ebenso wäre eine völlig mit unnuanciertem Rot und Weiß bemalte Statue weniger angenehm anzusehen als eine milchweiße Marmorstatue; und wenn solche Statuen lebendig wären, würde es sich ebenso verhalten.«[29]

Die Feindin, die es zu bekämpfen gilt, ist also die Einförmigkeit. Die Färbungen des Schnees, des Elfenbeins, des Marmors oder des Wachses, würden sie einförmig in das lebende Fleisch aufgenommen, wären entsetzlich. Über das Problem des Kolorits und des Inkarnats gelangt man zu dem unergründlichen und stark sexualisierten Mysterium der Schönheit. So gibt es in Hogarths Augen »züchtige« Farben und andere, die es nicht sind. Die anatomische Forschung kann sicherlich das Verständnis in gewissem

*Paolo Veronese:
Allegorien der Liebe: Die Untreue – 1565.*

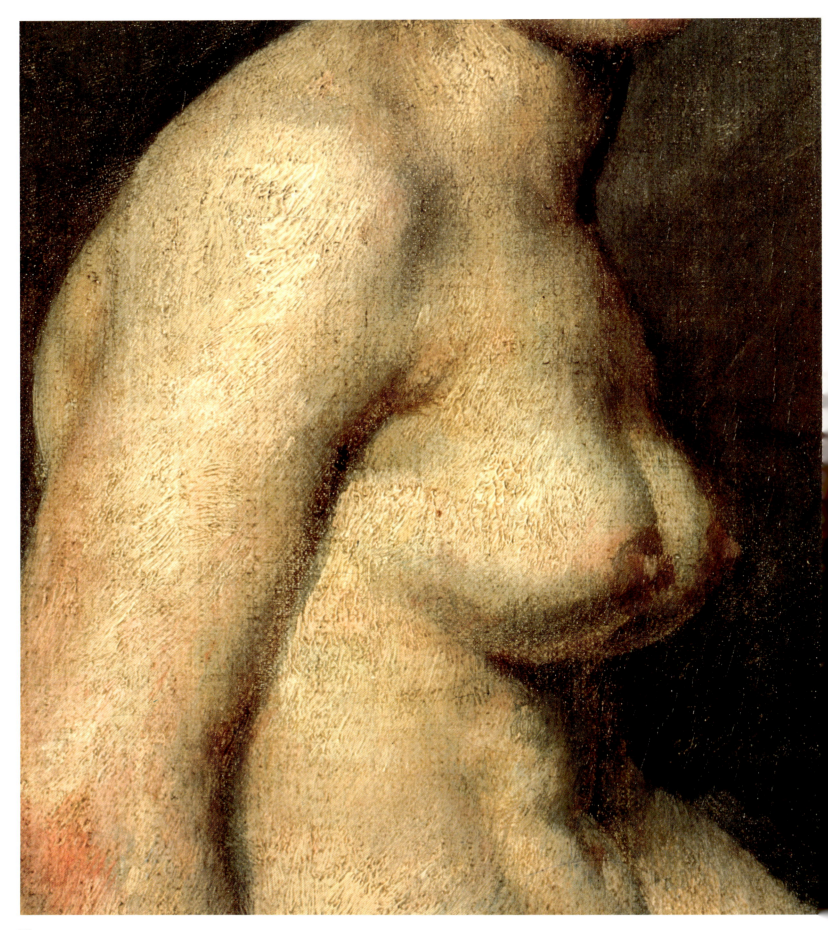

Eugène Delacroix:
Sitzender Akt, Mademoiselle Rose, Detail.

Eugène Delacroix:
Sitzender Akt, Mademoiselle Rose – um 1821.

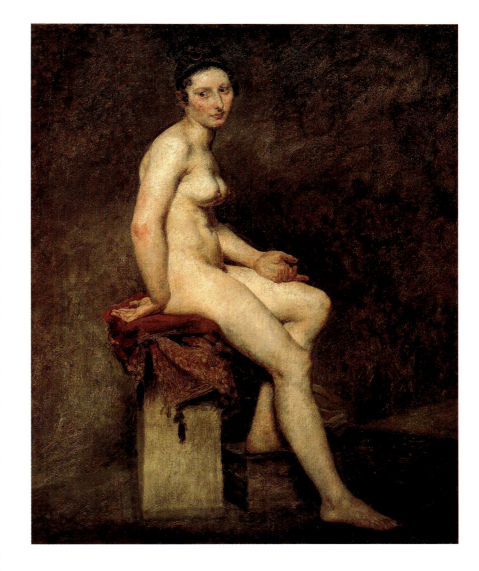

Maße befördern, insofern als sie »eine getreue Vorstellung von der eleganten Nützlichkeit der Haut vermittelt und auch von der des Fetts, das darunter ist, um vor dem Auge alles zu verbergen, was hart und unangenehm ist, und um ihm gleichzeitig alles zu erhalten, was notwendig ist in den Formen der darunter gelegenen Teile, um dem ganzen Glied Anmut und Schönheit zu verleihen (…) Die Haut, die so zart einhüllt und sich den unterschiedlichen Formen jeder äußeren Muskel des Körpers sanft anschmiegt, die durch das darunterliegende Fett da geschmeidig gemacht ist, wo sonst die gleichen harten Linien und die gleichen Runzeln erscheinen würden, die, wie wir feststellen, mit dem Alter auf dem Gesicht und mit der schweren Arbeit an den Gliedern erscheinen, die Haut also ist offensichtlich eine Oberfläche, die einer Muschel vergleichbar ist, welche von der Natur mit der größten Feinheit gebildet worden ist.«[30]

Welche Leidenschaft in dieser Annäherung an das Fleisch! Welche Sinnlichkeit in diesem hautnahen Text! Welche Lust an der genauen Beobachtung der Epidermis! Man stellt sich förmlich vor, wie der Maler die Modelle berührt und streichelt, um sein Handwerk besser ausüben zu können. Das Streicheln und Liebkosen als Lehrzeit der schönen Künste!

Die Haut als erster Bezugspunkt für den Künstler ist die empfindliche und undefinierbare Grenze zwischen Drinnen und Draußen, Innerem und Äußerem. Diese Grenzlinie ist undeutlicher, als es den Anschein hat. Durchbohrt von Öffnungen, ist sie der Ort der Übergänge, der Durchgänge, eine Art Kreuzweg, wo sich die sensiblen Elemente begegnen, ein Zwischenstück, wo sich die Richtungen zu einem labyrinthischen Netz verdichten, eine »dichte Oberfläche« (wenn man so sagen darf) und auch ein kleiner Spalt, in dem sich ein Chaos von Phantasmen, ein Gewebe von Eingeweiden abzeichnet. Als ein Ort des Berührens zeigt die Haut die Fernen und die Nähen, die klaffenden Öffnungen und die Verschlüsse an. Das Sichtbare rollt sich um sie herum, beladen mit Sex und Liebe.

Das Inkarnat, das »die Stimme des Fleisches (la voce della carne)« genannt wurde, bedeutet den Wunsch nach Liebe, das Liebesvergnügen. In ihm findet die Malerei ihre Ursprünge, und sie versinkt darin wieder; niemals vollendet sie sich. In ihm mehr als irgendwo sonst paart sich der Maler mit seinem Gemälde in einer Art Hierogamie, einer Bildehe, wobei das Blut einer der Hauptdarsteller ist, das Blut mit seinem femininen und befruchtenden Wesen, dieser »Ultra–Nacktheit«, die alle Körper auf universelle, ja

Paul Gauguin:
Annah die Javanerin – 1893.

kosmische Weise durchdringt. Pygmalion läßt dank seiner Liebesleidenschaft das Blut in die Adern des Elfenbeins rinnen. Die Jungfrau erwacht zum Leben. Doch schon vor ihrer Verwandlung fürchtete der Bildhauer sie in seinen Umarmungen zu verletzen, sie mit Abschürfungen, bläulichem Blut, »livor«, bleiartiger Farbe also (der Terminus erinnert übrigens an die Eifersucht), zu verderben.

Über die Jahrhunderte hinweg sind die Maler von der ›Manie‹ besessen, die adäquatesten Rezepte für die farbliche Wiedergabe des Fleisches zu finden. Delacroix füllt sein »Tagebuch« mit zahlreichen Bemerkungen, die den Fleischton betreffen. Genauestens vermerkt er die Komponenten, wann immer er eine neue Tönung gefunden hat: »Schöner brauner, sehr blutfarbiger Fleischton: dunkles Chromgelb und violetter Ton von braunem und weißem Lack.«[31] Für den grünen Ton warmes Rosa der Wangen einer frischen, braunhaarigen Frau, das Kadmium und Weiß, helles Zinkgelb und Grün, Smaragdgrün, Weiß und Lack.«[32] usw.

Die Bewunderung Delacroix' für Rubens und Tizian ist auch von der Qualität ihrer gemalten Inkarnate bestimmt. »Es ist schwer zu sagen, welche Farben Maler wie Tizian und Rubens verwandten, um diese überaus glanzvollen und unverändert gebliebenen Fleischtöne zu erzielen, und vor allem diese Halbtöne, bei denen sich das Durchscheinen des Blutes unter der Haut bemerkbar macht trotz des Grautons, den jeder Halbton enthält. Ich für meinen Teil bin davon überzeugt, daß sie, um dies zu bewerkstelligen, die glänzendsten Farben miteinander vermischt haben.«[33] In der Tat verwob Rubens die Verflechtungen der Rottöne und die Skala der Grüntöne, um ein Inkarnat wiederzugeben. Delacroix ist übrigens wie gebannt von den Modellen, deren Adressen er auf den Vorsatzblättern seiner Notizhefte vermerkt; er erzählt von seiner Erregung: »Wenn ich ein Modell erwartete, war ich, selbst wenn ich es sehr eilig hatte, stets wie verzaubert, wenn eine Stunde verstrich, und ich zitterte, wenn ich hörte, wie sie die Hand auf die Klinke legte.«[34]

Zudem leidet er für sein Modell, indem er sich mit ihm identifiziert und auch, indem er sich mit Körper und Seele seinem Gemälde einverleibt. »Ich mache mich an die Arbeit, wie andere zu ihrer Mätresse gehen, und wenn ich sie verlasse, bringe ich in meine Einsamkeit oder in das Milieu der Zerstreuungen, das ich aufsuche, eine zauberhafte Erinnerung mit, die jedoch keineswegs dem konfusen Vergnügen der Verliebten ähnelt.«[35]

Wenn er, wie es seine Schriften bezeugen, sehr selten einmal physisch den Reizen eines Modells erliegt, dann nur, um gleich darauf zu beklagen, daß er es zugelassen hat, sich einen kostbaren Teil seiner Kraft zum Nachteil der Malerei rauben zu lassen. Über Hélène, eine hübsche Poseuse, schreibt er bedauernd: »Sie hat einen Teil von meiner Energie des heutigen Tages mitgenommen.« Die Muse ist eine absolut alleinherrschende Geliebte. »Die Malerei beunruhigt und quält mich tatsächlich auf tausenderlei Art wie die anspruchsvollste Geliebte; seit vier Monaten laufe ich gleich bei Tagesanbruch los und begebe mich zu dieser entzückenden Arbeit, als fiele ich der geliebtesten Mätresse zu Füßen.«[36] Wenn der Muse eine so ausschließliche Verehrung dargebracht wird, ist sie dankbar. »Nichts bezaubert mich mehr als die Malerei, und dann verleiht sie mir obendrein die Gesundheit eines dreißigjährigen Mannes. Sie ist mein einziger Gedanke, und ich ersinne alle erdenklichen Listen, um ganz für sie dazusein, das heißt, daß ich mich in meine Arbeit vergrabe wie Newton (der jungfräulich starb), als er auf der berühmten Suche nach der Schwerkraft war (wie ich glaube).«[37]

Wäre es möglich, daß es Delacroix vermeiden wollte, der Verführung zu erliegen, und daß er deshalb mit Vorliebe Daguerrotypien benutzte, und dazu noch Daguerrotypien von Männern? »Mit Leidenschaft und ohne Unterlaß betrachte ich diese Photographien nackter Männer, dieses bewundernswerte Gedicht, diesen menschlichen Körper, an dem ich lesen lerne und dessen Anblick mir mehr darüber sagt als alle Erfindungen der Schreiberlinge.«[38] Mußte man den Akt auf Distanz halten, um ihn besser analysieren zu können?

Doch Fleisch und Farbe bleiben die höchsten Daseinsgründe der Malerei und auch ihre sinnlichen Grundlagen. Die Koloristen »müssen mit der Farbe als Masse verfahren wie der Bildhauer mit der Erde, dem Marmor oder dem Stein.«[39] Sie müssen ihre Aufmerksamkeit auch beträchtlich vergrößern, um die richtigen Farbtöne zu finden; und die wesentlichsten, die beherrschenden Töne sind ohne Zweifel jene, die das Inkarnat betreffen.

Auch van Gogh macht in dem Briefwechsel mit seinem Bruder Théo präzise Bemerkungen zum Thema der Schwierigkeit des Inkarnats, und als er sein von Paul Gauguin angefertigtes Porträt entdeckt, lehnt er es zum Teil gerade wegen der Behandlung der Fleischtöne ab. »Das ist nicht im entferntesten Fleisch zu nennen, aber immerhin kühn, man kann es seinem Wunsch zuschreiben, etwas Melancholisches

*Pierre Auguste Renoir:
Weiblicher Akt im Freien – 1883.*

zu schaffen, das Fleisch in den Schatten ist trübselig bläulich gefärbt (…) Nochmals, man darf nicht mit Preußischblau im Fleisch herumzeichnen! Denn dann hört es auf, Fleisch zu sein, dann wird es Holz.«[40]

Oftmals kann die Wiedergabe der Fleischtöne das vorrangige Kriterium für die Qualität eines Malers sein. Danach beurteilt man ihn, denn daran kann man vielleicht am ehesten den Grad seiner Vertiefung in das Thema messen und ebenso die technischen Fertigkeiten, die es ihm erlauben, sich einer Sache zu nähern, welche niemals auf globale Weise zu verwirklichen ist: einer rühmlichen und verderblichen

Pierre Auguste Renoir:
Liegender weiblicher Akt (Gabrielle) – 1903.

Substanz, in der das Leben den Schatten des Todes einzeichnet. Der kleinste falsche Schritt beim Malen führt dazu, daß das Fleisch angekränkelt wirkt. Wenn der Dichter Baudelaire mit warmem Zartgefühl an Manet schreibt, daß er »nicht allein mit der Gebrechlichkeit seiner Kunst« sei, dann nicht zuletzt deshalb, weil solche Marksteine der modernen Kunst wie die »Olympia« und »Das Frühstück im Freien« ihren Ruf auch der neuartigen Behandlung der Farbe verdanken (die inzwischen übrigens eine ›chemische‹ geworden ist). Der Maler, der durch sein Schaffen Handel mit den sichtbaren Dingen im allgemeinen und mit dem menschlichen Körper im besonderen treibt, stellt mit dem Werk Manets einen Körper zur Schau, der seiner mythologischen und religiösen Vorwände entkleidet ist.

Die Leinwand, das Papier sind Häute; die Seele und der Körper des Schaffenden projizieren sich darauf, manchmal versinken sie auch darin. Um den Eindruck zu erhärten, daß sie die menschliche Haut darstellen, erfinden die Maler imaginäre Strukturen, die ihnen entsprechen und die schließlich zu Stilmerkmalen werden. Sie gehen mit Flecken und mit Strichen zu Werke; ihre Epidermen sind mit Zackenmustern, mit Augenflecken versehen, geflammt, getüpfelt, moiriert, gestirnt. Das Hautkleid wird auf jede erdenkliche Art geschneidert, es wird mit Farben übersät. Die unzugängliche Nacktheit wird mit Schichten von Malerei bedeckt, die wie mehr oder weniger sinnverwirrende Schleier von komplexen Strukturen anmuten. Der Maler schminkt die unerlaubte Nacktheit. Die Haut wird mit dem Gemälde identifiziert, und das Gemälde wird mit der Haut identifiziert, ebenso wie eine Frau, die sich schminkt, nach den Worten Michel Serres' »die Zärtlichkeitskarte des Tastsinns«[41] entwirft, von der sich die Schönheit erhebt, und ihre Sinneswelt sichtbar macht, indem sie Strich um Strich, Auge um Auge bedeckt. »Der Künstler oder der Handwerker liefert sich durch die Bürste oder den Pinsel, durch den Hammer oder die Feder im entscheidenden Augenblick einem Kontakt von Haut zu Haut aus. Niemand hat je gekntet, niemand hat je gekämpft, wenn er die Kontaktaufnahme verweigert hat, niemals hat er dann geliebt oder erkannt.«[42]

Wenn die Leinwand eine Haut ist, dann ist sie auch ein Schweißtuch, ein Behältnis für den Schweiß und das Blut des Malers, ein leichter Schleier, auf dem sich die Spuren des leidenden Körpers einprägen. Veronika, die beim Aufstieg des Heilands zur Schädelstätte Christus das Gesicht abtrocknet, liebkost diese Schmerzensmaske und nimmt sie, um sie im Stoff unsterblich zu machen; deshalb ist sie die Schutzpatronin der Maler. Die Parallele kann fortgesetzt werden, denn die Malerei ist auch Reliquie, Erinnerung an einen Augenblick der Passion (in allen Bedeutungen dieses Wortes), Erinnerung an den Körper, Erinnerung an die Empfindung, die ihrerseits Gegenstand eines Kults, eines Rituals wird. Das Gemälde faßt die Gesamtheit der Empfindung zusammen. Auf dem Leinwandstück verdichtet sich die Quintessenz der Welt. Der Teil verweist auf das

Ganze. Fetischismus allenthalben! Durch das Schweißtuch der Heiligen Veronika wird die Gesamtheit des gequälten Körpers Christi suggeriert. Auf der Leinwand des Gemäldes zeichnet sich die Totalität des Körpers des Malers filigranhaft ab als ein unaufdringlicher, aber strukturbestimmender Schatten.

Als Gewand eines Gehäuteten, als Hautkleid enthält das Gemälde die Empfindungen, ist es das Gedächtnis einer individuellen und kollektiven Geschichte wie die Haut selbst; seine Narben, seine »Pigmentierung« (!) vermerken eine stets gegenwärtige Vergangenheit: Sinne und Empfindungen rieseln an seine Oberfläche. Körnigkeit der Haut, Körnigkeit der Leinwand, Körnigkeit des Papiers und Schönheitskörner oder -pflaster. Haut und Gemälde sind privilegierte Flächen der Verführung und des Scheins, empfängliche und verwundbare, wahrhaftige und trügerische, überladene und entblößte, durchscheinende und undurchsichtige Orte. Territorien der Paradoxe, Membranen der Träume, wo sich Drinnen und Draußen miteinander verknüpfen.

Durch das Inkarnat macht das Gemälde die Phantasmen berührbar. Der Fall des Malers Renoir ist in dieser Hinsicht überaus erheiternd. Der Maler der Collettes fühlte sich systematisch von rundlichen Formen angezogen, und dies bestimmte sein Urteil über die Malerei, seine eigene und die der anderen. Das erste Gemälde, das er »angepackt« hatte, war, wie er sagte, Francois Bouchers »Diana im Bade« gewesen. Für Renoir ist ein Maler, der »das richtige Gefühl für die Brüste und den Hintern hat, schon gerettet«, und Boucher malte eben »junge Hintern und Grübchen, genau, wie es erforderlich ist.« Von Rubens war er unter anderem durch die Tatsache fasziniert, daß »es ihm nicht auf einen Hintern mehr oder weniger ankommt.«[43]

Sein ganzes Leben sucht Renoir nach üppigen Modellen, er fürchtet sich davor, ein Porträt von zu Mageren anfertigen zu müssen, die kein Rot auf den Wangen haben. Als er Madame de Bonnières porträtieren soll, wird er zornig auf diese Frau, die zu wenig ißt und obendrein vor dem Posieren die Hände ins Wasser taucht, damit sie weißer aussehen. Renoir liebt kraftvolle Gestalten, deren Wirkung durch üppiges Fleisch gemildert wird. So tadel er Michelangelo, er habe zuviel Anatomie studiert und »weil er sich so sehr davor fürchtet, den kleinsten Muskel zu vergessen, bringt er welche an, die seinen Gestalten manchmal überaus hinderlich sein müssen.«[44]

Ebenso wesentlich für die Wahl des Modells wie die Formen ist eine bestimmte Art und Weise der Epidermis, das Licht zu reflektieren. Von Mademoiselle Savary, die für ihn posiert, wird Renoir sagen: »Was für ein zauberhaftes junges Mädchen! Und was für eine Haut! Sie strahlte tatsächlich Licht an die Umgebung ab.«[45]

Bei einer Reise in das »traurige Holland« freut sich Renoir über die Entdeckung eines sehr schönen Modells: »Eine wahre Madonna! Und welch jungfräuliche Haut! Sie können sich nicht vorstellen, was dieses Mädchen für einen Busen hatte«, ruft er begeistert aus, »schwer und fest. Und die hübsche Furche darunter mit ihrem goldenen Schatten... Leider hatte sie keine Zeit zum Modellstehen, wegen ihrer Arbeit, die sie nicht aufgeben wollte; doch ich war so erfreut über ihre Folgsamkeit und diese Haut, die das Licht so gut aufnahm, daß ich sie mit nach Paris nehmen wollte, und ich sagte mir schon, hoffentlich entjungfert man sie mir dort nicht gleich, damit sie ihre Pfirsichhaut behält! Ich bat also ihre Mutter, sie mir anzuvertrauen, und versprach ihr, daß ich aufpassen würde, daß die Männer die Tochter nicht anrührten. ›Aber was soll sie denn in Paris machen, wenn sie nicht arbeitet‹, fragte mich die Mutter verblüfft. Da verstand ich, welches Handwerk meine Jungfrau ausübte!«[46] Doch die »Moral« des Modells ist nicht so wichtig. Schrieb denn nicht Degas, den Renoir ganz besonders schätzte, den Mädchen aus dem Bordell einen »beinahe religiösen und so keuschen« Wesenszug zu?

Eines Tages empfiehlt Ambroise Vollard etwas naiv (oder will er vielleicht nur einen solchen Eindruck erwecken?) Renoir ein »moralisch sehr gutes« Modell, doch hinterher bekommt er die Erwiderung des unzufriedenen Malers zu hören: »Als sie sich ausgezogen hatte, hätte ich gern akzeptiert, daß sie moralisch sehr schlecht gewesen wäre, wenn sie nur etwas festere Brüste gehabt hätte.«[47] Und über alle Erfahrungen hinweg bleibt die Frau das Hauptthema Renoirs. »Die nackte Frau wird dem Meer entsteigen oder ihrem Bett, sie wird Venus oder Nini heißen, man wird nichts Besseres erfinden können.«[48]

Ständig probt er Fleischtöne aus. Eines Tages, als der Kunsthändler das Atelier betritt, bemerkt er die ungewohnte Anwesenheit von »Skizzierten Rosen«; als er über dieses Sujet sein Erstaunen äußert, erfährt er von Renoir, daß es sich um Experimente mit Fleischtönen für einen Akt handelt! Nichts, pflegte der Maler zu sagen, machte ihm solche Freude wie »einen Hintern zu malen«. Für ihn ist die Malerei ganz unverhüllte Sinnenlust, er empört sich über das Bedürfnis anderer, in der Malerei Gedanken zu finden.

»Ich begnüge mich vor einem Meisterwerk damit zu genießen (...)«

Die Kunst wird mit vollen Händen ergriffen, der Körper – in seiner Großzügigkeit verkörpert – ist ihr absolutes Kriterium. »Wenn ich einen Hintern gemalt habe und Lust bekomme, darauf zu schlagen, dann deshalb, weil ich damit fertig bin!«[49] Kann man sich etwas vorstellen, das den Erfolg der Verkörperung beweiskräftiger bezeugte? Dieser Erfolg ist in den Augen seiner Zeitgenossen manchmal allzu lebendig geworden, und so erzählte Renoir von einem seiner Akte, der als zu wenig schicklich beurteilt wurde, daß er eigens einen Bogen, ein Tier und eine Tierhaut hinzufügen mußte, um ihn in eine »Nymphe auf der Jagd« zu verwandeln.[50] Das Zeitalter verpflichtet!

Natürlich, wenn die Malerei so kraftvoll an das Leben herangeht, dann gestaltet sie es gleichzeitig um. Renoir läßt sich aber nicht davon täuschen, wie es durch eine Anekdote bestätigt wird: »Eines Tages, als ich im Louvre war, fand ich mich plötzlich in heller Begeisterung vor einem Fragonard, einer »Schäferin«, die einen himmlischen Rock anhatte, welcher allein schon das ganze Bild machte. Höre ich nicht jemanden die Bemerkung machen, daß die Schäferinen zu jener Zeit genauso schmutzig waren wie die von heutzutage? Zunächst ist mir das gleichgültig, und wenn es tatsächlich so war, müßte dann nicht unsere Bewunderung für einen Maler noch größer sein, der uns trotz schmutziger Modelle ein solches Schmuckstück geschenkt hat!«[51] Wenn die Modelle von Renoir nicht rundlich genug waren, dann übernahmen es sein Auge und sein Pinsel, sie korpulenter zu machen. Madeleine Bruno, ein schmächtiges Modell, das für »Badende Frauen« Modell gestanden hatte, erkannte sich nur mit Mühe in jenen Frauen mit den umfänglichen Formen, die sie inspiriert haben sollte.

Bis zum Ende seines Lebens brachte der Meister mit vom Rheumatismus steifen gewordenen Fingern, an denen er sich den Pinsel festbinden ließ, voll erblühte Geschöpfe hervor, die von üppigem Fleisch und Blut prangten bis zum Netz feiner Blutgefäße der Haut.

Johann Heinrich Füssli:
An der Größe antiker Ruinen verzweifelnder Künstler –
1778–1780.

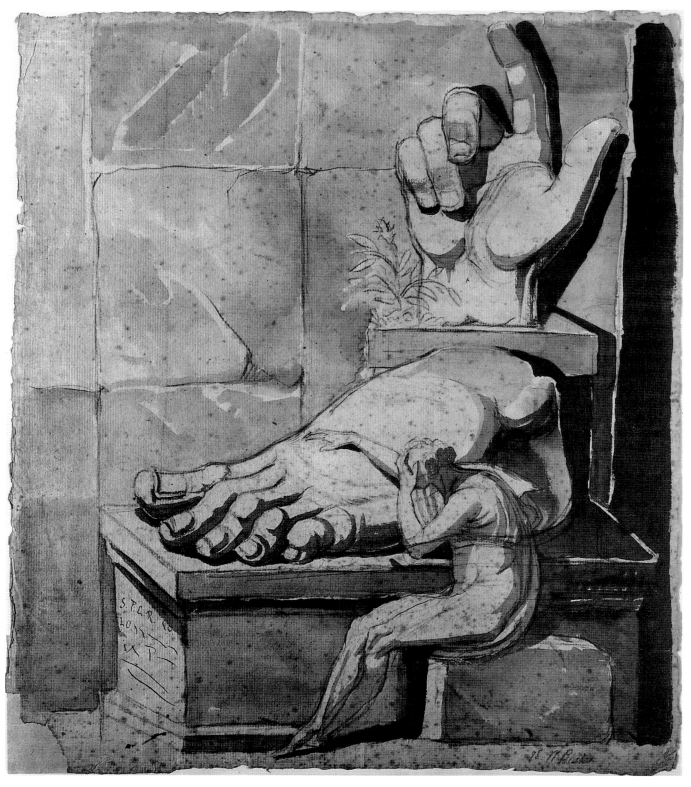

Kanon und Proportion
Wie man den Körper zähmen kann:

Es scheint, als hätte der Künstler bei dem Versuch, die eigentümliche und unbegreifliche menschliche Gestalt in Angriff zu nehmen, die Mittel zu ihrem Zugang vervielfachen wollen, indem er sich bemühte, Kanons der Schönheit und Theorien der Proportionen aufzustellen. Schon in der Antike, das heißt, in dem Augenblick, da eine systematische Erforschung des Illusionismus einsetzt, zielen Polyklet, Vitruv und andere darauf ab, in den Zahlen das Geheimnis der Schönheit, der Harmonie, des Gleichgewichts aufzuspüren. Alles spielt sich so ab, als ob die Schaffenden sich bemühten zu zähmen, die undurchdringliche menschliche Gestalt zu bändigen, sie sich mit großem Aufwand unterschiedlicher Regeln anzueignen und zu vermeiden, daß sie sich verflüchtigt, indem sie sie Gesetzen unterwerfen, deren Willkür manchmal hinter Ziffern verborgen ist.

Das Verlangen nach Schönheit, das Bedürfnis, Übereinkünfte zu treffen, verbinden sich. Die mathematischen Beziehungen zwischen den einzelnen Gliedern eines Lebewesens können durch die Teilung eines Ganzen oder durch die Vervielfachung einer Einheit ausgedrückt werden.[52] Polyklet, der Verfasser des berühmten Satzes »Die Schönheit wird allmählich durch sehr viele Zahlen erreicht«, bezeichnet nach Galenus die Proportion eines Fingers nach seinem Verhältnis zu einem anderen Finger, die der Finger nach dem Verhältnis zur Hand, die der Hand nach dem Verhältnis zum Unterarm und schließlich die Proportionen jedes Gliedes nach ihrem Verhältnis zum ganzen Körper. Vitruv beziffert die Proportionen des Menschen. Für die klassische Ästhetik beinhaltet das Schönheitsprinzip nichts anderes als die Übereinstimmung der Teile untereinander und mit dem Ganzen.

Die italienische Renaissance bringt den Theorien der Proportionen aus der Antike einen beispiellosen Respekt entgegen, sie betrachtet sie nicht nur als technische Notlösungen, sondern auch als metaphysische Postulate. In dieser Epoche, wo die Künstler die Gesamtheit der Wissenschaften in sich aufzunehmen versuchen, gilt die Theorie von den Proportionen als vernunftgemäße Grundlage der Schönheit, als Vorbedingung für die künstlerische Produktion und als Ausdruck der prästabilierten Harmonie von Mikrokosmos und Makrokosmos.

Die Proportionen des menschlichen Körpers werden als sichtbare Verkörperung der Harmonie gefeiert. Die Bemerkung Vitruvs, der die Proportionen des Menschen denen der Gebäude gleichsetzt, wird fortentwickelt. Zwei Künstler und Theoretiker, Leon

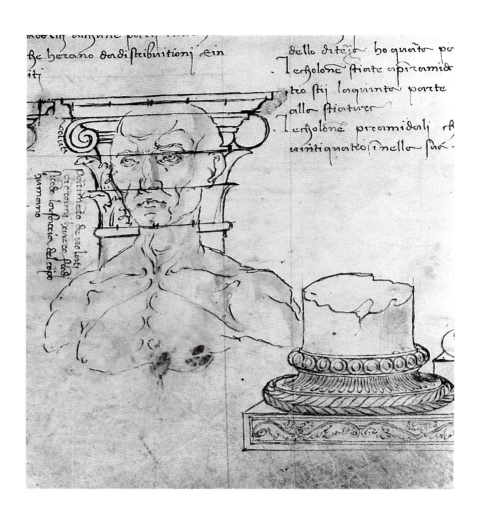

Francesco di Giorgio Martini: Proportionsstudie – um 1470–1480.

Battista Alberti und Leonardo da Vinci, arbeiten methodisch weiter an diesem Thema. Beide sind entschlossen, die Theorie der Proportionen zu einer empirischen Wissenschaft zu machen. Sie erkühnen sich, der Natur die Stirn zu bieten und an dem lebenden menschlichen Körper mit Hilfe von Kompassen und Winkelmessern heranzugehen. Sie wählen Modelle aus. Ihre Absicht ist es, das Ideal zu entdecken, um das Normale zu definieren. Die Proportionen verschaffen den Künstlern mehr als ein einfaches planimetrisches Zeichenschema, sie definieren die Gestalt in ihren organischen Gliederungen und in ihrer Dreidimensionalität.

Alberti liefert eine Tabelle mit Körpermaßen, von denen er behauptet, daß er sie durch Nachforschungen erprobt habe, die eine beträchtliche Personenzahl erfaßten. Leonardo da Vinci gründet die organische Einheit auf die Entsprechungen zwischen den verschiedenen Teilen des Körpers und macht sich an eine systematische Erkundung der mechanischen und anatomischen Vorgänge, welche die objektiven Abmessungen des Körpers verändern. Die Gelenke verdicken sich bei der Beugung, die Muskeln erweitern sich oder ziehen sich zusammen, wie der Maler als Anatom beobachtet.

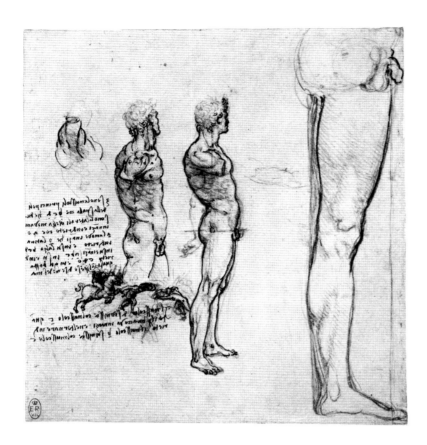

Leonardo da Vinci:
Aktstudie zur Anghiari-Schlacht – um 1503–1504.

Leonardo da Vinci:
Proportionsstudie des menschlichen Gesichts – um 1505.

zurück, fixiert die Proportionen, versieht das Profil eines Mannes im reifen Alter mit einem dichten Netz von Linien und Ziffern.

Albrecht Dürer arbeitet seit seiner Reise nach Venedig und der Begegnung mit Iacopo de' Barbari unbeirrbar nach dem lebenden Modell und den Proportionen. Im Verlangen danach, der Schönheit innewohnende Regeln zu finden, läßt er Hunderte von Menschen an sich vorüberziehen. Manchmal fühlt er sich vom Umfang der Aufgabe schier entmutigt: »Es kommt oftmals vor, daß man zwei- oder dreihundert Menschen studiert, um in ihnen dennoch kaum mehr als zwei oder drei schöne Dinge zu finden, die verwendet werden können.«[56]

Der Künstler klassiert, sondert Anomalien aus, stellt eine Typologie auf. Aber die Schönheit läßt sich nicht so leicht in Normen einschließen. Dürer gelangt zur Demut. »Die Schönheit ist das, von dem ich nichts weiß!«, ruft er aus. Dennoch verfaßt er einen Traktat über die Proportionen. Dieses Werk soll ihm für sein künftiges Malen als Rüstzeug dienen. Zeitweise schlingen sich seine Gebrauchsanweisungen zu einem circulus vitiosus zusammen. »Es ist eine Tatsache, daß

Leonardo da Vinci besteht darauf, ideale Proportionen mengenmäßig zu erfassen:

»Vom Kinn bis zum Haaransatz ist es 1/10 der Gestalt.

Von der Handwurzel bis zur Spitze des Mittelfingers, 1/10

Vom Kinn bis zur Spitze des Kopfes, 1/8

Von der Magengrube bis zur Spitze des Kopfes, 1/4

Und vom Rippenansatz bis zum Scheitel, 1/4

Und vom Kinn bis zur Nase ein Drittel des Gesichts.

Und ebenso von der Nase bis zu den Brauen und von den Brauen bis zum Haaransatz

Und der Fuß stellt 1/6 dar; die Entfernung vom Unterarm bis zum Arm 1/4; die Breite der Schultern, 1/4«[53]

Ein solches Schema ist vielleicht nicht überflüssig, wenn man sich dem gefürchteten Thema des menschlichen Körpers und vor allem dem des Aktes nähern will. In seinen Notizen vermehrt der Maler seine Ratschläge für Schüler, die er haben könnte: »Wenn du einen Akt zeichnest, dann achte darauf, daß du erst immer den Körper im ganzen machst; dann beende den Körperteil, der am besten gelungen scheint, und studiere seine Verhältnisse zu den anderen Gliedern, sonst würdest du die Gewohnheit annehmen, sie niemals gut zusammenzufügen.«[54] Denn es ist nun noch nötig, daß sich die Elemente, die den menschlichen Körper darstellen, addieren, so daß sie die Wirkung einer fest verbundenen Einheit hervorbringen. Um das zu bewerkstelligen, ist nach Leonardo anatomische Kenntnis von Nutzen.[55] Leonardo greift auf Vitruv

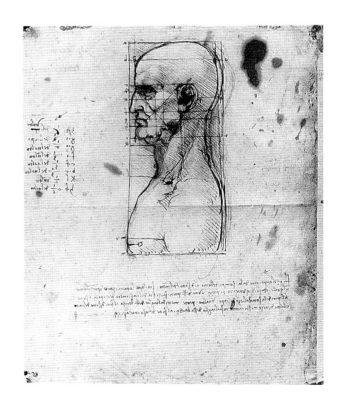

Albrecht Dürer:
Studienblatt (Proportionsschema des menschlichen Körpers) – um 1505–1510.

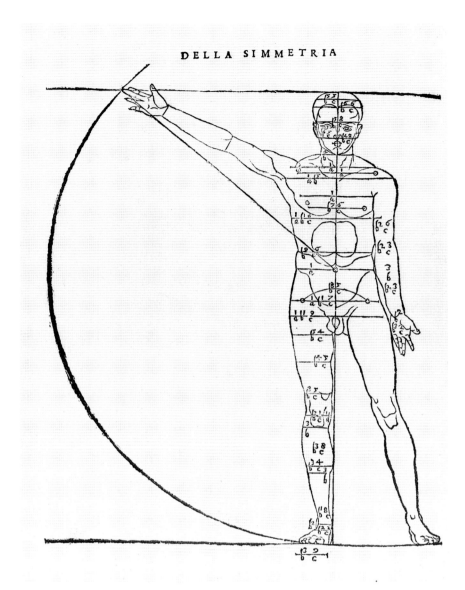

jener, der sich mit diesem Buch behelfen will, ohne gut in der Materie, die es behandelt, unterwiesen zu sein, zunächst auf große Schwierigkeiten stoßen wird. Doch er möge sich vor einen Menschen stellen, der die gerwünschten Proportionen besitzt, und seine äußeren Umrisse dann nach seinem Talent und seinem Verständnis von der Zeichnung ziehen. Denn jener erringt Achtung, der aus solcher Nähe dem Leben in der Wiedergabe folgt, die er davon anfertigt, daß diese ihm ähnelt und der Natur gleich wird, und vor allem, wenn das, was wiedergegeben wird, schön ist, dann wird die Wiedergabe für ein Kunstwerk gehalten und nach seinem Verdienst gelobt.«[57] Es ist nun legitim, danach zu fragen, welches die gewünschten Proportionen sind, diese famosen universellen Proportionen, deren Schlüssel Dürer zu entdecken sucht.

Dürer vermehrt seine Gelehrsamkeit, er sammelt Material, analysiert die Studien Leonardo da Vincis, zerpflückt die Überlegungen Luca Pacioli de Borgos in seiner »Summa arithmetica«, beobachtet das System der Abmessungen Giorgio Vasaris, macht technische Anleihen an Leon Battista Albertis »De Statua«. Er sammelt soviel Informationen wie möglich und fahndet wie ein Detektiv nach dem Wie und Warum der Schönheit.

Doch manchmal steckt der Maler einen Pflock zurück und mißtraut den mathematisch-philosophischen Spekulationen der Italiener. Mit Bedauern – oder auch Erleichterung – schließt er, daß es weder universell gültige Proportionen noch ideale Schönheit gibt. So wird die Schönheit relativ. »Nach dem Urteil eines Menschen kann eine Form in einem gegebenen Moment als schön eingeschätzt werden und in einem anderen Moment gegenüber einer anderen Form ins Hintertreffen geraten.« Der Künstler entfernt sich radikal von einer abstrakten Auffassung der Schönheit und ruft endlich aus: »Gott allein ist fähig, die höchste Schönheit zu begreifen!« Sollte das einen relativen Verzicht bedeuten?

Im Gegensatz zu Leonardo da Vinci interessiert sich Dürer wenig für die Anatomie, er beschäftigt sich wenig mit dem Leichnam und hält sich an das äußere Bild vom Körper. Im Studium des lebenden Modells erblickt er eine unentbehrliche Arbeit. Zur Anwesenheit des Modells, des nackten Modells (wie er präzisiert), fügt er die Geometrie hinzu und gibt »Instruktionen über die Art, wie man mit dem Lineal und dem Zirkel die Linien und den ganzen Körper messen soll«. Der Meister aus dem Norden befürwortet eine intensive Arbeit am Akt, um gute Resultate auf dem Gebiet des bekleideten Körpers zu erzielen. In der Aktzeichnung erblickt er das willkommenste Mittel, das Gleichgewicht zwischen den vier Gliedmaßen zu erfassen. »Man hat das deutlichste Bild von der Welt, wenn man möglichst oft lebende Personen wiedergibt, denn dann betrachtet man sie so, daß alles sichtbar wird.«[58]

In der Tat stellt eine Studie der »Aus dem Bade kommenden Frau« von 1493 die erste von einem deutschen Künstler nach einem Modell ausgeführte Aktzeichnung dar. Übrigens ist Dürer nicht weit von einem Paradox entfernt, wenn er leidenschaftlich für die Beobachtung des menschlichen Körpers plädiert; sein vierter Ratschlag zur Erziehung des künftigen Malers ist aber, daß jener »vor dem weiblichen Geschlecht bewahrt bleiben soll, und daß keine Frau bei ihm wohnen soll; daß er keine nackt sehen soll und keine anrühren und sich vor Unreinheit hüten. Nichts schwächt die Vernunft so sehr wie die Unreinheit!«[59]

Hendrick Goltzius:
Apoll von Belvedere – 1617.

Juste de Juste:
Pyramide von Menschen – o. D.

Michelangelo:
Aktstudie zur Schlacht von Cascina –
1505–1506.

William Hogarth:
Analyse der Schönheit, Bildtafel 1 – 1753.

Iacopo Barozzi, genannt Vignola:
Quadrierung – 1583.

In dem Plan zu seinem ehrgeizigen Projekt eines »Buches vom Maler« erscheinen die Abmessungen als vordringliches Anliegen. Es würden darin – der Reihe nach – die Maße eines kleinen Kindes, die eines erwachsenen Mannes, einer Frau, eines Pferdes usw. gelehrt werden. Diese Wissenschaft der Maße, die Dürer von Vitruv und von Plinius zu entlehnen liebt, muß, wie der Meister hervorhebt, unbedingt flexibel angewandt werden. Es geht keineswegs darum, die Formen erstarren zu lassen.

Wenn die Schönheit sich nicht so leicht erjagen läßt, so kann sie der Künstler nichtsdestoweniger umkreisen, indem er sie mit der »Homogenität«, der »Harmonie«, der »Kohärenz« in Verbindung bringt. Die Suche nach schönen lebendigen Modellen gehört ebenfalls zu dieser Suche. Es ist notwendig, hebt der Meister hervor, fleißig Menschen zu kopieren, »die für schön gehalten werden«. Angesichts der Schwierigkeit, im wirklichen Leben vollkommene Wesen zu finden, schlägt Dürer – vielleicht ohne es selbst zu wissen – wieder den Weg des Zeuxis nach dem Junotempel ein, indem er zur Zusammensetzung, zur Kombination anregt. »Denn ausgehend von mehreren verschiedenen Menschen kann ein verständiger Künstler zu einem guten Ergebnis gelangen, wenn er die Teile ihrer Glieder vereinigt.«

Theoretisch gesehen, müßte der Lehrling, wenn er erfahren genug ist, sich das Modell in einem solchen Maße einverleibt haben, daß er fähig ist, ohne es

Albrecht Dürer:
Eva – 1507.

auszukommen. Der Traum von der Autonomie und von der Absorption des idealen Gegenstandes. Stets aber läßt die Besessenheit von der Schönheit die Paradoxe aufleben: »Die Schönheit ist im menschlichen Körper so zusammengesetzt, und unser Urteil ist auf diesem Gebiet so von Zweifeln erfüllt, daß es vorkommen kann, daß wir zwei Menschenwesen antreffen, wobei alle beide sehr schön und liebenswürdig sind, sie sich aber in keinem Teil ihrer Körper noch in ihren Proportionen noch in ihrem Charakter ähneln, und daß wir nicht einmal verstehen, welcher von ihnen der Schönste ist, so blind ist unsere Fähigkeit, etwas zu erkennen. Wenn wir ein Urteil über einen solchen Gegenstand abgeben, ist es daher ungewiß. Aber selbst wenn einer den anderen schließlich in irgendeiner Beziehung übertrifft, bleibt es uns unbekannt.«[60]

Während Albrecht Dürer auf diese Weise die seltsame Schönheit mit verschiedenen Mitteln auszuleuchten versucht, erneuert und schafft er in Deutschland die ersten Akte in natürlicher Größe mit den Gestalten Adams und Evas, als wollte er durch den großen Maßstab erreichen, daß sich diese Körper der Wirklichkeit enger anschließen. Unermüdlich sucht Dürer, er sucht das geeignetste Modell, er nimmt sich in seinen zahlreichen Selbstporträts selbst zum Modell, er verwendet seine Frau für ein Bild der Heiligen Anna; er mißt, er beobachtet, er erinnert sich.

Die Schönheit des Teufels

Antonio Pisanello:
Allegorie der Wollust – um 1430.

Die unfaßbare, nicht zu greifende Schönheit treibt unablässig ihren Flirt mit dem Teufel und ruft auf diese Weise oftmals die Verzweiflung des Künstler hervor, ist aber auch das Motiv für sein Schaffen. Hat Baudelaire dieser schicksalhaften Göttin in seinen »Blumen des Bösen« nicht eine Hymne gewidmet?

> »Von Himmel, Hölle – ist's nicht gleich,
>   von welchem Orte?
> Schönheit, du Scheusal, riesig, schrecklich und
>   naiv!
> Wenn nur dein Aug, dein Mund, dein Fuß
>   erschließt die Pforte
> Zum Grenzenlosen, das ich stets vergeblich rief?«

Die Teufelsbraut spielt mit ihrer Nachbarin, ihrer Rivalin: der Häßlichkeit. Jene, von der Balzac einmal sagte: »Man verlangt nichts weiter von ihr, als daß es sie gibt«, kennt mehr als eine List, um uns in die Irre zu führen. »Sie ist das, was verzweifeln läßt«, rief Paul Valéry aus; »Denn das Schöne ist nichts als des Schrecklichen Anfang«, bemerkte Rainer Maria Rilke. Die Definitionen prallen von ihrer vielfältigen Panzerung ab, von ihnen wie Häute einer Zwiebel übereinandergeschichteten Epidermen, deren Zentrum (und Richtung) man niemals erreichen könnte, ohne gleichzeitig ihre Zerstörung zu bewirken. Sie ist das Unaussprechliche an sich; »es fehlt an den Worten« zu ihrem Thema, sie treibt zum Versagen, zur Impotenz. Das »Schöne ist negativ«, ruft Valéry noch einmal unruhig aus, während der Schriftsteller Georges Bataille die trüben Beziehungen unterstreicht, die zum Animalischen, zur Bestialität, zum Unflat bestehen.

Leopold von Sacher-Masoch, der Autor des berühmten Romans »Venus im Pelz«, verfaßte auch eine kurze Novelle, in der er von dem Abenteuer eines buckligen und besonders unglücklichen Malers erzählt, der Einlaß in eine Familie findet, wo es zauberhafte Kinder und vor allem ein junges Mädchen namens Valeska gibt, das von seltener Schönheit ist. Die Novelle mit dem Titel »Die Ästhetik der Häßlichkeit« pendelt ständig zwischen Schönheit und Häßlichkeit hin und her. Der bucklige Maler erobert alle Familienmitglieder einschließlich der zänkischen Tante Rose. Zu allerhand Späßen aufgelegt, hat er auch eine Vorliebe für Maskierungen, so verkleidet er sich unter anderem als Hexe. Von der herrlichen Erscheinung Valeskas verführt, äußert er den Wunsch, das junge Mädchen zu malen, doch dieses ungewöhnliche Modell ergreift die Flucht. Da denkt sich der Künstler eine Kriegslist aus, um die Schöne anzulocken: Ein Märchen zu erzählen, Rollen an die Kinder zu verteilen und sie dementsprechend zu verkleiden. Sacher-Masoch bekleidet die strahlende Valeska mit einem prächtigen Pelz, der den Zauber, mit dem die Natur sie schon ausgestattet hat, noch hervorhebt. »Sie wird so überwältigend, stellt der Maler fest, daß uns nichts anderes übrigbleibt, als uns ihr auf Gedeih und Verderb auszuliefern und ihr zu Füßen zu fallen.«[61]

Schönheit ruft für Sacher-Masoch Unterwerfung hervor. Der Maler wird nichtsdestoweniger Herr der Lage; in einem rituellen Vorgang bringt er das Mädchen dazu, ihm Modell zu stehen. Tatsächlich ist der Künstler trotz seiner abstoßenden äußeren Erscheinung unsterblich in sein herrliches Modell verliebt. Fieberhaft arbeitet er an seinem Bild. Der Maler weiß, daß er verliebt ist, und ist sich auch im klaren darüber, daß diese Art des Umgangs mit der Kunst ein wenig diabolisch ist. »Mag sich der kleine Teufel doch ruhig ein wenig bewegen. Er hilft mir bei meinem Handwerk. Wir malen niemals besser, als wenn das Verlangen unseren Pinsel führt.«[62]

Nach mancherlei Schicksalswendungen, in denen auch der Tod sein Unwesen treibt, heiratet der Maler das junge Mädchen. Der häßliche Mann steht vor seiner Staffelei, und die Schöne, das bewundernswürdige Modell, thront ihm gegenüber in dem fürstlichen Pelzumhang. Diese Beziehungen zwischen der Schönen und dem Tier sind äußerst sinnträchtig; während mit Kontrasten gespielt wird, tritt die Beschwörungskraft der Personen besonders deutlich

*Frédéric Léon:
Atelier – 1882.*

*Pablo Picasso:
Frau und Greis – 1954.*

ans Licht: das satanische Wesen des Malers und die Schönheit der Frau, die so übersteigert dargestellt ist, daß sie abstrakt und irreal wirkt.

Der Künstler schafft immer auf unbekanntem und unauslotbarem Grund. Mit dem Marmor oder der Farbe verehrt er die Schönheit, die namenlose Göttin. »Studiert das Schöne nur auf Knien«[63] lautet die dringliche Weisung des Malers Jean-Dominique Ingres. Charles Baudelaire wendet sich ebenfalls der Schönheit zu, und er hebt ihre versteinernden Aspekte, ihre statuarische Reglosigkeit und ihre souveräne Undurchdringlichkeit, ihre aus Spiegeln und Splittern bestehenden Attribute hervor:

»Schön bin ich, Sterbliche! schön wie ein Traum von Stein,
Und meine Brust, an der sich alle noch zerstießen,
In Dichterseelen läßt sie eine Liebe sprießen,
Ewig und stumm wie die Materie allein.«[64]

Die Schönheit bemächtigt sich mit schelmischen Gebärden der Energien des Künstlers, um ihn unbefriedigt zurückzulassen, an der Schwelle des Unvermögens, bewehrt mit Normen, Konventionen, Rezepten, die ihre Wirksamkeit in dem Augenblick verlieren und

völlig steril werden, wo sie sich wiederholen oder zu offensichtlich werden. Die Schönheit drängt uns ihre fluktuierenden und unvorhersehbaren Gesetze auf. Kapriziös schreibt sie dem Verlangen ihre Modelle vor.

»Eines Abends«, schreibt Rimbaud,
»habe ich die Schönheit auf meinen Schoß gesetzt
Und ich habe sie bitter gefunden
Und ich habe sie geschmäht.«

Tyrannisch ist sie, die Schönheit, doch das hindert die Surrealisten keineswegs daran, ihr hohes Lob zu singen. André Breton tritt für eine konvulsivische Schönheit ein. »Die Schönheit wird konvulsivisch sein, oder sie wird nicht sein, sie wird erotisch-verschleiert, explodierend-fest, magisch-zufallsbestimmt sein, oder sie wird nicht sein.«[65] Sie muß sich von dem quälenden Gefühl der enthüllten Sache lösen und die Charaktereigenschaften des Kristalls annehmen; sie ist ein »Fund, eine wunderbare Sturzflut des Verlangens«[66], der die Kraft zu eigen ist, das Universum auszudehnen. Schönheit, Frau und Liebe (verschmelzende Liebe) vereinigen sich. Jedes dieser Elemente steigt wie eine Erscheinung auf. Und die Schönheit ist ebenso wie die Frau skandalös. Die Liebe ist eine giftige und zugleich angebetete Sache, die Faszination, die sie ausübt, ist ebenso fatal wie die Frau mit dem gleichen Attribut. Das erinnert uns an den Ausruf von Delacroix: »Ohne Kühnheit, aber extreme Kühnheit, gibt es keine Schönheit.«[67] Schönheit paart sich mit Grausamkeit, und das Verlangen ist die einzige Triebfeder der Welt und des künstlerischen Schaffens.

Pablo Picasso:
Der Maler und sein Modell – 1958.

Die doppelte Verführung oder die Verführung durch den Blick

Die Beziehung des Künstlers zum Modell ist der eigentliche Ort einer Verführung, wobei der Blick den wesentlichen Antrieb darstellt. Auf der einen Seite der mit seinen Werkzeugen, seinen Attributen ausgestattete Künstler; auf der anderen Seite das durch das Posieren unbeweglich gemachte Modell. Zwischen den beiden: der Blick des Schaffenden. Die Strahlen dieses Blicks durchbohren sein Subjekt, hüllen es ein oder durchdringen es, liebkosen es oder greifen es an. Der begierige Blick bringt durch seine verschweißende Wirkung die sonderbare Verbindung zustande. Das Auge mischt sich in alles ein, es bedingt die Inszenierung, legt die Modalitäten des Rituals fest. Es ist der dritte Schauspieler, es ist beweglich, rasch, überaus aktiv. Wahrscheinlich ist es liebevoll, genießerisch, dürstend nach Linien und Formen, Farben und Texturen. Es bemächtigt sich des Modells, eignet es sich an mit den Haaren des Pinsels oder der Spitze des Meißels. Es späht die verborgensten Winkel aus, wühlt in den Epidermen. Es ist Dieb und Vergewaltiger. Angesichts des kraftlosen und dargebotenen Fleisches mischt es sich ein, gestaltet um.

Der Künstler verführt das Modell und wird selbst von ihm verführt. Die Verführung unterliegt einer teuflischen Strategie. Das Phänomen des Posierens, das nichts »Natürliches« an sich hat, vollzieht sich in einem Ritual, es stützt sich auf Kunstgriffe, die es erlauben, mittels einer Art schwarzer Magie die in der Nacktheit des Modells, meistens der Frau, gebündelten Energien abzulenken. »Man muß sagen, daß das Weibliche verführt, weil es niemals da ist, wo es zu sein scheint.«[68] Das Modell zieht, indem es ständig ausweicht, noch mehr an; es treibt ein Versteckspiel; seine Macht ist die einer konzentrierten, übermächtigen Verführung, dort mehr als irgendwo sonst hat die Verführung ihren Brennpunkt. Das Modell verfügt durch die Anwesenheit seines nackten Körpers, durch seine künstlichen Haltungen, über eine besondere Macht. Das Verlangen verdichtet sich um seine Gestalt, auf der Hautoberfläche; es schwebt wie eine Aura um den betrachteten weiblichen Körper, diesen durch den Kunsttrick der Pose herum erbauten Körper, diesen Körper, der sein anatomisches Schicksal, seine rohe Wirklichkeit dank dem Auge des Künstlers überschreitet. Ein Körper, der vergöttert (wie in dem Gedicht Baudelaires), unheilvoll und gebärend ist.

Diese tückische Fähigkeit ist gleichzeitig symbolisch und physisch. Durch den Körper des Modells wird das Reich des Scheins, einer »tiefen Oberfläche«, errichtet, in die das Auge des Künstlers, koste es was es wolle, einzudringen, sich einzuschleichen sucht. Auf der verschwommenen, von diffuser und gebrochener Erotik bewohnten Epidermis des Modells sucht der Maler das Bild zu finden, sucht der Bildhauer die Skulptur anzutreffen. Die Muse trägt ihre Masken, stets verschleiert, aber stets anwesend. Sie ist die Ungewißheit, sie bietet sich dem Blick an, gibt aber keinerlei Garantie. Der Künstler versucht, sich bei ihr zu versichern, und sie läßt ihn schwanken, wobei sie die Doppeldeutigkeiten, die Paradoxe, die Widersprüche, die Kontraste stimuliert. Sie verkleidet sich mit ihren unterschiedlichen Nacktheiten, verbirgt sich hinter abgewandelten Posen, die den, der sie betrachtet, zum Schwindel treiben. Sie ist unaufhörlich umgekleidet, der Blick des Künstlers tönt sie in seinem eigenen Stil, mit seinem Pinselstrich oder mit seinem Meißelschlag. Sie ist sublim.

Das Modell ist ein zeitlos gewordener Star. Der Künstler wird aus ihm geboren und bringt es zugleich hervor. »Dies ist mein Körper«, könnte er ausrufen, wenn er von ihr spricht. Eine Substanzumwandlung vollzieht sich. Der Star, die stellare Gottheit, zeichnet sich aus und findet seine Unsterblichkeit in der Herstellung eines vergänglichen, aus Farbschichten gemachten und durch den Film auf Dauer fixierten Bildes. Das Modell des Malers ist weniger geschminkt als die »Göttlichen« und die Vamps des Kinos, aber es wird gemalt, wiederbearbeitet, rekonstruiert durch Vermittlung des Schaffenden.

Der Künstler erarbeitet, ausgehend von dem nackten Körper seines lebendigen, überaus lebendigen Modells, seine eigenen Kunststücke, seinen Stil. Er reißt die Energie des Modells in einem solchen Maße an sich, daß er dessen Zeichnungsberechtigter wird. Solche Bilder, solche Skulpturen werden zu Akten von Matisse, Modigliani oder Rodin. In welchem Maße handelt es sich noch um diese rote Engländerin, um Jeanne Hébuterne oder um Camille Claudel? Das Modell scheint seiner selbst enteignet zu sein, um anderswo besser wiedergeboren zu werden, um wiedergeboren zu werden in der Unsterblichkeit der Werke. Reinkarnation, eine seltsame Wandlung. Man spielt Wer verliert, gewinnt! Michelangelo, der durch seine Leidenschaft für die eiskalte Vittoria Colonna gereift ist, sagt nichts anderes als dies, wenn er im Marmor nicht nur die Schönheit dieser Frau, sondern auch die kultivierte Faszination, die sie auf ihn ausübt, unsterblich zu machen wünscht, diese Faszination, die sie noch schöner machte.

Das Modell ist eine Frau, die durch den Kunstgriff der Pose verdoppelt wird, verdoppelt durch den Blick des Künstlers. Sie stellt sich zur Schau wie eine heilige Prostituierte, zeigt sich in ihren facettenartigen Undurchsichtigkeiten, und der Künstler schafft Bilder, bringt Formen und Farben hervor. Ein Körper verführt ihn, er produziert. Die Frau streckt sich aus, der Künstler erobert, ordnet seine Abdrücke. Das Ritual der Pose stellt eine kodifizierte Strategie dar, es ist ein unmögliches »Striptease«, erfüllt von Illusionen und Illusionismen, Leidenschaften und Schwindelgefühlen. Der Künstler wählt sein Modell aus, diktiert die Haltungen, indem er es »im Auge behält«, unter seiner Fuchtel. Wenn er sich auch manchmal diktatorisch verhält, wird er doch auf jede Weise von seinem Sujet und von seinen eigenen mentalen Bildern beherrscht, denen er Form – menschliche Form – zu verleihen versucht in der expliziten oder impliziten Besessenheit von der bildlichen Darstellung.

Das bildlich dargestellte Modell opfert sich in der Gegenwart, um in der Ewigkeit des Werkes zu leben. Tauschgeschäft, Erpressung, Herausforderung an den Tod. Die Frau stellt sich dar, macht sich sichtbar (ohne deswegen an Transparenz zu gewinnen, ganz im Gegenteil!); der Künstler tut das übrige, er erforscht sie, versinnbildlicht sie. Auf dem Körper seines Modells kämpft er mit dem Tod. Wie in jeder Verführungsstrategie schwitzen das Ausweichen, die Unbeständigkeit, die Ablenkung durch das Gewand.

Man Ray:
Kiki de Montparnasse – 1922.

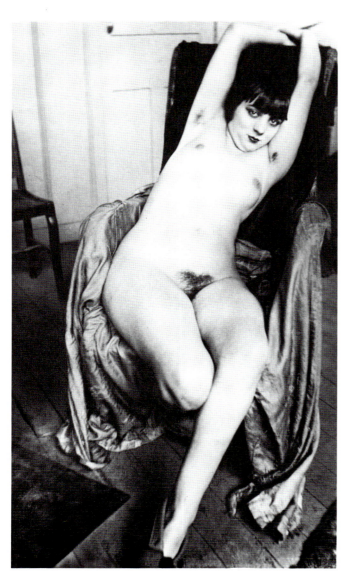

In dem kurzen Roman der Schriftstellerin Anne Walter mit dem Titel »Die Beziehungen der Ungewißheit« wird ein ungewöhnliches Netz von Verbindungen zwischen dem Maler und seinem Modell gesponnen; was recht selten, wenn nicht sogar außergewöhnlich ist, die Alchemie dieser Beziehungen wird ausschließlich von der Poseuse beschrieben, einer jungen Frau, die das unklare Gefühl hat – beunruhigend und befremdend –, daß sie das vorhergehende Modell ersetzen muß, eine gewisse Olga, die unter mysteriösen Umständen verstorben ist. Die Erzählerin begegnet dem Maler Volodja auf anscheinend zufällige, in Wirklichkeit aber klug orchestrierte Weise. Die Behexung durch ihn verstärkt sich und wird bald unausweichlich, sie sieht sich in die Falle gelockt und gibt ihr Einverständnis zu einer Beziehung, die von Drohungen gefüllt ist und die immer mehr einem grimmigen Ringen mit dem Teufel ähnelt. Die Posesitzungen zehren ihre Kräfte auf, aber sie steht unter seinem Bann und läßt sich von dem Künstler absorbieren; etwas wie Wollust daran, die Malerei zu bewohnen, hält sie zurück: »Mehr und mehr liebe ich das Atelier. Der Reiz der Verwandlungen. Ich werde völlig anders auf diesen Bildern: Ich werde von innen gesehen, bedacht, meditiert. Ich, die ich nicht weiß, was ich bin; doch Volodja entdeckt es allmählich. Oder zwingt er mich, so zu werden? (...) Etwas von mir schmeichelt sich ein, tränkt diese Gemälde und flieht mich.«[69]

Das Modellstehen ist beengend, schmerzvoll, verbunden mit Krämpfen und mit Kälte. Doch Behexung, der sie unterliegt, läßt sie alles ertragen, und wenn der Maler arbeitet, identifiziert sich das Modell mit dem

Gemälde. »Sie und ich, das ist dasselbe: Wir gehören ihm (...) Zufrieden mit einer gut aufgetragenen Lasur, streift er mein Haar, gleitet mit den Fingern zu meinem Hals herunter, streicht an meinen Seiten entlang.« Aber der Maler bleibt unzufrieden, und plötzlich sticht er – es ist einer Vergewaltigung ähnlich – den Stiel seines Dachshaarpinsels, der »glatt und am Ende angeschwollen« ist, brutal in das Geschlecht des Modells; ein »angenehmer Schmerz« seufzt sie vergehend, mit geschlossenen Augen, und fragt sich gleichzeitig, ob sie Opfer oder Komplizin ist. Dabei ist sie sich sicher, daß sie schon am nächsten Tag mit dem Rot auf den Wangen ins Atelier zurückkehren wird. Die Scheinhandlung einer Vergewaltigung durch den dazwischengeschobenen Gegenstand führt dazu, daß sich das Werk entfaltet, »ein so abgehobenes, so reines Werk, das sich im Innersten meines Fleisches nährt.« Der Maler verfügt völlig über sein Modell, das verzweifelt seinen Launen unterworfen ist, gefügig wie Lehm, »schamlos vernichtet, in Schrecken versetzt durch das flüchtig erahnte Vergnügen.«

Eine erregende Geschichte, in der die Frau ein übersteigertes Bewußtsein von ihrer Rolle hat, von dem, was man fast eine Pflicht nennen möchte, etwas, das man der Arbeit des Künstlers schuldig ist. Die Poseuse, die gequält, verwüstet ist von der Brutalität des Zeremoniells, entfaltet sich jedoch, sie wird locker, das gepeinigte Aussehen steht ihr gut, durch den Blick des Malers taucht sie ein in ihre eigene Innerlichkeit, er enthüllt sie sich selbst. Das Auge des Malers, das Gauguin »unersättlich und brünstig« nannte, tötet sie und läßt sie neu geboren werden.

So, in dem ununterbrochenen Austausch zwischen dem Schaffenden und seinem Modell sind die Rollen wahrscheinlich weniger voneinander abgegrenzt, als es zunächst scheint. Das Modell ist da in der Tatsächlichkeit seiner physischen Anwesenheit, doch vielleicht bleibt es verschwommen? Der Maler betrachtet es aus der Nähe, manchmal sehr aus der Nähe (Matisse erzählt, daß er Knie an Knie mit seinem Modell sitzt). Er »zoomt« es, fährt an es heran wie im Film, er ist Voyeur, ein »geschlechtlich erregter Seher«, ein gieriger Menschenfresser. Mit seinem Blick saugt er jener das Blut aus, die ihn umgarnt, versucht er sich die Nacktheit jener anzueignen, die verhüllt bleibt.

Und die Frau, die Modell steht, ist ebenfalls Menschenfresserin; sie zieht den Künstler an, magnetisiert seinen Blick, lenkt ihn an ihren eigenen Körperrand. Sie geht über das sexuelle Objekt hinaus. Sie

Max Beckmann:
Versuchung des heiligen Antonius, Mittelbild (Göpel)
– 1936-1937.

stimuliert eine Energie, die nicht »in« sie verpflanzt wird, sondern »auf« ihr verbleibt, an der Oberfläche ihrer Gestalt, und die die Leinwand oder den Stein befruchten wird. Gaben und Gegengaben. Die Beziehung überschreitet die instrumentale Ordnung. Das Modell ist nicht nur Werkzeug. Es ist das Mittel privilegierten Zugangs zu etwas Unzugänglichem! Es ist das besondere Terrain wesentlicher Anziehungskräfte, Halluzinationen. Die Verführung ist dabei unausweichlich und dennoch undefinierbar. Sie definieren zu wollen, hieße sie zu töten, die Faszination zu töten; völlige Entzauberung wäre die Folge; eine flache Realität ohne Relief würde die Oberhand gewinnen wie auf bestimmten mißratenen Bildern. Die Verführung bewirkt ihre Verwirrung nur, wenn sie ihre Rätsel bewahrt. »Wir glauben nicht«, schreibt Nietzsche, »daß die Wahrheit die Wahrheit bleibt, wenn man ihr den Schleier wegzieht.« Oder auch: »Die Kunst ist eine Lüge, die uns die Wahrheit verstehen läßt.«

Rembrandt:
Künstler, eine Tugend zeichnend – um 1639.

Kunst und Verführung entziehen sich dem Diskurs, und dadurch erneuert sich die Verzückung, die Verzückung, aber auch der Abgrund. Wenn der Künstler um das Modell kreist, kreist er um eine abwesende Gegenwart.

Das Modell ist über seine berührbare, körperliche, wägbare Wirklichkeit hinaus auch aus Leere und Illusion konstituiert; es hebt das Wirkliche auf. Was verbirgt sich hinter dem »Trompe-l'oeil«, wenn nicht eine deutliche Abwesenheit? Das Modell hat die Gestalt eines Trugbilds, es macht die Grenzen der Wirklichkeit und der Illusion zunichte. Sein Attribut und Fetisch ist übrigens häufig der Spiegel. Die Frau, die posiert, ist die Schwester von Narziß, aber sie sieht sich im Blick des Künstlers; gerade dieser Blick gibt ihr das Spiegelbild zurück, wobei er den Schaffenden gleichzeitig nährt.

Der Künstler absorbiert das Modell. Die von dem Schriftsteller Joyce Cary in seinem Buch[70] beschworene Szene mit einem Maler und seinem Modell Sara, das gleichzeitig seine Geliebte ist, legt den Akzent auf diese doppelte Bindung. Bei dem Surrealisten René Magritte wird das vom übrigen Körper getrennte Auge wiederholt zum Spiegel. Die Strategie des Lockvogels. Der Künstler wendet sich dem Modell zu wie der Falke einem Ersatz, er glaubt bei ihm die entzogene Wirklichkeit zu finden. Er begegnet dem Modell wie seinem Schicksal, einem Abgrund, in dem er sich erschöpft, in dem er verschlungen, vernichtet und wiedergeboren wird. Wenn die Anziehungskraft und die Macht des Verlangens unermeßlich sind, so, weil der Künstler das Modell nicht »einkreisen« kann; er ist von ihm behext. »Die Behexung ist aus dem gemacht, was verborgen ist«, erklärt Jean Baudrillard.[71]

Die Blicke, die des Künstlers und die des Modells, verwickeln sich miteinander, stehen sich in einem wollüstigen Duell gegenüber, umschlingen sich im »diskreten Charme eines schweigenden Orgasmus«[72]. Der tastende Blick des Künstlers verlangt danach, die Dunkelheit und die Undurchdringlichkeit des Modells und der Welt in Form zu bringen, ans Licht zu tragen. Zwischen dem Künstler und seinem Modell kommt es nicht im eigentlichen Sinne zu einem Austausch von Diensten, aber wenn es so wäre, dann wäre das einzig denkbare Zahlungsmittel dafür der Tod. Der Künstler bemüht sich, das Leben in seinem »lebenden Modell« einzufangen, und er macht sein Modell unsterblich. Das Modell opfert sich in der Gegenwart und lebt wieder auf in der Zeitlosigkeit. Jeanne Hébuterne, die Poseuse und Geliebte Amadeo Modiglianis, begeht am Tag nach dem Tode des Malers Selbstmord.

Die Schönheit, die von dem Künstler mit Leidenschaft gesucht wird, nimmt an der Herausforderung teil; sie saugt die Energien auf, bündelt sie um sich, aber sie gestattet dem Künstler nicht, sich ihrer in ihrer Gesamtheit zu bemächtigen, denn man bemächtigt sich weder der Unendlichkeit noch der Leere. Die Verlockung zu dieser seltsamen Leere ist ein Teil des Schwindelgefühls an den Rändern des Genießens.

Durch die Verführung führt das Modell den Künstler in seine Kunst ein. Die Zeichenkurse »nach dem lebenden Modell« in der Tradition der Kunstakademien offenbaren einen deutlich initiatorischen Charakter. Der Künstler muß da hindurchgehen, das ist das eigentliche Wesen seiner Lehrzeit. Durch das Studium des lebenden Modells glaubt man ihn sehen, vielleicht auch lieben zu lehren. Bei dieser halböffentlichen Darbietung der Nacktheit trachten die Schüler danach, das Rätsel zu durchdringen. Im Schweigen des Ateliers suchen sie mit Beharrlichkeit den Schlüssel dazu. Gewalt und Leidenschaft. Anmut und Herausforderung.

Mit der unrealisierbaren Schulung des Körperstudiums unterzeichnen Künstler und Modell einen Pakt, eine stillschweigende Übereinkunft. Der Spieleinsatz ist immens, unbegrenzt, Schicksale werden dabei aufs Spiel gesetzt. Der Umfang der Verpflichtung ist derart groß, daß er nicht benannt werden kann. Der Tod treibt dabei sein heimliches Unwesen. Künstler und Modell sind mit einer beträchtlichen Macht ausgestattet, bleiben nichtsdestoweniger aber unendlich fragil, verwundbar. Immer laufen sie Gefahr zu versagen, indem sie sich verführen.

»Wir verführen durch unseren Tod, durch unsere Verwundbarkeit, durch die Leere, die uns quält«, schreibt Jean Baudrillard.[73] Die Frau, die Modell steht, die Verführerin, ist nicht genau da, wo der Künstler sie zu haben wünscht; ihre Anwesenheit schließt sich kurz, flimmert, verschwindet, taucht anderswo wieder auf, sie ist diskontinuierlich, ihre Seinsweise ist das Verschwinden. Das Äußere schmückt sie und verhüllt sie. Die Schöne ist grausam, hypothetisch; an der Oberfläche ihrer Gestalt opfert sich unaufhörlich das Verlangen des Künstlers und macht sich unsterblich.

Die Verführung schwankt zwischen zwei Polen: dem Pol der Strategie, einer bestimmten, freiwilligen Handlungsweise, einer beharrlichen Bemühung des Künstlers, einer unermüdlichen Wiederholung der

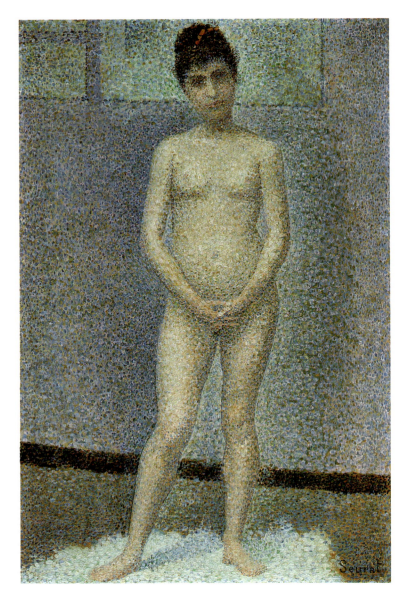

Georges Seurat:
Stehendes Modell – 1887.

Henri Matisse:
Malstudie zum Akt im Atelier – 1904.

Posesitzungen, einer von Geduld gekennzeichneten Verschwörung; und dem Pol des Animalischen, der brutalen physischen Suggestion, des nackten Modells, das sich dem Blick entgegenwirft, des visuellen Sezierens, der visuellen Umarmung.

Das weise kodifizierte Ritual der Pose verbirgt eine Verwirrung, chaotische Verschmelzungen, ein Delirium und Verlangen, blutige Verbrechen (das Problem des Inkarnats), magische Reinkarnationen. Alles geschieht durch die Vermittlung des Blicks, dieses schrägen Blicks, der mit Hartnäckigkeit das Geheimnis zu durchdringen sucht. Das Modell, mächtig und gleichzeitig waffenlos, erwartet von seinem Bild das Urteil. Der Künstler handelt wie ein Gott, aber wie ein durch den Zweifel verunsicherter Gott; er verdächtigt das Modell – den Ort des Rätsels –, die Lösung zu besitzen und sie zu ihrem eigenen Vorteil abzulenken.

Es ist eine Perversion von subtiler Art, sie fordert die natürliche Ordnung heraus, indem sie eine nackte Frau zur Verfügung des Künstlers stellt, eine Frau, die dieser »benutzt«, die er betrachtet, aber nicht anrühren darf, eine Art Gottheit, die auf ein Piedestal gestellt ist und in bestimmten Fällen, zum Beispiel im Rahmen einer Akademie, mit anderen Voyeuren geteilt wird. Der einzige dabei gestattete physische Akt ist – natürlich rein theoretisch gesehen – plastischer Natur. Vom Mogeln in dieser Sache ist abzuraten. Die Geschichte, die Geschichte der kleinen Ereignisse, sie, die am stärksten von Symptomen bestimmt ist, erinnert sich an einen Zornesausbruch von Rembrandt, der vom Verhalten eines seiner Schüler ausgelöst wurde. Dieser soll sich, nachdem er das Modell in sein Zimmer geführt hatte, um dort zu arbeiten, unter der Einwirkung großer Hitze entkleidet haben und dem Modell gegenüber erklärt haben: »Nun sind wir wie Adam und Eva«. Es wird erzählt, daß der Meister, der den Vorgang durch das Schlüsselloch beobachtete, in einem Wutanfall das Paar mit Stockschlägen davongejagt und dabei gebrüllt habe: »Da ihr nun wißt, daß ihr nackt seid, müßt ihr das Paradies verlassen!«[74]

Die – relative und stets theoretische – Keuschheit, die mit der Vorstellung vom Modell verbunden ist, hat wahrscheinlich auch das Ziel, das Verlangen durch ein feierliches Verbot wieder aufzuladen, es an den Rand des Sexualaktes zu führen und es abzulenken, damit es den plastischen Akt befruchtet. Die Liebesenergie wird angehäuft, zurückgehalten, abgeleitet. Wie in jeder Perversion gibt es eine Kodifizierung, Regeln werden aufgestellt, ein Ritual wird – relativ unveränderlich in einer relativ unveränderten Umgebung – wiederholt. Übertretungen sind verboten, denn sie würden die Theatralität in Frage stellen, die für das Zeremoniell unerläßlich ist, in dem der Künstler versucht, die Unsterblichkeit in seine Netze zu ziehen und der natürlichen Wirkung des Todes Einhalt zu gebieten. Die Inszenierung der Pose ist ein rituelles Drama, in dem mehrere Schicksale gespielt werden: das des Künstlers, das des Modells (oder genauer seines Bildes) und – dies ist das wichtigste – das des Gemäldes. Niemand ist dabei völlig Herr der Lage. Der Akademismus fixiert – bis zum Stereotyp, zur Konformität – mit manischer Sorgfalt die Modalitäten der Pose, um das Fieber der Phantasmen einzudämmen und die Hauptdarsteller hinsichtlich der Definition ihrer Rolle zu beruhigen.

Henri Matisse:
Das Atelier am Quai Saint-Michel – 1916.

Henri Cartier-Bresson:
Matisse und sein Modell – 1944.

Die Partner sind verbunden in der Aggressivität (ein Francis Bacon zum Beispiel) oder der Fülle (Matisse), in der unbefriedigten Spannung (Cézanne) oder der Auffüllung, in der Verzauberung oder der Enttäuschung. Sie sind sich nahe im Zerreißen oder im Verschmelzen (Picasso). Ein endloser ritueller Austausch. Die Kodifizierung angesichts der »Gefahr« der Situation ist Teil einer Art von Teufelsbeschwörung. Die Übereinkünfte kanalisieren die Energie, geben dem Ungezügelten eine Form, verwandeln das Rohe in Geweihtes, bringen einen Anschein von Ordnung in das Maßlose der Herausforderungen: jener, die das Leben einfangen wollen, und jener – ihnen verwandten –, die es unsterblich machen wollen.

Künstler und Modelle behexen sich gegenseitig, schüchtern sich ein durch den Blick oder die Pose. Wie in der Liebesverführung hypnotisieren sie sich. Das Modell prangt in der statuarischen Reglosigkeit, die es maskiert. Es gehört einer Gruppe an, die jener

Henri Matisse:
Der Maler und sein Modell – 1917.

*Ein Epigone Rembrandts:
Rembrandt malt Hendrickje – o. D.*

Absichten zu. Jenseits gewisser allzu trügerischer äußerer Erscheinungsformen ist das Verhältnis des Künstlers zum Modell keineswegs das des Herrn gegenüber seinem Sklaven; die Beziehung ist in Wirklichkeit duellartig.

Indem die Frau den Blick des Künstlers anzieht, existiert sie; sie ist die Behexerin, die, maskiert durch Erscheinungsformen, welche dem Schlummer nahekommen, den Wahnsinn hervorrufen könnte; sie ist die Verführerin, jene, die es riskiert, den Skandal zu erzeugen (skandalon: das, was das Übel bringt) und den Bruch, wenn sie – als lebendige Kraft – nicht durch das akademische Ritual gezähmt wäre. Als Beweis dafür kann, falls es erforderlich sein sollte, die Wirkung von Bildern Edouard Manets gelten (»Olympia« oder »Das Frühstück im Freien«), auf denen die der Koketten, einer Abart der Hexe, nahe ist; es erschreckt, terrorisiert, magnetisiert durch ihre Reize und initiiert auf diese Weise.

Die Poseuse – eine geweihte Prostituierte, eine Hohepriesterin, die in ihrer verkörperten Schönheit zur Statue erstarrt ist, isoliert auf ihrem Podest, religiös dargeboten, die sich indes niemandem sexuell hingibt (dies natürlich theoretisch gesehen). Die Poseuse ist auch der Künstler. Es ist kein Zufall, daß die Allegorie der Malerei – die Malerei in Person –, beginnend mit der Renaissance und mehr als vierhundert Jahre lang, durch eine Frauengestalt wiedergegeben wird, die meistens auf antike Art nach dem Vorbild der Musen gekleidet und mit Palette und Pinseln versehen ist. Und es ist auch kein Zufall, daß ein Maler wie Picasso, von den gefährlichen und privaten Liebschaften mit dem Modell verfolgt, malende Frauen ersonnen hat, die das Modell mit den eigenen künstlerischen Fähigkeiten ausstatten. Sollte in diesen privaten Liebschaften ebenfalls Rivalität bestehen?

Da der Körper des Modells niemals in seiner Totalität erreichbar ist, sieht der Künstler in der undurchsichtigen Körperlichkeit vielleicht die Hülle, hinter der sich ungeahnte Gaben verbergen. In dem Bewußtsein, daß er vom Modell abhängig ist, errät der Künstler, daß er teilweise von ihm erzeugt wird, und kann bei ihm also ohne weiteres höhere Kräfte vermuten. So fetischisiert er es und schreibt der Göttin listige

*Albert Marquet:
Fauve-Akt – 1898.*

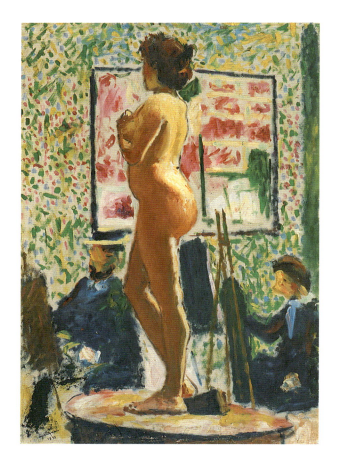

Pablo Picasso:
Interieur (Malerin und Akt im Atelier) – 1954.

Modelle als solche gezeigt werden und nicht als »akademische« Akte, die mit Verweisen auf die Mythologie gespickt sind.

Obwohl sich die Poseuse zusammenrollt, um für sich zu sein, ist sie eine Mittlerin (deren Gefährlichkeit der Wirksamkeit proportional ist) zwischen der Kunst und dem Künstler. Dieser wittert manchmal, daß sie den Schlaf, die Unschuld vortäuscht und daß sich unter dem durch die lange Dauer des Posierens etwas in Mitleidenschaft gezogenen Äußeren unbegrenzte Kräfte verbergen. Tatsächlich ist die Verführung niemals unschuldig, sie stürzt und kippt die Situationen und die Ordnung der Dinge um. In seinem Schwindelgefühl fürchtet der Künstler »phagozytiert«, aufgelöst und enteignet zu werden durch die beunruhigende Mittlerin, deren Ikone er zu schaffen beabsichtigt, ein Bild, von dem er errät, daß es nicht nur der menschlichen Hand zu verdanken ist.

Die Poseuse umgibt sich mit dem Nimbus eines heiligen Lichtes, das den Künstler – als sähe er ein Medusenhaupt – »versteinern läßt«. Ihr Opfer verschafft die Macht. Als etwas Dunkles kann das Modell dem Licht zur Geburt verhelfen, und der Künstler, der ermißt, was er ihm schuldig ist, läuft Gefahr, dieser Stellvertretung mit ihren vielfältigen Gesichtern unerträglich zu werden. Die Angst ist die Schwester der Verführung. Die Poseuse, die Verführerin, nimmt den unausgefüllten Platz einer imaginären, vom Künstler erträumten Gottheit ein, doch wird sie sogleich zu einer polypenartigen Gottheit, die alle Grenzen überschreitet und sich auf unvorhersehbare Weise ausbreitet.

In den Strategien der koketten Frauen (wie der Marianne in dem gleichnamigen Roman von Pierre de Marivaux) und der Verführer (wie dem aus dem »Tagebuch eines Verführers« von Kierkegaard) verweist jede Geste, jede Maßnahme durch ihren theatralischen Charakter auf ein Protokoll des Liebesabenteuers, auf eine Vorstellung. In der Beziehung des Schaffenden zum Modell ist die kunstvoll als Liturgie orchestrierte Haltung auf dem Podest ebenfalls eine Vorstellung, die der Künstler seinerseits gleichsam durch ein In-den-Abgrund-Tauchen heraufruft. Das Bild ist dann Vorstellung in der Vorstellung.

Paul Duthoit:
Das Atelier der jungen Mädchen – 1896.

Der Körper des Modells erstarrt, indem er sich ausstellt, zu Glas und beweist so die Unmöglichkeit der Nacktheit, er plaziert sich am Rand der Klassifizierungen und umfaßt sie dennoch alle, er trägt eine Art zweiter Haut zur Schau, die vielleicht auch die zweite Haut des Künstlers ist? Mit Kunstgriffen ausgestattet und bekleidet, eignet er sich besser zur Fetischisierung. Streng genommen ist nichts »natürlich« an der Seinsweise des Modells, doch sie erlaubt dem Künstler, hinter einer nackten Wahrheit herzulaufen, die unerreichbar ist und die ihn, weil sie unerreichbar ist, zu einer schöpferischen Hervorbringung treibt.

Das Modell bietet ebenso wie die von der westlichen Welt erfundene Stripteasetänzerin den Köder der Nacktheit dar, es vervielfacht seine Kunstgriffe (Fetische oder fetischisierbare Haltungen), ohne jedoch (und das ist logisch in einer Logik des Trugbildes) zuzulassen, daß man sich ihr nähert oder sie »nimmt«. Die Entkleidung des Modells findet niemals ein Ende. In dem einen und dem anderen Fall erhebt sich der Körper zur Illusion, zum Trugbild der Nacktheit vor Zuschauer–Voyeuren, die das Bedürfnis verspüren, an eine Mittlerin zu appellieren. Das Modell schiebt sich – in der Reglosigkeit der Pose – zwischen die Kunst und den Künstler. Die Stripteaseuse wird – in der Langsamkeit der Darbietung – zum Fürsprecher zwischen dem Mann und dem Sex.

Das Modell, die Stripteasetänzerin, das Mannequin lernen es, das Gesicht verschlossen zu halten, um die, von denen sie betrachtet werden, nicht »abzulenken«. Man weiß, daß Renoir es nicht ertragen konnte, daß seine Modelle so aussahen, als ob sie an etwas dächten. Deshalb schätzte er überaus Gabrielle Renard, das Hausmädchen und die Kinderfrau

*Auguste Massé:
Atelier der Gros-Schüler – 1830.*

seiner Familie, die von 1900 bis 1912 regelmäßig nackt für ihn posierte, wobei sie »ideal entspannt« war. Paul Delvaux behielt fast zwanzig Jahre lang ein und dasselbe Modell, dem er nicht nur wegen seiner blonden Blässe, sondern auch wegen seiner Fähigkeit zur Entspannung, zu einer Art von Abwesenheit den Vorzug gab. Die Beispiele könnten beliebig fortgesetzt werden. Durch seinen eigenen Stil bekleidet der Künstler das Modell, tötet es und läßt es wiedergeboren werden, dann »hat es seine Haut«! Diese Haut, die ebenfalls seinem eigenen Fleisch entnommen ist.

Die Kunst wird – ähnlich wie das Schauspiel, wie die Mode – vom Kunstgriff regiert. Im ästhetischen Imaginären bedient sich der Künstler der illusorischen natürlichen Nacktheit des Modells als eine Initialzündung, eines Auslösers. Die »Natur« ist nur Vorwand. »Je mehr wir die Kunst studieren, desto weniger kümmern wir uns um die Natur«[75], erklärt Oscar Wilde in seinen »Absichten«. Man kann dem Autor des »Dorian Gray« auf dieses Gebiet folgen, mit dem er besonders gut vertraut ist. »Die Kunst ist unser leidenschaftlicher Protest, unsere tapfere Bemühung, um der Natur ihren wahren Platz zu zeigen.«[76] Und immer ist die Kunst in ihrer komplexen Schönheit überlegen. Sie findet ihre Vollendung in sich selbst und nicht außerhalb. »Das Leben ahmt viel mehr die Kunst nach, als die Kunst das Leben nachahmt.«[77]

Das Modell, das durch die Bühnenausstattung des Ateliers ein wenig auf Distanz gehalten wird, ist niemals ein völlig äußerliches Objekt; der Künstler verinnerlicht es, indem er sich seiner beim Zeichnen bemächtigt, er macht es sich als Verlängerung und

Antonio Palamedes zugeschrieben:
Das Atelier des Malers – o. D.

Henri Matisse;
Männlicher Akt (Männliches Modell) – 1900.

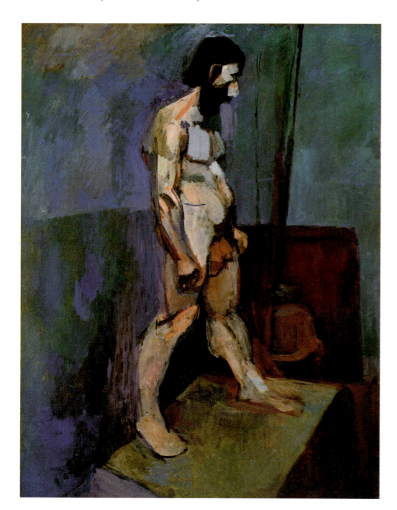

Wiedergeburt seines eigenen Körpers zu eigen. Die Griechen, die in hohem Maße auf Illusionen bedacht waren, ließen die Kunst ausstrahlen auf ihr tägliches Leben. So stellten sie in den Gemächern junger Eheleute Standbilder des Hermes oder des Apoll auf, damit die künftige Mutter Kinder empfinge, die an Schönheit den Kunstwerken glichen, die sie während der Liebesekstase erblickt hatte. Eine interessante Umkehrung der Geschichte von Pygmalion!

»Die einzigen Porträts, an die man glaubt, sind die, bei denen es wenig vom Modell und viel vom Künstler gibt«[78], erklärt Oscar Wilde als ein wahrer Kenner. Der Schaffende zwingt das Leben, seine Bedingungen zu akzeptieren. So erfand Degas komplizierte Posen, weil er das Momentane in der Dauer erfassen wollte; und dies in einem so übertriebenen Maße, daß er, als seine Modelle das Posieren im unstabilen Gleichgewicht nicht mehr ertragen konnten, seine Zuflucht zur Fotografie nahm, um Abhilfe zu schaffen, und einige Negative mit höchst seltsamen Verrenkungen herstellte, die offensichtlich aber nach einem lebenden Vorbild angefertigt waren.

Die Verfolgung des Modells erscheint immer als eine Verführung, als eine künstliche Suche. Der Künstler bemüht sich, ein Modell zu finden, das am

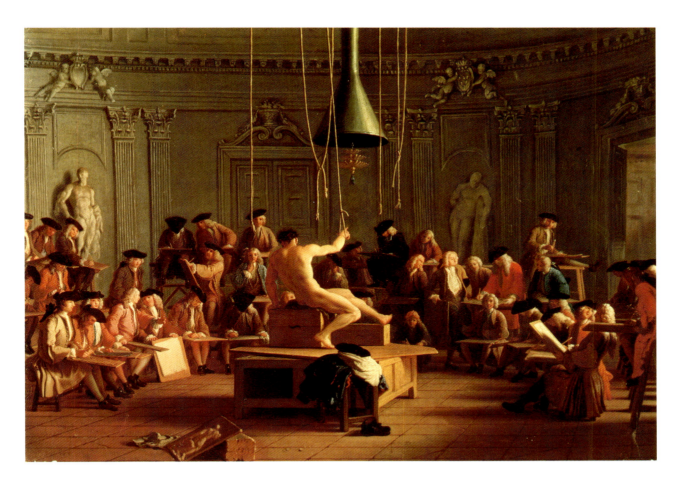

Michel-Ange Houasse:
Die Zeichenakademie – um 1715.

Henri Godet:
Modell in der Pose »Efeu« – um 1898.

ehesten dem Bild entspricht, das er sich von ihm macht; und es verbleibt eine gewisse Unzufriedenheit im Raum, weil das Wirkliche seinen Platz oft unterhalb des Vorgestellten einnimmt; die Künstler vermehren ihre vom Zufall bestimmten Schritte, um ein »gutes Modell« zu bekommen. Eugène Delacroix, der am Anfang seines »Tagebuches« mit dürren Worten berichtet, daß er mit einem Modell von neunzehn Jahren Gefahr läuft, sich mit Syphilis anzustecken, unterläßt es nicht, mit großer Sorgfalt die Adressen seiner Poseusen zu notieren. Dominique Ingres gibt die Namen und Adressen der Modelle peinlich genau auf den Rückseiten seiner Aktzeichnungen an, da er sie zu verlieren fürchtet. Edgar Degas trägt in seine Notizbücher Bemerkungen über die Eigenschaften der Poseusen ein, als ob er Pferde taxierte, und freut sich, wenn er einen guten »Fund« gemacht hat. Dann präsentiert er ihn seinen Freunden und rühmt seine Eigenschaften wie bei einem Stutenfüllen vor dem Rennen! Und Auguste Renoir liegt ständig auf der Lauer nach einer Epidermis, die »das Licht gut zurückwirft«. Edouard Manet sucht die milchweiße Haut der Rothaarigen, so daß er schließlich Victorine Meurent für mehr als zehn Jahre zu seinem Lieblingsmodell macht.

Paul Cézanne:
Eine moderne Olympia – 1872–1873.

Die privaten und gefährlichen Liebschaften

Das skandalöse Modell

Mit Manet wandelt sich historisch das Verhältnis des Künstlers zum Modell. Das Modell ist nicht mehr mit dem mythologischen Alibi versehen, sondern ausschließlich mit dem malerischen Kunstgriff verbunden. So erregt »Das Frühstück im Freien« im Jahr 1863 auf dem Salon der Abgelehnten niedagewesene Stürme des Protests. Während sich das Publikum an den »Venussen« von Cabanel ergötzt, läßt es sein lautes, ordinäres Lachen über Manets »Frühstück« ertönen. Die Schreibfedern der Zeitgenossen beginnen wütend ihre Tinte zu verspritzen. »Manet wird an dem Tag Talent besitzen, wenn er das Zeichnen und die Perspektive versteht, er wird an dem Tag Geschmack besitzen, wo er auf seine im Interesse des Skandals ausgewählten Themen verzichtet (…) Wir können nicht finden, daß es sich um ein völlig keusches Werk handelt, wenn man eine nur mit dem Schatten der Blätter bekleidete Hure, die sich in der Gesellschaft mit Mützen und Mänteln bekleideter Studenten befindet, im Wald Platz nehmen läßt. Doch das ist eine recht sekundäre Frage, und viel mehr als die Komposition des Werkes selbst bedaure ich die Absicht, die es hervorgebracht hat (…) Monsieur Manet will zur Berühmtheit gelangen, indem er den Bourgeois in Erstaunen versetzt (…) Er hat sich durch die Liebe zum Bizarren seinen Geschmack verdorben.« Die kritischen Darstellungen häufen sich: »Irgendsoeine aus der Rue Bréda[1], so nackt wie es nur immer geht, aalt sich unverschämt in der Sonne zwischen zwei bekleideten und krawattierten Beschützern (…) Diese beiden Gestalten sehen aus wie Internatsschüler in den großen Ferien, die eine Ungeheuerlichkeit begehen, um erwachsene Männer zu spielen; und ich frage mich vergeblich danach, was dieses wenig passende Rätsel bedeuten soll.«[2]

Nur Antonin Proust erzählt recht liebevoll von der Entstehung des »Frühstücks« und der »Olympia«: »Am Vorabend des Tages, an dem er das ›Frühstück im Freien‹ und die ›Olympia‹ malte, lagen wir eines Sonntags in Argenteuil am Ufer und sahen zu, wie die weißen Segeljollen das Wasser der Seine furchten. (…) Einige Frauen badeten. Manet hielt den Blick auf das Fleisch der Frauen gerichtet, die aus dem Wasser stiegen. ›Es scheint‹, sagte er mir, ›daß ich ein Aktbild machen muß. Nun, ich will ihnen eins machen, ein Aktbild! Als wir im Atelier waren, habe ich die Frauen von Giorgione kopiert, die Frauen mit den Musikern. Es ist dunkel, dieses Bild. Die Hintergründe haben die Farbe nicht angenommen. Das will ich neu machen und es in der Transparenz dieser Atmosphäre mit Personen malen, wie wir sie dort unten sehen. Man wird mich heruntermachen. Man wird sagen, daß ich mich jetzt an den Italienern inspiriere, nachdem ich mich vorher an den Spaniern inspiriert habe.‹«[3]

»Ich will ihnen ein Aktbild machen!« soll Manet also ausgerufen haben. Was für ein Programm! Der Ton scheint dabei so kraftvoll und neu, obwohl die Geschichte der Malerei doch seit Jahrhunderten mit Aktbildern gespickt ist! Diese Aktbilder der Vergangenheit verweist Manet in die Requisitenkammer, um sich ihrer bequemer als Anregung bedienen zu können. Wieviel Anleihen hat er beim »Ländlichen Konzert«, beim »Moses, aus dem Wasser gerettet«, bei der »Überraschten Nymphe«, beim »Urteil des Paris« und bei diversen allegorischen Flußdarstellungen gemacht. Und dennoch ist das »Frühstück im Freien« eine Landpartie, ein Picknick mit Victorine in der Mitte, einer Victorine, die nackt ist nicht wie eine Göttin, sondern wie ein zwischen zwei Posen verschnaufendes Modell. Die Freiluftkulisse der Kunstakademie ist es, die der Maler enthüllt.

Die Reaktion Odilon Redons auf das »Frühstück« ist höchst bezeichnend. »Es fehlt dem Maler an Intellekt, wenn er eine nackte Frau malt, die uns daran denken läßt, daß sie sich sogleich wieder ankleiden wird (…) Es findet sich eine solche in dem »Frühstück im Freien« von Manet, die sich schnellstens wieder anziehen wird nach dem Ärger über die Unbequemlichkeit im kalten Gras, in Gegenwart von Männern ohne jegliches Ideal.«[4]

In der Tat wird der Akt im Gegensatz zum traditionellen Gemälde beim »Frühstück im Freien« zum Modell, nicht aber das Modell zum Akt. Dieses Gemälde, das Manet selbst »Die Partie zu viert« genannt hatte, bietet das Lockmittel des Prosaischen, aber es trägt auch einer Gewohnheit jener Zeit Rechnung, die darin bestand, Malerschüler und Modelle »an einen idyllischen Ort zu führen, etwas wie einen großen natürlichen Park, wo eine geräumige Lichtung das flutende Licht des Himmels aufnahm und dicht am Walde ein Teich das umgekehrte Bild der hohen Bäume zurückwarf. Einige Modelle waren für den Ausflug verpflichtet worden; sie mußten herumgehen, sich hinsetzen, bald nackt, bald mit Draperien bekleidet laufen, die Mythologie war anwesend und lebendig vor uns.«[5] Sehr lebendige Modelle auch!

Bei Manet gibt es keine Draperien dafür, keine Mythologie, sondern die etwas groben Formen Victorines, die plumpen Füße einer Frau aus dem Volk. Die Malerei der Kunstgriffe löst im Triumph die der Attribute ab. Für Kaiser Napoleon III. jedoch ist die Scham

*Edouard Manet:
Das Frühstück im Freien – 1863.*

Pablo Picasso:
Das Frühstück im Freien nach Manet – 1961.

verletzt; das Gemälde beleidigt die Sitten! Kunst und Moral werden trotz des gesunden Menschenverstandes miteinander vermischt.

Dieses Modell ruht in der Nacktheit seiner kompakten Formen und seiner erdfarbenen Haut an der Seite von Männern, die mit dreiteiligen Anzügen bekleidet sind, wie sie das 19. Jahrhundert eben erfunden hat. Ein packender Kontrast. Das Modell posiert nicht mehr, es macht eine Pause. Lebensmittel, das Stilleben einer vom Pinsel geschickt arrangierten Nachlässigkeit, zeugen von den Sinnenfreuden einer Mahlzeit »außerhalb der Saison«, bei der sich Kirschen mit Feigen vermischen. Man täusche sich nicht, hier ist nichts natürlich! Die Ungezwungenheit der krawattengeschmückten Männer, die über wer weiß was diskutieren, die arrogante Nacktheit dieser Frau, die das Gesicht dem Betrachter zuwendet, der auf diese Weise unvermittelt zum entdeckten Voyeur geworden ist, geben dem Gemälde eine schrille Note. Die Frau ist vermutlich wenig »verführerisch«, aber das Gemälde übt einen eigentümlichen Zauber aus; es behext mit diesem seltsam schrillen Ton. Die Zeitgenossen Manets, die es nicht wagten, sich verführen zu lassen, konnten nur ein meckerndes Gelächter hervorbringen und so ihr ungewohntes Mißbehagen, ihre Angst maskieren.

Was geschieht denn eigentlich? Ein umgeworfener Korb schüttet seinen Inhalt aus, von ihrer Besitzerin im Stich gelassene Kleidungsstücke liegen im Gras in angenehm pittoresker Verwirrung, ein längst begonnenes Gespräch wird in dem Augenblick erfaßt, wo der eine Mann zuhört und der andere zu argumentieren scheint, und dann, ja, dann ist da diese Frau mit der anstößigen Nacktheit, als ob sie nicht hier, sondern »woanders« wäre, aber wo? Kein Einverständnis verbindet sie mit der Umgebung, ebensowenig eine übertriebene Mattigkeit, nein, eine Abwesenheit. Sie ist aus dem Spiel, ihre Anwesenheit bezieht sich auf nichts, ist durch kein erzählerisches Element gerechtfertigt, und die bekannte Tatsache, daß man es in der damaligen Zeit liebte, die Malermodelle von Zeit zu Zeit ins Freie zu führen, erklärt schließlich auch nicht sehr viel. Dieses Bild verharrt in der Auseinandersetzung, deshalb hat sich der Skandal darum wiederholt (was nicht oft vorkommt bei einem Skandal und was absurd wäre bei einem Skandal wegen einer bloßen Sittenwidrigkeit). Aber hier, und darüber darf man sich keiner Täuschung hingeben, handelt es sich um die Malerei selbst!

Die Anwesenheit Victorines, des Modells in der Pause zwischen zwei Posen, ist unschicklich, nicht etwa, weil sie nackt ist – übrigens ist ihre Haltung viel

Edouard Manet:
Olympia – 1863.

züchtiger als die einer großen Zahl von Liebesgöttinnen vergangener Jahrhunderte –, sondern weil sie nackt ist neben völlig angekleideten Männern, die so tun, als ob sie nichts davon sähen; sie beschäftigen sich offenbar gar nicht mit ihr. Paradoxerweise ist der Platz, den sie einnimmt, leer, wie ein deutlich ins Auge fallendes Loch, ein offensichtliches und schweigendes Abgrundgähnen, dessen Schweigen – in angehaltener Zeit – ein Echo zu dem Gespräch der Männer hervorbringt. Die Frau kuschelt sich zusammen, schließt ihren Körper ab, aber ihr Blick – der freiwillig seinen Ausdruck abgelegt hat, der ohne erkennbaren Gehalt ist – bleibt unergründlich. Wohin mag er gerichtet sein? Zum Auge des Malers oder zu dem des Betrachters, auf einen Abgrund oder nirgendwohin?

Picasso nimmt sich in seiner Naschhaftigkeit, mit der er Bezüge und Referenzen aller Art aufklaubt, am Ende seines Lebens seinerseits andere Gemälde zum Modell und macht sich mit Leidenschaft an die Auseinandersetzung mit seinen Fetisch-Bildern: den »Meninas« von Velázquez, den »Frauen von Algier« von Delacroix und dem »Frühstück im Freien«. Während der Spanier noch im Jahr 1929 auf die Rückseite eines Umschlags den kurzen warnenden Satz schreibt: »Wenn ich das ›Frühstück im Freien‹ von Manet sehe, sage ich mir: Schmerzen für später...«[6], komponiert er zwischen 1954 und 1961 das

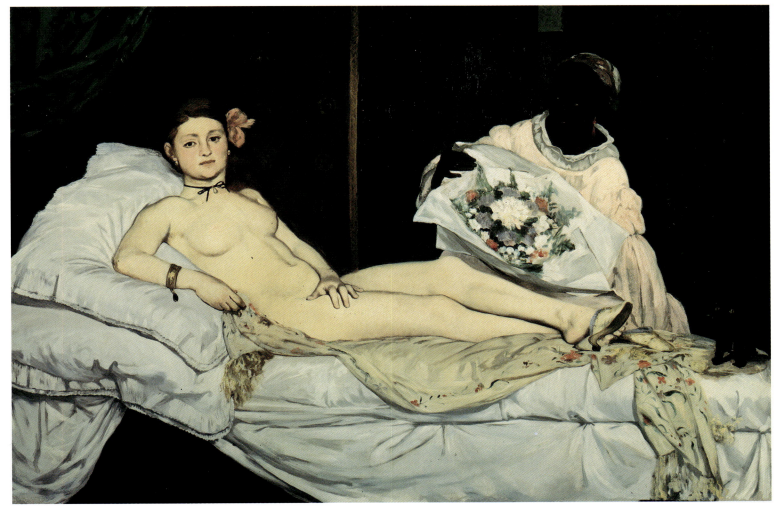

*Francisco Goya:
Die nackte Maja – 1800–1803.*

»Frühstück« völlig neu als Serie von Bildern, entkleidet die Protagonisten, weist ihnen andere Plätze zu, läßt einen von ihnen plötzlich ganz verschwinden, macht das schiefe Verhältnis des Malers zu seinem Modell noch unzweideutiger; zu einem Gegenüber, das keines ist. Eine Atmosphäre, überladen mit Badestelle und Freiluftatelier, rastenden Ruderern, Strohhut und Imbiß, Cézannescher Großer Badender, die die Wassertemperatur prüft, einem beschwipsten Künstler und einer der Pause hingegebenen Poseuse. Pause zwischen den Akten.

Auch Manets »Olympia« erregt einen lange widerhallenden Skandal. Dieses Bild ist, wie Emile Zola bemerkt, »wahrhaftig aus dem Fleisch und Blut des Künstlers geschaffen. Es enthält ihn ganz und enthält nur ihn.«[7] Manet behält die »Olympia« übrigens sein ganzes Leben lang, sie folgt ihm auf seinen Umzügen in die häufig wechselnden Ateliers. Der Schriftsteller Zola ist einer der wenigen Zeitgenossen, die den Weg ermessen können, den der inzestuöse Vater der »Olympia« zurückgelegt hat. »Ein Bild ist für Sie einfach ein Vorwand zur Analyse. Sie brauchten eine nackte Frau, und Sie haben Olympia, die erste beste, gewählt; Sie brauchten helle und leuchtende Flecke, und Sie haben einen Blumenstrauß hingesetzt; Sie brauchten schwarze Flecke, und Sie haben eine Negerin und eine Katze in einer Ecke untergebracht. Was soll das alles heißen? Sie wissen es selbst wohl kaum, und ich auch nicht. Aber ich weiß immerhin, daß es Ihnen bewundernswürdig gelungen ist, das Werk eines Malers zu schaffen, eines großen Malers, ich will damit sagen, daß Sie energisch und in einer ganz eigentümlichen Sprache die Wahrheiten des Lichts und des Schattens, die Wirklichkeiten der Gegenstände und der Lebewesen wiedergegeben haben.«[8]

Und Paul Valéry hebt in einem dichten Text hervor: »Olympia schockiert, ruft einen heiligen Schrecken hervor, setzt sich durch und triumphiert. Sie ist Skandal, Idol, Macht und öffentliche Anwesenheit eines erbärmlichen Arkanums der Gesellschaft. Ihr Kopf ist leer: ein Bändchen aus schwarzem Samt trennt ihn vom Eigentlichen ihres Seins. Die Reinheit eines vollkommenen Striches schließt das Unreine schlechthin ab, jenes, dessen Funktion das friedliche, unschuldige Ignorieren jeglicher Scham erfordert. Als animalische Vestalin, die sich dem absoluten Akt geweiht hat, läßt sie an all das denken, was sich an primitiver Barbarei und ritueller Bestialität hinter den Gewohnheiten und dem Wirken der Prostitution in den großen Städten verbirgt und erhält.«[9] Und Marcel Proust läßt Oriane de Guermantes in von Zurückhaltung getragenen Worten über »Olympia« sagen: »Sie gehört vielleicht nicht ganz in den Louvre!« Sollte die Herzogin von Guermantes darin vielleicht ein Bild erblickt haben, das dem Odettes nahekam, der Halbweltdame, die sehr wider ihren Willen die Ehefrau des verfeinerten Swann geworden war?

Man kann Manet jedoch nicht primitiver Roheit beschuldigen. Zu Füßen der »Olympia« drängen sich die Verweise: auf die »Venus pudica« der Antike, die neu gesehen wird in Tizians »Venus von Urbino« (deren Hund sich hier in eine Katze verwandelt hat), auf die »Venus im Spiegel« von Velázquez, auf die »Nackte Maja« von Goya. Die Bildanspielungen sind ihrerseits

*Edouard Manet:
Studie zu Olympia – 1863.*

Kunstgriffe, die darauf abzielen, das Modell auf andere Weise einzuhüllen. Der Skandal der »Olympia« ist von ganz besonderer Art. Es handelt sich keineswegs um einen Gesellschaftsskandal wie den, welchen die »Von einer Schlange gebissene Frau« des zeitgenössischen Bildhauers Clesinger mit Madame Sabatier als Modell hervorgerufen hatte, oder wie den, welchen Théodore Chassériau erregt hatte, als er seine Mätresse, die Kurtisane Alice Ozy, nackt gemalt hatte und sich damit spöttische, aber schließlich und endlich doch schmeichlerische Spottverse eingehandelt hatte.

Man erblickt ein anderes »Laster« in der Tatsache, daß Manet einem Pantoffel ebenso große Bedeutung wie einem Blumenstrauß, einer schwarzen Katze oder einem Chiffontuch beimißt. Der Skandal wiederholt sich: beim ersten Erscheinen des Bildes auf dem Salon von 1865, noch im gleichen Jahr auf der Weltausstellung, im Jahr 1890, im Augenblick der Schenkung an den Staat durch eine Gruppe von Freunden und Sammlern. Das Werk verbleibt übrigens ziemlich lange in der Vorhölle des Musée du Luxembourg, da der Louvre Bilder von Manet zwar aufnehmen wollte, nicht aber seine »Olympia«. Damit läßt diese Institution an jene Sorte etwas lauer Freunde denken, die die neue Geliebte eines Kameraden nicht zu akzeptieren bereit sind! Neuerliche Aufregung gibt es im Jahre 1907, als die »Olympia« endlich in den heiligen Bezirk des Louvre Einlaß findet und sie an die Seite der »Großen Odaliske« von Ingres gehängt wird. Letzter Sturm der Entrüstung im Jahre 1932 anläßlich einer wichtigen Pariser Retrospektive.

»Olympia« ist nackt – nichts Ungewöhnliches –, aber sie ist zeitgenössisch, was völlig inakzeptabel ist! Es sind nicht mehr die Kunstgriffe der Idealisierung oder der Mythologie, die sie verwandeln, sondern sehr viele spezifisch bildtechnische Kunstgriffe. Die ziemlich kurzen Beine von Victorine Meurent, die hoch angesetzten Brüste, ihr viereckiges Gesicht mit dem spitzen Kinn, ihre unaristokratischen Hände und ihre kühlen Wangen werden mit großen Pinselstrichen in der »Brutalität des Faktums« ausgebreitet. Das Thema des Bildes ist deutlich. Manet malt ganz roh, ohne symbolische Hintergedanken, eine geschmückte Prostituierte, die auf ihrem Bett liegt und den Kunden erwartet.

Zahlreich waren damals die Fotos entkleideter Prostituierter, die ihre Reize kühnen Blickes zur Schau trugen, es waren gewissermaßen Visitenkarten, die die Kundschaft informierten. Gesalbt mit Exotik und mit dem Parfüm des Harems und des geschlossenen Hauses im Zweiten Kaiserreich, empfängt »Olympia« gleichgültig aus den Händen einer schwarzen Dienerin – Amme und Kupplerin zugleich – einen ehren-

*Edouard Manet:
Frau mit Katze – 1865.*

den Blumenstrauß, der aus der dunklen Nacht der Umgebung wie ein Feuerwerk aufsteigt. Der Name »Olympia« selbst, der ihr zum Spott gegeben ist, war damals ein verbreiteter Spitzname für gesellschaftlich aufgestiegene Kokotten; die Rivalin der Kameliendame, die schicksalhafte Puppe aus »Hoffmanns Erzählungen« bewahren Spuren davon. Es gibt nichts auf diesem Bild, in seinem Sujet und in seinem Titel, was nicht unmittelbar verständlich wäre. Im Salon erklärt Madame Manet, die Mutter des Malers, eine gute Bürgerin, seinen Freunden errötend, Edouard könne sehr gut malen, wenn er nur wolle, daß er sich aber von schlechter Gesellschaft verführen läßt! Niemand fällt auf ihre Worte herein.

Manet wird mit Verwünschungen überschüttet, weil er die Tabus so brutal verletzt. Von neuem erheben sich infernalische Kritiken. »Was soll denn das sein, diese Odaliske mit dem gelben Leib, ein schändliches, irgendwo aufgelesenes Modell? Die Menge drängt sich wie im Leichenschauhaus vor der von Monsieur Manet mit Hautgout versehenen Olympia. Eine fast kindische Unkenntnis der Grundelemente der Zeichenkunst, eine unbegreifliche Parteinahme für das Vulgäre. Diese Rothaarige und Braune ist von vollkommener Häßlichkeit. Das Weiß, das Schwarz, das Rot erzeugen einen entsetzlichen Lärm auf diesem Bild.[10] Die Ausstellung hat also ihren Hanswurst … Unter all den Künstlern ist er ein Mann, der sich anschickt, Purzelbäume zu schlagen und die Zunge herauszustrecken … Niemals haben wir mit eigenen Augen ein Schauspiel erlebt, das eine zynischere Wirkung hervorbrachte: diese Olympia ist eine Art weiblicher Gorilla«, belfert im »Grand Journal« ein gewisser Amédée Cantaloube, dessen Namen man zu Recht vergessen hat!

Der Schriftsteller Théophile Gautier, der den ersten Versuchen Manets lauten Beifall gespendet hatte, gesellt sich den Verleumdern hinzu, aber mit einer Nuance: »Nach Ansicht vieler Leute genügte es, lachend daran vorüberzugehen; doch das ist ein Irrtum. Monsieur Manet ist nichts Geringes; er hat eine Schule, Bewunderer, sogar fanatische Bewunderer; sein Einfluß dehnt sich weiter aus, als man glaubt. Monsieur Manet hat die Ehre, eine Gefahr darzustellen. Diese Gefahr ist jetzt vorüber. Olympia läßt sich aus keinem Blickwinkel erklären, selbst wenn man sie für das nimmt, was sie tatsächlich ist, ein kümmerliches Modell, das auf einem Tuch liegt. Der Fleischton ist schmutzig, die Gestaltung gleich Null. Die Schatten werden durch mehr oder weniger breite Bohnerwachsstreifen markiert. Was soll man von der Negerin sagen, die in einem Fetzen Papier einen Blumenstrauß bringt, und von der schwarzen Katze, die den Abdruck ihrer schmutzigen Pfoten auf dem Bett hinterläßt? Wir würden die Häßlichkeit noch entschuldigen, wenn sie wahr, ausgearbeitet und von einigen splendiden Farbwirkungen hervorgehoben wäre. Doch hier gibt es nichts, und wir sind betrübt, das sagen zu müssen, als den Willen, die Blicke um jeden Preis auf sich zu ziehen.«[11]

Aber was beunruhigt und verletzt die Zeitgenossen am meisten, das Sujet oder seine maltechnische Behandlung? Das Publikum und die Presse erblicken in dem offensichtlichen Rückgriff auf Tizian eine Beleidigung, eine Blasphemie, während die »Olympia« für einige Maler und Schriftsteller selbst zum Archetyp wird. Gauguin kopiert sie mit aller Sorgfalt. Cézanne interpretiert sie, indem er einen huttragenden Kunden hinzufügt. Picasso parodiert sie, indem er zwei Kunden hinzufügt; den einen, der die Züge eines Selbstporträts hat, völlig nackt. Ein unerwartetes »autonu«, ein Selbstakt!

Michel Leiris ist fasziniert von dem kleinen Band, das um den Hals von Olympia geschlungen ist.

Der Schriftsteller spürt »unter diesem mit schwarzer Nacht besetzten Soutacheband eine grausame Wunde ... das Unsagbare, Unaussprechliche. Als letztes Hindernis vor der völligen Nacktheit, bildet das Halsband – fast ein Faden –, dessen Knoten, ebenso fesch wie einer, mit dem man ein Geschenkpäckchen versiegelt, über der prächtigen Opfergabe der beiden Brüste eine doppelte Spange, die anscheinend durch bloßes Ziehen zu öffnen ist.«[12] Was Paul Valéry angeht, so feiert er den Triumph Manets über die Bestialität der nackten und kalten Olympia, ein Monster banaler Liebe, das von einer Negerin umschmeichelt wird; während Georges Bataille die »Revolution« besingt, die der Maler bewirkt habe, »die scharfe Umkehrung« in der Geschichte der Malerei und der des Verhältnisses zum Modell. Manet eröffnet eine »schwarze Serie«, erläutert er, »die Olympia ist das erste Meisterwerk, über das sich die Menge mit einem unendlichen Gelächter lustig gemacht hat.« Der Schriftsteller erblickt in diesem Symptom den Beginn der Zerstörung des Sujets und auch eine Verwandlung des Modells. Manet, schreibt er, »führt die Unordnung in die Pose ein.«[13]

Es wird in der Tat erzählt, daß Manet schon frühzeitig unter der Tyrannei des Unterrichts von Thomas Couture leidet, unter anderem wegen der Weise, wie dieser die Modelle führt (die den akademischen Gewohnheiten der damaligen Zeit allerdings recht konform war). »Manet bekam montags, an dem Tag, wo man die Pose für die ganze Woche festlegte, unweigerlich Streit mit den Modellen des Professors ... Sie stiegen auf den Tisch und nahmen die traditionell übertriebenen Haltungen an. ›Können Sie denn nicht natürlich sein‹, rief Manet aus. ›Halten Sie sich denn so, wenn Sie gehen, um ein Bund Radieschen beim Gemüsehändler zu kaufen?‹ Er hatte ein Modell namens Donato entdeckt (...) Anfangs ging alles gut. Doch nachdem Donato andere Modelle kennengelernt hatte, streckte er die Brust heraus, ließ seine Muskeln hervortreten und nahm heroische Posen an.

Manet bedauerte das sehr (...) Eines Tages war es ihm gelungen, das Modell Gilbert eine einfache Pose annehmen zu lassen, wobei es sogar einen Teil der Kleidung anbehielt. Couture betrat das Atelier. Als er das bekleidete Modell sah, bekam er einen Wutanfall. ›Bezahlen Sie Gilbert, damit er nicht nackt ist? Wer hat sich diese Dummheit geleistet?‹ – ›Ich war es‹, sagte Manet. ›Nun, mein armer Junge, dann werden Sie niemals mehr als der Daumier unserer Zeit sein können!‹«[14]

Wenn Manet Modelle ablehnt, die, als ob sie Schauspieler wären, in künstlichen Posen dastehen, dann nicht, um den Kunstgriff als solchen zu verwerfen, sondern weil für ihn der größte Kunstgriff die Malerei selbst ist. Im Gegensatz zu gewissen Behauptungen sind die Akte Manets keineswegs »realistisch«, außerdem gibt es überhaupt keinen Realismus auf irgendeinem Gemälde, das diesen Namen verdient. Die »stumme Einfachheit, die weit offene Einfachheit« der »Olympia« verbirgt einen grundlegenden Bruch mit dem Hergebrachten. In diesem neuen Gemälde wird das Modell anstößig, in hohem Maße anstößig; eine gewisse Anmut, die es charakterisieren sollte, wird gewaltsam unterdrückt. Die Beziehung des Malers zum Modell ist auf dem Weg der Veränderung. Manet rügt die Modelle scharf, wenn sie beim Posieren die Brust herausstrecken. Seine »Olympia«, eine aggressive Verneinung des Olymps, steigt herauf wie ein nacktes Straßenmädchen, ein splitternacktes Modell und nicht wie eine Göttin; sie wird deshalb aber keineswegs »realistisch«. Darüber darf man sich keiner Täuschung hingeben. Das Bild gleicht einer Lanze, die mit dieser »säuerlichen Farbgebung«, welche den Augen wehtut wie eine »stählerne Säge«, die Konventionen verletzt (ätzende Worte, die Delacroix zugeschrieben wurden).

Mitten in dem Stimmengewirr, an das sich die Geschichte erinnert, erweist der Romancier und Essayist Georges Bataille diesem Manet, dem er sich zuinnerst verbunden fühlt, eine schöne, sensibel literarische Ehrenbezeigung: »In dem Geheimnis, dem Schweigen des Zimmers gelangte ›Olympia‹ zur Starre, zur Dumpfheit der Gewalt: Diese helle Gestalt, die zusammen mit dem weißen Bettuch ihren sauren Glanz erzeugt, ist durch nichts gemildert. Die in den Schatten getretene schwarze Dienerin ist auf die rosige und leichte Säuerlichkeit des Kleides reduziert, die schwarze Katze ist die Tiefe des Schattens... Die schreienden Noten der großen, ans Ohr gesteckten Blume, des Straußes, des Schals und des rosa Kleides, die sich allein von der Gestalt abheben: Sie heben ihre Qualität als 'Stilleben', als tote Natur hervor. Die Glanzeffekte und die Dissonanzen der Farbe sind von einer solchen Kraft, daß alles übrige stumm bleibt: Nichts taucht hier in dem Schweigen der Poesie unter. In Manets eigenen Augen verwischte sich das Werk. Die ganze ›Olympia‹ unterscheidet sich kaum von einem Verbrechen oder dem Anblick des Todes... Alles in ihr gleitet zur Indifferenz der Schönheit hinüber. Die im ›Frühstück im Freien‹ skizzierte

Anstrengung ist vollendet: Die langsame Vorbereitung geht zu Ende. Das heilige Spiel der Technik und des Lichts, die moderne Malerei ist geboren worden.«[15]

Die Skandale der »Olympia« und des »Frühstücks im Freien« sind offiziell und offizialisiert, aber eine ihrer Ursachen ist tiefer verborgen, als es den Anschein hat. Manet wirft die althergebrachten Konventionen des Verhältnisses zum Modell über den Haufen, und er nimmt die Malerei selbst dafür als Geisel. Es kommt zu einem Gleiten und einem Bruch. Das Modell wird geopfert, entstellt. Das Opfer wird getötet, ermordet; das Sujet wird annulliert zum Nutzen einer Malerei, die sich mehr will als nackt: bei lebendigem Leibe gehäutet, ohne irgendwelche Konzessionen an das Hübsche. Die Sinnlichkeit Olympias ist »dumpf, gereizt, die Nacktheit des Mädchens hat die Einfachheit der Obsession«[16]; der Blick ist der des Bedeutungslosen. Die Anwesenheit liegt in der Abwesenheit, und in einem »noli me tangere« des Indezenten enthüllt sich die Leere. Das kleine Band am Halse Olympias ist die Anspielung auf den Bruch, die auf dem Geschlecht ruhende Hand versucht den Spalt zu verbergen. Mit Gewalt, in einer Weise, die keinen Widerspruch duldet und zerreißend ist, zeigt und beweist Manet, in welchem Maße die Frau – das Modell – nichtdarstellbar ist. Um den Preis von Skandalen malt er die Malerei.

Die geheiligte Prostituierte und die ehrbare Dirne

Es ist eine althergebrachte Ansicht der Akademien, daß die Modelle häufig Frauen von anfechtbarer Tugend sind. Wie viele Prostituierte des 19. Jahrhunderts haben nicht ihre Anatomie dargeboten, damit die Maler sich daran erproben konnten! Hure und Göttin. Wie viele von ihnen wurden nicht später mit dem kostbaren und eleganten Putz einer Dame von Adel bekleidet und verkleidet! Es ist bekannt, daß Jean–Dominique Ingres es liebte, seine Gestalten zuerst hüllenlos zu zeichnen, um sie danach anzukleiden. So wäre es zum Beispiel bei dem Porträt der Madame von Moitessier zu jener Zeit unvorstellbar gewesen, diese edle Dame nackt posieren zu lassen; ein anderes Modell, eine bescheidene Poseuse, mußte ihr also Fleisch und Gestalt leihen und war dabei ähnlich entblößt wie eine Amme.

Was Degas und Toulouse-Lautrec angeht, so beziehen sie sich ausdrücklich auf die Welt der geschlossenen Häuser und suchen darin ihre Lieblingsmodelle. Degas wohnt in der Rue de Douai, nur ein paar Schritte von einer dieser Stätten entfernt, die Paul Valéry einmal als »halboffene Häuser« charakterisiert hat. Dort verfolgt der Maler kontinuierlich die alltäglichsten Haltungen seiner Modelle. Seit den Anfängen seiner Lehrzeit bei Gustave Moreau in der Villa Médicis arbeitet Degas sehr viel nach dem lebenden Modell. Einen seltsamen Umweg einschlagend, der damals keinen in Erstaunen setzt, nehmen die – meist männlichen – Modelle Posen an, die an den antiken Statuen inspiriert sind. Degas zeichnet ein Modell, wobei er die Pose dem Athleten des Lysippos entlehnt hat. Der antike Marmor, der vom Lebenden inspiriert worden war, inspiriert seinerseits das Lebende!

Sehr schnell bricht Degas dann mit den Traditionen des Aktes. Auf seinem Bild »Die jungen Spartaner« greift er die Konvention an, die darin bestand, die Inkarnate der Männer (dunkel) von denen der Frauen (hell) zu unterscheiden. Viel mehr als für den Akt interessiert sich Degas wohl für den Entkleideten, für den Halbakt, diese mittlere Stufe, diesen Übergang, den der Augenblick der morgendlichen Toilette mit großer Suggestionskraft zum Bewußtsein bringt. Das heimlich Theatralische dieses Gleitens zwischen zwei Situationen. Degas belauscht diese noch nicht von der Kunst berührten intimen Szenen. Es handelt sich nun nicht mehr um die »Susanna im Bade«, sondern um Prostituierte, die ihre Waschungen vornehmen. »Sehen Sie«, stellt Degas dazu fest, »was die Veränderung der Zeiten beim Menschen auszurichten vermag; vor zwei Jahrhunderten hätte ich die ›Susanna

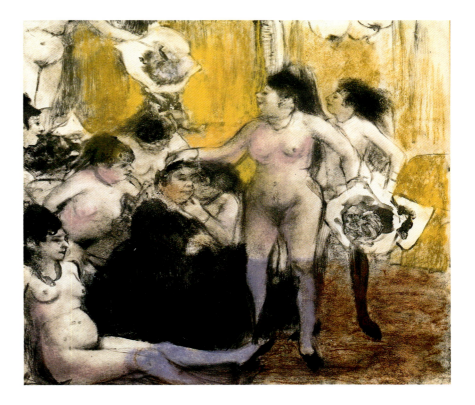

Edgar Degas:
Interieur eines Bordells (»Das Fest der Patronin«) –
1876-1877.

Edgar Degas:
Nach dem Bad (Frau bei ihrer Toilette) – 1885.

im Bade‹ gemalt, und nun male ich nur Frauen in der Duschwanne.¹⁷ Bis jetzt war der Akt immer in Posen dargestellt worden, die ein Publikum voraussetzen. Doch meine Frauen sind einfache, rechtschaffene Menschen, die sich mit nichts anderem befassen als ihrer körperlichen Beschäftigung. Sehen Sie diese hier, sie wäscht sich die Füße … es ist, als ob man sie durchs Schlüsselloch betrachtete.«¹⁸

Wenn das Sujet ins Prosaische abzugleiten scheint, so ist die Kunst dazu da, es zu verklären. Die kleinen Modistinnen, die Weißwäscherinnen, die Huren aus der Rue de Bréda und anderswoher werden vom Maler geheiligte Göttinnen, die aus der Liebkosung der Zeichenkohle hervorgegangen sind. Degas der Voyeur betrachtet sie durch das Schlüsselloch und sagt von seinen Badenden: »Das sind Menschentiere, die sich mit sich selbst beschäftigen.« Der Voyeur hat einen äußerst wachen Blick und »legt selbst Hand an« bei der Angelegenheit. Er schafft eine umfangreiche Serie von Monotypien direkt mit den Fingern und fährt mit den Händen über den Körper der kleinen Pauline, um ihre Empfindungen unmittelbar ins Wachs zu übertragen.

Diese sinnenfreudige Arbeit, die sich mit Tabuthemen beschäftigte, konnte von den Zeitgenossen nur mit Unruhe aufgenommen werden. Manche Kritiker bringen die Frauen von Edgar Degas in Verbindung mit Amphibien. In der Tat haben sie eine Vorliebe für das Wasser, ein verschmelzendes Element par excellence. Die Kritik regt sich auf: »Monsieur Degas entblößt mit der schönen und kraftvollen Schamlosigkeit eines Künstlers das aufgedunsene, teigige und vermodernde Fleisch des öffentlichen Weibchens. In den trüben Boudoirs registrierter Häuser, wo gewisse Damen die soziale und utilitaristische Rolle großer Sammlerinnen der Liebesleidenschaft spielen, waschen, bürsten, trocknen sich pausbäckige dicke Frauen und wischen sich in Becken, die so groß sind wie Stallträge, den Hintern ab.«¹⁹ »Degas hat nichts von ihren Lurchenallüren, der Reifung ihrer Brüste, der Schwere ihres Unterleibs, den verdrehten Bewegungen ihrer Beine, der Länge ihrer Arme, den kränkenden Erscheinungen der Bäuche, den Knien und Füßen in ihren überraschenden Raccourcis verborgen«²⁰, liest man über eine dieser Frauen in der Wanne.

Der Schriftsteller Joris-Karl Huysmans, ein subtiler Beobachter, fällt mit großer Schärfe über die Themenwahl von Degas her, und als er die Aktbilder von 1886 entdeckt, sind seine Kommentare vehement, aber dennoch spürt er … die Malerei auf. Er ist es übrigens auch, der von den »gepflegten Karnationen« spricht, die man den Pastellen von Degas zu verdanken habe. »Hier«, schreibt der Autor des berühmten Romanes »Gegen den Strich«, »dies ist eine dralle, wohlgenährte Rothaarige, die den Rücken beugt und den Knochen des Kreuzbeins aus den festen Rundungen der Hinterbacken aufsprießen läßt; sie verrenkt sich, um den Arm hinter die Schultern zu führen und den wassertropfenden Schwamm auszudrücken … Es gibt auf diesen Pastellen den Stumpf eines Krüppels, den Busen einer Schuhputzerin, das Schwanken eines beinlosen Krüppels und auch eine ganze Reihe von Haltungen, die der jungen, hübschen Frau eigen sind, die anbetungswürdig liegt oder steht, in Frosch- oder Affenposition hockt oder sich wie diese hier bückt, um ihre Defekte unter Verbänden zu verstecken. Doch was man über die besondere Note von Verachtung und Haß hinaus in diesen Werken sehen muß, das ist die unvergeßliche Wahrhaftigkeit dieser Typen, die mit großzügiger und wesentlicher Zeichnung, mit hellsichtigem und meisterlichem Schwung sowie mit kühler Leidenschaft herausgearbeitet worden sind; was man sehen

*Edgar Degas:
Sich trocknende Frau – um 1890.*

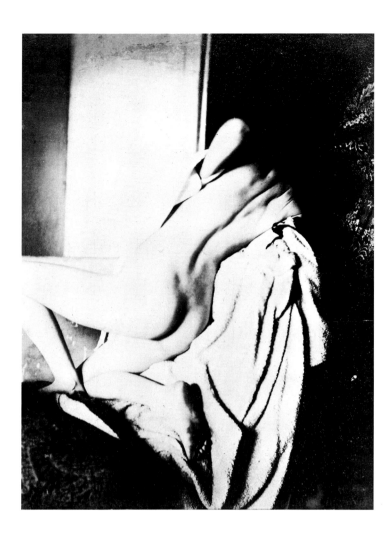

Edgar Degas:
Nach dem Bad (Bromid-Abzug) – 1869.

muß, das ist die glühende und dumpfe Farbe, der geheimnisvolle und opulente Ton dieser Szenen; das ist die unübertroffene Schönheit des von der Einwirkung des Wassers bläulich oder rosa getönten Fleisches, das vom Dämmerschein geschlossener Fenster erhellt wird, Fleisch, das bekleidet ist mit Musselinstoffen; und all dies in düsteren Zimmern, wo in dem verschleierten Hoflicht Wände mit Kretonnetapeten von Jouy, Waschhbecken und Sitzwannen, Flakons und Kämme, Bürsten aus Buchsbaum, Wärmflaschen aus rosig glänzendem Kupfer sichtbar werden! ... Als ein kraftvoller und ganz für sich stehender Künstler, ohne verbürgte Vorgänger, ohne Ahnenreihe, erweckt Monsieur Degas auf jedem seiner Bilder noch das Gefühl des exakt Absonderlichen, des Nochnichtgesehenen, und zwar so überzeugend, daß man überrascht ist, sich darüber zu wundern, und daß man es sich beinahe übelnimmt.«[21]

Das Widerstreben, das dem Thema innewohnt, hinter sich lassend, messen Kritiker den Umfang des von Degas vollzogenen Bruchs. »Das Meisterwerk ist zweifellos dieses fette Weib, das sich, auf allen vieren kniend und den Rücken dem Betrachter zuwendend, mit beiden Händen den Hintern hält. Die Wirkung ist außerordentlich. Degas hat getan, was auch Baudelaire getan hat – er hat ein Schaudern ganz neuer Art hervorgerufen. Die Eloquenz dieser Gestalten ist allzu erschreckend. Im Mittelalter war der Zynismus eines der bevorzugten Mittel der Eloquenz; aber die Kunst von Degas drückt gleichzeitig den Pessimismus der Heiligen von einst und die Skepsis unserer modernen Zeit aus.«[22]

Degas hegt tatsächlich eine Vorliebe für diese Modelle, die ungezwungen posieren. Die plumpen Formen der korpulenten Metzgerin werden vom Irisieren des Lichts abgemildert. Einer hübschen Frau, die den Meister aufgefordert hatte, sie zu porträtieren, soll Degas ohne Umschweife geantwortet haben: »Ja, ich würde schon gern ein Porträt von Ihnen machen, aber ich möchte, daß Sie eine Haube und eine Schürze tragen wie eine kleine Hausgehilfin.«[23] Degas liebt die nicht allzu schamhaften Frauen, die sich ohne zu zögern darbieten. Vielleicht erriet er, daß er sie mit Licht bekleidete, ebenso wie ein Rembrandt das erdfarbene Fleisch der kräftigen Holländerinnen in Goldströme verwandelte.

Auf diese Frauen, die sich in ihrer fast völligen Nacktheit darstellen, kommt der Maler unaufhörlich zurück. Ständig kreist er um seine Modelle. »Man muß zehnmal, hundertmal das gleiche Sujet wiederholen, nichts in der Kunst darf einem Zufall ähneln, nicht einmal die Bewegung.«[24] Bei der achten Ausstellung der Impressionisten stellt er übrigens »eine Folge von Frauenakten, die baden, sich waschen, sich abtrocknen, sich frisieren oder frisieren lassen«, aus. Das intime Verhältnis der Frau zu ihrer Toilette fasziniert ihn so sehr, daß er in seinem Atelier für dauernd Waschbecken, Schwämme und eine Badewanne aus Weißblech installiert. Sarkastische Modelle, die nichts davon verstehen, machen sich über ihn lustig. »Weißt du, was man bei Degas posieren muß«, präzisierte ein Modell dem Kritiker Gustave Coquiot gegenüber, den es eines Abends in einem Tanzsaal traf. »Nun! Frauen, die sich in Badewannen räkeln und sich den Hintern waschen!«[25]

Beim Toilettemachen, einem Moment, der den Künstler überaus fesselt, unterhält die Frau ein sehr unmittelbares Verhältnis zu sich selbst, sie befindet sich dann ohne Zuschauer in einer höchst narzißtischen Spiegelung. Der Spiegel gibt ihr das Gesicht zurück. Degas erhebt den Anspruch, diese Frauen ohne Koketterie zu zeigen, »im Zustand von Tieren, die sich putzen«. Der Künstler assoziiert sie mit dem »Gedanken an eine Katze, die sich leckt«. Eines Tages fragt sich Degas, während er Skizzen von Akten

Edgar Degas: Nach dem Bad – 1896.

bei ihrer Toilette zeigt, laut, ob er nicht »die Frau zu sehr als Tier betrachtet hat«!

Degas, der durchs Schlüsselloch späht, verehrt insgeheim seine Modelle. Mit Beharrlichkeit, indem er unermüdlich die gleichen Sujets wiederholt, sucht er die komplexe Situation zu durchdringen, und diese Situation ist auch die des – verschlossenen – auf sich selbst gerichteten Blicks der Frau, eines Blicks, der sich in einer Art von Selbstgenugtuung, von Autoerotik, fokussiert. Die Frau beim Toilettemachen trägt Sorge um sich selbst, gleichgültig gegenüber ihrer Umgebung, gleichgültig gegenüber dem Blick des anderen, sie ist auf sich und in sich konzentriert. Im Wasser findet sie fötale Stellungen wieder, die elementaren Stellungen der engsten physischen Verschmelzung. Der Künstler taucht ein in die empfindliche Haut. Das Bad ist die grundlegende Erfahrung der Sinneswahrnehmung. Bei Edgar Degas thront die geheiligte Prostituierte nicht auf einem Piedestal, sondern in einer Wanne, sie kümmert sich nicht um ihre Bewunderer, richtet nicht den Blick auf sie, betrachtet wirklich nur sich, in ihrem Zentrum, den

Edgar Degas:
Schauspielerinnen in ihrer Garderobe – um 1880.

Edgar Degas:
Große Arabeske – 1882-1891.

Bauchnabel. Das autarke Empfinden macht sie überlegen. Dort, mehr als irgendwo sonst, entflieht sie uns. Degas macht sich daran, sie zu verfolgen, er nimmt das gleiche Modell in der gleichen Pose wieder auf, das gleiche Modell in verschiedenen Posen. Diese nicht zu greifende Persönlichkeit möchte er – wie Marcel Proust die Albertine in seinem Band »Die Gefangene« aus der »Suche nach der verlorenen Zeit« – zu seiner Gefangenen machen.

Jedoch, wenn Degas ohne das Wissen der Modelle – wie ein schmuggelnder Fotograf – deren Bilder zu stehlen scheint, nimmt er ihnen gegenüber eine eher diktatorische Haltung ein. Er nötigt zu komplexen Haltungen, die schwierig aufrechtzuerhalten sind, und bekommt heftige Zornesanwandlungen, wenn das unglückliche Modell die leiseste Anwandlung zu erkennen gibt, sich in die Pose einzumischen. Indessen erzählt Paul Valéry in einem wunderbaren Buch mit dem Titel »Degas-Tanz-Zeichnung«, daß der Maler gern mit seinen Modellen gesprochen und sich über die Klatschgeschichten amüsiert habe, die sie von einem Atelier zum andern beförderten. »Die Modelle spielten in der Welt der Malerei, außer daß sie ihre Formen der Analyse des Blicks aussetzten, noch eine andere Rolle. Manche fliegen wie Insekten in einem Garten von Blüte zu Blüte, befruchten und bewirken zufällig Kreuzungen unterschiedlicher Arten, indem sie Aussprüche und Urteile von einem Atelier zum anderen tragen, indem sie in das Ohr des einen den bei einem anderen vernommenen Scherz säen.«[26]

Degas, der Zyniker mit der ätzenden Sprache, sieht sich unaufhörlich von diesem Privatleben der Frau angezogen. Mit Vergnügen beobachtet er die kleinen Tänzerinnen, nicht nur bei ihrem offiziellen Auftreten auf der Bühne, sondern vor allem hinter den Kulissen. Er stellt ihre verborgene Rolle dar: ihr Gähnen, ihre Müdigkeit, die vom Üben gepeinigten Hüften und Füße. Er erfaßt sie beim Ausruhen, außerhalb der Bühne, außerhalb der Aufführung, mit erschöpftem, hingesunkenem Körper, wenn sie sich unbeobachtet glauben. Nur Degas wacht.

Die Modelle von Degas scheinen sich außerhalb des Darstellungsfeldes zu befinden. Im Bordell »erwischt« er die Dirnen gleich beim Erwachen, sie räkeln sich – katzenartig – in der lauwarmen Feuchtigkeit der zerknitterten Bettücher; eine Dienerin glättet ihnen die Haare, sie verrenken sich, um sich den Rücken abzutrocknen oder sich mit einem Schwamm unter die Achselhöhlen zu fahren. Die Kunden sind in ihre weichgepolsterte Bürgerlichkeit zurückgekehrt.

Es ist die unter Verschluß gehaltene Umkehrung der Alkovenszenen. Bei Degas findet das Sublime seine Wiege im zurückgezogensten Alltagsmilieu. Valéry, der Künstler, folgt der aus den Händen des Künstlers Degas hervorgegangenen Verwandlung bis zur Verzauberung. »Nicht Frauen, sondern Wesen von unvergleichlicher, lichtdurchlässiger und sensibler Substanz, irrsinnig reizbares Fleisch aus Glas, Dome von flatternder Seide, glasähnliche Kronen, lange schmale Lederriemen, die von raschem Wogen erfaßt sind, Fransen und Kräuselfalten, die sie kniffen und glätten; während sie sich umdrehen, sich verformen, davonflattern, ebenso flüssig wie das dichte umgebende Fluidum, das sie drängt, sich ihnen anschmiegt, sie von allen Seiten unterstützt, ihnen Platz macht bei der geringsten Bewegung und sie in ihrer Form ersetzt. (…) Niemals drückte eine menschliche Tänzerin, eine erhitzte Frau, trunken von Bewegung, vom Gift ihrer ermatteten Kräfte und von der glühenden Gegenwart von Verlangen erfüllter Blicke, das hoheitsvolle Opfer des Geschlechts, den mimischen Ruf des Bedürfnisses nach Erniedrigung so aus wie diese große Meduse, die sich mit den wogenden Stößen der Flut ihres festonierten Rocks, den sie mit seltsamer und unzüchtiger Beharrlichkeit aufschürzt und wieder fallenläßt, in einen Erostraum verwandelt; und sich plötzlich, all ihre wimpernartigen Volants, ihre Gewänder mit den ausgefransten Rändern nach hinten schleudernd, weit zurücklehnt und sich wie rasend weit offen darbietet.«[27] Die göttliche Meduse von Degas ist hinter ihrem domestizierten Gebaren eine betörende Hure.

Wie der ältere Degas verabscheut Henri de Toulouse-Lautrec die professionellen Modelle mit ihren konventionellen Posen, und wie er trifft er seine Auswahl in den geschlossenen Häusern. Toulouse–Lautrec ist gebeten worden, einen Salon des bekannten Etablissements in der Rue d'Amboise auszuschmücken, und von diesem Zeitpunkt an lassen die »Häuser« seiner Malerei keine Ruhe mehr. Zwischen 1892 und 1899 beschwören mehr als fünfzig Gemälde und mehr als hundert Zeichnungen dieses Universum für sich. Das alltägliche Einerlei wird auf ihnen mit großer Treue beschrieben. Die Prostituierten erwarten den Kunden, empfangen ihn, lassen resigniert die medizinische Routineuntersuchung über sich ergehen.

Regelmäßig verläßt der Graf sein Atelier in der Rue de Tourlaque und hält sich in der Rue d'Amboise, in der Rue des Moulins, in der Rue Joubert oder der Rue Richelieu auf; er nimmt dort die künstlerische Ausstattung vor und läßt, wie er sich ausdrückte, auf diese Weise »die Leute in die Röhre gucken«. Sein Verschwinden aus der Gesellschaft wird sorgfältig in Szene gesetzt, er packt seinen Koffer, kündigt eine Reise an, bestellt einen Fiaker, um ein paar hundert Meter weit zu fahren, und läßt sich an seinem vorübergehenden Aufenthaltsort nieder, als ob es sich um eine Kur in einem Heilbad oder um Meditationswochen in einem Kloster handelte.

In boshafter Weise pflegt der kleine Biedermann seine provisorische Adresse bei bestimmten Personen zu hinterlegen, um Verwirrung zu stiften. Der prüde Kunsthändler Durand-Ruel war sicherlich noch lange Zeit über einen Besuch beschämt, zu dem ihn Toulouse-Lautrec, umgeben von eben entstehenden Gemälden und ... ihm sehr vertrauten weiblichen Insassen empfing. Die Sängerin Yvette Guilbert, deren Repertoire immerhin ob seiner kecken Gewagtheit bekannt war, zeigte sich davon schockiert. In einer Episode ihrer Memoiren erzählt sie, daß sie ihn gefragt habe, ob diese Adresse dazu bestimmt sei, sich vor Gläubigern in Sicherheit zu bringen; das habe den Maler veranlaßt, in Lachen auszubrechen. »Ach, sein Lachen, sein Lachen! ... Und dann, während er seinen Bleistift spitzte, erzählte er mir detailliert von dem Vergnügen, das er daran fände, in dem geschlossenen Haus zu leben, die Prostitution darin wogen zu sehen und in die seelischen Leiden der armen Geschöpfe, dieser Beamtinnen der Liebe, einzudringen. Er war ihr Freund, ihr Ratgeber, ihr Tröster, niemals ihr Richter ... Wenn er von diesen armen Frauen sprach, verriet die Erregung seiner Stimme das warme Mitgefühl seines Herzens, und ich habe mich oft gefragt, ob Lautrec in diesem Willen zum brüderlichen und christlichen Erbarmen nicht eine künstlerische Mission der Schönheit gefunden hat.«[28] Sicher ist, daß er an diesen Orten Frauen fand, die so posierten, wie es ihm entsprach.

Bei seinen Rückzügen in diese Häuser geht Toulouse-Lautrec eine Symbiose mit seinen Modellen ein. Er versenkt sich mit Leib und Seele in ihr Universum. »Monsieur Henri« sammelt vertrauliche Mitteilungen, durchmißt in den verkehrsschwachen Zeiten trällernd die Korridore, und er arbeitet, arbeitet viel. Manchmal folgen ihm die weiblichen Insassen in die Stadt und posieren für ihn in seinem Atelier. Diese Damen, die es gewohnt sind, sehr leicht bekleidet zu leben, werden für ihn absolut unverzichtbar. »Er bittet mehrere nur mit ihrem Hemd und dem bunten Frisierumhang bekleidete Frauen, zu den Rhythmen eines mechanischen Klaviers zu tanzen, wobei sie sich alle an den Hüften halten sollen. Er läßt sie vorrücken und zurückweichen, um sie richtig von vorn sehen zu können; dann gerät er in Begeisterung über Haltungen, die an den ›Frühling‹ von Sandro Botticelli oder an Fresken von Benozzo Gozzoli erinnern.«[29]

Solche Frauen hatte er schon als Jüngling in Büchern bekannter Autoren kennengelernt, die Skandal erregt hatten, so aus dem Roman »Das Mädchen Elisa« von Edmond de Goncourt, aus »Marthe, Geschichte einer Dirne« von Joris-Karl Huysmans oder aus dem »Totschläger« von Emile Zola. Doch als er sie in ihrer Lebenswirklichkeit entdeckt, ruft er ironisch aus: »Jetzt habe ich Frauen nach meinem Maß gefunden«, er klärt seine Freunde über seine sehr speziellen Aufenthalte auf und verkündet – mit ebensolcher Ironie –, dies seien die einzigen Stellen in Paris, wo man verstünde, Schuhe zu putzen! Der Schriftsteller Jules Renard erzählt in seinem berühmten »Tagebuch«, daß Toulouse–Lautrec ein Zimmer in einem deutlich markierten Hause habe. Als Ergebnis seiner Aufenthalte »vor Ort« veröffentlicht der Künstler unter dem Titel »Sie« ein Album mit zwölf Lithographien, auf denen man seine Poseusen in ihren Alltagssituationen sieht. Ein Zeitgenosse beschreibt jenes Klima, in dem »Monsieur Henri« seine Kunst aufzufrischen suchte: »Dort tauchte er wieder in ein neues vorteilhaftes Element ein. Er liebte die Frauen; aber er liebte auch die Atmosphäre des Ortes, die gedämpfte Ruhe, das Ausruhen in der Einbuchtung der weichen Diwane. Während er hier die abwechslungsreichen Stunden, das Geschwätz der Flittchen genoß, fand er eine Vertrautheit wieder, die es nirgendwo sonst für ihn gab, so sehr ließ sein Anblick gewöhnlich alle Fremden vor Entsetzen erstarren! Und da er sich hier so wohl und geborgen fühlte, war er fröhlich, geschwätzig, er trällerte ab und zu einen Schlager. Ich muß gestehen, daß sich die Huren, seien es die in der Rue des Moulins oder die in der Rue d'Amboise oder Frauen aus einem anderen Haus, diesem gutmütigen Jungen gegenüber, der ihnen alle möglichen Zärtlichkeiten erwies, keineswegs bösartig verhielten; denn bei allen Festen und den Geburtstagen dieser Dirnen flossen seine Geschenke, Blumensträuße, Gebäck und anderes in reichem Maße; und wenn es passierte, daß er in diesen warmen Häusern bei einem Festmahl den Ehrenplatz innehatte, dann, so versichere ich Ihnen, nahm er seine Rolle mit einer Würde und Herzlichkeit wahr, die alle Weibsbilder entzückte. Und schließlich, da er sich durch seinen Wunsch, sie zu malen, so

Henri de Toulouse-Lautrec:
Im Salon der Rue des Moulins – 1894.

Henri de Toulouse-Lautrec: Die Ruhepause des Modells – 1896.

Toulouse-Lautrec und sein Modell – um 1894.

stark angezogen fühlte, war es da nicht das beste Mittel, sie gut kennenzulernen und so zu Bildern zu gelangen, die etwas ganz anderes sind als abgedroschene Gassenhauer und oftmals wiederholte Banalitäten? Er lernte, Frauen gehen zu sehen, sie fast so natürlich zu sehen, wie sie Gauguin auf Tahiti erschienen.« Dort also fand Monsieur Henri seine Inspiration.

Das Bild eines Bordells war es auch, das Pablo Picassos Gemälde »Les demoiselles d'Avignon« zur Entstehung verholfen hat. Dieses Bild ist so oft kommentiert worden, daß man sein Sujet darüber beinahe vergessen hat. Wenn Picasso im allgemeinen wenig mitteilsam war, was seine Malerei betraf, so wissen wir nichtdestoweniger, daß der ursprüngliche Titel des Bildes »Das Bordell von Avignon« bzw. »Das philosophische Bordell« lautete, ein Titel, der von Freunden und wahrscheinlich auch von dem Dichter Guillaume Apollinaire stammt. Er erinnerte an ein geschlossenes Haus in Barcelona und warf überdies de Sades Roman »Die Philosophie im Boudoir« einen

verständnisinnigen Blick zu. Das Zeremoniell des Empfangs stellt gewissermaßen das Schaufenster dieses Etablissements dar. Die Huren sind anwesend, sie präsentieren sich, sie »stellen sich aus«. Der Kunstkritiker Salmon, der das Bild ausstellen wollte, zog es vor, einen Skandal zu vermeiden und das Wort Bordell zu unterdrücken. Picasso billigte zerstreut oder indifferent seinerzeit die Umbenennung, doch bedauerte er später den neuen Titel: »Wie mir dieser Name zuwider ist!« In puritanischer Manier als junge Damen getarnte Huren entsprechen diesem Künstler tatsächlich kaum, der einmal erklärt hat: »Wir Spanier gehen morgens zur Messe, nachmittags zum Stierkampf und abends ins Bordell. Wie das miteinander zu vereinbaren ist? Durch unsere Traurigkeit, eine komische Traurigkeit, die immer anwesend ist.«[30]

Seinem Kunsthändler Kahnweiler erläutert er erst im nachhinein, im Jahre 1933, die Herkunft des Sujets. »Sie wissen ja, daß es zuerst ›Das Bordell von Avignon‹ hieß. Wissen Sie, weshalb? Avignon war für mich immer ein Name, den ich kannte, ein Name, der

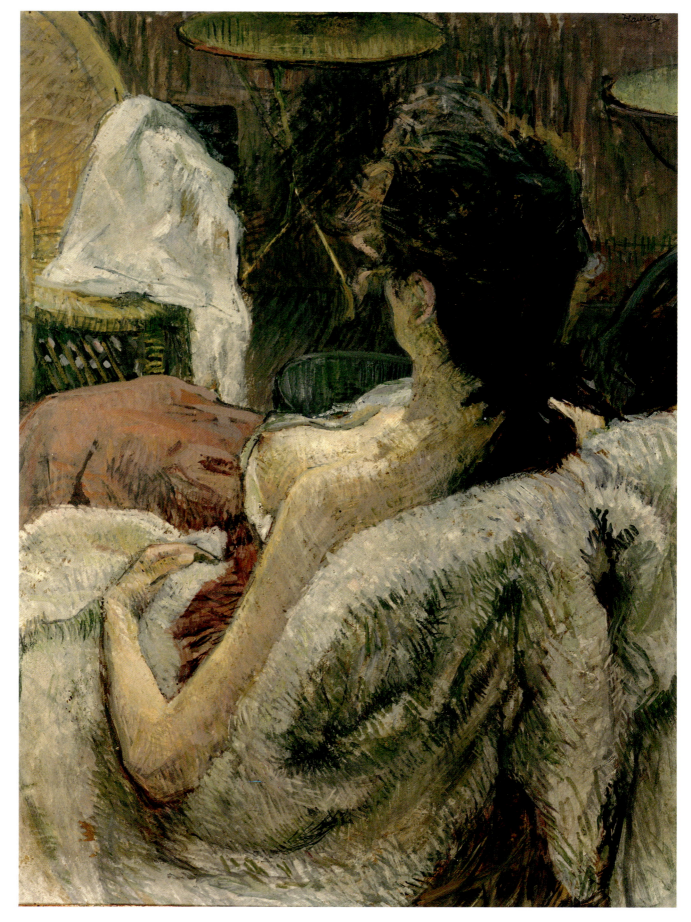

Pablo Picasso:
Radierung der Serie »Degas im Bordell« – 1971.

Pablo Picasso:
Die Modelle – 1954.

mit meinem Leben verbunden war. Ich wohnte in Barcelona zwei Schritt von der Calle d'Avignon entfernt. Dort kaufte ich mein Papier, meine Aquarellfarben. Außerdem stammte, wie Sie wissen, auch die Großmutter von Max [Jacob] aus Avignon. Wir machten viele Witze über das Bild. Eine der Frauen war die Großmutter von Max. Die andere Fernande, eine weitere Marie Laurencin, sie alle zusammen in einem Bordell von Avignon.«[31] Kahnweiler fügt hinzu, daß der Dichter Max Jacob Picasso von der Existenz eines Bordells in Avignon erzählt habe, einem »märchenhaften Ort, erfüllt von Frauen, Wandbehängen, Blumen und Früchten.« Ein hoher Ort des fleischlichen Vergnügens, in dessen Innern Stilleben und sehr lebendige Natur dicht nebeneinander anzutreffen sind.

Die provenzalische Stadt war in der Tat seit der Zeit des Papsttums in Avignon ein Synonym für Ausschweifungen jeder Art. Petrarca charakterisiert sie als »Abwasserbecken, in dem sich aller Unflat der Erde gesammelt hat«, und die französischen Chronisten des Mittelalters sprechen von der »Kloake aller Laster und aller Infamien«. War es ein bloßer Zufall, daß diese Stadt auch zur Wiege der Familie des Marquis de Sade wurde? Das Ansehen Avignons strahlte auf Europa aus, und große Städte (wie Barcelona, Rom usw.) tauften ihre »warme« Straße nach Avignon; diese Sitte war so verbreitet, daß man in Italien umgangssprachlich »andare agli avignonesi (zu den Avignonern gehen)« sagte, wenn man einen Besuch in einem geschlossenen Haus andeuten wollte.

Wenn die Szenen von Degas und Toulouse-Lautrec auf Grund ihres Sujets so schockierend wirkten, daß kurzsichtige Kritiker darüber vergaßen, die Malerei zu betrachten, so schockierten »Les demoiselles d'Avignon« erstaunlicherweise über den zensierten Titel hinaus eher auf Grund ihrer maltechnischen Ausführung als wegen ihres Themas. Jedoch wäre es bei einem Mann von der Art Picassos absurd zu meinen, daß es sich bei diesem Thema nur um einen Vorwand handelte! Das Bild, ein wahres »Manövrierfeld«, ist auch die Beschwörung des Eros. Léo Steinberg erblickt darin »eine sexuelle Metapher, in der die Gestalten die reine sexuelle Energie als Bild einer vitalen Kraft verkörpern. Der Raum ist kein visuelles Kontinuum, sondern ein Interieur, das nach dem Muster des Tastens erfaßt wird, ein Nest, das man erkennt, indem man es befühlt, oder indem man sich darin baumeln läßt, indem man sich im Innern ausstreckt. Wenn sich der Raum bei Picasso symbolisch

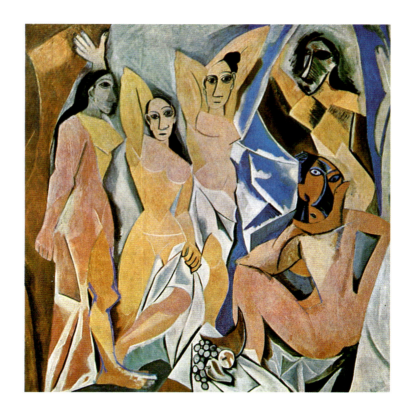

Pablo Picasso:
Les demoiselles d'Avignon – 1906–1907.

nur in der Blickrichtung anbietet, dann setzt er eine totale Initiation voraus, wie wenn man sich in ein ungemachtes Bett legt.«[32] Ein schönes Lob der malerischen Verschmelzung!

Brassaï, der Freund mit dem verständnisvollen Blick und zugleich offizieller Fotograf der Skulpturen Picassos, vermerkt zur Rolle des »privaten Notizbuchs«: »Ihm vertraut er das allererste Hervorsprudeln seiner Inspirationen und vor allem seiner sexuellen Obsessionen an ... Zweifellos quellen die Zwangsvorstellungen des Mannes unter seinem im Zeichen des Eros stehenden Oeuvre hervor. Und von allen diesen Frauenkörpern mit der hervorgehobenen Spalte, den aggressiven Spitzen der Brüste, den riesigen, zappeligen Hintern; diesen Männerhänden, die das Fleisch tätscheln, diesen vor Verlangen schnaufenden Minotauren könnte man eine erstaunliche Sammlung anstellen. Sogar ›Les demoiselles d'Avignon‹, ein richtungsweisendes Werk des Kubismus, müßte dazu zählen. Ist es nicht aus einem kecken Wunschtraum entstanden, und hieß es nicht ursprünglich ›Das Bordell von Avignon‹? Und dennoch hüllt und transponiert auf allen diesen Bildern des Verlangens ein leichter Schleier der Scham die Obsessionen ins Symbolische und Märchenhafte, ins Mythologische ... Nur in seinen privaten Notizbüchern läßt Picasso seiner Erotik freien Lauf ... Wie die Mehrzahl der großen Meister nährt er am Rande seines Werkes seine Hölle. Ein kleines Heft ist stets bei der Hand, um seine unmittelbarsten und intimsten Bekenntnissse aufzunehmen. 'Die Kunst ist niemals keusch', sagte er mir eines Tages, während er mir die erotischen Tafeln Utamaros zeigte ...«[33]

Schon im »Harem« , einer Vorankündigung der »Demoiselles d'Avignon« aus dem Jahr 1906, wird das Thema des Eros angedeutet, hier aber durch eine leichte Verlagerung in der Zeit und in den Raum des Exotischen. Fernande findet sich in einer Folge von Huris verkörpert. In den vorbereitenden Arbeiten zu »Les demoiselles d'Avignon« ist die Darbietung des Fleisches der Freudenmädchen an einen Seemann gerichtet, während sich ein Medizinstudent, der abwechselnd einen Schädel oder ein Buch bei sich hat, in die Szene einmischt. Der Schädel hat die Tinte der kritischen Betrachter fließen lassen, die in ihm die Gegenüberstellung von Eros und Thanatos und eine Anspielung auf eine Art memento mori erblicken wollten.

Jedenfalls zieht der Medizinstudent in den vorhergehenden Skizzen einen Vorhang auf und enthüllt ein »lebendes Bild«, ein von den Insassen eines solchen Hauses gegebenes Schauspiel mit dem Ziel, den Appetit der Kunden zu wecken. Anwesenheit der Medizin, des Todes und der Erotik, die manche in Verbindung mit der von Besorgnis getönten Faszination des Spaniers für Geschlechtskrankheiten und seinen Besuchen im Leichenschauhaus von Barcelona und vor allem im Gefängniskrankenhaus von Saint-Lazare in Paris in Verbindung gebracht haben; kaum üblichen Besuchen, die normalerweise – aus Schamgründen – ausschließlich einigen wenigen Fachärzten vorbehalten bleiben. Die grauenhafte Fähigkeit des

Pablo Picasso:
Zeichnung zu »Les demoiselles d'Avignon« – 1906.

Gesichts, sich unter den Einwirkungen der Syphilis krankhaft zu verzerren, brachte Picasso aus der Fassung und hinterließ zweifellos unauslöschliche Erinnerungen bei ihm, deren Präsenz hinter den Diskussionen der Kunsthistoriker über die Einflüsse der »Negerkunst« oder der iberischen Kunst auf Picasso vielleicht zu gut verborgen wurde. Aber vielleicht deutet sich bei dem auf dem Bild hingehockten Mädchen ebenfalls ein von der Krankheit zernagtes Gesicht an. Die »Demoiselles« bezeichnen ein »apokalyptisches Bordell«, eine Todesvision.

Indessen darf man diese »Demoiselles« keineswegs mit einer allzu materiellen Wirklichkeit aus-

statten, vor allem darf man nicht vergessen, daß die »kubistische Revolution« ihre Geschichte mit diesen fünf großen Akten einleitet, die in ihren räumlich-zeitlichen Verrenkungen und in der reichen Vielfalt ihrer Inkarnate dargeboten sind. Übrigens war Picasso unerreicht in der Gabe, Deutungen aller Art den Boden zu entziehen. Einem Kritiker, der (im Jahre 1910) wissen wollte, ob er Modelle verwende, soll er ironisch lächelnd geantwortet haben: »Wo sollte ich sie denn finden?«, wobei er seinen überseeischen Menschenfresserinnen einen Blick zuwarf, Frauen, die sein Gesprächspartner mit »monströsen Monolithen«, »afrikanischen Totemmasken« und »südafrikanischen Karikaturen« in Verbindung gebracht hatte.[34] Und einem ebenso scharfsinnigen Journalisten, der ihn fragte: »Soll man die Füße rechteckig oder quadratisch malen? – Ich weiß nicht, in der Natur gibt es keine Füße!«[35]

Das erinnert an den dummen und boshaften Scherz, der unter den Modellen gang und gäbe war, wenn sie sich über eine von ihnen lustig machen wollten, die mit dem Kanon der Schönheit wenig konform ging, indem sie ihr rieten, bei dem Spanier zu arbeiten. Picasso erzählt dem Schriftsteller André Malraux, daß Fernandes Freundinnen im Bateau-Lavoir den »sehr häßlichen« Modellen den Rat gaben, sich an ihn zu wenden.[36] Doch Scherz beiseite! Was Picasso betrifft, so äußert er selbst: »… die Frauen sind Göttinnen oder … Fußabtreter!« Und wie Degas, auf den er sich mehrmals im Laufe seines Lebens beruft, macht er sie oft zu »Tieren«! Picasso kennt die berühmten, mit schwarzer Tinte ausgeführten geheimen Monotypien mit den »Huren« von Degas. Fasziniert von diesen Prototypen animalischer Weiblichkeit, erwirbt er im Jahr 1958 von dem Kunsthändler Ambroise Vollard elf dieser Monotypien, und im März 1970 beginnt er eine Folge von Grafiken über geschlossene Häuser, die um die Gestalt seines Vorläufers kreisen. Man bemerkt darauf den Maler, einen bärtigen Voyeur, der eine Brandung von Körpern beobachtet, auf denen sich weibliche Geschlechtsorgane mit scharfer anatomischer Präzision abzeichnen. Degas verharrt dabei würdig in Schlips und Kragen. Auf einer Grafik stellt ihn Picasso beim Zeichnen dar; auf einer anderen taucht er angeschnitten aus einem rechteckigen Rahmen auf, von dem man sich fragen muß, ob es sich um ein Fenster, einen Spiegel, den Rand eines Tisches oder eine Fotografie handelt; auf einer weiteren betrachtet er nur das sich ihm bietende Schauspiel.

Die Legende will wissen, daß sich Picasso, der die Monotypien mehr als zehn Jahre nach ihrem Erwerb wieder vorgeholt hatte, nach Degas' Motivationen gefragt habe: »Aber was suchte er denn dort eigentlich? Meinst du, daß er einfach nur Aufzeichnungen machen wollte?« fragte er den Literaturkritiker Pierre Daix. Picasso arbeitet Varianten zum »Fest der Patronin« und zum »Salon« von Degas aus.[37] Eine beleibte Matrone, die wie eine alte Bäuerin die Hände über dem Bauch verschränkt hält, wird von Frauen mit

Pablo Picasso:
Radierung der Serie »Degas im Bordell« – 1971.

lackierten Fingernägeln und prallen Brüsten gefeiert, die mit Perlencolliers, Halsbändern nach Art der Olympia und Stiefeletten aufgeputzt sind. In den meisten Fällen schwebt die Gestalt von Degas – als regloser, stummer Schatten – über diesen geschwätzigen und sehr bewegten Szenen. Er ist dort anwesend als ein anonymer Kunde, der von der Bildkomposition ausgeschlossen ist, manchmal sogar an den Rand des Papiers gequetscht. NIemand beschäftigt sich mit ihm, er beobachtet, ohne gesehen zu werden.

*Pablo Picasso:
Der Maler und sein
Modell – 1964.*

Heißhunger des Eros, Heißhunger des Modells

Die Gesamtheit des Lebens und Schaffens von Pablo Picasso scheint von der Allgegenwart des Akts und des Verhältnisses zum Modell bestimmt zu sein. Die »Suite Vollard«, die zwischen 1930 und 1937 als Folge von etwa hundert Grafiken entstanden ist, umfaßt einen großen Teil von Blättern, die dem Thema des Bildhauerateliers gewidmet sind. Man sieht darauf einen bärtigen Bildhauer mit einer Löwenmähne, der ebenso entblößt ist wie sein Modell. Meistens sind gleichzeitig drei »Personen« in einem Klima der Entspannung anwesend: der Bildhauer, das Modell und die Skulptur. Der Bildhauer liegt sanft neben seiner Muse ausgestreckt; sie schmiegt sich wie eine Katze an seine Seite oder trägt eine Maske, die zum oberen Kopfende hochgeschoben ist; eine Blumenkrone bekränzt ihr Haar. Von dieser Nähe geht etwas ungemein Sanftes aus. Der Bildhauer, mehr komtemplativ als aktiv, scheint im Gefühl der Fülle zu träumen; seine Muse ist ausgestreckt, und er berauscht sich an ihr. Ihr Zusammenleben scheint ohne Riß zu sein. Die einzigen Dritten, die Zutritt haben, sind die Skulpturen – einzeln oder als Gruppe –, sie wohnen miteinander in dem vertrauten, mütterlichen Raum des Ateliers.

Manchmal vergnügt sich Picasso damit, die Spuren zwischen dem Modell und seiner Darstellung zu verwischen. Wer ist wer? fragt man sich dann einen Augenblick lang, bevor man den Sockel findet, der den Unterschied zwischen dem Fleisch und dem Stein festlegt. Der Bildhauer mit diesem Gebaren eines antiken Dionysos mit seinem Efeuschmuck könnte zum Animalischen abgleiten. Für den Moment ist die Bestie in Ruhestellung, aber der Minotauros ist niemals weit, und man fragt sich, wer – der Bildhauer oder das Modell – bringt hier wen hervor? Selbst wenn der Bildhauer manchmal noch seine Werkzeuge in der Hand hält ...

Es ist so etwas wie die Ruhe des Kriegers, das Zwischenspiel, die Pause. Es hat sich etwas ereignet, es wird sich wahrscheinlich noch etwas anderes ereignen. Picasso entscheidet sich dafür, dieses Zwischenstück festzuhalten, während der Künstler und sein Modell im Müßiggang erschlaffen. Angehaltene Zeit. Eine Pflicht ist erfüllt, andere werden folgen, doch vorher atmet das maßgebliche Paar ausgiebig ein wie nach einer Choreographie der Liebe. Es ist der Augenblick der Auffüllung nach dem Vergnügen, nach dem plastischen Akt, den Picasso im Netz seiner wogenden Linien einfängt.

Zwischen dem 18. November 1953 und dem 3. Februar 1954, nach dem Fortgang seiner Gefährtin Francoise, schafft Picasso eine Folge von einhundertachtzig Zeichnungen, die um das zentrale Thema des Malers und seines Modells kreisen. Alle Techniken werden mobilisiert, um diese Art Tagebuch eines »verabscheuungswürdigen Aufenthalts in der Hölle« zu illustrieren. Parallel zu diesen Zeichnungen mit dem Titel »Verve« gibt es ein Gemälde, »Der Schatten«, mit einem liegenden Modell, das sich einer düsteren und schemenhaften Person gegenüber befindet (dem Maler?). Ein »Akt im Atelier«, der ebenfalls in einem geschlossenen Raum liegt, der voller Bilder ist, aber verlassen von dem Maler selbst. Danach nimmt der Maler das Bild und das Atelier ein und betrachtet aufmerksam sein Modell. Wie der Schriftsteller Michel Leiris bemerkt[38], hat Picasso das Thema des Malers und seines Modells so intensiv illustriert, daß es fast ein Genre für sich geworden ist, ebenso wie es für andere die Landschaft oder das Stilleben ist. Die gemalten Inszenierungen entsprechen jedoch wenig der wirklichen Situation Picassos, der direkt auf die flach hingelegte Leinwand malt.

Seit dem Februar 1963 verdichtet sich Picassos Vorliebe für den Akt zu einem intensiven Gedränge von wiederum um das Thema des Modells kreisenden Gemälden. Picasso charakterisiert diese um-

Pablo Picasso:
Die Ruhepause des Bildhauers – 1933.

Pablo Picasso:
Akt im Atelier – 1953.

fangreiche Serie als »Alkovengeheimnisse eines Ateliers« und versteht darunter ein »aus dem Leben gegriffenes Gemisch aus Werken, Objekten, Materialien, Werkzeugen«.³⁹ Die Gemälde folgen in schwindelerregendem Rhythmus aufeinander, als sei der Maler vom Gefühl einer fruchtbaren Dringlichkeit erfaßt worden. Der Bildaufbau wiederholt sich mit Varianten von einem Werk zum anderen.

Der Maler sitzt vor seiner Staffelei mit Pinseln und Palette in der Hand; aktiv, eben dabei zu malen. Gespannt, im Profil gesehen, auf die Arbeit konzentriert, in einer Haltung, die zu der des Modells im Gegensatz steht, das schmachtend daliegt und die Arme häufig in einer Geste friedlicher Entspannung über den Kopf zurückgeworfen hat. Manchmnal nähern sich die Hauptdarsteller einander, und der Maler scheint – dank unvorhersehbaren räumlichen Zäsuren – mit dem Pinsel den Bauch des Modells zu streicheln, als wolle er Maß nehmen oder sich ihre Rundungen und sogar ihre Haut aneignen. Man erinnert sich an das Abenteuer mit der »Parade«, eines Balletts, für das Picasso Kostüme entworfen hatte. Als der Meister

Pablo Picasso:
Der Maler und sein Modell – 1963.

in letzter Minute noch ein paar Retuschen an dem Kostüm Lydia Lopokowas anbringen wollte, begann die Tänzerin die Nerven zu verlieren, sie begehrte angesichts des Kontakts mit dem kitzligen und neugierigen Pinsel des Malers auf und gab diesem zu verstehen, daß sie weder ein Gemälde sei noch seine Mätresse!

Picasso verlangt danach, die Haut und die Nacktheit »zu fassen zu kriegen«, und dies alles, während er sich unaufhörlich fragt, ob die Malerei nicht seine eigene Haut habe! »Man kann sich furchtbare Mühe geben und sich die Haut mit einem Ruck auf die Bilder reißen.«[40] Ein kapitaler Einsatz der Malerei, des Körpers und der Nacktheit! »Die Malerei ist stärker als ich, sie läßt mich machen, was sie will«[41], erklärt der Künstler, wobei er es unterläßt zu erwähnen, daß er umgekehrt auch die Malerei, seine Mätresse, machen ließ, was er wollte!

Die Obsession vom Akt kehrt zurück wie ein Leitmotiv. Picasso spricht zu Pignon, einem weiteren Aktmaler, von dieser Sucht: »Nicht ich will den Akt machen, ich will, daß man nicht umhin kann, den Akt so zu sehen, wie er ist (…) Es gibt einen Augenblick, wenn es einem gelingt, das zu machen, was man will, wo sich die Brüste von selbst an ihren Platz begeben, ohne daß man sie auch noch zu zeichnen braucht.[42] Ich will den Akt ›sagen‹. Ich will einen Akt nicht als einen Akt schaffen. Ich will nur Brust sagen, Hand sagen, Bauch sagen. Das Mittel finden, es zu sagen, und damit genug. Ich will den Akt nicht vom Kopf bis zu den Füßen malen. Aber es schaffen, ihn zu sagen. Das will ich. Ein einziges Wort genügt, wenn man davon spricht. Du, ein einziger Blick, und der Akt sagt dir, was er ist, ohne Worte zu machen (…) Weißt du, es ist genau wie bei den Gemüsehändlerinnen. Wollen Sie zwei Brüste? Bitte sehr! Da sind zwei Brüste. Was nötig ist, ist dies: daß der Mann, der betrachtet, alle Dinge, die er braucht, um einen Akt zu machen, bei der Hand hat. Wenn du ihm wirklich alles gibst, was er braucht, und zwar das Beste, dann wird er die Teile selbst mit seinen Augen an den richtigen Platz stellen. Jeder wird sich den Akt machen, den er will, aus dem Akt, den ich ihm gemacht habe.«[43] Ein ehrgeiziges Programm des offenen Werkes.

Wenn Picasso seine mit der Anwesenheit des Malers und seines Modells angefüllten Gemälde kommentiert (soweit man von Kommentaren sprechen kann), spricht er immer von dem Künstler, indem er ihn »den Armen« nennt, und macht sich über seine kleine Palette und die Sorgfalt, die er seinem Malerbart widmet, lustig. »Er glaubt, daß er davonkommt, der Arme!« Aber bei solchen Sätzen darf man die von dem Spanier stets beigegebene Prise Ironie nicht außer Acht lassen, denn Picasso liebte es zu wiederholen: »Ach, wenn ich doch Kunstmaler wäre …«!

Jenseits der zahlreichen Varianten bleiben die beiden Akteure – der Maler und sein Modell – miteinander verbunden, verkettet, wie Picasso sich selbst an die Malerei gekettet fühlt. »Die Malerei, das ist so. Du nimmst dir deine Freiheit, und du schließt dich mit

*Pablo Picasso:
Radierung der Serie »347«
(Maler und Modelle) – 1968.*

deiner Idee ein, nur mit ihr und keiner anderen. Und schon trägst du wieder Ketten.«[44] Das Modell löst wahrscheinlich die gattungsspezifischste Verkörperung der Malerei aus; das Modell »ist« die Malerei oder wenigstens doch das Terrain, auf dem sie die Illusion vermittelt, daß sie kristallisiert. In einem Augenblick von Picassos Schaffen wird übrigens eine Frau (das Modell?) zum Maler, als sei der Künstler von der Frau befruchtet worden, oder eher, als sei die Malerei von ihr befruchtet. Picasso erklärte ohne Prahlerei: »Jacqueline hat die Gabe, in einem unvorstellbaren Maße Malerei zu werden.«[45] Wollte er mit diesem Satz ausdrücken, daß sie ein ideales Modell sei oder (und) daß sie ihn zum Maler mache? Oder etwa, daß seine Liebe sie zu einem Pygmalion besonderer Art mache? Höchst verzweigte Labyrinthe!

Die Darstellungen schwanken zwischen dem Aktiven und dem Passiven, Dualitäten werden sichtbar. Die Bewegung und der Schlaf, der Eifer und die Entspannung, die Konzentration und das Ausbreiten, die Geradheit, ja sogar Starre (des Malers) und die Rundungen (des Modells). Ein Blick prüft und begehrt vielleicht auch. Der andere ist in einer Art Selbstgenügsamkeit sich selbst zugewandt. Und auf einmal wird das Tabu des Modells in schroffer Weise verletzt. In »Rembrandt und Saskia« nimmt der Maler sein Modell auf die Knie. Dieser Übergang vom Modell zur Mätresse bestimmt eine ganze Reihe von Grafiken: »Raffael und La Fornarina« nach Ingres, als ob Picasso die Verweise auf andere Bilder verdoppeln mußte, um ein solches Verbot zu übertreten!

Ebenso wie Frenhofer, die Gestalt aus dem »Unbekannten Meisterwerk« von Balzac, ist Picasso verliebt in sein Modell, verliebt in die Nacktheit. Der Maler wird übrigens für eine gewisse Zeit sein Atelier in der Rue des Grands-Augustins Nr. 7 haben, wo die Novelle von Balzac spielt, und wiederholt wird er diese phantastische Erzählung beschreiben, »erregt und stimuliert von dem Gedanken, den Platz des berühmten Schattens von Frenhofer einzunehmen.«[46]

Parallel zu der Serie »Der Maler und sein Modell« schafft Picasso eine Folge von Personenporträts, die das Urbild des Malers illustrieren, den mit seinem Hut geschmückten Maler: Rembrandt, van Gogh … »Der gute alte Maler«, wie er ihn nannte, »die ewige Staffelei-Ausgeburt«, der Kleckser oder Demiurg, der sich für Gott hält, der Künstler, der nicht auf das Modell verzichten kann. »Kein Maler ohne Modell«, sagt er.

*Pablo Picasso:
Im Atelier – 1954.*

Das Szenario zwischen dem Maler und seinem Modell bietet mehr als eine Variante, aber Picasso führt es zu einer an den äußersten Rand vorgetriebenen Dramaturgie. Es ist das Handgemenge mit der Malerei und ihrer Anstifterin: dem Modell, doch nicht einer professionellen Poseuse, sondern der Frau, mit der er lebt; kein Modell einer Frau, sondern die Frau-als-Modell, eine Frau, die nicht direkt nach der Natur gemalt wird, sondern eine allgegenwärtige Frau. »Man sagt von Jacqueline, sie sei das Modell Picassos«, berichtet die Schriftstellerin Hélène Parmelin. »Ein Modell posiert. Jacqueline posiert nicht. Sie lebt. Während Picasso sie malt, kann sie da sein und ihn ansehen. Oder auch woanders sein. Ihr Kopf treibt in den Arbeitstagen von Notre-Dame-de-Vie. Die Malerei hält unaufhörlich die Augen offen auf sie, ob sie nun im Atelier anwesend ist oder nicht. Auf den Bildern, die den Titel »Der Maler und sein Modell« tragen, ist Picasso nicht der Maler, Jacqueline nicht das Modell, und doch hören weder der eine noch der andere auf, ihre Rolle zu spielen, während sie leben.«[47]

Der Akt wird auf jede Weise manipuliert, Picasso vervielfacht seine Einfälle in der Wiedergabe des weiblichen Geschlechtsorgans; unendlich viele Varianten des Spalts, hartnäckige Bemühung, den Riß wiederzugeben. »Wenn ich einen Akt mache, soll man denken, das ist ein Akt, nicht der Akt von Madame Sowieso.«[48] Beharrliche Suche, um die fleischliche Wirklichkeit eines Körpers so zu übersetzen, daß man

Pablo Picasso:
Der Künstler und sein Modell – 1963.

nicht mehr weiß, ob es sich um eine Frau handelt oder ein Bild. Unruhig setzte Picasso dem Maler Georges Braque zu, als er ihm ein Bild zeigte: »Ist diese Frau wahr? Kann sie auf der Straße gehen? Ist es eine Frau oder ein Bild?« Er bestand darauf: »Riecht es unter den Armen?«[49] Und der Geruch der Achselhöhlen wurde für die beiden Künstler zum Maßstab der Wahrheit in der Malerei!

Unter der Führung des Pinsels spielt die Frau alle Rollen: Sie spielt die antike Göttin, die »alma mater«, die verschlingende Gottesanbeterin, den seinem Schlaf hingegebenen Kieselstein, die Menschenfresserin, die geheiligte Prostituierte … Die Frau in allen ihren Befindlichkeiten. Und in der Umarmung weiß man nicht, wer wen erzeugt, oder wer wen frißt. Der Pinsel wird geschwungen wie ein Geschlechtsteil, falls es nicht das Geschlecht ist, das geschwungen wird wie ein Pinsel. Die Körper vermischen sich miteinander. Von dem Tier mit den zwei Rücken sprudelt die Malerei auf in flüssigen Spritzern, in freien, jubelnden Strömen. Das erinnert an eine Passage aus dem Tagebuch von Paul Klee: »Im Anfang das Motiv, Einschaltung der Energie, Sperma. Werke als Formbildung im materiellen Sinne: urweiblich. Werke als formbestimmendes Sperma: urmännlich.«[50] Der gealterte Picasso handelt schnell und mit großer Heftigkeit, er belastet sich nicht mit Anspielungen und läßt die Erotik auf dem Bild als grelle, schreiende Symphonie explodieren. »Man muß vulgär sein, mit groben Worten malen können.« Der Künstler verspielt seine Haut, das sind seine letzten Vergehen. »Jedes Bild ist eine Phiole von meinem Blut«, ruft der Andalusier aus. Und einem Journalisten (einem weiteren), der wissen wollte, was der Meister machen würde, wenn er lebenslänglich eingesperrt wäre, seiner Arbeitsmittel beraubt, erwiderte er schlagfertig auf der Stelle: »Dann würde ich mit meiner Scheiße malen!« Die Malerei geht aus dem Körper des Künstlers hervor, sie ist der Körper des Schaffenden selbst. »Was wird die Malerei machen, wenn ich nicht mehr da bin«, fragt sich dieser Riese. »Sie wird wohl über meinen Körper gehen müssen! Sie wird nicht daneben vorbeigehen können, nicht wahr?«[51] Eine legitime Frage!

Pablo Picasso:
Radierungen der Serie »Raffael und La Fornarina« – 1968.

In der Grafikfolge über »Raffael und La Fornarina« ist der Voyeur der Maler Ingres selbst. Die Verweise auf Maler der Vergangenheit lassen an das Prinzip der ineinandergesteckten Matrjoschkapuppen denken. Picasso ist neugierig auf Ingres, der neugierig auf Raffael war, eine mörderische Neugierde und Lust. Verweise wie Beschwörungsformeln angesichts der aus der Überschreitung von Tabus erwachten Furcht. Personen spähen sich wechselseitig aus. Der Voyeur steht beobachtend hinter dem Vorhang. Die Frau tut sich auf. Der Maler erregt sich geschlechtlich, während er Palette und Pinsel in der Hand behält. Auf der Staffelei wartet ein Bild... Der Koitus ist deutlich durch übertrieben große und genauestens dargestellte Genitalien. Um der Bestimmung der Malerei gerecht zu werden, wird das Modell vergewaltigt. Das Eindringen wird ein Beschwörungsritual wie das der Bauern, die sich in die Erde entleeren, um sie zu befruchten. Picasso (und sein Vermittler Raffael) befruchtet die Kunst mit seinem Genießen, diesem kleinen Tod. Picasso liest die Bücher von Georges Bataille.

Jodocus van Winghe:
Apelles malt Campaspe – um 1600.

Der Kult des Fleisches

Die Funktionsweise des Ateliers wird vom lebenden Modell bestimmt. Seit der Antike ist die Anwesenheit eines entblößten Menschen im Atelier durch die von Plinius beschriebene Episode bezeugt. Apelles, der Maler Alexanders des Großen und alleiniger Inhaber des Rechts, den König darzustellen, wird vom Herrscher beauftragt, seine Favoritin zu malen. »Alexander gab einen schlagenden Beweis der Wertschätzung, die er für Apelles hegte: Er hatte ihn in der Tat beauftragt, die geliebteste seiner Mätressen, die Campaspe hieß, aus Bewunderung für ihre Schönheit nackt zu malen. Der Künstler verliebte sich beim Arbeiten in sie, und Alexander, der dies bemerkte, schenkte sie ihm. Als einem Mann, der groß war durch seinen Mut, noch größer aber durch seine Herrschaft über sich selbst, machte ihm eine solche Handlungsweise nicht weniger Ehre als ein Sieg, denn er besiegte sich selbst. Er trat dem Künstler nicht nur sein Vergnügen ab, sondern auch seine Neigungen, ohne sich von der Sorge um seine Favoritin erschüttern zu lassen, die von einem König auf einen Maler übergehen würde.«[52]

So verliebt sich der Künstler in ein ganz besonderes Modell, das die Umstände zur »Unberührbarkeit« bestimmt haben; doch das große Herz Alexanders, seine Beherrschung der Leidenschaften und seine Rolle als aufgeklärter Beschützer der Künste machen ihn großmütig. Leider ist keine materielle Spur von der Arbeit des Apelles auf uns überkommen. Aber die Episode wird oft wiedererzählt. François I., ein Nacheiferer des mazedonischen Herrschers, läßt diese Szene durch den Maler Il Primaticcio zu Fontainebleau im Gemach seiner Favoritin, der Duchesse d'Etampes, darstellen. Generell erfreut sich dieses galante Sujet großer Wertschätzung von seiten der Renaissancegesellschaft.

In den Kabinetten flämischer Kunstliebhaber des XVII. Jahrhunderts ist das Thema als ein Monument zum Ruhme des Malers und der Malerei geschätzt. Mit großem Interesse wird der soziale Hintergrund der Geschichte untersucht: ein Maler, der von dem mächtigsten aller Fürsten so hoch geehrt wird, daß er ihn für würdig befindet, die königliche Mätresse zu besitzen. Die Malerei wird geadelt, wie in den Augenblicken, wo Kaiser Karl V. den Pinsel Tizians vom Boden aufhebt, oder wo König François I. dem letzten Seufzer Leonardo da Vincis an seinem Sterbebett beiwohnt. Der Text des Plinius unterstreicht die Macht des Künstlers und zeigt zudem, daß dieser die Kühnheit besaß, den König auf seinen Platz zu verweisen, wenn er sich unberechtigterweise in die Malerei einmischte. »Apelles besaß große Liebenswürdigkeit im Umgang, was ihm die Gunst Alexanders des Großen eintrug. Dieser Fürst suchte ihn oft in seiner Werkstatt auf – und er hatte, wie wir schon erwähnten, durch strikte Weisung untersagt, daß ein anderer Maler ein Porträt von ihm anfertigte. Doch als Alexander in seinem Atelier eines Tages viel von Malerei sprach, ohne etwas davon zu verstehen, veranlaßte ihn der Künstler mit Feingefühl zu schweigen und sagte ihm, daß er sich zum Gespött der Knaben mache, welche die Farben zerstießen: Solche Autorität verlieh ihm sein Talent bei einem übrigens recht leicht aufbrausenden König.«[53]

Im 19. Jahrhundert ist Apelles von neuem das Symbol der fürstlichen Ehren, die der Malerei zuteil werden können. Seit der Renaissance fragen sich die Künstler und Autoren, die sich mit jenem Erlebnis des antiken Malers deutend beschäftigen, auf welche Art und Weise dieser sein »Geschenk« in Empfang genommen hatte. War es in einer rühmlichen Haltung oder im Gegenteil in einer der Demut? Plinius gibt als einzige nähere Information dazu die Tatsache, daß die Mätresse von einem König auf einen Maler überging und daß sich der König deshalb keine Sorgen machte. Wenn die Malerei durch dieses Ereignis an Ansehen gewonnen hat, scheint sich Campaspe doch kaum darüber zu freuen.

In der Tat, wenn man zur Antike zurückkehrt, kann man auch sagen, daß Apelles einen Kniefall vor der zur Frau gewordenen Schönheit macht. Alexander hätte dann also nur eine legitime Überlegenheit anerkannt. Wenn die Künstler, die Nachfolger von Apelles oder jene, die sich als solche bezeichnen, das Thema behandeln, erklären sie, daß die Schönheit ihnen gehöre, weil sie allein imstande seien, das Bild der Schönheit durch ein erhabenes Werk zu verherrlichen.

Greift die Antike lediglich sporadisch auf das lebende Modell zurück, so scheint ihm das Mittelalter bis ins XIII. Jahrhundert zu mißtrauen trotz eines Villard de Honnecourt, der zweifellos nicht gezögert hat, für seine Zeichnungen die Gefälligkeit eines Kameraden zu nutzen, der bereit war, sich zu entkleiden. In den Kathedralen zu Chartres, zu Reims und vor allem zu Bourges bezeugen die Bildhauer eine Vertrautheit mit der Muskulatur, die nur durch die Betrachtung entkleideter Modelle erworben worden sein kann. Seit dem Quattrocento triumphiert das Fleisch in einem Hymnus auf die Nacktheit; Anatomen und Künstler beginnen zusammenzuarbeiten. Die Renaissance schreitet zur Wiederentdeckung des antiken

Meister L.D. (nach Primaticcio)
Apelles malt Alexander und Campaspe – um 1545.

Akts und bedient sich seiner ohne Zaudern als Rechtfertigung und als Vorwand. Agnolo Bronzino malt Cosma de' Medici als Orpheus, Andrea Doria als Neptun, und Diane de Poitiers verkörpert die Göttin, deren Namen sie trägt, usw.

Mit dem Aufkommen des Individualismus und des Geniekults vervielfachen und differenzieren sich die Beziehungen zwischen den Künstlern und den Modellen. Benvenuto Cellini informiert uns in seiner Autobiografie sowohl über die allgemeinen Bedingungen der Verwendung des Modells wie über … seine persönliche Haltung dazu. Der feinsinnige und von vielen als genial angesehene Goldschmied, Medailleur und Bildhauer führt das sehr bewegte Leben eines Flegels und Draufgängers; er verführt kleine Dienerinnen, zeichnet sich durch heftige Auseinandersetzungen mit dem Papst aus, fällt durch wütende Eifersüchteleien auf und nährt den Geist der Vergeltung. In der Art eines menschenfressenden Ungeheuers unterbricht er die Arbeitssitzungen mit den Modellen, um diese gewaltsam zur Ausschweifung zu verleiten und sie zu »verprügeln«.

»Ich ließ die Caterina zu mir kommen und zeichnete sie. Ich gab ihr zwanzig Sous pro Tag. Da es nötig war, daß sie nackt posierte, verlangte sie erstens, ich solle ihr das Geld im voraus geben, und zweitens wollte sie ein ausgezeichnetes Frühstück; aber um mich dafür zu rächen, tat ich ein Drittes und schlief mit ihr, und ich mokierte mich über sie, ihren Mann und die furchtbaren Hörner, die ich ihm aufsetzte. Schließlich, viertens, zwang ich sie, ganze Stunden in den ermüdendsten Posen zu verharren, was ihr ebenso mißfiel, wie es mich vergnügte. Da sie prachtvolle Formen hatte, erfuhr ich viel Lob und Ehre deswegen.«[54]

Der Bildhauer verabschiedete die »Spitzbübin Caterina«, nicht ohne sie zuvor geschlagen und ihren Körper mit solchen Wunden und Schrammen übersät zu haben, daß sie kaum noch imstande war, sich zu bewegen. Seitdem fehlt es ihm völlig an Modellen, um die »Nymphe« von Fontainebleau fertigzustellen; er muß sich wieder auf die Jagd nach einer Poseuse begeben und wirft das Auge schließlich auf ein armes Mädchen von fünfzehn Jahren, das er wegen seines schweigsamen Wesens, seiner flinken Bewegungen und seines wilden Blicks »Scozzone« (Wagehals) nennt.

Dank ihr bringt er die danach in Bronze gegossene »Nymphe« von Fontainebleau und seine beiden »Siegesgöttinnen« zum guten Ende. Jungfräulich und rein ist »Scozzone«, als sie zu posieren beginnt; doch Benvenuto Cellini braucht nicht lange, um sie zu schwängern.

Die Eskapaden der Künstler und die Werke, die in ihrer Folge entstehen, erregen, wenn sie die Aristokratie auch amüsieren, häufig Unwillen beim Volk. Aus Vorsicht wird der David von Michelangelo bei Nacht aufgestellt; das schützt ihn dennoch nicht vor mehrfacher Steinigung; um die Empörung der Bürger zu dämpfen, schmückt die florentinische Stadtbehörde die Blöße schließlich mit einer Girlande aus Kupferblättern! Kluge Künstler treffen rechtzeitig ihre Vorkehrungen und treiben Selbstzensur. Benvenuto Cellini präsentiert dem französischen König Francois I. seinen »Jupiter« in der Weise, daß er »eine leichte und anmutige Draperie darüberwirft, um ihm mehr Erhabenheit zu verleihen«. Doch diese Vorsicht bekam ihm schlecht. Die Duchesse d'Etampes äußerte aus Verärgerung über den Künstler die Ver-

Jacques Louis David:
Apelles malt Campaspe im Beisein von Alexander –
1812–1813.

mutung, der Schleier solle die mangelnde Vollendung der Arbeit verbergen! Der Bildhauer geriet in Empörung, die, wie man sich denken kann, recht heftig war, so daß François I. die schlechte Laune seiner Mätresse und den Zorn seines Lieblingskünstlers besänftigen mußte.

Sehr bezeichnend ist auch die Geschichte des »Jüngsten Gerichts« in der Sixtinischen Kapelle.[55] Im Jahr 1536 bestellt Alessandro Farnese, der unter dem Namen Paul III. zum Papst gewählt worden ist, bei dem »göttlichen« Michelangelo ein »Jüngstes Gericht« für die Altarwand der Kapelle. Bei einem Besuch im eingerüsteten Kirchenraum tadelt der Zeremonienmeister Biagio das Anstößige der Bildkomposition Michelangelos und unterrichtet den Papst darüber, der sofort für den Maler Partei ergreift. Um sich an seinem Zensor zu rächen, stellt Michelangelo ihn auf seinem Wandgemälde in der Gestalt des Minos, des Höllenrichters, dar: Er ist völlig nackt, und eine Schlange hängt an seinem Geschlecht. Trotz der Beschwerde Biagios lacht Paul III. über den Schelmenstreich. »Monsignore«, antwortet er ihm, »Ihr wißt, daß Gott mir Macht über Himmel und Erde gegeben hat, aber mein Einfluß erstreckt sich nicht auf die Hölle; Ihr werdet Geduld haben müssen, wenn ich Euch nicht davon befreien kann!«[56]

Wenn der Papst und die Aristokraten das Werk des Malers verteidigen, so zeigt sich das Volk davon ent-

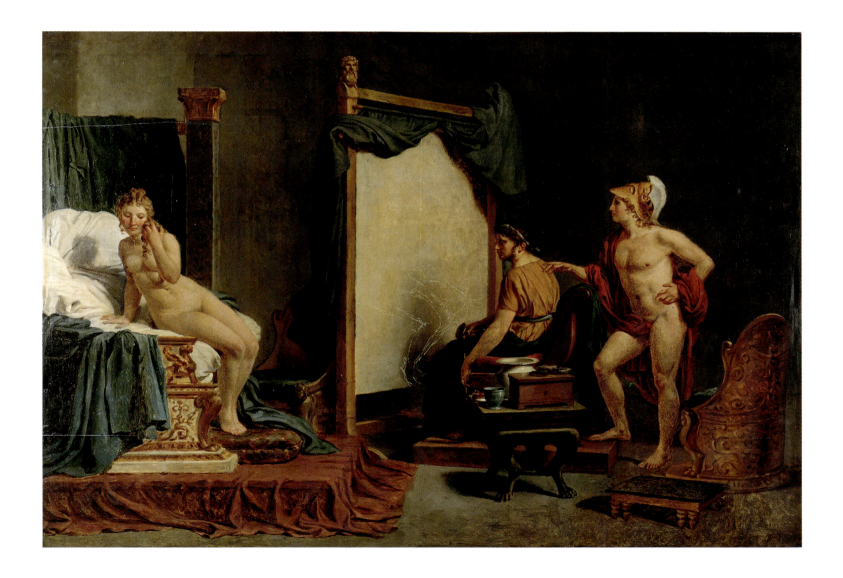

Jan Gossaert:
Neptun und Amphitrite – 1516.

rüstet, und Pietro Aretino, der freizügigste italienische Autor jener Zeit, macht sich aus persönlicher Abneigung gegenüber Michelangelo zum Sprachrohr des Volkszorns. Das Fresko wird zu einem Sinnbild der Auseinandersetzung um Sitte und Anstand. Dreißig Jahre nach der Vollendung mißt man dem »Jüngsten Gericht« Hosen an. Papst Paul IV. ersucht Daniele da Volterra, den Freund Michelangelos, die öffentliches Ärgernis erregenden Partien zu bedecken; Volterra führt den Auftrag mit Bedauern und Zurückhaltung aus, muß sich aber nichtsdestotrotz fortan mit dem Spitznamen »Il Braghettone« (»Hosenschneider«) rufen lassen! Die von ihm angebrachten Draperien reichen jedoch nicht aus, um die Verleumder zu beruhigen, die schlicht und einfach die Zerstörung des Wandfreskos fordern. Gilio da Fabriano veröffentlicht einen »Dialog über die Irrtümer der Maler«, in dem er Michelangelos »Jüngstes Gericht« heftig angreift und die Verwendung korrigierender Kunstgriffe rühmt. »Man hat bestimmte löbliche Kunstgriffe vorgenommen, um die Ehrbarkeit zu wahren, wie den, daß man die Schamteile heiliger Figuren mit einem anmutigen Schleier verborgen hat.«[57]

Die Debatte wird noch einmal unter Clemens VIII. aufgenommen, der aufs neue an die Zerstörung des Freskos denkt; glücklicherweise bringt ihn eine inständige Bitte der Accademia di San Lucca davon ab. Im 18. Jahrhundert nimmt Clemens XIII. einige weitere Retuschen vor, und im Jahre 1936 lief das Gerücht um, daß Pius XI. noch die eine oder andere verhüllende Draperie anbringen wollte!

Eine weitere, gewissermaßen exemplarische Geschichte: die des Malers Paolo Veronese in Venedig – das, nebenbei bemerkt, eine ziemlich sinnenfrohe Stadt ist –, der wegen angeblicher Sittenwidrigkeit vor das Gericht der Heiligen Inquisition zitiert wird. Im Zusammenhang mit einem an ihn vergebenen Auftrag zur Ausmalung des Refektorium im Dominikanerkloster tadelt man ihn, daß er Possenreißer, betrunkene Deutsche, Zwerge und andere Nichtigkeiten unter die religiösen Inhalte gemischt und daß er eine ehrbare Magdalena durch einen ... Hund ersetzt habe. Veronese sieht sich dazu verurteilt, sein »Abendmahl« abzuändern und »Das Festmahl im Hause Levis« daraus zu machen. Belehrt und gewarnt durch diese Reaktionen, bekleidete eine große Zahl von Künstlern die religiösen Sujets mit übertriebener Schamhaftigkeit. Die Serenissima war fest entschlossen, in ihrer Stadt gegen die Nacktheit zu Felde zu ziehen – wenigstens für einige Zeit.

So teilt sich die Renaissance in zwei Strömungen, eine künstlerische und aristokratische, die von den hohen kirchlichen Würdenträgern unterstützt wird, welche sich an der Nacktheit ergötzen; und eine andere, volkstümliche, die unglücklicherweise die Kriterien für das Schamgefühl im Alltagsleben auf die künstlerische Darstellung überträgt. Diese Zäsur unterscheidet deutlich weltliche Kunst von sakraler Kunst. Manche mißtrauen einer Jungfrau, die stillt und wollen das Jesuskind wieder ankleiden; andere lassen – in streng abgeschlossenen Zirkeln – unterm Mantel der Verschwiegenheit die von Aretino beschriebenen und von Giulio Romano auf Stichen dargestellten sexuellen Positionen umlaufen.

Die Prüden vermehren die Lorbeer-, Wein- und Feigenblätter, und dies jahrhundertelang. Maria Leszczynska verschleiert auf den Rat ihres Beichtvaters die Männlichkeit der Helden von Marly. Der Schriftsteller Anatole France macht sich über solche Maßnahmen lustig, und sein Monsieur Nicomède, Präsident der Gesellschaft der Scham, rühmt sich vor Meister Jérôme Coignard in dem gleichnamigen Roman, daß er an den Standbildern in den Gärten des Königs sechshundert Wein- oder Feigenblätter angebracht hat! Weinblatt oder Feigenblatt: Der Streit darüber paßt ganz zu diesem Mucker-Maß! Für die Feigenblätter spricht immerhin der biblische Text, denn Adam und Eva bedeckten sich damit, nachdem sie die Erbsünde begangen hatten. Gegen das Weinlaub erhebt sich die Stimme Gustave Flauberts, als er verwundert die Statuen eines Provinzmuseums entdeckt. Der Schriftsteller schreibt, daß er seine sämtlichen Schätze dafür hergeben würde, »um Namen, Alter, Adresse, Beruf und Gesicht des Herren kennenzulernen, der für die Standbilder des Museums von Nantes Weinblätter aus Weißblech erfunden hat, die aussehen wie Vorrichtungen wider die Onanie. Der ›Apollo von Belvedere‹, der ›Diskobolus‹ und ein Flötenspieler sind mit diesen schändlichen metallischen Unterhosen ausstaffiert, die glänzen wie frisch gescheuerte Kasserollen. Man sieht außerdem, daß es sich um eine schon vor geraumer Zeit ersonnene Arbeit handelt, die mit Liebe ausgeführt wurde; an den Rändern sind die Weinblätter zu flachen Scheibchen verdünnt und mit Schrauben in die Glieder der armen Gipsfiguren eingerammt worden, die vom Schmerz zersprungen sind. In dieser Zeit der platten Dummheiten, inmitten des alltäglichen Stumpfsinns, der uns umgibt, ist es erfreulich, und sei es auch nur zur Zerstreuung, wenigstens eine hemmungslose Blödheit, eine immense Stupidität anzutreffen. Trotz

Jean-Michel Moreau:
Das sittsame Modell – Anfang des 18. Jahrhunderts.

Anonym:
Das willige Modell – 18. Jahrhundert.

aller Bemühungen ist es mir nicht gelungen, mir den Schöpfer dieser schamhaften Abscheulichkeit auch nur im geringsten vorzustellen. Ich möchte glauben, daß der Gemeinderat einstimmig an der Maßnahme beteiligt war, daß die Herren Kleriker sie forderten und daß die Damen sie konvenabel fanden.«[58]

Besagte Blätter erregen bei den Humoristen ebenso viele Wortspiele und kecke Anspielungen wie die Dinge, die sie verbergen sollen, und so spricht man vom Fall der Blätter im Herbst oder von einem gewissen Apoll, der ein hartes Blatt habe usw.! Aber die Künstler passen sich der Zensur an, und einige verstehen sich glänzend darauf, das Anhängsel »natürlich« zu plazieren. Eine Draperie verlängert sich so weit, wie es erforderlich ist, ein Strauch wächst gerade da, wo es die Scham erfordert.

Wie dem auch sei, die akademische Lehre greift seit dem Ende des 16. Jahhunderts systematisch auf das lebende Modell zurück. In der Mehrzahl sind es männliche Modelle, aber es gibt auch weibliche Modelle, wie es zum Beispiel die Zeichnungen des Kreises um Rembrandt bezeugen, auf denen man den Meister und seine Schüler eine nackte Frau zeichnen sieht, die etwas entfernt postiert, durch ein Podium isoliert und gleichgültig gegenüber den auf sie gerichteten Blicken ist.[59] Meister und Schüler konzentrieren sich auf die Arbeit, als ob es sich um ein Stilleben handelte, ohne Lüsternheit, zumindest hat es nicht den Anschein.

Diese Pose-Sitzungen mußten nichtsdestoweniger verdächtig erscheinen, denn die meisten offiziellen Kunstakademien warteten bis zum Ende des 19. Jahrhunderts, ehe sie weibliche Modelle zuließen. Lange Zeit war es nur an privaten Akademien gestattet, weibliche Modelle heranzuziehen. Andererseits wandten sich die Maler in ihren Ateliers an mehr oder weniger professionelle Modelle, die dies vor allem auf dem Gebiet der Zweisamkeit waren. Einige moralinsaure Puritaner mischten sich ein. Auf einem Stich nach Baudoin dringt eine alte Frau in eine Pose-Sitzung ein, um das Modell mit ihrem Mantel zu bedecken, doch der Maler setzt sich mit einer großen Geste des Protestes durch. So zielt Baudoin, der für seine pikanten und anzüglichen Sujets bekannt ist, darauf ab, eine gewisse Distanz zwischen seiner Person und seiner Arbeit zu schaffen; eine bildhafte Art, von Sublimierung zu sprechen. Doch die Betrachter erfaßten den Geist dieser Anspielungen nicht und waren eher – zu Recht oder Unrecht – von der Freiheit der Sitten unter den Künstlern überzeugt, und sie gefielen sich darin, in dieser oder jener weiblichen

Jean-Honoré Fragonard:
Das unerfahrene Modell – o. D.

Gestalt eines Malers die eine oder andere ihrer Mätressen zu erkennen. Honoré Fragonard billigt eine libertinistische Sicht auf seinem Bild »Das Debüt des Modells«, wo er eine Matrone zeigt, die eine schüchterne Debütantin zu entkleiden beginnt, während der ungeduldige Maler ihr schon mit seinem Malstock den Rock hochschiebt. Noch eindeutiger ist der Sachverhalt auf anderen Bildern und Stichen des 18. Jahrhunderts, so auch auf dem »Willigen Modell«, wo der Maler sein Modell mit dem Pinsel liebkost.

Diderot empört sich gegen Boucher, als er die erotische Aufladung seiner Bilder versteht. »Seine Ausschweifung soll die kleinen Meister, die kleinen Frauen, die jungen Leute, die Leute von Welt, die ganze Menge jener fesseln, die dem wahren Geschmack, der Wahrheit, den richtigen Ideen, der Ernsthaftigkeit der Kunst fernstehen; und könnten sie überhaupt dem Glänzenden, der Freizügigkeit, dem Pomp, den Quasten, den Brustwarzen, den Hintern, dem Epigramm von Boucher widerstehen? (…) Dieser Mann nimmt den Pinsel nur in die Hand, um mir Brüste und Hintern zu zeigen. Ich bin sehr erfreut, sie zu sehen, aber ich will nicht, daß man sie mir zeigt.«[60] Der Akt wäre nach Diderot also nur entkörperlicht akzeptabel.

Madame de Pompadour erregt öffentlichen Skandal, als sie, die sich etwas auf ihre Liebe zur Malerei und Grafik einbildet und an die antike Tradition anknüpfen will, sich mit ihrem königlichen Liebhaber porträtiert, der in Gestalt des splitternackten Apoll den Genius der Malerei und Bildhauerkunst krönt. »Diese Indezenz hat zur Frage veranlaßt, welcher Leibwächter des Königs und welcher Page ihr als Modelle gedient hätten; und es wurde geantwortet, es seien die Herren von*** und von ** gewesen; so liefen Spottverse um, die sich auf diesen geheimgehaltenen Vorfall bezogen; sie haben zumindest dem ganzen Hof bewiesen, daß Madame de Pompadour keinen Begriff von den allgemeinen Anstandsregeln hat, da sie den König völlig nackt in der Gestalt Apolls darstellte.«[61] Auf jeden Fall war es eine undenkbare

Vorstellung, daß Louis XV. im Salon einer der Residenzen seiner Mätresse nackt posierte!

Eine andere recht aufschlußreiche Anekdote betrifft ein philosophisches Modell, nämlich Voltaire. Bewunderer von ihm fassen den Entschluß, dem Bildhauer Jean-Baptiste Pigalle den Auftrag zu einer Statue zu erteilen, die den Patriarchen von Ferney ehren soll. Das Projekt Pigalles, das nach antiker Tradition einen nackten Philosophen zum Inhalt hat, weckt Begeisterung, doch Madame Necker gibt auf einmal zu bedenken, daß dieses Sujet wenig dezent sei bei einem Siebzigjährigen. Sie beginnt ein Gespräch mit dem Philosophen: »Ich will Euch wegen eines Einfalls von Pigalle um Rat fragen«, schreibt sie ihm: »Er möchte Euch um jeden Preis nackt malen. Es war vergeblich, dagegen einzuwenden, daß dies inmitten der neun Musen indezent sei; daß es auf der Statue weder Runzeln noch Muskeln geben dürfe; daß das Alter Voltaires Teil der Unsterblichkeit sei; daß eine Draperie zu diesem ausdrucksvollen Gesicht durchaus passen würde; daß man sich nicht mehr wie früher mit Lorbeerblättern bedecken könne; daß Ihr zuviel vom Baum des Wissens gekostet hättet, um auf Kleider verzichten zu können; daß man unsere Vorstellungskraft arbeiten lassen müsse, die den Kopf der Statue vielleicht mit einem geflügelten oder durchscheinenden Körper ausstatten werde; daß man sich nicht ausziehe, um zu schreiben, und hundert andere Gründe; doch der Barbar gibt auf jedes Argument die gleichbleibende Antwort, daß er,

François Boucher:
Laure O'Murphy – 1751.

Pigalle, ebenfalls in der Nachwelt leben möchte, daß er den Anspruch erhebt, daß sein Name Euch in allen kommenden Jahrhunderten folge, daß Platz genug für alle sei und daß er ein Standbild von Voltaire schaffen wolle. Was sollen wir tun, Monsieur?« Und der weise alte Mann antwortet: »Ob nackt oder bekleidet, es ist mir gleichgültig. Ich werde den Damen wohl keine unehrenhaften Gedanken einflößen, wie immer man mich ihnen präsentiert. Man muß Monsier Pigalle völlige Freiheit über seine Statue lassen. Es wäre ein Verbrechen an den Schönen Künsten, wenn man dem Genie Fesseln anlegte.«[62] So arbeitet Pigalle in völliger Unabhängigkeit, das Publikum defiliert durch sein Atelier und verfolgt die Schaffung des »Skeletts von Monsieur Voltaire« aus unmittelbarer Nähe.

In dieser anscheinend von Vorurteilen freien Welt ist es dennoch moralisch unzulässig, daß der alte Mann im Adamskostüm posiert. Außerdem, doch das sei lediglich am Rande vermerkt, werden schon die Sitzungen zur Fixierung des Gesichts eine Qual sowohl für Voltaire wie für Pigalle. So wird die Anatomie schließlich einem Veteranen des Siebenjährigen Krieges entnommen, der noch über beachtliche Kraftreserven verfügt, was genaue Betrachter der Statue lächeln lassen wird, die erraten, daß die Praxis der Philosophie keine so stattliche Muskulatur fördern konnte! Doch was macht das schon, das Bildwerk wurde bald vergessen, in einem Ankleideraum abgestellt, und durch die Skulptur von Jean-Antoine Houdon ersetzt, wo der Philosoph auf antike Weise, aber mit reichlicher Drapierung posiert!

Das 19. Jahrhundert nimmt das dornige Thema des Modells – abgesehen von den erotischen Bilderbogen – mit gewisser Schüchterheit in Angriff. Es bedarf der Unverfälschtheit eines Gustave Courbet, um im »Atelier des Malers« die Nachbarschaft des Malers und seines entkleideten Modells ins Bild zu setzen. Dieses riesige Gemälde, das von Courbet mit dem Untertitel »Reale Allegorie, die eine siebenjährige Phase meines Künstlerlebens erfaßt« versehen wurde, ist eine Art Inventarverzeichnis des Ateliers. Der Künstler stellt darauf sein Selbstporträt dar, das ihn zeigt, wie er eben eine Landschaft der Franche-Comté aus dem Blickwinkel eines jungen Hirten der Gegend malt. Hinter dem Maler betrachtet ein weiblicher Akt seine Arbeit mit Wohlgefallen. Sie ist da im vollen Umfang ihrer physischen Präsenz. Sie posiert nicht (der Maler arbeitet an einer Landschaft), aber sie scheint auf seiner Seite zu stehen, mütterlich fast, als ob sie die bewegende Kraft des Ateliers ver-

Jean-Baptiste Pigalle: Voltaire – 1770–1776.

körpere, ohne direkt verwendet zu werden. Sie ist es offensichtlich, die das Bild erleuchtet und seinen Schwerpunkt bildet, den Kern dessen, was Courbet »die moralische und physische Geschichte des Ateliers« nannte. Sie thront gewissermaßen als Motto – dominierend und maßgeblich – in der Menge der Personen, dieser »Menschen, die mir dienen und an meiner Handlung teilnehmen«, wird der Maler sagen, wenn er sein Bild beschreibt. Die anderen Gestalten, die anderen Elemente häufen sich allerdings zum Katalog eines etwas schwerfälligen, ärgerlichen Symbolismus auf.

Das Bild wird für den Salon von 1855 abgelehnt. Doch soll dies für den Maler kein Hindernis sein, Gustave Courbet läßt auf eigene Kosten einen gesonderten Pavillon für sein Gemälde errichten, den »Pavillon des Realismus«, der sich in der Nähe des Geländes der Weltausstellung befindet. Dennoch bleibt das Publikum eher indifferent, während Delacroix in dem Werk »eines der eigentümlichsten Werke dieser Zeit« erblickt, was allerdings nicht bedeutet, daß er es darum besonders schätzt! Seltsamerweise weckt »Das Atelier« nicht so scharfe Reaktionen wie die »Badenden« des Salons von 1853, die von der Kaiserin als ›Percheronpferde‹ und von dem Dichter Théophile Gautier, der sich nach dem Thema des plumpen Courbet fragt, als »füllige Weiber mit schlecht verteiltem Fett« bezeichnet werden. »Was mögen die Gedanken des Malers gewesen sein, als er diese überraschenden Anatomien ausstellte? Wollte er auf seine Art gegen die weißen Lügen des parischen und des pentelischen Marmors protestieren? Hat er aus Haß auf die Venus von Milo diesen schlammigen Körper aus einem schwarzen Pfuhl hervorgezogen?!« Aber Théophile Gautier leugnet nicht, daß »diese monströse Gestalt sehr fein getönte, fest modellierte Partien aufweist. Das Wasser hat eine tiefe, mit schlichten Mitteln erzielte Transparenz; die Landschaft ist erfüllt von Luft und Frische, und so beweist dieses unglückselige Gemälde viel fehlgeleitetes Talent.«[63]

Der Schriftsteller Edmond About erblickt in dem Akt einen »Skandal der Nacktheit. Das ist weniger eine Frau als ein Baumstamm von Fleisch, ein noch nicht entrindeter Körper.«[64] Indessen, nachdem er es geschmäht hat, lädt er die Nachwelt ein, in den Louvre zu kommen, um dieses Hauptstück Seite an Seite mit den Gemälden von Dürer und Jordaens zu bewundern! Der Novellist Prosper Mérimée jedoch gibt ein unwiderrufliches Urteil über »Die Badenden« ab: »Vielleicht hat uns Monsieur Courbet eine moralische Lektion erteilen wollen; ich wüßte mir sonst nicht zu erklären, wie sich ein Mensch darin gefallen kann, naturgetreu eine alte Frau mit ihrer Hausgehilfin abzukonterfeien, die in einem Tümpel ein Bad nehmen, das sie vermutlich dringend nötig haben… Ich gestehe, daß es unmöglich ist, lebendiger wirkendes Fleisch zu malen; doch offensichtlich schickt Monsieur Courbet seine ›Badenden‹ nicht nach Neuseeland, wo man den Wert einer Gefangenen danach bemißt, ob sie Fleisch für das Diner ihrer Herren hergibt…«[65] Delacroix seinerseits bedauert »die Nutzlosigkeit des Gedankens: Eine dicke Bourgeoise, von hinten betrachtet und abgesehen von einem Tuchfetzen, der nachlässig den unteren Teil ihres Hinterns bedeckt, völlig nackt, entsteigt einem winzigen Gewässer, das nicht einmal tief genug für ein Fußbad zu sein scheint. Sie macht eine Geste, die überhaupt nichts ausdrückt, und eine andere Frau, die man für ihre Dienerin halten muß, ist auf der Erde damit beschäftigt, sich die Schuhe auszuziehen. Man sieht auch Strümpfe, die abgestreift worden sind. Zwischen den beiden Gestalten findet ein Gedankenaustausch statt, den man nicht verstehen kann.«[66] Doch immerhin erkennt Delacroix das Thema und die Kraft der Darstellung. Der Frühsozialist Proudhon empört sich geradezu: »Ja, das ist die fleischige, wohlsituierte Bürgersfrau, die von Trägheit und Luxus deformiert ist, bei der Verweichlichung und Massigkeit das Ideal ersticken, und die dazu bestimmt ist, an Hasenherzigkeit zugrunde zu gehen, wenn nicht gar an Fettsucht. Das ist es, was ihre Dummheit, ihre Selbstsucht und ihre Küche aus ihr gemacht haben (…) Fett und drall, braun und glänzend, wie sie ist, wird man sie sicher nicht für eine Diana oder Hebe halten… Sie ist nichts als eine Bourgeoise, deren Ehemann, nachdem er liberal unter Louis–Philippe, reaktionär unter der Republik gewesen, gegenwärtig einer der folgsamsten Untertanen des Kaisers ist.«

»Das Atelier« ist weit davon entfernt, eine derartige verbale Sturzflut zu erregen. In der Tat erinnert der Akt hier deutlich weniger an ein »Percheronpferd«, er ist etwas hauptstädtischer geworden, und die komplizierte Seite dieses großen Gemäldes hat die Kritik vielleicht von Anfang an eingeschläfert. So ist das Bild vermutlich auf Grund seiner allzu ehrgeizigen Vollständigkeit unterschätzt worden. Courbet hat zuviel sagen wollen, er ist darüber etwas deskriptiv geworden. Zum Glück steigt das Modell großzügig aus dieser Woge von Draperien hervor. »Bei Courbet«, schreibt der Romancier Pierre Mac Orlan, »vermischten sich natürlich die Fingerspitzen mit dem Pinsel. Der Pinsel, besser gesagt die Bürste, ist kein Objekt, sondern so etwas wie ein sichtbarer Teil des Eingeweides, der feinen und geheimen Reflexen gehorcht. Der Pinsel ist ein Körperorgan des Malers.«[67]

Auf Courbets Bild »Das Atelier« hält der Maler bedächtig seine Pinsel, er scheint unter dem schweigenden Diktat der ausruhenden Poseuse zu stehen, als ob sie ihm löbliche Ratschläge zuflüsterte. Sollte sie es sein, die listig die Finger und die Bürste führt; Die Poseuse, die Muse, die Frau; die fundamentale Sorge des Malers. »Ich bemerkte«, schreibt Courbet, »daß ich mich der Untreue schuldig machte und daß es Zeit war, die Liebestorheiten zu begraben. Ich entschloß mich, die Frau sterben zu lassen, welche die

Qualen meiner Vorstellungskraft hervorrief: als einzelner stärker als Werther und Sténio zusammen, opferte ich, statt mich dem Selbstmord zuzuwenden, erbarmungslos sie auf einem großen allegorischen Bild: 'Der Mann, durch den Tod von der Liebe befreit'. Doch bald schien mir die Idee dieses Bildes falsch zu sein, und ich sagte mir: Warum soll man die Frau hassen? Der Unwissenheit und dem Egoismus des Mannes muß man die Schuld geben. Lassen wir sie am Leben! Ich begann die Toleranz und die Freiheit zu verstehen, welche die Prinzipien des Realismus sind (…) Es ist unmöglich, sich an eine einzige Frau zu halten, wenn man die Frau erkennen will…«[68] Wo bleibt also das ideale, einzigartige und plurale Modell?

In den Ateliers sind die Maler und Bildhauer auf der Suche, ja, förmlich auf Jagd nach dem Modell. Die Künstler handeln die Preise aus. Um 1850 sind die Modelle bei vier Francs für vier Stunden Modellstehen angelangt, doch sehr schöne Jüdinnen, die besonders geschätzt sind, können auf sechs Francs kommen. Es gibt in Paris viele italienische Modelle, herrlich geformte Neapolitanerinnen, aber auch kleine Pariserinnen, die nicht zögern, ihre Reize zu enthüllen: Ladenmädchen, Näherinnen, Wäscherinnen, junge Frauen, die mit dem Bürgertum gebrochen haben. Der Tarif für das Modellstehen schwankt, bei einzeln arbeitenden Künstlern liegt er höher als an den Akademien. Die Place Pigalle im Stadtviertel Montmartre ist zu einem Modellmarkt geworden. Puvis de Chavannes findet dort das Modell Anna, das er später an Renoir weitergibt.

Neben lebenden Modellen werden auch immer öfter fotografische Vermittlungen verwandt. Es gibt Alben, die mit Hunderten von Nacktfotos geschmückt

Gustave Courbet:
Das Atelier des Malers – 1855.

*Mariano Fortuny:
Posierendes Modell – o. D.*

sind, so unter anderem Vignolas Sammelband »Das lebende Modell« mit zweihundertfünfundzwanzig Fotos von Eugène Piron, der von einem ironischen Rezensenten als »Kunstbrevier für Träger des Keimes, der ewige Werke erzeugt« charakterisiert wird. In dieser Flut von Dokumenten lassen sich einige ständig wiederkehrende Elemente der Verführung ausmachen: Frauen ziehen ihre Strümpfe an, andere spielen mit dem Korsett. Viele führen Gespräche mit dem Spiegel und dies mitunter so intensiv, daß sie ihr auf einer Psyche erblicktes Bild umarmen. Autoerotik und Narzißmus sind in diesem satinraschelnden, knisternden Klima auf dem Höhepunkt angelangt. Oftmals verbinden sich mit der Erotik exotische Elemente. Zahlreiche Rückgriffe auf den Orient, Nordafrika und manchmal auch Schwarzafrika sind zu beobachten: Bunte Fächer oder Negertrommeln. Bukolische Aspekte erfreuen sich großer Beliebtheit, und das offensichtliche Plagiat bei der antiken Plastik findet seine Anhänger. Kleine rundliche Frauen ahmen die Haltung marmorner Liebesgöttinnen nach. In dieser Bildkunst ist häufig das Zeigen des Körperhaars verboten, es wird durch Kunstgriffe versteckt, epiliert oder beim Abdruck retuschiert. Rührt der Hang zum Entfernen oder zur Abschwächung des Haars vom Wunsch nach Idealisierung her? Erinnert das Körperhaarsystem an einen menschlichen, all zu menschlichen oder vielleicht zu animalischen Charakter?

*Anonym:
Akt (Postkarte) – 1911.*

Thomas Eakins:
Liegender Akt (Rückenansicht) – o. D.

Eugène Durieu:
Akt – 1853–1854.

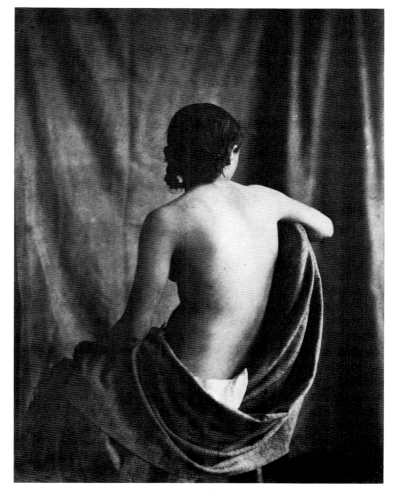

Die Künstler tauchen in diese Ikonografie des Schunds ein. Delacroix, Degas, Toulouse-Lautrec, Mucha, Munch, Bonnard, Khnopff und viele andere greifen auf die Fotografie zurück. Einige von ihnen praktizieren die junge Disziplin selbst mit Verwunderung und Entzücken. Andere ziehen sie mit dem prosaischeren Ziel heran, die Dauer (und also auch die Kosten) des Modellstehens zu begrenzen. Es kommt vor, daß die Fotografen ihre Aufnahmen direkt in den Ateliers vornehmen, wobei sie auf ihren Fotoplatten Modelle festhalten, die auf behelfsmäßigen Podesten stehen und in unbequemen Haltungen erstarrt sind.

Man muß daran erinnern, daß das Atelier ein Ort ist, der besondere Anziehungskraft ausübt. Kein aufgeklärter Besucher, der auf der Durchreise in Rom war, hätte einen Spaziergang nach den Ateliers von Canova oder Thorvaldsen versäumt. In Paris fasziniert das Atelier Auguste Rodins die Kunstliebhaber in mehrfacher Hinsicht. Die Fotografen können solchen Motiven einfach nicht widerstehen, und so sind die Gesten des Bildhauers der Nachwelt überliefert worden. Man sieht ihn, wie er für den Fotografen bei seinen Skulpturen posiert, wie er, ihnen das Ohr nähernd, gespannt darauf hört, ob das Steinherz schlägt, oder wie er ostentativ bei einem, übrigens höchst lebendigen Modell mit weitgehend entblößten Brüsten posiert.

Die Arbeitsweise Rodins ist recht ungewöhnlich. Ein Zeitgenosse wundert sich darüber: »In seinem Atelier laufen mehrere nackte Modelle, Männer und Frauen, herum, oder sie ruhen sich aus. Rodin be-

*Auguste Rodin:
Balzac stehend (Skizze) – 1891–1895.
Aktstudie – 1892–1893.
Balzac in Dominikanertracht – 1891–1892.*

zahlt sie dafür, daß sie ihm ständig das Bild nackter Menschen zeigen, die sich mit der ganzen Ungezwungenheit des Lebens entfalten. Er betrachtet sie ohne Unterlaß, und so hat er sich seit langem mit dem Anblick der Muskeln bei der Bewegung vertraut gemacht. Der Akt, der für die Modernen eine ungewöhnliche Offenbarung ist und der selbst für die Bildhauer im allgemeinen ein Phänomen ist, dessen Dauer auf die Pose-Sitzung beschränkt bleibt, ist für Rodin ein vertrauter Anblick geworden. Diese intime Kenntnis des menschlichen Körpers, wie sie einst die alten Griechen erworben, während sie die Übungen in der Palestra, beim Diskuswerfen, bei den Faustkämpfen, beim Allkampf und den Fußläufen betrachteten, und die es ihren Künstlern erlaubte, die Sprache des Akts auf ganz natürliche Art zu sprechen, hat sich der Schöpfer des ›Denkers‹ durch die kontinierliche Anwesenheit entkleideter Menschen in seinem Atelier gesichert, die unter seinem Blick kommen und gehen. Es ist ihm auf diese Weise gelungen, den Ausdruck des Gefühls auf allen Teilen des Körpers zu entziffern.«[69]

Die Modelle werden von Rodin gewissermaßen veranlaßt zu posieren, ohne zu posieren, und bieten sich so völlig natürlich dar. Es kommt in seiner Gegenwart wohl mitunter zu recht bizarren Szenen, doch für Rodin ist das Organ der Sinnenfreude und der Schönheit das Auge. Seinem Biografen, der ihn fragt, ob er die Frauen der modernen Zeit nicht weniger schön findet als die aus der Zeit des Phidias, entgegnet er: »Keineswegs, die Künstler der damaligen Zeit hatten Augen, um sie zu sehen, während die Künstler von heute blind sind, das ist der ganze Unterschied. Die griechischen Frauen waren schön, aber ihre Schönheit war vor allem in den Gedanken der Bildhauer, die sie darstellten.«[70]

Rodin bringt dem menschlichen Körper und der Nacktheit einen wahren Kult entgegen: »Die Kunst ist eine Art Religion (...) Man muß sich ins Gedächtnis zurückrufen, daß das oberste Gebot dieser Religion für alle, die sie ausüben wollen, darin besteht, daß man einen Arm, einen Torso oder einen Schenkel gut zu modellieren versteht!"[71] Wenn ich der Meinung bin, daß sich ein Bildhauer darauf beschränken kann, lebendes Fleisch darzustellen, ohne sich um irgendein Thema zu sorgen, so bedeutet dies keineswegs, daß ich das Denken aus seiner Arbeit ausschließe; wenn ich erkläre, daß er darauf verzichten kann, nach Symbolen zu suchen, so heißt das nicht, daß ich Parteigänger einer Kunst bin, die ohne geistigen Sinn ist. Aber in Wirklichkeit ist ja alles Idee, alles Symbol.

Bildhaueratelier von Matisse im Kloster Sacré-Coeur, Boulevard des Invalides – um 1909.

So enthüllen die Formen und die Haltungen eines Menschen notwendigerweise die Regungen seiner Seele. Der Körper drückt immer den Geist aus, dessen Gewand er ist. Und für den, der zu sehen versteht, bietet die Nacktheit die reichsten Bedeutungen an.«[72] Um das Wesen des Modells zu erfassen, arbeitet Rodin am lebenden Objekt, aber er geht ebenso nach dem Gedächtnis vor, wobei er die Ressourcen der Erinnerung völlig frei ausbeutet und gewissermaßen Feuer aus jedem Holz macht. Es ist bekannt, daß er sich für seinen »Balzac« zunächst der lebenden Modelle bediente, die er nach den auf einer Daguerrotypie von Nadar beobachteten Proportionen ausgewählt hatte, und daß er sieben vollendete Akte in verschiedenen Haltungen schuf; dann wandte er sich der von dem romantischen Dichter Alphonse de Lamartine stammenden Beschreibung Balzacs zu und bekleidete die Akte mit dem weiten Mantel.

Rainer Maria Rilke erzählt in seinem großen Rodin-Essay mit freundschaftlicher Bewunderung folgendes über den Bildhauer: »Rodin vermutete, daß unscheinbare Bewegungen, die das Modell tut, wenn es sich unbeobachtet glaubt, rasch zusammengefaßt, eine Stärke des Ausdrucks enthalten könnten, die wir nicht ahnen, weil wir nicht gewohnt sind, sie mit gespannter und tätiger Aufmerksamkeit zu begleiten. Indem er das Modell nicht aus dem Auge verlor und seiner erfahrenen und raschen Hand ganz das Papier überließ, zeichnete er eine Unmenge niegesehener,

immer versäumter Gebärden auf, und es ergab sich, daß die Kraft des Ausdrucks, die von ihnen ausging, ungeheuer war. Bewegungszusammenhänge, die noch nie als Ganzes überschaut und erkannt worden waren, stellten sich dar, und sie enthielten alle Unmittelbarkeit, Wucht und Wärme eines geradezu animalischen Lebens. (...) Und doch ist es, als empfände Rodin das Angesicht des Weibes am liebsten als einen Teil seines schönen Körpers, als wollte er, daß seine Augen Augen des Leibes seien und der Mund seines Leibes Mund.«[73]

»Vor dem Modell«, erklärt Rodin, »arbeite ich mit dem gleichen Willen, die Wahrheit zu reproduzieren, wie wenn ich ein Porträt anfertige, ich korrigiere die Natur nicht, ich füge mich in sie ein; sie leitet mich. Ich kann nur mit einem Modell arbeiten. Der Anblick der menschlichen Formen nährt mich und stärkt mich. Ich hege unendliche Bewunderung, einen wahren Kult für den Akt. Ich erkläre in aller Offenheit, daß ich keinerlei Idee habe, wenn ich nicht etwas zu kopieren habe; doch wenn ich sehe, daß die Natur mir Formen zeigt, finde ich sofort etwas, das der Mühe wert ist, gesagt und weiter ausgeführt zu werden. Manchmal glaubt man bei einem Modell nichts zu finden, dann zeigt sich auf einmal ein wenig Natur, ein Stück Fleisch erscheint, und dieser Fetzen Wahrheit gibt die Wahrheit ganz und erlaubt es, sich mit einem Sprung zum absoluten Prinzip der Dinge aufzuschwingen.«[74]

Eine überwältigende Erklärung! Rodin, der vom Anblick des Modells genährt wird. Rodin, der das Fleisch mit der Wahrheit identifiziert. Rodin, der durch Vermittlung des Modells das Gefühl erwirbt, sich ganz in die Natur einzufügen. Der Akt bindet den Menschen an den Kosmos. Der Bildhauer ruft aus:

»Wie hinreißend schön, eine Frau, die sich auszieht, das gleicht der Wirkung der Sonne, wenn sie durch die Wolken bricht!«[75]

Rodin mit seinem Meißel, mit seinem Pinsel macht sich an die Entdeckung des Körpers; er forscht nicht wie ein Geograph, sondern eher wie der »Freitag« in dem Roman »Freitag oder im Schoß des Pazifik« von Michel Tournier, indem er sich mit der Muttererde vermählt.

Der Höhepunkt der Vertrautheit wird durch die Verschmelzung erreicht. Rodin dringt mit seinem Blick in das Allerprivateste ein, er geht zum Ursprung des Universums und des Menschlichen zurück; das Fleisch ist seine ihm höchst vertraute Zielscheibe. Dies verleiht ihm zudem ein ausgeprägtes Gefühl der Stärke. Hat er nicht Rainer Maria Rilke einst erzählt, daß er sich beim Lesen eines religiösen Buches damit vergnügt hätte, das Wort Gott durch das Wort Skulptur zu ersetzen, und daß es »perfekt« funktioniert habe! Mit Beteiligung seines Modells schafft der Künstler die Welt neu, bringt er sie seinerseits hervor.

In seinen erotischen Zeichnungen enthüllt Rodin eine narzißtische, aber fundamentale Frau, den »Nabel der Welt«! Ob sie Bacchantin oder Kurtisane, Mänade oder Huri, Tänzerin oder Hexe ist, sie bringt die ganze Erde hervor. Wie konnte es Auguste Rodin gelingen, so weit in den weiblichen Körper hineinzugehen, ihn so intensiv zu durchdringen, ohne daß er ihn, wie es schien, mit leichter und lebendiger Kühnheit direkt streifte? Der visuelle Genuß belebt das Auge und das Bild. Niemand kommt Rodin in der Gabe gleich, Frauen zu entblößen. Er veranlaßt sie, sich selbst zu berühren, sich anzubieten. Während die Modelle sich darbieten, genießen sie es, sich

Auguste Rodin:
Liegender weiblicher Akt mit gespreizten Beinen – o. D.

beim Genießen zu betrachten. Wahrscheinlich errieten sie, daß sie als Ikonen – noch schöner, noch begehrender und begehrenswerter – wiedergeboren würden.

Rodin berauscht sich am Vergnügen, die visuelle Wollust leitet ihn. Rasch macht er sich die Augenblicke des Orgasmus zu eigen. Eine Frau reckt sich. Eine andere krümmt sich befriedigt zusammen, als ob sie die Wogen des Vergnügens länger in sich bewahren wollte. Das Geschlechtsorgan ist oft im Vordergrund, und es ist häufig noch einmal bearbeitet durch »Flecke« einer sehr ausgewaschenem Aquarellfarbe, einem Lebenssaft, an den sich der Blick des Zeichners labt. Selten hat sich eine Feuchtigkeit wohl als so überwältigend und befruchtend erwiesen. Der erregte Bleistift wühlt und schabt im Innern der weiblichen Genitalien. Der Fleck, eine sublime Verunreinigung, feuchtet die Pubes an. Die Emotion strömt. Der Strich wogt und läßt die Genießerinnen tanzen, er erforscht die Ekstase, defloriert das Papier, indem er es mit Flecken bedeckt; er folgt dem Rhythmus der Emotionen, der klopfenden Pulse. Das Wasser und die Pigmentfarbe spritzen auf das Blatt und signieren den Genuß. Unverzügliche Einschiffung nach Kythera, der Insel der Venus. Der Akt ist Entzücken und Verlangen, Quelle des Schaffens, der Trunkenheit. Die Körper vibrieren, entfalten sich, bäumen sich auf im Orgasmus, fordern die Gesetze der Schwerkraft heraus, die liebesbereiten Genitalien erzittern in der Höhlung zwischen den weit gespreizten Beinen.

Paroxysmus, aber auch Empfindung der Fülle. Friedliche Körper, die Weite atmen, in Liebkosungen gehüllte Körper, ausgestreckte und strahlende, leuchtende Körper, die sich zusammenrollen, um einzuschlafen. Die Frau als Katze, erfüllt und gesättigt. Das heitere Idol, das von dem Blick, der es durchdringt, erfüllt ist. Geschmeidige und pflanzliche Bajadere. Prangende Salammbô. Von den uranfänglichen Wassern gebadete Nereide, deren Gesicht unter der Welle verschwindet. Wie viele Leidenschaften! Wieviel Liebe! Wie viele Empfindungen treiben seinen Stift voran und rufen die Spritzer des Aquarells hervor, auf dem – wie auf den alten Mauern Leonardo da Vincis – ein jeder sich die unterschiedlichsten Formen oder, genauer gesagt, Empfindungen vorstellen kann!

Rodin spielt mit dem »Bildausschnitt« und der »Aufnahme«. Aufnahme von oben, Schwenk, Großaufnahme der Hand, deren einer Finger in der Höhle

*Auguste Rodin:
Salammbô – um 1900.*

des Geschlechtes ruht. Wie nahe der Künstler seinem Modell sein mußte! So sehr, daß er seine feinsten Schwingungen, seine verborgensten Düfte aufnehmen konnte. Das ist nicht mehr Beobachtung, das ist äußerste Nähe. Was für ein außerordentlicher Liebhaber war dieser Rodin, daß sich die Frau seinem Blick mit einer Großzügigkeit hingeben konnte, angesichts derer die Begriffe der Scham keine Gültigkeit mehr haben!

Eine Nereide treibt mit geöffnetem Geschlecht in einem wäßrigen Raum, einer ozeanischen Unendlichkeit, einem warmen und empfangsbereiten Fruchtwasser. Die Frau ist Muschel oder Orchidee, Vulva. Geboren für die Umarmung, gibt sie sich dem Genuß und dem Sehen. Das Auge Rodins liebkost sie, schweift über sie hin und überflutet sie mit stark aufgelösten Pigmentfarben. Manchmal schneidet der Bildhauer und Zeichner das Papier ab und folgt nur den Konturen eines Fußes, der Wölbung eines Rückens oder der Rundung einer Schulter. Eine rasche, wie von der Leidenschaft fortgetragene Bewegung; ein Impuls, der sich nicht von oberflächlichen Details oder nutzlosen Präzisierungen hemmen läßt. Die Begeisterung folgt den Gestalten, umsäumt sie, umhüllt sie gleich darauf.

Die Einbeziehung des Modells in das Alltagsleben des Ateliers, wie Rodin sie befürwortet, findet sich – natürlich unter anderen Konstellationen – in Patrick Grainvilles Roman »Das Maleratelier« wieder. Im Zentrum dieser kunstvoll geschriebenen längeren Erzählung steht ein Maler mit dem Beinamen Le Virginal (Der Jungfräuliche) – eine Anspielung auf die Sublimierung? Le Virginal arbeitet in einem Atelier von Los Angeles, wo Malerschüler und männliche und weib-

Auguste Rodin:
Die Danaïde – 1885.

liche Modelle in einer Art kommunitärer Ordnung zusammenleben. Kontinuierlich kommt es zu Vereinigungen und Trennungen zwischen den Personen, die »verbunden und getrennt sind durch lebende Verletzungen«.[76] Das Atelier funktioniert wie ein Mikrokosmos, der um einige zentrale Elemente angelegt ist: einen Schädel, einen Muskelmenschen, eine Kugel, die den Erdglobus darstellt, einen Spiegel, die »Eheleute Arnolfini« des Malers Jan van Eyck, Reproduktionen von Selbstbildnissen Rembrandts und ein großer Akt. Am Anfang stand der Akt, Adam und Eva waren die ersten Modelle des Malers.

Das Atelier ist ein »Tempel«, ein »mystisches Bordell«, eine »Kirche des Auges«; die Modelle werden »geopfert«, die Pose ist »Gebet«. Von einem ozeanischen und wollüstigen Fleisch nähren sich Maler und Schüler. Während der Pose verschmilzt Le Virginal mit seinem Modell und kann es nicht mehr von seinem Gemälde und sich selbst unterscheiden. »Ich wähle die linke Brust von Ruth, ich konturiere sie, verdichte sie mit Gouache, fülle sie aus. Sie schwillt an unter meiner Hand, schlecht gerundet, nicht zu vollkommen, etwas fragwürdig, etwas starr, etwas animalisch. Ich gebe einem dicken, sehr braunen, sehr klumpigen Schönheitsfleck, der in der weißen Oberhaut zusammengeronnen ist, den letzten Schliff. Jetzt hab ich's! (…) Rundlich ist es, das Fleisch (…) Sich faszinieren, sich absorbieren lassen, selbst Fleisch werden, zur Haut eines Negers, zum Fleisch einer Blonden … Rubens, Renoir … zwischen dem Korn, dem Gold, dem Leder und dem fahlroten Damhirschleder. Dieses Fleisch bewohnen, sich aufpfropfen, sich lebendig hineinnähen; es leben und mit meiner Liebe erfüllen.«[77]

Der »menschenfressende« Künstler fügt sich in den Körper des Modells ein, er findet in ihm seine eigene Substanz oder, genauer gesagt, die Substanz seiner Malerei; er erobert sich das Inkarnat dank einem seltsamen Initiationsritual, bei dem der Tod hinter den Kulissen anwesend ist. »Ich liebe die Narben, die Siegel, die Tätowierungen, die Punzen des Lasters und des Verbrechens. Doch all das muß genau sein, sehr hart. Ich will, daß meine Verderbnis sich hält. Entsetzen vor dem Zerfließenden. Ich kann einen Lyrismus der Verwesung nicht ausschließen. Die Zersetzung ist bei mir berechnet, bei ihr lasse ich niemals die Zügel locker. Ich wollte alle Abstufungen des Körpers, jeden Grad des Fleisches malen. Nur das Fleisch fasziniert mich (…) Es verfolgt mich bis in die Nacht, in den Taumel (…) Ich muß den Körper beim Bluten überraschen, bei seinem Versagen (…) In dem Augenblick, wo das Fleisch wirklich Fleisch wird, in all seinen Höhlungen, seinen Rinnen, seinen Fugen, dort, wo es um den Lebenselan oder den Sturz geht. Ich lasse das Fleisch niemals aus den Augen. Ich überwache es. Ich bin in Versuchung.«[78]

Um dieser Fleischesbesessenheit, dieser Obsession vom Inkarnat Rechnung zu tragen, müssen die Modelle stets anwesend, verfügbar, »bei der Hand« sein, dem satanischen und verschlingenden Auge ausgeliefert. Die Poseusen werden, wahrscheinlich weil man nicht ohne sie auskommt, oft wütend und demütigend gehaßt; »Fleisch in der Vitrine«, das der Maler Le Virginal vergewaltigt, in dem er aber auch untergeht und die verschmelzende Inspiration findet.[79]

Die Symbiose erreicht ihren Höhepunkt bei einer Pose-Sitzung, wo eines der männlichen Modelle – den Normen zum Trotz – aus Verlangen nach einer Schülerin, die mit Zeichnen beschäftigt ist, ein erigiertes Geschlecht hat. »Ich errate das Fleisch besser, nachdem ich gesehen habe, wie es sich entfaltet. Es scheint mir, daß auf diese Weise jeder Abschnitt des Körpers ein Ort der Tropismen, der Turbulenzen sein könnte. Die großen Körper strecken sich aus, sie entspannen sich. Ihre Pythonschlangenglieder geraten in Erregung. Das Fleisch beginnt vor meinen Augen plötzlich zu quellen. Dicht und schwer, seine hingelagerten Massen rollen sich zusammen. Ich tauche wirklich in diesen Schatz ein, ich bewohne ihn, meine Farben erstarren angesichts der überwältigenden Fülle, die von Verlangen getränkt ist, angesichts der reichen Flöze, die von Lüsternheit geschwellt sind. Ich liebe meine beiden Körper, ich eigne sie mir an bis zur Schamlosigkeit. Ich bin darin, ich bin Malerei. Meine Hände, meine Augen sind Gouache. Paletten mit lebendiger Malerei nähern sich mir wie mit Reichtümern überladene Galeonen. Ich bin blind, ich weiß nicht, wohin ich gehe, was ich tue. Allein der Instinkt leitet mich, doch ein klarsichtiger Instinkt, der kein Versagen kennt. Es genügt mir, mich an die Hintern, die Schenkel, die Torsi zu wagen, ich meißele und bilde in der Materie, die in riesigen Wogen, in maßloser Verschwendung heranströmt, ozeanisches Fleisch, Fleisch eines Meeraals, Fleisch einer Anakonda.«[80]

Ein verblüffendes und visionäres Loblied auf das Fleisch in seiner sinnlichen Stofflichkeit, und ebenso stimulierende wie gefahrvolle Allgegenwart der Nacktheit.

»Die Betrachtung einer nackten Frau läßt mich an ihr Skelett denken.«
Gustave Flaubert

*Antoine Wiertz:
Die schöne Rosine – 1843.*

Mehr als nackt oder die Leidenschaft für die Anatomie

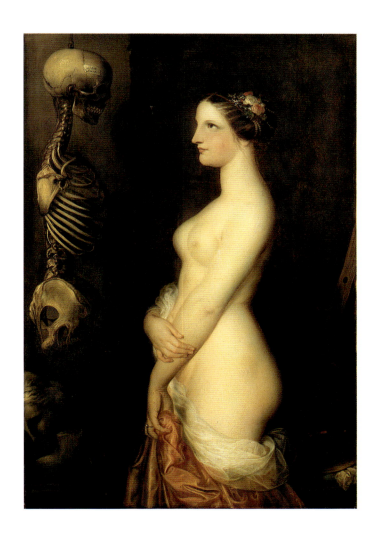

Die Lust am köstlichen Leichnam

Die Kunst kokettiert mit der Anatomie. Häufig finden sich im Atelier lebendes Modell und Skelett oder die Tafel mit dem Muskelmann, dem bei lebendigem Leibe Gehäuteten, zusammen, gar nicht zu reden vom Stilleben, das nicht in diese Erörterung gehört. Leonardo da Vinci ist vermutlich der erste, der die Kunst in enge Verbindung mit der detaillierten Kenntnis des menschlichen Körpers bringt, einer Kenntnis, die »mehr davon wissen will« und sich nicht damit begnügt, was das Auge unmittelbar sehen kann, einer Kenntnis, die mittels des Skalpells des Chirurgen, des Baders oder Barbiers voranschreitet, durch das Zerschneiden, die Verletzung, das Zerreißen des Körpers. Der Einbruch in eine verbotene Intimität, ein ungebührliches Eindringen, das nur der Tod autorisiert und das von der herrschenden Moral lange Zeit mißbilligt wird. Leonardo da Vinci, Iacopo Pontormo, Andreas Vesal und viele andere werden für verrückt gehalten, weil sie in den Leichen herumschnippeln wollen. Eine teuflische Neugierde treibt sie an, die entsetzlichsten Anblicke und Gerüche zu ertragen. Was spielt sich unter dem Äußeren, unter der Epidermis des Menschen ab?

Der Muskelmann, so behaupten sie, wird es ihnen gestatten, den menschlichen Körper besser zu verstehen. Ein seltsamer Vorwand. Doch angesichts des unergründlichen Geheimnisses des menschlichen Körpers sind alle Mittel denkbar. Das Rätselhafte spornt die Erkenntnis an. Der Künstler stellt sich vielleicht vor, daß er die Antwort unter der Epidermis finden kann. Er seziert, zieht die Haut ab, leert den Körper aus und gelangt, während er Miasmen und Übelkeiten überwindet, bis zum Skelett, diesem Skelett, das in einem Winkel des Atelier in seiner trockenen Verfügbarkeit hängt. Leon Battista Alberti erinnert in seiner Abhandlung »Della Pittura« (Von der Malerei) daran, daß die Darstellung des abgeschiedenen Körpers beträchtliche Schwierigkeiten bereitet, und erkennt dem Künstler, der sich in einer Probe als fähig erweist, die Entseeltheit der Gestalt zu überwinden, den Rang eines Virtuosen zu. »Es handelt sich um einen großen Meister, wenn er es versteht, die Mattigkeit der reglosen Glieder und alle äußeren Erscheinungsformen, die der Tod dem Körper verleiht, darzustellen.«

Jahrhundertelang berufen sich die Künstler auf die Anatomie, sie dient ihnen als Anhaltspunkt, vielleicht auch als Rechtfertigung. Der Gehäutete verfolgt die, denen man die Haut bei lebendigem Leibe abzieht. Im Versuch, sich dem Geheimnis der Nacktheit zu nähren, schreitet man dazu, den Körper zu zerstückeln. Nachdem man im Ankleideraum Gewänder und Putz abgelegt hat, streift man die Haut ab, die letzte Wächterin vor einem obskuren Innern. Eine letzte Stripteasevorführung. Werden die rohen Eingeweide und die Muskeln etwas von ihrem Ursprung erzählen? Die Nachforschung ist in den Augen der Maler und Bildhauer auf jeden Fall gerechtfertigt. Innen und außen wühlt man herum, untersucht man mit indiskretem Blick. Rembrandt malt seine »Anatomiestunden«, Sektionskurse der Professoren Deij-

Jacques Gamelin:
Skelett eines Engels – 1779.

*Rembrandt:
Die Anatomie des Dr. Tulp – 1632.*

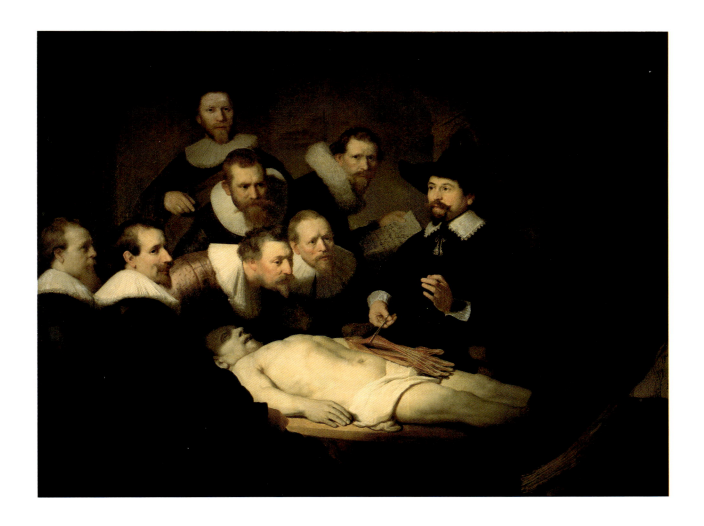

man und Tulp vor einem Publikum mit edler Würde gekleideter Bourgeois, die so aussehen, als ob sie um nichts in der Welt etwas von all dem anrühren würden, und sollten sie die schlimmsten Mordwerkzeuge besitzen. Der Leichnam liegt als Rohstoff für die Analyse noch lauwarm und blutend da, dem Auge gnadenlos ausgeliefert, denn das Auge schält ebenso wie das Skalpell die Teile heraus, dringt in die Räume zwischen den Muskelfasern ein. Was für ein zwingendes und gewaltsames Bedürfnis!

Das Äußere, die Hülle befriedigt den Künstler nicht, er will wissen, was sie umschließt, will die Gelenke kennen, die Art, wie die Muskeln miteinander verknüpft sind. Was verbirgt die Haut, diese kräftige und fragile Membran, die gleichzeitig von Öffnungen durchbohrt ist? Und wenn sich darunter alles entscheiden würde; die äußere Gestalt und alles übrige? Wieder und wieder wird der Körper zerschnitten. Die Kunst geht durch das Blut, die Verwundung. Im nachhinein erfinden Zeichner lockere Inszenierungen, um das Drama akzeptabel zu machen, um die Rohheit von den anatomischen Tafeln verschwinden zu lassen oder wenigstens doch zu mildern. Einigen dieser Tafeln fehlt es nicht an Humor und an einem tragikomischen Sinn für Ideenverknüpfungen.

Ein Geschundener spaziert, seine Haut als Halskette tragend, durch die Landschaft, als ob er in einem vornehmen Salon herumirrte. Ein anderer bummelt im Zoo umher. Ein dritter blättert in Büchern. Ironie und eine Prise Zynismus machen das Unerträgliche erträglich: diese Entblößung, die extrem, endgültig und unwiderruflich ist, diesen Zielpunkt ohne Wiederkehr.

*Hans Baldung Grien:
Der Tod und das Mädchen – 1517.*

Die Künstler erwecken den Anschein, als ob sie mit dem Tod spielten, und sie lachen gezwungen, denn sie wissen, daß er, mehr als jeder andere, immer den Sieg davonträgt. Ein Lucas Cranach und ein Hans Baldung Grien hören nicht auf, ihn darzustellen, indem sie ihn mit der Jugend, dem Leben, der Schönheit konfrontieren. Eine hochmütige, sinnliche und selbstsichere Frau wird von einem fleischlosen Wrack, einem grinsenden Skelett umarmt, so kann sie das Gefühl der Vergeblichkeit und der Melancholie nicht verleugnen. Eine Sanduhr erscheint mit unerträglicher Arroganz …

Die Künstler, die es nach Unsterblichkeit verlangt, wollen den Tod vielleicht aus größerer Nähe sehen, ihn mit dem Blick berühren. Sie machen ihn zu ihrem Modell, einem Modell, das nicht weniger privilegiert ist als das lebende. Bei einigen von ihnen wie dem großen Leonardo da Vinci gibt es keine Rangfolge von lebendem und totem Modell, keine Rivalität, es besteht eine Art brüderlichen Einvernehmens. Das eine wie das andere sind für den Maler unerläßlich. Wenn das lebende Modell nicht mehr genügt, wird der Leichnam zu Hilfe gerufen. Wenn ein Mißbrauch des Muskelmannes droht, kehrt der Künstler zum Leben mit seinem glatten Epidermisgewand zurück. Ein überraschendes Hin und Her, von dem man meint, daß es didaktische Tugenden habe. Tod oder lebendig, der Körper ist reich an Unterrichtswert. So verfolgen ihn die Künstler in allen seinen Zuständen und bis in seine verborgensten Winkel.

Leonardo da Vinci ist ein Vorkämpfer auf diesem Gebiet. Er ist geradezu entzückt von der Anatomie und schätzt sie so hoch, daß er empört ist, konstatieren zu müssen, daß diese außerordentliche Maschinerie sowohl Dummköpfen wie intelligenten Menschen gehört! »Es scheint mir, daß die groben Menschen von gemeinen Sitten und geringem Geist keineswegs einen so subtilen Organismus verdienen und ebensowenig eine solche Vielfalt von Getrieben wie jene, die mit Ideen und großer Intelligenz begabt sind; nein, sie verdienen einen einfachen Sack, in den ihre Nahrung eintritt und wieder herauskommt. In Wirklichkeit sind sie nichts als ein Verdauungstrakt, denn es scheint mir nicht, daß sie außer der Sprache und der äußeren Erscheinung irgend etwas mit der Menschheit gemeinsam haben; und was das übrige betrifft, so stehen sie weit unter den Tieren!«[1]

Mit seinem Blick für die Mechanik arbeitet Leonardo da Vinci 228 anatomische Tafeln aus (zum Thorax und zum Abdomen 27, zum Herzen 50, zu den Genitalien 31, zu den Proportionen 30, zu den Haltungen 32, zu den Nerven und Blutgefäßen 42, zur Physiognomie 16). In der damaligen Zeit beginnt man sich sowohl durch die Einrichtung öffentlicher Bäder wie durch die Anwesenheit bei Hinrichtungen mit dem Akt und dem Leichnam vertraut zu machen. Im Florenz des Quattrocento kaufen die Maler ihre Pigmentfarben in Apotheken, die unter der Aufsicht von Ärzten stehen; so bahnen sich Kontakte an.

Aus seinen Untersuchungen und der grafischen Darstellung, die er davon anfertigt, entfernt Leonardo alles Überflüssige. Keine dekorativen Elemente, keine Szenen, die den Leichen anekdotische Haltungen verleihen, wie sie aus den Totentänzen des Mittelalters entnommen sind, sondern äußerste Strenge, methodische Präzision. Der Künstler sucht die Leiche, ist bei öffentlichen Sektionen anwesend und seziert selbst noch warme Verstorbene im Krankenhaus Santa Maria Nuova und im Krankenhaus Santo Spirito zu Rom. Auf zahlreichen Gebieten ist er ein Vorläufer, selbst wenn er manchmal menschliche und tierische Strukturen ohne Unterscheidung vermischt (auch Andrea Vesal wird dies tun). Die Genitalien rufen sein besonderes Interesse hervor, und wenn er noch recht annähernd bleibt, was das menschliche Geschlechtsorgan betrifft, so kann er doch die Erektion durch den Zufluß arteriellen Blutes erklären (während seine Vorgänger sie auf den Zustrom von Luft zurückführten); dies gelang ihm durch die Beobachtung von Gehängten, welche Erektionen post mortem aufwiesen. Sigmund Freud bemerkt hierzu: »Aber diese weibliche Zartheit des Empfindens hielt ihn nicht ab, verurteilte Verbrecher auf ihrem Wege zur Hinrichtung zu begleiten, um deren von Angst verzerrte Mienen zu studieren und sie in seinem Taschenbuche abzuzeichnen...«[2]

Die Darstellung des Uterus der Frau vermengt er mit der des Rindes; jedoch ist er der erste, der ein richtiges Bild von der Position des menschlichen Fötus in der Gebärmutter gibt. Und was noch ungewöhnlicher ist, Leonardo da Vinci stellt die Paarung dar, diesen Vorgang, gegenüber dem er ebensoviel Widerstreben wie Faszination verspürt. »Der Zeugungsakt und alle Glieder, die daran beteiligt sind, sind so häßlich, daß die Menschen bald aussterben würden, gäbe es nicht die hübschen Gesichter, den Schmuck der Beteiligten und ihre Zurückhaltung.«[3]

Und im Profil sieht man einen Mann mit langen, durch eine Spange zusammengehaltenen Haaren, der eine Frau ohne Gesicht penetriert. Am Rand: Notizen über Geschlechtskrankheiten, die Syphilis, die damals sehr verbreitet war.

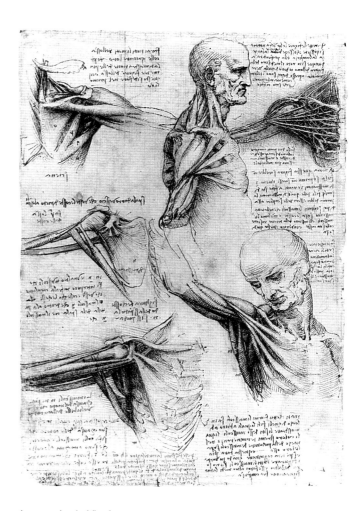

Leonardo da Vinci:
Studienblatt (Schultermuskeln) – um 1510.

Dieser geniale Ingenieur fühlt sich von allen Maschinerien angezogen, und so auch von der des menschlichen Körpers. Er konstruiert (oder projektiert) Windmühlen, Walkmühlen, Hebel, Winden, Getriebe, Pumpen und auch Automaten, deren berühmtester jener war, den er anläßlich des Besuchs des Königs von Frankreich in Mailand konstruierte: ein brüllender Löwe, der auf den Herrscher zulief und ein paar Schritte vor ihm seine Brust aufriß und ein Lilienbeet enthüllte. Leonardo schuf so die Illusion des Lebens in der Wildnis.

Der Künstlerbiograph Giorgio Vasari, der von dieser allseitigen Persönlichkeit fasziniert ist, gibt zahlreiche Informationen über den genialen Künstler; er vermerkt insbesondere die zu Marcantonio della Torre, dem Anatomen aus Pavia, unterhaltenen Beziehungen. Ständig geht Leonardo da Vinci vom Inneren zum Äußeren des Körpers, von der Gestalt zum Sezieren über. Für das berühmte Porträt der Mona Lisa, so erzählt Vasari, habe der Künstler zu den Posesitzungen Sänger, Musiker und Possenreißer kommen lassen, um die Schöne durch die Darbietungen fröhlich zu stimmen und so den melancholischen Ausdruck zu vermeiden, den die Malerei oftmals dem

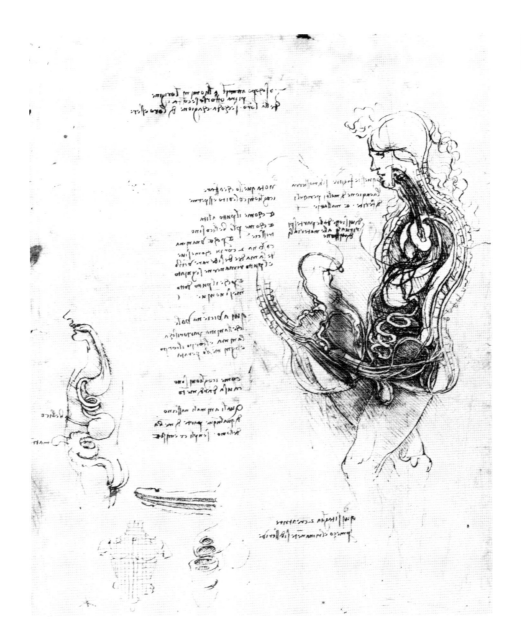

Leonardo da Vinci: Studienblatt (Die Begattung) – um 1510.

Porträt verleiht. Eine Kontrolle der Wirkungen der Seele auf das Äußere des Menschen.

Leonardo geht unaufhörlich mit der Illusion um, wobei er eine gewisse Vorliebe für das Ungeheuerliche bekundet. Vasari erzählt, wie sich der Künstler damit amüsiert, Phantasiegeschöpfe aus Wachs herzustellen oder hybride Wesen zusammenzusetzen, indem er einer abgerichteten Eidechse Flügel, Hörner und einen Bart anklebt! Der zu Späßen aufgelegte Leonardo! Er vergnügt sich damit, Schafsdärme vom Fett befreien und genauestens säubern zu lassen, um sie dann so winzig zusammenzulegen, daß sie in der hohlen Hand Platz haben. Dann spannt er sie auf einen Blasebalg und füllt sie mit Luft, so daß er damit ein ganzes Zimmer füllen könnte! Bis zum Ende seines Lebens behielt der Florentiner dieses Interesse an der Mechanik. Noch auf seinem Totenbett unterhielt er den König Francois I. mit Worten über seinen Zustand und die Symptome seiner Krankheit.

Der Künstler bezieht besonderen Stolz aus seinen anatomischen Experimenten. Er ermißt ihre Schwierigkeiten, und seine Texte machen sie für die Augen der Schüler, seiner potentiellen Leser, in einem erdachten Dialog deutlich: »Du behauptest, es sei besser, bei der Praxis der Anatomie zuzusehen, als meine Zeichnungen zu betrachten; du wärest im Recht, wenn man alle Details, die meine Zeichnungen zeigen, an einer einzigen Gestalt beobachten könnte, wo du mit all deinem Talent nur einige Adern sehen und erkennen wirst. Um eine richtige und vollständige Kenntnis davon zu erwerben, habe ich mehr als zehn Leichen seziert, wobei ich alle anderen Elemente zerstört habe, da ich bis zu den kleinsten Partikeln das Fleisch entfernt habe, das diese Adern umgab, ohne daß es zu anderen Blutungen gekommen wäre als zu fast unmerklichen der Kapillarvenen. Eine einzige Leiche hielt nicht lange genug; ich mußte mit Hilfe mehrerer, stufenweise vorgehen, um zu einer vollständigen Kenntnis zu gelangen. Und das tat ich zweimal, um die Unterschiede genau klären zu können. Trotz all deiner Liebe zur Forschung kannst du von ihr durch Übelkeit ferngehalten werden; wenn sie dich nicht davon fernhält durch die Angst davor, die Stunden der Nacht in Gesellschaft dieser zerschnittenen, abgehäuteten und furchtbaren Leichen verbringen zu müssen. Und wenn dich auch dies nicht davon fernhält, wirst du villeicht nicht die grafische Gabe zur bildlichen Deutung haben. Und wenn du zeichnen kannst, vielleicht fehlt dir dann die Kenntnis der Perspektive; und wenn du sie besitzt, vielleicht der Sinn für mathematische Darlegungen und die Methode, die Kräfte und Energie der Muskeln zu berechnen, oder vielleicht ist es die Geduld, die dir fehlt, und du wirst nicht fleißig genug sein. Ob ich all diese Eigenschaften besitze oder nicht, darüber werden die einhundertzwanzig Bücher entscheiden, die ich zusammengestellt habe. Ich war weder durch Habgier noch durch Nachlässigkeit behindert, einzig durch die Zeit.«[4]

Leonardo scheidet auch alle Erwägungen aus, die etwas hervorrufen könnten, was man später das Erwecken von Schuldgefühlen nennt. »O Erforscher unserer Körpermaschine, werde nicht traurig, sie dank dem Tode der anderen zu enthüllen; freue dich lieber, daß der Schöpfer in seiner Intelligenz Wert auf ein Werkzeug von solcher Vortrefflichkeit gelegt hat.«[5] Nachdem diese Gefahr beseitigt ist, gibt es andere, und diese drohen vor allem dem Künstler. Denn schließlich darf man nicht vergessen, daß Leonardo da Vinci die Anatomie mit dem Ziel entwickelt, sie in den Dienst der Kunst zu stellen. Vorsicht also beim Mißbrauch der Anatomie; Übertreibungen bei ihrer plastischen Anwendung sind zu befürchten. »O Maler und Anatom! (…) gib nicht allen Muskeln deiner Gestalten ein übertriebenes Volumen, denn selbst wenn sie einen genau bestimmten Platz einnehmen, treten sie doch nicht auf hervorspringende Weise heraus, wenn das Glied, zu dem sie gehören, nicht von großer Kraft oder äußerster Erschöpfung ist. Wenn du anders vorgehst, bist du eher zur Darstellung eines Sacks Nüsse gelangt als zu der einer menschlichen Gestalt.«[6] Wenn die Anatomie unerläßlich ist, dann muß man sie genügend kennen, damit man sich ihr nicht unterwirft, dann muß man eher besonnenen Gebrauch von ihr machen und sich von ihr nicht so blind machen lassen, daß man das Äußere der Epidermis vergißt. Wiederum dieses ständige Hin und Her zwischen Drinnen und Draußen. Leonardo da Vinci häutet ab, zerstückelt und kleidet seine köstlichen Leichen wieder an.

Jahrhundertelang werden seit der Zeit Leonardos zahllose anatomische Tafeln, Zeichnungen oder Gemälde dazu führen, daß Künstler und Ärzte einander begegnen. »Pontormo«, sagt man, »bewahrte in einem Übermaß an Melancholie und um die Figuren im Chor von San Lorenzo, die im Wasser der Sintflut ertrinken, möglichst natürlich darzustellen, Leichen in mit Wasser gefüllten Trögen auf, bis sie anschwollen und schließlich die ganze Nachbarschaft mit ihrem Gestank verpesteten.«[7] Hans Holbein der Jüngere verschafft sich für seinen »Toten Christus« die Leiche eines aus dem Rhein aufgefischten Juden, er holt daraus ein Bild hervor, das ebensowenig konventionell ist, wie es gültigen ikonographischen Regeln entspricht, ein Bild, auf dem Christus in der Verlassenheit seines zu Tode gequälten Körpers daliegt.[8] Rembrandt beschreibt den von dem Professor Tulp vor seinen Augen geöffneten Leichnam, seine totenfleckige Färbung und jenen enthäuteten Arm, der von skandalöser Ungehörigkeit ist (das Wort Skandal stammt von dem lateinischen »scandalum«: Falle, Hindernis!). Tizian zeichnet seine tote Tochter, den noch lebenswarmen Körper. Géricault gebraucht alle möglichen Listen bei Freunden, die er in Krankenhäusern hat, um sich einige Fragmente frischer Leichen zu beschaffen.

Hans Holbein:
Der tote Christus im Grabe – 1521.

Das Lob des Muskelmannes

Die Begegnungen zwischen der Kunst und der Anatomie sind von dauernder Natur, und sie manifestieren sich auch auf dem Weg der grafischen Präsentation anatomischer Tafeln. Der Arzt veröffentlicht nicht seine eigenen Zeichnungen; er nimmt seine Zuflucht zum Zeichner, zum Graveur. Lange Zeit hat man geglaubt, daß Tizian Andreas Vesal »illustriert« habe. Durch seine Mitarbeit bereicherte der Künstler die Tafeln mit einer Sammlung von Bildern, die an das Pathos, den Schmerz gebunden waren. Der Leichnam wird mit einer Atmosphäre umgeben. Die Zeichnung ist Akt der Erkenntnis, aber auch makabrer Genuß, Präzision und Phantasma. Das Bild zielt darauf ab, die Autopsie zu ersetzen. Die Erkenntnis ist kannibalisch.

Andreas Vesal hat ein zwiespältiges Verhältnis zur Zeichnung, in einem Augenblick ist er zufrieden, im anderen nicht. Mit seinem Vorwort zur »Fabrik des menschlichen Körpers«, die Kaiser Karl V. gewidmet ist, hat der Anatom mit achtundzwanzig Jahren ein wahres Manifest der anatomischen Wissenschaft geschaffen, einer »Wissenschaft, die die Gewähr für die Gesundheit des Menschen ist, bei weitem die nützlichste von all jenen, die der menschliche Geist ersonnen hat, unerläßlicher als alle anderen, aber äußerst schwierig, denn sie erfordert peinlich genaue Arbeit (…), und sie ist gleichfalls Gegenstand des Nachdenkens.«[9] Vesal wünscht, daß Seine Majestät »bezaubert sein möge von dem Studium des Organismus und Vergnügen finde an der aufmerksamen Prüfung dessen, was gleichzeitig die Zuflucht und das Werkzeug unserer unsterblichen Seele ist und was die Alten – wegen ihrer in mehr als nur einer Hinsicht bemerkenswerten Entsprechungen zum Universum – richtig als Mikrokosmos bezeichnet haben.«[10]

Vesal präsentiert seine Abhandlung sehr sorgfältig, er fügt auch ein Porträt von sich selbst hinzu, auf dem er einen abgetrennten Arm mit freigelegten Sehnen hält und Feder und Papier bei sich hat, um seine Beobachtungen zu überprüfen. Auf dem Frontispiz finden sich unterschiedliche Absichten vereint; Tiere zeugen von der vergleichenden Anatomie, ein Skelett hebt das Primat der Knochenkunde hervor, und eine nackte, sich an eine Säule anklammernde Gestalt offenbart die Bedeutung der anatomischen Kenntnis für die Zeichnung, deren Ressourcen Vesal für seine Veröffentlichungen mit solcher Geschicklichkeit ausbeutet.

Ob es sich nun um Tizian (was jedoch unwahrscheinlich ist), um einen seiner Schüler oder um einen

Andreas Vesal:
Titelseite der zweiten Edition des
»De Humani Corporis Fabrica« – 1555.

anderen begabten anonymen Künstler handelt, ist kaum von Wichtigkeit, die Perspektive und die Umrisse der Schatten sind jedenfalls geschickt in schönen Szenen wiedergegeben. Die Strenge befindet sich in überzeugendem Einklang mit einer Art Fieberwahn, den man weniger leicht in einer Abhandlung über Pflanzenbiologie nachvollziehen könnte. Angesichts der Anatomie gibt der Zeichner leichter als anderswo sonst der Versuchung des Imaginären nach.

Ein Skelett, das die Erde zum Zeugen anruft, stützt sich in der lässigen Haltung eines von der Arbeit verschnaufenden Gärtners auf den Stiel seiner Hacke. »Er ist so sorgenvoll«, wird der Essayist Roger Caillois ausrufen, »wie es ein Lebender nur sein kann, wenn er bedenkt, daß allein der Tod ihn von seinen Sorgen befreien könnte.«[11] Ein anderes Skelett stützt seinen Schädel melancholisch auf die linke Hand und legt die rechte Hand auf einen anderen, auf einer Tischplatte liegenden Schädel – Symbol der »Vanitas« –, wobei es die Schienbeine auf recht entspannte Weise gekreuzt hält. Ein Muskelmann zeigt seinen Schmerz vor dem Hintergrund einer Landschaft von eklektischer Architektur, die zwei ungewöhnliche Obelisken aufweist. Ein anderer bietet seine Muskulatur im Profil dar, während er vor Ruinen von unbestimmtem römischem Charakter lustwandelt. Ein weiterer mit erschöpftem Aussehen, der nicht mehr weiterkann, stützt sich auf eine antike Mauer: mit schlaff herabhängenden Armen, den Schädel nach hinten geworfen, als wolle er Atem schöpfen. Der Muskelmann mit dem vor Erschöpfung keuchenden Fleisch ist niemals allein auf dem weißen Papier, der Zeichner fügt ihn systematisch in eine Umgebung ein. Sollte dies ein Versuch sein, den Eindruck abzumildern oder die unerträglichen Visionen zu verhüllen? Das Pathos ist jedoch keine unumstößliche Regel. Wenn ein erstarrter Muskelmann, der keine Arme mehr hat, traurig auf einem mit einem Schädel geschmückten Piedestal kniet, so atmen andere dagegen einen gewissen Optimismus. Vor allem, wenn sie den Betrachtern den Rücken zuwenden und die Arme leicht abgespreizt halten, als wollten sie dem Betrachter die angenehm mit kleinen architektonischen Elementen belebte Landschaft zeigen.

»Die Skelette meditieren«, kommentiert Roger Caillois, »die Muskelmänner gehen spazieren. Der von ihnen gefaßte und so überzeugend beibehaltene Entschluß, einem Zustand keine Aufmerksamkeit zu schenken, der ihnen verbietetet, so zu handeln, wie sie es tun, kann niemanden täuschen. Jedermann

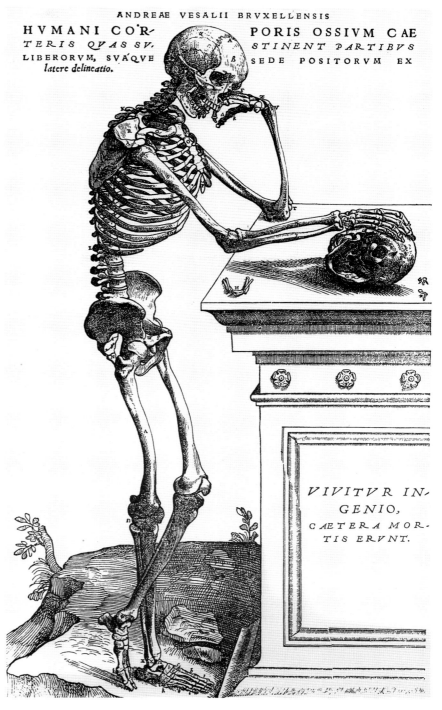

Andreas Vesal:
Skelett über einen Totenkopf nachdenkend – 1543.

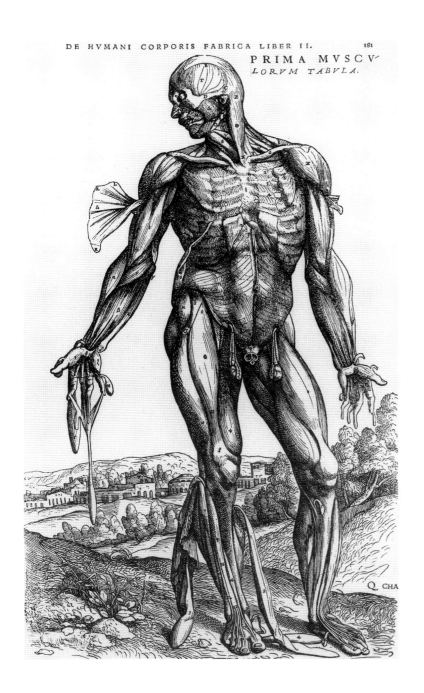

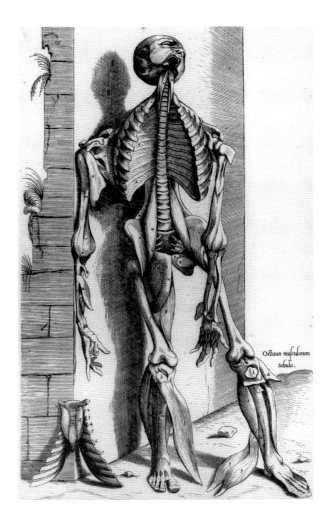

Andreas Vesal:
Muskelmann an eine Mauer gelehnt – 1543.

Andreas Vesal:
Muskelmann in einer Landschaft – 1543.

weiß, daß von den einen, die fast ganz dem Lehm zurückgegeben sind, aus dem sie entstanden, nicht mehr übrig ist als ein regloses, ausgeleiertes Gerüst; und daß die anderen, die nur ihre Hülle verloren haben, normalerweise pausenlos heulen müßten. Wen glauben sie täuschen zu können, die ersten, die so tun, als ob sie sich irgendeiner geistigen Tätigkeit hingeben, die zweiten, die eine so skandalöse Ungezwungenheit vortäuschen? Auf jeden Fall bemühen sie sich, die Nichtigkeit des Todes zu beweisen.«[12]

Um die Eingeweide zu präsentieren, verwenden Vesal und sein Zeichner antike Torsi ohne Kopf, deren Arme und Beine wohl im Laufe der Zeit abgebrochen sind; marmorne Fragmente von Apoll und von Venus in stolzer Haltung, die jedoch mit einem Gewirr von Därmen gefüllt sind! Faszinierende und elegante Kontraste, wie sie Zeichnungen anbieten, die einen zu Fleisch, ja zu mehr als Fleisch: zu Eingeweide gewordenen Stein zeigen. Obendrein eine geschickte Technik, die dazu dient, Raum und Zeit zu gewinnen, indem man jene Körperteile ausschließt, die nicht vom Studium betroffen sind. Eine Frauenbüste wird sogar mit einer Haarlocke geschmückt, die ihr auf die Schultern herabwallt. Der Torso eines

Charles Estienne:
Studie eines Totenkopfes (anatomische Bildtafel) – 1546.

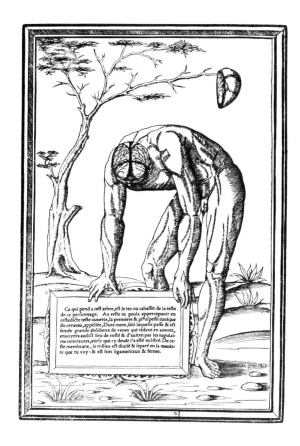

Mannes, der ein ziemlich gealtertes Gesicht hat, ruht zart auf einem Stein, der als Kopfstütze dient.

Um den Inhalt der oberen Partie des Schädels vorzuführen, behält ein Mann würdevoll seinen Backenbart und seinen Schnurrbart; andere ziehen dem kunstvoll frisierten Vollbart vor. So viele Details, die darauf gerichtet sind, den Blick ein wenig von dem einen Schrecken abzulenken, leichte und sanfte Zerstreuungen angesichts dieser gefährlichen Enthüllungen des verborgenen und verbotenen Körperinhalts.

Vesal fasziniert ein immer neues Publikum über die Jahrhunderte hinweg. Seine Tafeln werden mit Wiederholungen aller Art oftmals umgedeutet. Anatomen und Künstler sind nicht die einzigen, die sich ihm zuwenden; dieser Künstler und Wissenschaftler aus Brüssel zieht auch Schriftsteller an. Pétrus Borel, der Lykanthrop, widmet ihm in seinen »Unmoralischen Geschichten«[13] eine phantastische Novelle. Charles Baudelaire nimmt das Thema des Skeletts als Pflüger in einem seiner Gedichte wieder auf. Marguerite Yourcenar läßt Vesal in ihrem Roman »Die schwarze Flamme« auftreten usw. Der Anatom wird zur mythischen Gestalt. Sollte der unerschrockene Forscher, der ständige Besucher der Friedhöfe, der Galgen, der Hospize, kurz, aller Stätten des Todes, ein Vampir und Leichenfledderer gewesen sein? Es wird behauptet, daß er sich regelmäßig mit Gefangenen versorgt habe, um sie mit Opium abzustumpfen und an ihnen die Vivisektion vorzunehmen …

In Frankreich möchte Charles Estienne, ein Zeitgenosse von Andreas Vesal, gleichzeitig Anatom, Gelehrter, Ästhet und Verleger sein. Die Stiche in seinen Büchern sind voll von Verweisen auf die Künstler der Schule von Fontainebleau: Rosso, Il Primaticcio, Perino del Vaga. Charles Estienne, der in Paris mit den öffentlichen Sektionen beginnt, hat einen ausgeprägten Sinn für die Verbreitung der Ideen; die Stiche liefern ihm das geeignetste Mittel dazu. Er ruft mehrere Künstler, darunter wahrscheinlich auch Rosso, der sich in Paris mit anatomischen Studien beschäftigt, und dessen Schüler Domenico Fiorentino zur Mithilfe auf. Die Künstler finden ihre Inspiration in der Mythologie und der Bibel. Wie bei Vesal werden zahlreiche Skelette in Landschaften gestellt, die im Vordergrund durch botanische Details und Zippen und im Hintergrund durch Architekturelemente belebt sind, wobei sich bei den letzteren eine deutliche Vorliebe für Ruinen offenbart.

Häufig thront das Skelett auf einem Sockel. Einige Muskelmänner sind mit Requisiten geschmückt, sie tragen ein Schwert, einen Stock, ihre Finger zeigen rätselhaft in bestimmte Richtungen. Einer von ihnen hält ein Stück seines eigenen Fleisches fest, um es am Zittern zu hindern, ein anderer lehnt sich mit dem Gesichtsausdruck eines melancholischen Trunkenboldes an einen Baum. Wieder andere nehmen kokette Haltungen ein: ein leichtes Wiegen in den Hüften, der Arm in die Hüfte gestützt; oder man sieht Haltungen der äußersten Erschöpfung. Noch andere erinnern in ihrer Haltung an den heiligen Sebastian. Viele sind zur Mitwirkung bereit und zögern nicht, an ihrem Martyrium teilzunehmen, indem sie ihre Wunden weit offen halten, damit sie der Betrachter besser sehen kann. Die Mitwirkung beschränkt sich nicht darauf, sie erstreckt sich auch darauf, daß sie, wie kritisch ihr Zustand immer sein mag, die Kartusche stützen, auf der Erläuterungen vermerkt sind.

Ein Muskelmann mit verlorenem Blick posiert auf einer monumentalen Ädikula mit kleinen Säulen. Eine große Zahl dieser Gestalten sind auf den Bildern offensichtlich im Freien aufgestellt. Sie präsentieren ihr Inneres in der Natur, zwischen Grashalmen und römischen Ruinen. Eine Schädelkalotte, die von ihrem Besitzer getrennt ist, hängt am Ast eines Baumes. Das Spähen nach der Antike ist überall anzutreffen. Eine Figur mit hervortretender Muskulatur, die

Anonym:
Wachsanatomie – um 1785.

ihr Gehirn zeigt, liegt auf der Erde wie eine Flußallegorie. Eine Venus, die an das Tizian–Bild erinnert, breitet ihr üppiges, doch für die Bedürfnisse der anatomischen Wissenschaft aufgeschnittenes Fleisch aus. Eine andere zeigt ihr griechisches Medaillengesicht, das gleichgültig bleibt angesichts der Fötusse von Zwillingen, die sie dem Betrachter darbietet.

Was die Interieurs (!) betrifft, so ist die Atmosphäre überwiegend venezianisch: mollige Kissen und prächtige Gewebe, oftmals von orientalischem Reiz. Die Haltungen der Frauen, die das Innere ihrer Gebärmutter enthüllen, sind recht entspannt, manchmal sogar lasziv. Sie spreizen die Beine, wobei sie einen Arm hinter den Kopf heben. Diese Damen scheinen in weicher Ungezwungenheit, einer gewissen Freude oder, besser gesagt, dem Zustand nach dem Vergnügen dahinzutreiben. Georges Bataille, der sprachlos war bei der Betrachtung von Fotografien in China zu Tode gefolterter Menschen, wäre angesichts dieser Bilder der Ekstase sicher nicht gleichgültig geblieben, angesichts dieses kuriosen Gartens der Qualen, den ein Schriftsteller wie Octave Mirbeau nicht mißbilligt hätte, er, der die Frauen als »höchste Künstler des Leidens« zu bezeichnen liebte.

Allgemein existieren die anatomischen Tafeln unter dem Zeichen der Vieldeutigkeit. Der Chirurg steht hier im Dialog mit dem Zeichner. Die Mission des zweiten ist um so bedeutungsvoller, als es ihm auch gelingen muß, Tastwirkungen wiederzugeben. Unter Louis XIV. wendet sich der Maler Charles Le Brun parallel zu seinen physiognomischen Zeichnungen und Studien der Anatomie zu. Weiter im Norden wird ein Buch von Godfried Bidloo, die »Anatomia humani corporis«, mit Illustrationen versehen, die nach Tuschzeichnungen von Gérard de Lairesse, dem sogenannten »Poussin des Nordens«, entstanden, der auch auf Grund seiner Historienbilder bekannt ist. Diese Illustrationen, die von großer Eleganz sind, setzen eine verwirrende Poesie frei. Die Körper sind in Drapierungen mit fein schattierten Falten gehüllt. Eine Fliege, traditionelles Sujet des Trompe-l'oeil, setzt sich zwischen Fleisch und Gewebe, ein Fleisch, das selbst einem seltsamen und kostbaren Spitzengewebe ähnelt. Einige Muskelmänner wirken um so überwältigender, als sie partiell bleiben. An der gleichen Gestalt findet sich ein entblößter Rücken in der Nachbarschaft schöner fleischiger Arme und mit einem winzigen Faden abgeschnürter Handgelenke. Bezaubernde und mit feiner Sinnlichkeit behandelte Übergänge. Schweigende Dramaturgie. Ein Seil hält das Präparat fest, eine Nadel spannt ein Sehnenblatt, ein Wäschestück beschließt das Feld. Die Texturen sind faszinierend

Gérard de Lairesse:
Anatomische Bildtafel – 1685.

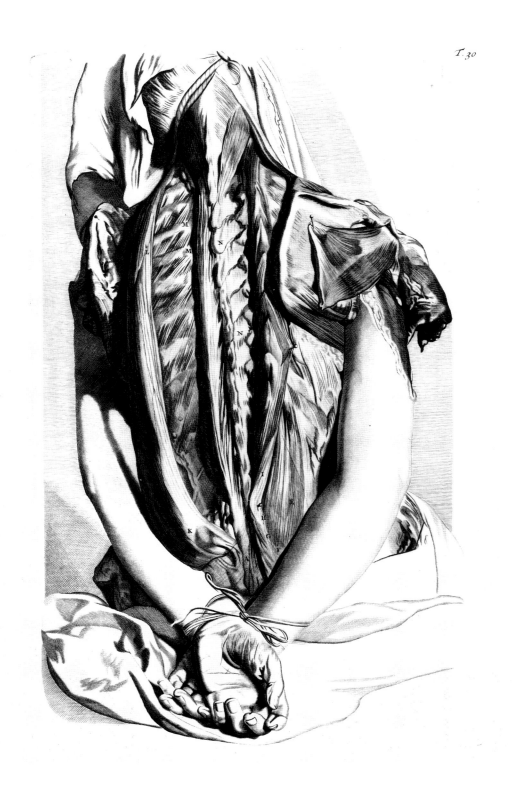

Anonym:
Wachsanatomie, Detail.

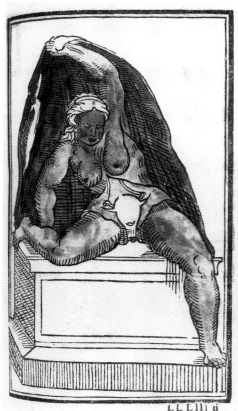

Giacomo Berengario da Carpi:
Frau auf einem Grabmonument sitzend – 1521.

Jacob van der Gracht:
Frontispiz seines Buches »Anatomie der witterlicke deelen...« – 1634.

wiedergegeben, sie sind ein wahres Inventar von Sinnesempfindungen: glatte, körnige, faserige, moirierte, knospende, seidige, holzartige Zonen usw.; und all das in einer Mischung von Realismus und Sinnlichkeit, Strenge und Theatralik.

In Rom bestellt der Direktor der Akademie für Malerei und Skulptur bei dem Anatomen Bernardino Genga eine »Anatomia per uso e intelligenzia del disegno« (Anatomie zum Gebrauch und Verständnis der Zeichnung). Genga präpariert Leichname speziell für den künstlerischen Unterricht, indem er Knochen und Muskeln nach den Haltungen berühmter antiker Statuen in Rom anordnet. Die Umgebung ist barock und bewegt. Skelette von Engeln heben ihre Flügel, andere wickeln sich in weiße Tücher und spielen Gespenster. Ihre Haltungen sind oftmals sehr lebensvoll, direkt aus dem Leben gegriffen. Skelette ahmen den Herkules Farnese oder den Laokoon, den Apollo von Belvedere oder den Kleinen Faun nach. Gladiatoren in voller Aktion demonstrieren das Spiel ihrer freigelegten Muskeln. Der medizinische Hörsaal und das antike Theater stellen die Vorzimmer der Ateliers dar.

Im 17. Jahrhundert kopiert man in Frankreich wie auch in Holland die Tafeln von Andreas Vesal für den Gebrauch der Künstler, wobei man sie von »allen Schwierigkeiten und unnützen Dingen, die Hindernisse für die Maler gewesen sind«, befreit. Eine dieser häufig nachgedruckten abgekürzten Versionen befindet sich auch in den Ateliers Cézannes und zahlreicher anderer Maler und Bildhauer. Francois Boucher, der der Anatomie Aufmerksamkeit schenkt, zeichnet Frontispize für mehrere solcher Publikationen. Das Barockzeitalter ist von dem Wunsch nach Enthüllung der verborgenen Formen des Körpers umgetrieben. Das Skelett am Grabmal Urbans VII. von Gian Lorenzo Bernini ist Ausdruck dieser Obsession vom Tod und vom Geheimnis. Mit Hilfe der anatomischen Tafeln versuchen die Künstler sich den Quellen des Phantastischen zu nähern. Die Darstellungen in diesen Publikationen überraschen; Teilansichten betonen den ungewöhnlichen Charakter der Bilder. Es herrscht eine Art makabren Humors. Das Skelett eines Ewachsenen hält ein kleines Skelett in der Hand. Skelette scheinen irgend etwas zu erwarten und werden vor Langeweile ungeduldig, andere halten ihre Sanduhr dem Apfel der Sünde entgegen; mehr als eines von ihnen grinst mit sardonischem Lachen. Ein Muskelmann geht mit choreographischen Schritten, doch einer seiner Arme ist vom Körper abgetrennt, damit der Betrachter die Dinge besser sehen kann. Totentänze und Stelldichein des Pittoresken.

Auf dem Frontispiz eines für Künstler bestimmten Anatomiewerkes, das stark von Vesal und Michelangelo geprägt ist und von Jacob van der Gracht in Holland hergestellt wurde, sieht man eine Malerin, die eine Maske mit der Inschrift »Imitatio«, ein Sinnbild der Malerei, um den Hals gehängt trägt. Nicht weit davon arbeitet ein Bildhauer an einer Statue, während er gleichzeitig den Leichnam in den Händen des sezierenden Anatomen betrachtet.

Im Jahre 1747 werden in Leyden Stiche von Jan Wandelaar veröffentlicht. Sie werden in dem Buch zweimal reproduziert, das erste Mal mit einem Reichtum von wissenschaftlichen Bezügen; das zweite Mal zum Zweck der Überprüfung der Kenntnisse und, wie es scheint, wegen des Vergnügens am Bild. Es ist ein überraschendes Album von erlesener Verfeinerung mit langgestreckten Gestalten, die manierierte Hal-

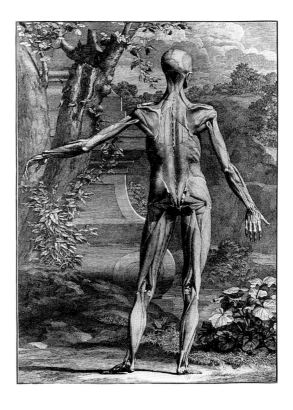

Jan Wandelaar:
Muskelmann (Rückenansicht) – 1747.

Jan Wandelaar:
Skelett mit Nilpferd (Rückenansicht) – 1747.

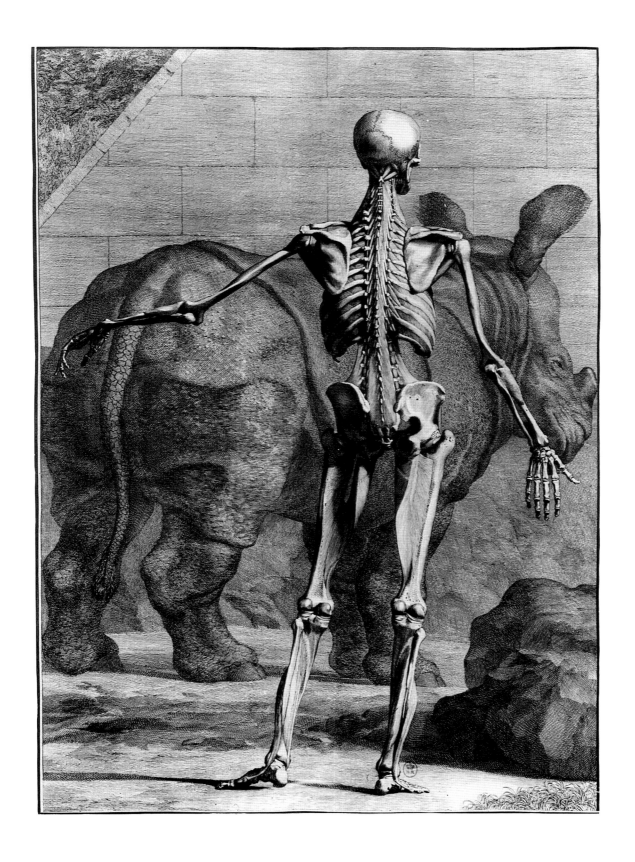

tungen von Aristokraten einnehmen. Das von einer italianisierenden Atmosphäre beherrschte Milieu ist mit Sorgfalt und Finesse herausgearbeitet. Ein Skelett, das seine heranführenden Muskeln und das Zwerchfell behalten hat, koexistiert auf sonderbare Weise mit einem Flußpferd. Auf einer von Wandelaars Tafeln stehen sich das Skelett und das große amphibische Säugetier gegenüber. Das erste breitet in einer theatralischen Gebärde die Arme aus. Das zweite weidet friedlich und sorglos vor sich hin. Auf der folgenden Tafel sind Skelett und Flußpferd von hinten dargestellt, damit man ihre Rückenpartien sehen kann. Der Hippopotamus hat den Kopf gehoben und sieht mit seinen spöttischen Augen werweißwohin. Roger Caillois wundert sich über diese unvorhersehbare Zusammenschau: »Die damalige Zeit hatte zweifellos eine Vorliebe für den Panasch (…) Dieses Skelett ist edel, stolz und sogar ein wenig scheu. Es streckt einen schützenden Arm nach einem unerklärlichen Hippopotamus aus, das sich übrigens indifferent verhält und dessen faltige Haut im Kontrast zu seinem tadellosen Knochenbau und den winzigen Augen mit ihren riesigen Höhlen steht.«[14] Es gibt auch andere überraschende Kombinationen. Ein geflügeltes Skelett (oder ein Skelett-Engel?) in erschlaffter Haltung entrollt eine Akademiezeichnung, zu seinen Füßen sieht man ein aus zwei Knochen geformtes Kreuz. Ein kniendes Gerippe liest mit großer Aufmerksamkeit. Ein Muskelmann wird gekreuzigt wie Christus.

Im 18. Jahrhundert setzt sich in den Kunstakademien der Anatomiekurs durch, und die für Maler bestimmten Publikationen vermehren sich in Paris, London, Amsterdam und Zürich. Die Künstler geben ihr Urteil über ein Gebiet ab, das für sie unverzichtbar ist. Charles Monnet, der Maler von Louis XVI., ist der Ansicht, daß dank seinen »Anatomiestudien zum Gebrauch der Maler« mit den zweiundvierzig Tafeln in Rötelzeichnungen alles Wesentliche in sechs Monaten zu erlernen ist. Für Théodore Géricault wird das Buch später sehr wichtig werden. Dies ist die Gebrauchsanweisung: »Jeden Teil für sich nehmen, damit beginnen, die Namen der Knochen zu erlernen, den Ursprung und den Ansatz der Muskeln, ihre Form im Ruhezustand, dann ihre Aufgabe, die sich aus der Form ergibt, die sie haben, wenn sie in Funktion treten, und schließlich die Haut, die alles mit Erhabenheit und Anmut versieht, welche die Frucht einer langen Einübung ist (…); den Kopf, die Füße und die Hände nicht zu vergessen: Ich war der Meinung, daß es unerläßlich sei, ihre Bestandteile anzuführen.«[15]

Die damalige Zeit, die lüstern auf Sensationen ist, beutet mit Jacques Gautier d'Agoty und seiner höchst beachtlichen Sorge um wissenschaftliche Genauigkeit die Ressourcen der Farbe aus. Er fordert zunächst, daß die Größe der Tafeln vom gleichen Maßstab sei wie die analysierten Elemente, und veröffentlicht folglich sehr große Formate zum Zusammensetzen, dabei gebraucht er gewisse Tricks, um, soweit möglich, Platz zu gewinnen. Das Sezieren ist bei ihm oft partiell dargestellt, so daß ein Teil des Körpers »zum Zeitvertreib unversehrt« bleibt. Eine löbliche Sorgfalt! Die Präparatoren sind die Erklärer aus der zoologischen Abteilung des Jardin du Roi in Paris, die ihr Diplom an der Akademie für Chirurgie erworben haben. Doch Gautier d'Agoty verzichtet mehr und mehr auf ihre Dienste, bezeichnet sich nun selbst als Anatom, respektiert nicht mehr die naturgetreue Größe. Die Kunst hat den Vorrang. Es ist eine Art Vorspiel zur Romantik, daß sich Gautier d'Agoty an eines der umstrittensten Themen, das der menschlichen Forpflanzung, wagt. So sieht man auf einigen Tafeln Embryos im Uterus wirrhaariger werdender Mütter. Das Sonderbare, das Krankhafte zieht den Maler, der zugleich Zeichner, Graveur, Drucker und Anatom ist, an, so daß er nicht zögert, in seine »Anatomische Darstellung der venerischen Krankheiten« einen schönen Hermaphroditen aufzunehmen.

Eine Frau, die zum »Anatomischen Engel« der Surrealisten geworden ist, bietet ihren abgehäuteten Rücken dar, dessen herausgeklappte Muskeln ihr Flügel von überwältigender Schönheit verleihen. Der Rest des Körpers ist unversehrt, und auf ihr Gesicht, das ins Profil gedreht ist, hat sich ein leichter melancholischer Schatten gelegt. »Man hat zur Sektion der auf dieser Tafel demonstrierten Muskeln den Leichnam einer Frau herangezogen, deren Muskeln feiner sind und weniger Platz einnehmen, so daß man der Gestalt mehr Platz einräumen konnte; zur Zierde hat man den Kopf daran gelassen.«[16] Die Sinnlichkeit ist auf dem Höhepunkt angelangt. Diese Frau gibt sich noch in ihrer letzten Nacktheit hin.

Eine andere Frau, die von vorn zu sehen ist, enthüllt ihr Inneres oder, genauer gesagt, einen Teil davon. Das Gesicht, ein Arm, eine Brust, ein großer Teil des Oberkörpers bleiben unberührt und mit einer verführerischen Oberhaut bedeckt, die von lieblicher Honigfarbe ist. Eine Brust, ein Arm sind freigelegt und sorgfältig von der schützenden Haut befreit. Der Leib ist weit offen, ohne daß dies seine schöne Besitzerin über Gebühr zu stören scheint, wenn man von dem Anflug sanfter Melancholie in ihrem Blick absieht.

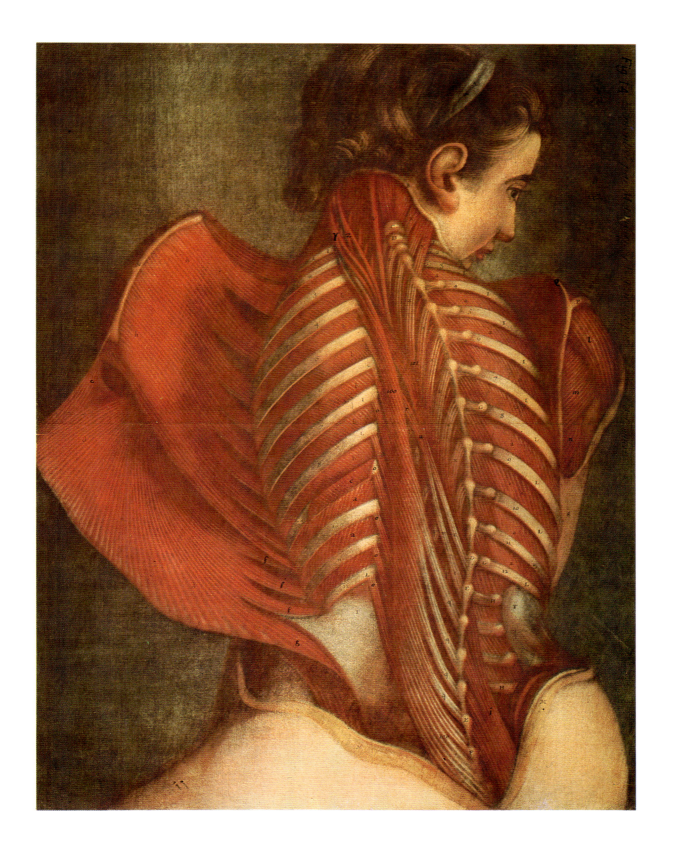

*Jacques Gautier d'Agoty:
Anatomie eines Engels – 1746.*

Théodore Géricault:
Anatomische Fragmente – um 1818–1820.

»Die Wahrheit ist nackt«, proklamierte Paul Valéry, »doch unter dem Nackten ist der Abgehäutete.«

Das Belebte befindet sich Seite an Seite mit dem Unbelebten, und dank einem kuriosen Paradox scheint dies fast »natürlich«! Welche Anmut zeichnet diese Bilder aus! Jacques Gautier d'Agoty steht zweifellos unter dem Bann des und der Abgehäuteten. Das Intime wird öffentlich dargestellt und im Moment des Aufklaffens dem Auge dargeboten. Der köstliche Leichnam wird belebt von einem Mantel mit scharlachrotem Futter. Die Frau von Gautier d'Agoty präsentiert sich, ihrer Schönheit sicher, in der noch größeren Schönheit ihrer geschlossenen und offenen Fleischpartien. Nichts wird erwähnt von pergamentener Starre des Leichnams oder von Verwesung. Die Trauer ist sublimiert, idealisiert; der subtile, sanfte, elegante Schrecken, die ästhetische Agonie. Die Wundränder der Einschnitte sind hier sanfte Öffnungen, sanfte Dekolletés nehmen den Blick auf und wecken die Vision einer Berührung.

Der sezierte, zerlegte Körper bietet sich dar, ohne Widerstreben hervorzurufen, oder, besser gesagt, indem er ein mit kostbarer Vornehmheit geschminktes Widerstreben weckt. Die Drohung mit dem Tod erhält mondänen Charakter. Bedienen Sie sich, mein Herr! Als ob man dabei nicht die Haut lassen müßte! Die anmutsvollen sterblichen Hüllen von Gautier d'Agoty, die von üblen Gerüchen befreit sind, gehören dem pflanzlichen oder mineralischen Reich an; ihre Verzierungen sind so fein herausgearbeitet wie das Werk eines Juweliers, das mit kostbaren Steinen oder einer Einlegearbeit geschmückt ist. Die Eleganz bannt das Aas durch eine skandalöse und das Intime schonungslos freilegende Schönheit. Eingeweide, die prächtig erscheinen durch Phantasiegebilde, liebenswürdiges und prunkvolles Blut wie roter Samt von Opernsesseln, wogende Girlanden der Adern und Venen.

Keine Verwundung »post mortem« durch das Skalpell ist mit einem Schweißtuch verborgen, aber die kräftigen Farben, die attraktiven Linien und Kurven machen das Hinscheiden zu einem ergötzlichen Schauspiel. Der Geschundene, der zum zweiten Mal ermordet worden ist von den Instrumenten des Barbiers oder des Chirurgen, behält nichtsdestoweniger seine besondere Distinktion.

Niemals sollte die schillernde ästhetische Qualität von Gautier d'Agoty wieder erreicht werden. Im 19. Jahrhundert findet die Anatomie häufige Verwendung, aber es gibt keine herausragende plastische Erneuerung mehr in der Darstellung (was jedoch nicht heißen soll, daß es keine bei dem Gebrauch gäbe, den die Künstler davon machen). Man interessiert sich ebenso für die Anatomie wie früher, doch sie nimmt immer mehr den Charakter eines reinen Instrumentes an, und das vielleicht zum Nachteil der Dramaturgie des Phantastischen.

Andererseits geben das 19. und das 20. Jahrhundert viele große Klassiker neu heraus. Im Jahr 1829 widmet Montalembert, ein Historienmaler, nicht weniger als einen kompletten Band seiner Abhandlungen über die Malerei dem Gebiet der Anatomie. Die Künstler stützen sich bewußt und offiziell auf diese Wissenschaft. Géricault kopiert in der Bibliothek der Nationalen Schule der Schönen Künste fleißig die Figuren des Traktats von Giuseppe del Medico mit dem Titel »Anatomia per uso dei pittori e scultori (Anatomie zum Gebrauch der Maler und Bildhauer), der 1811 in Rom erschienen war. Eine genaue Arbeit, die später dem »Floß der Meduse« dienen wird, für das Géricault eigens ein Atelier in der Nähe des Krankenhauses Beaujon mietet. »Er hatte sich mit den Insassen und den Krankenpflegern abgesprochen, so daß sie ihm Leichen und abgeschnittene Glieder lieferten. Zu dieser Zeit malte er den Kopf eines im Krankenhaus Bicêtre verstorbenen Diebes, den man ihm gebracht hatte (…), und auch die prächtige Studie, die zwei von den Füßen her gesehene Beine zusammen mit einem am Schlüsselbein sitzenden Arm darstellt (…) und die zweifellos eines der schönsten Stücke ist, die er ausgeführt hat. Einige Monate lang glich sein Atelier einer Art Leichenschauhaus; er behielt die Leichen dort, wie man sagt, bis sie halb verwest waren; er versteifte sich darauf, in diesem Beinhaus zu arbeiten, dessen scheußlichem Geruch seine ergebensten Freunde und die unerschrockensten Modelle nur mit Mühe einen Augenblick lang widerstanden.«[17] Géricault unterhält auch Beziehungen zu Savigny, einem Arzt, der auf dem Floß gewesen war und überlebt hatte, und zu Georget, dem Chefarzt der Salpêtrière. Der Maler des Bildes »Das Floß der Meduse« versucht das Leben durch die Erkenntnis des Todes einzufangen. Ja, er bemüht sich sogar, das Dazwischen, den Todeskampf selbst wiederzugeben, und er arbeitet verbissen sowohl am Muskelmenschen als auch an der Darstellung der Muskulatur des Pferdes.

Zur Anatomie gesellt das 19. Jahrhundert, wie es vorher schon Charles Le Brun getan hatte, die Physiognomie. Der Engländer Charles Bell zum Beispiel veröffentlicht in London einen »Essay on the Anatomy and Philosophy of Expression«. Er vermischt darin

Studien klinischer Anatomie, die Tradition Leonardo da Vincis, Dürers und Le Bruns und auch die eigenen Beobachtungen auf dem Schlachtfeld von Waterloo. »Der Schrecken ist voller Energie«, schreibt er; und neben einer seiner Tafeln präzisiert er: »An dem Abend, als ich diese Figur gezeichnet habe, hatte ich tagsüber schon drei Männer auf die gleiche Weise sterben sehen.«[18] Der Zeitstimmung folgend, ist man der Meinung, daß jedes Gefühl: Schrecken, Verzweiflung, Bewunderung, Zweifel, Freude, Verdacht usw., in anatomischen Begriffen beschrieben werden kann; jedes Gefühl habe eine eigene Geographie der Nerven und Muskeln.

Zur gleichen Zeit schreibt Pierre Nicolas Gerdy in Paris die Anatomie für Maler und Bildhauer in Begriffen »äußerer Formen« neu. Für jede Zone des Körpers stellt er eine Topographie von Vorsprüngen und Einbuchtungen auf, und er konfrontiert dieses Inventarverzeichnis des Äußeren mit … einhundertfünfzig Werken aus dem Louvre! Das ergibt dies: »Dieser Strang des Sternocleido-mastoideus endet am Schlüsselbein (…) Er ist gut wiedergegeben im »Ruhenden Herkules«, im ›Begleiter‹ von Bacchus, in ›Jesus und die Samariterin‹ von Guido; er ist sehr tief empfunden in einem ›Heiligen Petrus‹ mit gefalteten Händen von Lanfranc; er ist ungeschickt in der Gestalt eines ›Sitzenden jungen Mannes‹ von Géricault, im »Kopf«, von dem man früher glaubte, daß er von Demosthenes stamme, er ist vielleicht zu äußerlich im ›Hadrian‹, im ›Tanzenden Faun‹, im ›Herkules Farnese‹ (…) Das beweist, daß die leidenschaftliche, freie und oftmals kühne Vorstellungskraft der Alten, die sich nicht dem Joch der Wahrheit unterwerfen konnte, dazu führte, daß man die Beobachtung der Natur vernachlässigte, um sich den Konzeptionen des Geistes hinzugeben. Dichter, Philosophen und Künstler aller Genres lieben es mehr, die Welt zu erfinden, als sie zu entdecken.«[19]

Schlußfolgerung: Die Kunst nimmt sich Freiheiten mit der Natur, und gerade darin ist sie Kunst. Ingres konnte seiner »Großen Odaliske« ruhig einen Rückenwirbel hinzufügen! Ganz Europa zerpflückt die Meisterwerke, um ihr Rezept zu finden, obwohl man weiß, daß es kein verläßliches dafür gibt. Die antike Bildhauerkunst oder die Skulpturen Michelangelos werden rekonstruiert als Muskelmänner. Die akademische Lehre beutet die Ressourcen der Anatomie zur Ergänzung des Modells und manchmal auch als Palliativ aus. Es gibt, so meint man, Muskelkontraktionen, die man am Körper eines Modells nicht intensiv genug verdeutlichen kann. Die Anatomie gewährt – durch Vermittlung des Leichnams – in gewisser Weise mehr Zeit. Mathias Duval, Professor an der Schule der Schönen Künste zu Paris und Mitglied der Medizinischen Akademie, erklärt: »Am posierenden Modell kommt es, so sehr man sich auch bemüht, es den Ausdruck der Bewegung wiedergeben zu lassen, gerade durch die Tatsache, daß man die Pose lange Zeit beibehalten muß, zu einer Art von Gleichgewicht zwischen der Tätigkeit der unterschiedlichen Muskelmassen; das heißt, daß man dann nicht mehr sehen kann, wie sich ein bestimmter Muskel abzeichnet, der dazu auserssehen ist, eine bestimmte Phase der Bewegung auszuführen, sondern daß, da diese Bewegung nur durch eine der Phasen stimuliert wird, in der man sie fixieren möchte, ganz einfach sehr wenig energische Muskelaktionen entstehen, die einförmig über das Ganze des Körpers verteilt und dazu bestimmt sind, das gewählte Sujet in der gewählten Haltung aufrechtzuerhalten. Man glaubt, eine Bewegung vor Augen zu haben, aber man hat höchstens eine mehr oder weniger exzentrische Stillstandsform, die oft so exzentrisch ist, daß man dem Modell andere Stützpunkte geben muß als seine natürlichen Stützen und ihm helfen muß, sich aufrechtzuhalten, sei es, indem man es auf einen Stock stützt, sei es, indem man ein Seil verwendet, das von der Zimmerdecke herabführt, um den Druck aufzunehmen. Unter solchen Bedingungen verwischen sich die meisten anatomischen Darstellungen.«[20]

Mathias Duval rechtfertigt die Notwendigkeit der Anatomie auch durch den Umstand, daß es in seinem Jahrhundert im Gegensatz zur Antike keine schönen Athleten mit verstärkter und geschmeidiger Muskulatur mehr gebe und daß die Modelle x-beliebige Menschen seien!

Ein neuerliches Hin und Her zwischen der Kunst und der Anatomie, das aber mehr von mühsamen Anwendungen als von Innovationen gekennzeichnet ist. Das ist eine Art von Kurzatmigkeit. Der Bildhauer Jean-Marie-Bienaîmé Bonnasieux, ein Pensionär der Villa Medici und offizieller Bildhauer der guten französischen Gesellschaft in Rom, erzählt in seinem »Tagebuch«, daß er sich mit dem Doktor Terasse Modelle teile, »denen wir drei bis vier Francs zahlen, jeder von uns die Hälfte. Er nimmt den Torso und ich die Gliedmaßen; er studiert das Leben am Tod, und ich studiere, indem ich den Muskel bis zu dem Knochen verfolge, wo er ansetzt, nicht nur die Bewegung, die er hervorbringt, und die Grenze dieser Bewegung, sondern auch und vor allem das Vorspringen und die Einbuchtung, die dem Äußeren dadurch mitgeteilt werden.«[21] Verdienstvolles Bemühen, aber ohne große Auswirkungen. Ein bestimmter Typ der Anatomie hat seine Daseinsberechtigung verloren. Das soll nicht heißen, daß die Anatomie nicht weiter die Wege der Schöpfung verfolgt. Aber sie übt ihre Faszination auf die Schriftsteller und die Künstler auf neue Art aus.

Die anatomische Empfindung

Wenn die Künstler der Vergangenheit – angefangen mit Leonardo da Vinci – dank der Rechtfertigung durch die Anatomie in den menschlichen Körper eingedrungen sind, gelangen sie im 20. Jahrhundert eher durch die Empfindung zu ihm. Der Maler par excellence, der die Gesamtheit seines Werkes auf das Bloßlegen des Inneren des Körpers konzentriert hat, ist offensichtlich Francis Bacon. Früher überwanden die von der Anatomie faszinierten Künstler die Grenzen der Haut und färbten ihre Beschreibungen des Universums der Eingeweide mit Phantasmen. Francis Bacon beseitigt wahrscheinlich als erster in der Geschichte der Malerei jede Beschreibung zugunsten einer souveränen Empfindung. Die Körper von Bacon sind lebendig, lebendig bis zum Paroxysmus, bis zur Hysterie, bis zum Schrei, lebendig über alles Sagbare hinaus. Abgehäutete, verrenkte Körper, Magmen von wundnässenden und bläulich gefärbten Körpern.

Es ist der Orgasmus, der Kampf der Anatomie. Das rohe Fleisch – das nunmehr ohne Schutz vor dem es umgebenden, kalten, aseptischen und von trügerischen Perspektiven gespannten Raum ist – treibt Knospen, fliegt in Fetzen oder verknotet sich, verwest, blutet wie ein Stück Schlachtfleisch im Regal einer Kühltruhe. Es kann sich nun schon nicht mehr um Nacktheit handeln, und das Wort Wunde wird zu schwach angesichts dieser tragischen Athleten mit ihrem unabänderlichen Geschick. Das Verbrechen wiederholt sich von Gemälde zu Gemälde, und man möchte, ohne Furcht, in Tautologie zu verfallen, schreiben, daß jeder gemalte Körper in seinem eigenen Leben auf dem Bild getötet wird.

Der Paroxysmus des Lebens stößt sich am Paroxysmus des Todes. Der Tod vergewaltigt das Leben im Augenblick seiner intensivsten Steigerung; die Eingeweide, glühend und durcheinanderwogend, werden fortgeworfen. Manchmal liegt der Rumpf eines geschundenen Ochsen (im heimlichen Einverständnis mit Rembrandt und Soutine) neben dem des Menschen. Der Zustand des Tiers ist ebenso unerträglich wie der des Menschen in ihren gemeinsamen Verdrehungen, Verrenkungen und Verzerrungen. Der Körper, der im äußersten Stadium seiner biologischen Zustände gezeigt wird, tritt aus sich selbst heraus, spritzt empor, übergibt sich, entleert sich in dazwischenspritzenden Farb-Fontänen. Bacon kreuzigt den Körper mehrfach in den drei Momenten seiner Triptychen. Jede Malgeste ist Folter und Mord; nicht etwa eine langsam hervorgerufene Folterqual wie in Octave Mirbeaus Roman »Der Garten der Qualen« oder in Franz Kafkas »Strafkolonie«, sondern eine noch »barbarischere«, durch die der Maler im Fluge – in der Kopflosigkeit der Malgeste – den Augenblick unmittelbar vor dem Tod erfaßt. Und jede seiner Gestalten ist ohne die geringste Möglichkeit einer Zukunft.

Im Gegensatz zu den anatomischen Tafeln sind es hier nicht Leichname, die belebt werden, sondern lebende Wesen, die von einer Sekunde zur andern hinscheiden werden. Es ist das Lob des Todeskampfes in der beschleunigten Zeit der Dringlichkeit. Es ist das letzte Feuerwerk des Lebens, die letzte Explosion vor der Auflösung, das Herunterlassen des Vorhangs und der machtvolle Einbruch der Nacht. Der Tod ist da, eine unmittelbare Drohung, die bereit ist, alles in den Zuckungen eines letzten Schreiens abzuschaffen.

So läßt sich die Malerei von Francis Bacon, wenn sie auch »figurativ« ist, doch nicht beschreiben, sie erzählt nichts, sie stellt diesen souveränen und paroxystischen Augenblick dar. Der kalt und illusorisch durch Lockmittel definierte Raum ist ein Operationsfeld, das die einsame Gestalt einrahmt und einschließt, die in einer Bewegung begriffen ist, welche sie für immer in ein unumkehrbares Geschick einsperrt. Der Körper möchte mit seiner letzten Energie, jener, die man Verzweiflung nennt, sich noch selbst entfliehen; er strömt durch seine Öffnungen heraus. Wenn der Vorhang fällt, wird er völlig ausgeblutet sein.

Ein in seiner Bestialität verankerter Körper, dessen letzter Impuls von tierischen Kräften jenseits der Sprache abhängt. Das Fleisch platzt, tritt in eine prächtige Spannung ein, aus der manchmal eine Stück vom Skelett, vom Gerippe auftaucht, meistens ein Fragment der Wirbelsäule. Die Organe verschieben sich, der »offizielle« Bau des Körpers erleidet eine Niederlage. Das Fleisch setzt sich zusammen und zersetzt sich wieder in einer unerbittlichen Anatomie der Empfindung. Leiden und Zerreißungen bilden daraus eine neue Geographie. Bacon kreuzigt, und der Unterschied zwischen Mensch und Tier wird unkenntlich. Der Mund, der heult und durch den der Körper entweicht, gehört wahrlich nicht mehr dem Reich des Menschlichen an. »Das Gesicht zersetzt sich wie unter der Einwirkung einer Säure, die den Körper verzehrt«, wird Gilles Deleuze dazu schreiben.[22]

In diesem »Zustand« agiert das Werk unmittelbar auf dem Niveau der Empfindung, es ist streng genommen nicht mehr möglich, es einfach zu betrach-

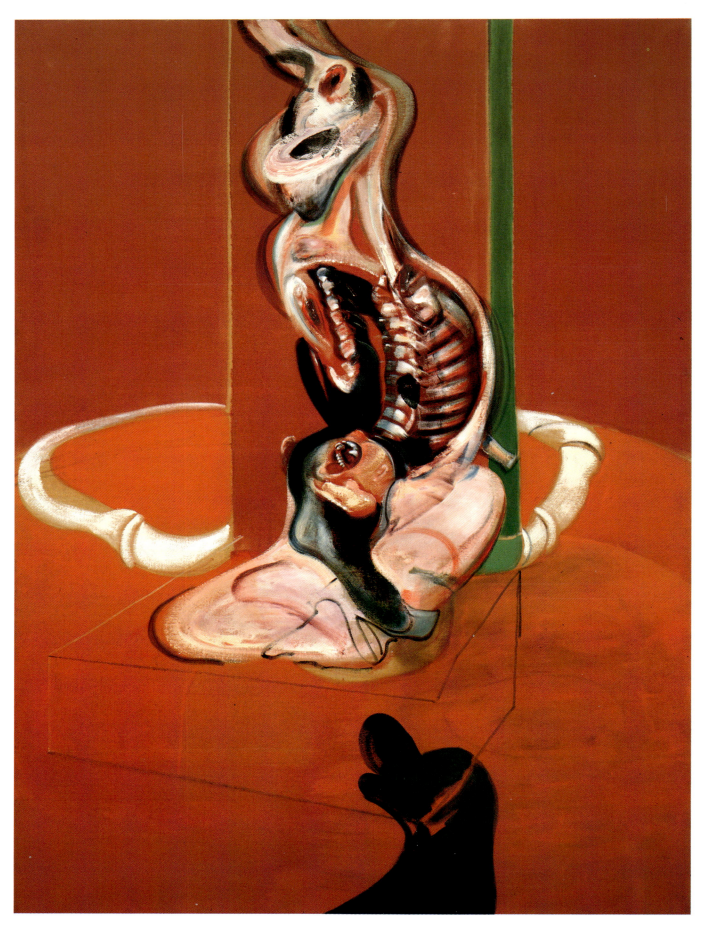

Francis Bacon:
Triptychon, Studie des menschlichen Körpers,
rechtes Bild – 1962.

Francis Bacon:
Triptychon, Studie des menschlichen Körpers
(Gesamtansicht) – 1962.

ten, es zu beobachten, es zu analysieren. Der Betrachter, der die Abgehäuteten sieht, wird auf seine eigenen Wunden zurückverwiesen. Keine Darstellung, sondern die schonungslose Übermittlung eines Erlebten, eines Handgemenges, einer Auseinandersetzung von Fleisch zu Fleisch unter schicksalhaftem Geschrei, das sich durch Sympathie (in der etymologischen Bedeutung einer Übereinstimmung des Leidens) mitteilt.

Der zerstückelte Körper von Francis Bacon befindet sich in einem solchen paroxystischen Zustand, daß er eigentlich unlebbar wird, er kann nur zu einem nächtlichen Chaos im Theater der Grausamkeit gelangen, wo sich die Organe unterschiedslos vermischen. After, Münder tauchen überall auf. Die Anatomie wird völlig zerrüttet. Die Körperöffnungen werden polyvalent oder unbestimmt (was auf dasselbe hinausläuft). Teuflische Rhythmen bewegen und schütteln den Körper, wobei sie seinen Bau umstürzen und den Anschein von Organisation ins Wanken bringen, »wie in der Hysterie«, betont Gilles Deleuze.

Kontraktionen, Lähmungen, Überempfindlichkeiten, Betäubungen werden als Nervenbewegungen registriert. Der Hysteriker fühlt sich in seinem Kopf, seinem Magen, seiner Leber. In einem Phänomen der Autoskopie sieht er sich nicht mehr vom Äußeren, sondern vom Inneren seiner eigenen Organe her. Die Anatomie des Imaginären ist auf der Wahrnehmung aufgebaut, sie löscht den einen oder anderen Teil des Körpers aus, hebt einen anderen hervor, verschiebt einen dritten. Es ist die große anatomische Unordnung, der Organmarkt; jedes Organ hat eine unhaltbare Anwesenheit, die so maßlos ist, daß sie obszön wird (vom lateinischen »obscenus«, Böses verheißend).

Der Körper leert sich, weil er zu sehr existiert, er kann diesen Überschuß an Leben, dieses Überangebot nicht beherrschen. »Erschreckend ist es, das Leben«, pflegte Cézanne zu wiederholen, ohne daß er indessen aufhörte, seinen Badenden, seinen Äpfeln oder seinen siegreichen Bergen Leben einzuhauchen. Bei Francis Bacon schäumt das Leben über, und dieses Überschäumen hat keinen anderen Ausweg als den Tod. Nach dem Schrei kommt nichts anderes mehr; die Nicht-Wiederkehr. Die Gestalten heulen gottserbärmlich. Dieser irische Künstler liebt es jedoch nicht, Tote zu malen und ebensowenig Menschen, die er nicht kennt, als fehle es ihnen an Fleisch. Aber er schätzt es auch nicht, seine Modelle

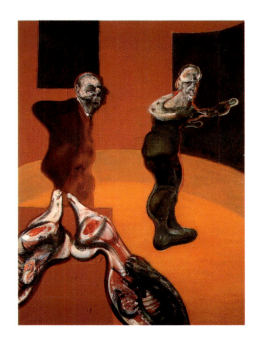  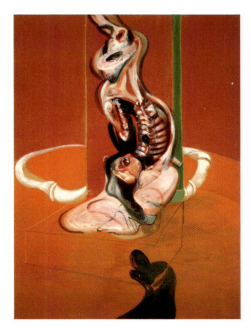

vor Augen zu haben, wenn er arbeitet (ist es dann zu viel Fleisch?). Er bedient sich lieber einer noch frischen Erinnerung oder eines Fotos, wenn er sich im allgemeinen auch weigert, Fotos irgendeinen ästhetischen Wert beizumessen. Dennoch interessiert ihn das Foto im höchsten Grade auf Grund der »leichten Verschiebung hinsichtlich der Tatsache«, die es einführt und durch die es intensiver auf diese Tatsache verweist. »Dank dem fotografischen Bild«, erläutert der Maler, »geschieht es, daß ich im Bild umherzuirren beginne und das entdecke, von dem ich meine, daß es seine Wirklichkeit ist; ich sehe sie dann viel mehr, als wenn ich die Sache betrachte. Und die Fotografien sind nicht nur Bezugspunkte; sie sind oft Auslöser von Ideen.«[23] Das Foto ist für Francis Bacon eine Art »Wörterbuch«, das es erlaubt, »die Erinnerung zu überprüfen«.

»Sogar in dem Fall, daß Freunde kamen und posierten, habe ich Fotografien für ihr Porträt machen lassen, denn ich arbeite viel lieber nach Fotografien als direkt nach ihnen. Es ist richtig zu sagen, daß ich nicht wagen könnte, das Proträt von jemandem, den ich nicht kenne, nach Fotografien anzufertigen. Aber, wenn ich sie kenne und zur gleichen Zeit Fotografien von ihnen habe, finde ich es leichter, so zu arbeiten, als wenn sie tatsächlich im Raum anwesend wären. Ich glaube, wenn das Bild da wäre, leibhaftig anwesend, könnte ich nicht so frei abschweifen wie mittels des fotografischen Bildes. Das liegt vielleicht nur an meiner eigenen nervlichen Veranlagung, aber ich finde es weniger hinderlich, nach ihnen aus dem Gedächtnis und nach ihren Fotografien zu arbeiten, als wenn ich sie positiv vor mir sitzen sehe (…) Das hindert mich, weil ich, wenn ich sie liebe, nicht vor ihnen die Beeinträchtigung vornehmen möchte, die ich ihnen in meinem Werk zufüge. Ich ziehe es vor, diese Beeinträchtigung allein vorzunehmen, durch die ich ihre Wirklichkeit deutlicher registrieren zu können glaube.«[24]

Eine merkwürdige Verbindung mit einem anwesend-abwesenden Modell, das durch die Fotografie in seiner Verschiebung anwesend und in seiner unmittelbaren physischen Wirklichkeit abwesend ist.

Im übrigen verwendet Bacon das Foto auch zwecks Assoziation. Als er David Sylvester zum Modell nimmt, wundert sich dieser, daß Bacon ständig Fotos von wilden Tieren betrachtet. Bacon erklärt dieses Vorgehen später: »Ein Bild kann in seinem Verhältnis zu einem anderen sehr suggestiv sein. Ich hatte zu jener Zeit den Gedanken, daß die Texturen viel dichter werden müßten; also würde mir die Textur etwa einer Nashornhaut helfen, über die Textur der menschlichen Haut nachzudenken.«[25]

In seinem unaufhörlichen Hin und Her zwischen unterschiedlichen Wirklichkeitsstufen des Modells verfolgt der Künstler das Geheimnis des menschlichen Äußeren. »Was ich jetzt persönlich machen möchte, wäre zum Beispiel, Porträts zu malen, die zwar Porträts sind, aber von Dingen stammen, die nichts mit dem zu tun haben, was man die illustrativen Gegebenheiten des Bildes nennt: Es wären Tatsachen anderer Art, und dennoch würden sie das Äußere wiedergeben. Für mich besteht das Geheimnis der heutigen Malerei in der Art und Weise, wie das Äußere wiedergegeben werden kann. Ich weiß, daß es illustriert werden kann, ich weiß, daß es fotografiert werden kann. Aber wie kann die Sache so wiedergegeben werden, daß das Geheimnis des Äußeren in dem Geheimnis der Faktur, der Ausarbeitung des Bildes, eingefangen wird? Mit einer unlogischen Herstellungsmethode, einem unlogischen Mittel etwas zu machen suchen, das, wie man hofft, ein logisches Resultat sein wird. In dem Sinne, daß man hofft, die Sache plötzlich auf völlig unlogische Weise gegenwärtig machen zu können, daß sie aber völlig real sein wird und daß man, wenn es sich um ein Porträt handelt, die Person darin erkennen wird.«[26]

In diesem Äußeren jenseits des Äußeren herrscht – auf souveräne Weise – die Anwesenheit des inneren und äußeren Fleisches vor. »Ich bin immer sehr berührt gewesen von den Bildern, die sich auf die Schlachthäuser und das Fleisch beziehen, und sie sind für mich eng mit allem verbunden, was die Kreuzigung bedeutet. Es gibt ausgezeichnete Tierfotografien, die gerade in dem Augenblick gemacht worden sind, als man die Tiere herausführte, um sie zu schlachten. Und der Geruch des Todes … Wir wissen natürlich nichts davon, aber es geht aus diesen Fotografien hervor, daß ihnen so deutlich bewußt ist, was ihnen geschehen wird, daß sie alles Erdenkliche versuchen, um zu entkommen.«[27]

Dieses Angezogensein vom leidenden Fleisch, ob es nun göttlich, menschlich oder tierisch ist, kommt durch Identifizierung zustande.

»Es ist sicher, wir sind Fleisch, wir sind potentielle Gerippe. Wenn ich zu einem Fleischer gehe, dann finde ich es immer überraschend, daß ich nicht da, an der Stelle des Tieres, bin. Aber das Fleisch auf diese besondere Weise zu behandeln, gleicht vielleicht der Art, wie man die Wirbelsäule behandeln kann, denn wir sehen die ganze Zeit über Bilder des menschlichen Körpers auf Röntgenaufnahmen, und das verändert offenkundig die Art und Weise, wie man den Körper behandeln kann. Sie kennen ganz bestimmt das schöne Pastell von Degas in der National Gallery, das eine Frau zeigt, die sich mit dem Schwamm den Rücken wäscht. Und ganz oben an der Wirbelsäule werden Sie erkennen, daß sie fast aus der Haut herausstößt. Und das packt und verkrümmt die Haut so sehr, daß man sich der Verwundbarkeit des restlichen Körpers viel bewußter ist, als wenn Degas die Wirbelsäule so gezeichnet hätte, daß sie natürlich zum Hals hinaufgestiegen wäre. Er bricht sie in einer Weise, daß es so aussieht, als ob sie aus dem Fleisch herausstieße. Nun, ob Degas dies nun absichtlich getan hat oder nicht, es gibt dem Bild jedenfalls viel mehr Größe, weil man sich auf einmal der Wirbelsäule wie auch des Fleisches bewußt ist, das er sonst nur malte, um die Knochen zu bedecken. Was mich betrifft, so sind diese Dinge sicherlich von Röntgenaufnahmen beeinflußt worden.«[28] Eine neue Spielart der Beziehung des Künstlers zur Medizin!

Für Bacon ist das Fleisch unendlich ›schön‹; es ist – mit seiner grenzenlosen Vielfalt von Farben – für den Maler das Thema par excellence. So konzentriert er als Kolorist seine ganze Kraft auf den Mund, die Mundschleimhaut, durch die sich das Innere dem Äußeren zeigt. Der Ire sieht sich von einem alten, bei einem Büchertrödler aufgelesenen Buch gefesselt, das kolorierte Fotos von Mundkrankheiten enthält. »Ich liebe, so könnte man sagen, das Leuchtende und die Farbe, die aus dem Munde kommen, und ich habe in gewisser Weise immer gehofft, den Mund malen zu können, wie Monet einen Sonnenuntergang malte.«[29] Eine brillante scharlachrote Äquivalenz von Blut und Feuer bei ihm, der danach strebt, ein Bild zu schaffen, das die Sinneswahrnehmungen »koagulieren« läßt!

Dieser »völlig hoffnungsloser Optimist«, wie er sich selbst definiert, will am Rande des Todes seine spezielle Anatomie rekonstruieren, »Pfützen von Fleisch«, und er hofft, »fähig zu sein, Gestalten zu schaffen, die aus ihrem eigenen Fleisch auftauchen mit Melonenhüten und Regenschirmen, und daraus Gestalten zu machen, die ebenso zerreißend sind wie eine Kreuzigung.«[30] Und aus diesem wiederkehrenden Thema der Kreuzigung taucht das Selbstporträt auf: intim, »zerreißend, zufällig« (Worte, die Francis Bacon teuer sind) und auch blutend, mit einem Blut, in dessen Sprudeln sich Leben und Tod verdichten.

Jan Vermeer:
Das Atelier des Malers – um 1672–1673.

Von der Pose zur Pause, ein Epilog

Wuchernd und baumartig sich verzweigend, in unendlichen Varianten entwickeln und wandeln sich die Beziehungen zwischen dem Künstler und seinem Modell. Ein Mann und (meistens) eine Frau, zusammengeschweißt durch den Blick. Eine Poseuse, die mehr zu sehen erlaubt, als sie es sich vielleicht vorstellt, und dennoch weniger, als es der Künstler verlangt.

Im Herzen des Ateliers, in seinem Schwerpunkt, strahlt das Modell in seiner grandiosen Nacktheit, die das eigentliche Fundament der Malerei zu bilden scheint, indem sie auf extreme und übersteigerte Weise die Existenz des Körpers errichtet. Objekt und Subjekt des Schaffens: die Frau, göttlich und verhängnisvoll, jungfräulich und befruchtend, Dirne und Gottheit, auf deren Epidermis die Gegenspieler sich konzentrieren und konvergieren.

Das Fleisch – rein und besudelt, geheiligt und geschändet – diktiert Tabus, ruft auf zu Überschreitungen, stellt als Motto das paradoxale Funktionieren der Kunst voran. Auf ihm sucht der Künstler seine Ruhelosigkeit festzumachen, aber es zieht ihn an den Rand des Abgrunds, in die gefährliche Zone, die voller Ungewißheiten ist, wo sich das Werk herstellt und auflöst auf jenem Seil, das über den gähnenden Schlund gespannt ist.

In die Beziehung zwischen dem Künstler und seinem Modell mischt sich Eros, bewaffnet mit seinen Pfeilen, ein. Die Pose-Sitzung ist eine Lektion der Liebe, selbst wenn der Künstler die Folter so anspannt, daß er sich dem möglichst weit nähert, was er sucht.

Alle Mittel sind geeignet. Das Modell ist die eigentliche Lehrzeit der Kunst. Rings um das Modell durchdringen einander Phantasiegebilde und mühselige Arbeit. Das Beschwörungsritual ist in hohem Maße kodifiziert, es zielt darauf ab, die behexende Kraft des Modells zu bannen, sich seine Kraft anzueignen, um sie in die Risse der Leinwand oder die Adern des Marmors gleiten zu lassen.

Beschwörung, Aneignung und auch Hypnose. Der Künstler kommt immer zum Modell zurück, manchmal auch wider Willen, im Gegensatz zu seinem Wunsch nach Autonomie, als ob er unabänderlich Mark und Substanz aus dem Körper ziehen müßte, der der Prüfung seines Blicks ausgesetzt ist; einer Prüfung, die abwechselnd komplicenhaft, verschmelzend oder fleischfressend ist.

Als wesentliches Paar erzeugen sich der Künstler und das Modell, sie phagozytieren sich und unterhalten Beziehungen von Befruchtung und Zerstörung, Beschränkung und Opferung, Frustration und Erfüllung.

Der Künstler ist nicht einfach Seher, denn er befindet sich in diesem Zustand der Hypnose, einer aktiven Hypnose. Natürlich, er handelt, er vervielfacht die Skizzen, die Versuche des Inkarnats, modifiziert die Posen. Mit großem Aufwand von Messungen, von unterschiedlichen Theorien, von Kanons der Schönheit und anderen Lockmitteln versucht er die ungreifbare Nacktheit zu zähmen.

Er jongliert mit der Chemie, um die Färbungen zu finden, die dem Fleischton möglichst nahe kommen; er jongliert mit der Medizin und wird Anatom, um zu erraten oder zu erkennen, was sich unter der Epidermis abspielt. Seine Neugierde wird getrieben von einem Rätsel, das sich ständig verlagert. Das Modell hält ihn in Bewegung, vermeidet die Stagnation. Am Modell erneuert er sich, nährt er sich, ernährt er sich (Spricht man nicht davon, daß man einen Akt »anbeißt«, ein seltsames sprachliches Zusammentreffen!). Er läuft hinter seiner oder seinen Poseusen her; Leidenschaft, Eifersucht, Ungeduld usw.: Alle Ingredienzen der Liebe finden sich versammelt.

Die Leidenschaft für das Modell verleiht dem Maler, dem Bildhauer ein Gefühl der Macht und der Machtlosigkeit. Angesichts des ganzen ausgetüftelten theoretischen Plunders sucht der Körper seine Undurdringlichkeit zu bewahren. Der Künstler lernt die Grenzen seiner Einmischung manchmal bis zur völligen Verlassenheit kennen, aber er erfährt auch das Gefühl einer Kraft, die das Menschliche überschreitet, einer Kraft, die ihn autorisiert, die Illusion zu erzeugen, ein höheres und offenes Double der Wirklichkeit, einen privilegierten Ort des Traumes und der Phantasmen.

*Amedeo Modigliani:
Liegender Akt – um 1919.*

Anmerkungen

Anmerkungen für das erste Kapitel

[1] J.-P.Sartre, *Qu'est-ce que la littérature?*, Paris, Gallimard, 1985, p.20.
[2] R.Barthes, *Roland Barthes par lui-même*, Paris, Seuil, 1975, p.93.
[3] *Ibid.*, p.107.
[4] M.Merleau-Ponty, *Le visible et l'invisible*, Paris, Gallimard, 1964.
[5] D.Anzieu, *Le corps de l'œuvre*, Paris, Gallimard, 1981, p.44.
[6] *Ibid.*, p.72.
[7] Le concept de *moi-peau* forgé par le psychanalyste Didier Anzieu pourrait s'appliquer très étroitement à la réalisation d'une œuvre, qu'elle soit picturale ou sculpturale. Voir à ce sujet D.Anzieu, *Le moi-peau*, Paris, Dunod, 1985.
[8] J.Guillaumin, *La peau du centaure*, in »Corps-création«, Presses universitaires de Lyon, 1980, pp.227–269.
[9] M.Loreau, *La peinture à l'œuvre et l'énigme du style*, Paris, Gallimard, 1980, p.22.
[10] G. de Maupassant, *Le Horla*, Paris, Gallimard, 1986, p.51
[11] Cette caractéristique a été habilement soulignée par O.Rank, *Don Juan et le double*, Paris, Payot, 1973, avec une foule d'exemples.
[12] F.M.Dostoïevski, *Le double*, Paris, Gallimard, 1980.
[13] Pline, *Histoire naturelle*, Paris, Firmin Didot, 1860, t.2, p.487.
[14] Voir par ex. à ce sujet A.Breton, *Nadja*, Paris, Gallimard, 1964.
[15] G.Vasari, *Les vies des meilleurs peintres, sculpteurs et architectes*, Paris, Berger-Levrault, 1985.
[16] Cités dans le catalogue *La peinture dans la peinture*, Musée des Beaux-Arts de Dijon, 18 décembre 1982 – 28 février 1983.
[17] *Ibid.*, p.91.
[18] R.*Barthes, La chambre claire,* Paris, Gallimard-Seuil, 1980.
[19] O.Wilde, *Le portrait de Dorian Gray*, Paris, Stock, 1983, p.19 sq.
[20] *Ibid.*, p.151.
[21] *Ibid.*, p.45.
[22] *Ibid.*, p.11.
[23] *Ibid.*, p.222.
[24] *Ibid.*, p.6.
[25] E.A.Poe, *Nouvelles histoires extraordinaires,* Paris, Gallimard, 1974.
[26] Dans la nouvelle qui porte son nom.
[27] E.A.Poe*, op. cit.,* p.323.
[28] P.L.Assoun, *Des effets pervers du narcissisme, le portrait de Dorian Gray,* in »Cahiers de psychologie de l'art et de la culture«, n° 2, 1985, pp.75–92.
[29] Ce fantasme de dépossession se retrouve dans d'autres récits et notamment chez M.Tournier, *Le goutte d'or*, Paris, Gallimard, 1985, en relation avec le vol de l'individu par son image photographique en milieu musulman.
[30] Ovide, *Les métamorphoses,* Paris, Les Belles Lettres, 1928, livre III.
[31] Cité dans *Narcisses,* »Nouvelle revue de psychanalyse«, n° 13, printemps 1976, p.313.
[32] L.B.Alberti, *Della pittura,* London, C.Crayson, livre II, p.62.
[33] S.Freud, *Un souvenir d'enfance de Léonard de Vinci,* Paris, Gallimard, 1927.
[34] S.Freud, *Moïse de Michel-Ange*, in »Essais de psychanalyse appliquée«, Paris, Gallimard, 1983, pp.9–44,
[35] S.Kofman, *L'enfance de l'art*, Paris, Galilée, 1985, reprend l'ensemble des textes de Freud consacrés à la production artistique.
[36] Cité dans S.Kofman, *ibid.*, p.177.
[37] S.Freud, *Totem et tabou*, Paris, Payot, p.102.
[38] Cité dans S.Kofman, *op. cit.*, p.189.
[39] A.Ehrenzweig, *L'ordre caché de l'art*, Paris, Gallimard, 1974, p.141 sq.
[40] L.Andréas Salomé, *L'amour du narcissisme*, Paris, Gallimard, 1980, p.116.
[41] *Ibid.*

Anmerkungen für das zweite Kapitel

[1] Voir à ce sujet P.Bonafoux, *Les peintres et l'autoportrait*, Genève, Skira, 1984.
[2] *Ibid.*, p. 5.
[3] Van Gogh, *Correspondance*, Paris, Grasset, 1960.
[4] Brassaï, *Conversations avec Picasso*, Paris, Gallimard, 1964, p.147.
[5] Voir à ce sujet P.Bonafoux, *Les peintres et l'autoportrait*, Genève, Skira, 1984.
[6] E.Billeter, *L'autoportrait à l'âge de la photographie*, Musée cantonal des beaux-arts de Lausanne, janvier–mars 1985.
[7] H.Matisse, *Ecrits*, Paris, Hermann, 1972, p.35.
[8] *Ibid.*, p. 69.
[9] *Ibid.*, p. 99.
[10] *Ibid.*, p. 163.
[11] *Ibid.*, p. 162.
[12] *Ibid.*, p. 196.
[13] *Ibid.*, p. 65.
[14] *Ibid.*, p. 85.
[15] *Ibid.*, p. 72.
[16] P.Strieder, *Dürer*, Anvers, Fonds Mercatopr, 1982, pp.22–24.
[17] *Le journal de Pontormo* in »Macula«, n° 5–6, 1979, pp.5–44.
[18] Wallace Collection, Londres.
[19] 1938–1945, Beaubourg.
[20] 1931, Beaubourg.
[21] Ovide, *op. cit.*, livre X, p.130 sq.
[22] Michel-Ange, *Poésies*, Paris, Didier et Cie, 1875, p.88.
[23] *Ibid.*, p. 171.
[24] *Ibid.*, p. 191.

[25] *Ibid.*, p. 237.
[26] *Ibid.*, p. 87.
[27] *Ibid.*, p. 219.
[28] *Ibid.*, p. 216.
[29] E. Zola, *L'Œuvre,* Paris, Fasquelle, 1966, p. 17.
[30] *Ibid.*, p. 70.
[31] *Ibid.*, p. 330.
[32] *Ibid.*, p. 337.
[33] R. Kipling, *La lumière qui s'éteint,* Paris, Albin Michel, 1965, p. 141.
[34] J. Cary, *La bouche du cheval,* Paris, Albin Michel, 1954, p. 124.
[35] *Ibid.*, p. 78.

Anmerkungen für das dritte Kapitel

[1] *La peinture dans la peinture, op. cit.*, p. 84.
[2] Cela vient d'une interprétation du terme *simulacrum*, image, utilisé par Cicéron.
[3] A. Vollard, *Renoir*, Paris, Georges Gres, 1920.
[4] T. Gautier, *Mademoiselle de Maupin*, Paris, R. P., s. d., p. 87.
[5] H. de Balzac, *Le chef-d'œuvre inconnu*, Paris, Minuit, 1985.
[6] *Ibid.*, p. 139.
[7] *Ibid.*, p. 146.
[8] *Ibid.*, p. 144.
[9] *Ibid.*, p. 145.
[10] *Ibid.*, p. 150.
[11] A. Vollard, *Paul Cézanne*, Paris, Georges Gres, 1919, p. 102.
[12] Cité dans R. Jean, *Cézanne, la vie, l'espace*, Paris, Seuil, 1986, p. 73.
[13] *Ibid.*, p. 96.
[14] *Ibid.*, p. 96.
[15] *Ibid.*, p. 309.
[16] L. Brion-Guerry, *Cézanne et l'expression de l'espace*, Paris, Albin Michel, 1966, p. 186.
[17] A. Vollard, *op. cit.*, p. 124.
[18] J. Lord, *Un portrait par Giacometti*, Paris, Mazarine, 1981.
[19] *Ibid.*, p. 30.
[20] *Ibid.*, p. 48.
[21] *Ibid.*, p. 56.
[22] *Ibid.*, p. 108.
[23] J. Genet, *L'atelier d'Alberto Giacometti*, L'arbalète, 1963.
[24] *Ibid.*
[25] Cité dans G. Didi-Huberman, *La peinture incarnée*, Paris, Minuit, 1985, p. 12.
[26] *Ibid.*, p. 26.
[27] W. Hogarth, *L'analyse de la beauté*, Paris, A. G. Nizet, 1963.
[28] *Ibid.*, p. 237.
[29] *Ibid.*, p. 239.
[30] *Ibid.*, p. 197.
[31] E. Delacroix, *Journal*, Paris, Plon, 1932, vol. 2, p. 195.
[32] *Ibid.*, p. 157.
[33] *Ibid.*, p. 147.
[34] *Ibid.*, vol. 1, p. 113.
[35] *Ibid.*, vol. 2, p. 125.
[36] *Ibid.*, vol. 3, p. 317.
[37] *Ibid.*, p. 320.
[38] *Ibid.*, vol. 2, p. 399.
[39] *Ibid.*, vol. 1, p. 459.
[40] Cité dans P. Bonafoux, *op. cit.*, p. 125.
[41] M. Serres, *Les cinq sens*, Paris, Grasset, 1985, p. 32.
[42] *Ibid.*, p. 33.
[43] A. Vollard, *Renoir, op. cit.*, p. 19.
[44] *Ibid.*, p. 116.
[45] *Ibid.*, p. 80.
[46] *Ibid.*, p. 160.
[47] *Ibid.*, p. 238.
[48] Cité dans J.-L. Vaudoyer, *Le nu féminin*, Paris, Flammarion, s. d., p. 6.
[49] *Ibid.*, p. 57.
[50] *Ibid.*, p. 35.
[51] *Ibid.*, p. 20.
[52] E. Panofsky, *L'œuvre d'art et ses significations*, Paris, Gallimard, 1969, pp. 53–101.
[53] L. de Vinci, *Les carnets*, Paris, Gallimard, 1942, p. 191.
[54] *Ibid.*, p. 233.
[55] cf. *infra*.
[56] Dürer, *Lettres et écrits théoriques*, Paris, Hermann, 1964, p. 15.
[57] *Ibid.*, p. 187.
[58] *Ibid.*, p. 187.
[59] *Ibid.*, p. 162.
[60] *Ibid.*, p. 198.
[61] L. Sacher-Masoch, *L'esthétique de la laideur*, Paris, Buchet-Chastel, 1967, p. 65.
[62] *Ibid.*, p. 106.
[63] H. Delaborde, *Ingres*, Paris, Paris, Plon, 1870, p. 114.
[64] C. Baudelaire, *Les fleurs du mal*, »La Beauté«.
[65] A. Breton, *L'amour fou*, Paris, Gallimard, 1937, p. 26.
[66] *Ibid.*, p. 21.
[67] E. Delacroix, *op. cit.*, vol. 1, p. 394.
[68] J. Baudrillard, *De la séduction*, Paris, Galilée, 1979, p. 17.
[69] A. Walter, *Les relations d'incertitude*, Arles, Actes-Sud, 1987, p. 24.
[70] cf. *supra*.
[71] J. Baudrillard, *op. cit.*, p. 107.
[72] *Ibid.*, p. 107.
[73] *Ibid.*, p. 115.
[74] J. Foucart, *Rembrandt*, Paris, Flammarion, 1971, p. 12.
[75] O. Wilde, *Intentions*, Paris, Union générale d'éditions, 1986, p. 23.
[76] *Ibid.*, p. 24.
[77] *Ibid.*, p. 48.
[78] *Ibid.*, p. 62.

Anmerkungen für das vierte Kapitel

[1] C'est-à-dire une porstituée de bas étage telle qu'on en trouvait dans le quartier de la rue Bréda aux Batignolles.
[2] Articles cités dans *Manet*, Grand-Palais, 22 avril – 1er août 1983, p. 165.
[3] *Ibid.*, p. 172.
[4] *Ibid.*, p. 170.
[5] *Ibid.*, p. 172.
[6] Cité dans *Le dernier Picasso*, Centre Georges Pompidou, 17 février – 16 mai 1988, p. 34.
[7] E. Zola, *Œuvres complètes*, Paris, Tchou, 1969, vol. 12, p. 838.

[8] *Ibid.*, p. 839.
[9] P. Valéry, *Œuvres complètes*, Paris, Gallimard, 1960, vol. 2, p. 1329.
[10] *Manet*, Grand-Palais, *op. cit.*, p. 181.
[11] Cité dans G. Bataille, *Œuvres complètes*, Paris, Gallimard, 1979, vol. 9, p. 139.
[12] Cité dans *Manet*, Grand-Palais, *op. cit.*, p. 180.
[13] G. Bataille, *op. cit.*, p. 130.
[14] *Ibid.*, p. 126.
[15] *Ibid.*, p. 147.
[16] *Ibid.*, p. 159.
[17] Cité dans P. Lafond, *Degas*, Paris, Floury, s. d., p. 26.
[18] *Ibid.*, p. 23.
[19] Cité dans *Degas*, Grand-Palais, 9 février – 6 mai 1988, p. 443.
[20] *Ibid.*, p. 446.
[21] Cité dans P.-A. Lemoisne, *Degas*, Paris, Librairie centrale des Beaux-Arts, s. d., pp. 106–107.
[22] *Degas*, Grand-Palais, *op. cit.*, p. 445.
[23] Cité dans C. Rich, *Degas*, Nouvelles éditions françaises, s. d., p. 10.
[24] Cité dans P. Lafond, *op. cit.*, p. 18.
[25] Cité dans *Degas*, Grand-Palais, *op. cit.*, p. 414.
[26] P. Valéry, *Degas-dans-dessin*, Paris, Gallimard, 1938, p. 128.
[27] *Ibid.*, p. 30.
[28] Cité dans *Elles*, Paris, Quatre chemins, 1952, p. 12.
[29] P. Huismans, M.-G. Dortu, *Lautrec par Lautrec*, Paris–Lausanne, Bibliothèque des arts – Edita, 1964, p. 139.
[30] A. Malraux, *La tête d'obsidienne*, Paris, Gallimard, 1974, p. 117.
[31] Cité dans *Les demoiselles d'Avignon*, Musée Picasso, 26 janvier – 18 avril 1988, p. 378.
[32] *Ibid.*, p. 392.
[33] Brassaï, *Conversations avec Picasso*, Paris, Gallimard, 1964, p. 230.
[34] *Ibid.*, p. 470.
[35] A. Malraux, *op. cit.*, p. 108.
[36] *Ibid.*, p. 50.
[37] *Le dernier Picasso*, Centre Georges Pompidou, *op cit.*, pp. 100–123.
[38] M. Leiris, *Le peintre et son modèle*, Montpellier, Fata Morgana, 1980.
[39] H. Parmelin, *Le peintre et son modèle*, Paris, Cercle d'art, 1965.
[40] *Ibid.*, p. 112.
[41] *Le dernier Picasso, op cit.*, p. 18.
[42] H. Parmelin, *op cit.*, p. 118.
[43] *Ibid.*, p. 120.
[44] *Ibid.*, p. 92.
[45] *Le dernier Picasso, op cit.*, p. 25.
[46] Brassaï, *op. cit.*, p. 65.
[47] H. Parmelin, *Les dames de Mougins, secrets d'alcôve d'un atelier*, Paris, Cercle d'art, 1954.
[48] *Le dernier Picasso, op cit.*, p. 42.
[49] *Ibid.*, p. 71.
[50] *Ibid.*, p. 48.
[51] *Ibid.*, p. 52.
[52] Pline, *op. cit.*, XXXV, 86.
[53] *Ibid.*
[54] B. Cellini, *Mémoires*, Paris, Société littéraire de France, 1919, t. 2, p. 72.
[55] Voir à ce sujet J.-C. Bologne, *Histoire de la pudeur*, Paris, O. Orban, 1986.
[56] *Ibid.*, p. 196.
[57] *Ibid.*, p. 198.
[58] G. Flaubert, *Voyages*, Paris, Les Belles Lettres, 1958, t. 1, p. 203.
[59] *La peinture dans la peinture, op. cit.*, p. 197.
[60] Cité dans J.-C. Bologne, *op. cit.*, p. 209.
[61] *Ibid.*, p. 210.
[62] *Ibid.*, p. 211.
[63] Cité dans L. Bénédite, *Courbet*, Paris, Renaissance du livre, s. d., p. 46.
[64] *Ibid.*, p. 46.
[65] Cité dans P. Mac Orlan, *Courbet*, Paris, Editions du Dimanche, 1951.
[66] Cité dans L. Bénédite, *op. cit.*, p. 50.
[67] Cité dans P. Mac Orlan, *op. cit.*
[68] *Courbet, op. cit.*, p. 7.
[69] A. Rodin, *L'art*, entretiens réunis par P. Gsell, Paris, Gallimard, 1967, p. 14.
[70] *Ibid.*, p. 92.
[71] *Ibid.*, p. 162.
[72] *Ibid.*, p. 137.
[73] R. M. Rilke, *Auguste Rodin*, Paris, Emile-Paul Frères, 1928.
[74] Cité dans P. du Colombier, *Les plus beaux écrits des grands artistes*, Paris, La Colombe, 1946, p. 375.
[75] Cité dans P. Sollers, A. Kirili, *Rodin, dessins érotiques*, Paris, Gallimard, 1987, p. 21.
[76] P. Grainville, *L'atelier du peintre*, Paris, Seuil, 1988, p. 23.
[77] *Ibid.*, p. 214.
[78] *Ibid.*, p. 246.
[79] *Ibid.*, p. 298.
[80] *Ibid.*, p. 306.

Anmerkungen für das fünfte Kapitel

[1] L. de Vinci, *Les carnets*, Paris, Gallimard, 1942, p. 128.
[2] S. Freud, *Un souvenir d'enfance de Léonard de Vinci*, Paris, Gallimard, 1927, p. 27.
[3] L. de Vinci, *Les carnets, op. cit.*, p. 95.
[4] L. de Vinci, *Traité de la peinture*, Paris, Berger-Levrault, 1987, p. 224.
[5] *Ibid.*, p. 225.
[6] *Ibid.*, p. 226.
[7] *Le journal de Pontormo*, in »Macula«, n° 5–6, p. 47.
[8] Voir à ce sujet J. Kristeva, *Soleil noir, dépression et mélancolie*, Paris, Gallimard, 1987, pp. 117–150.
[9] A. Vésale, *La fabrique du corps humain*, Arles, Actes-Sud, 1987, p. 19.
[10] *Ibid.*, p. 49.
[11] R. Caillois, *Au cœur du fantastique*, Paris, Gallimard, 1965, p. 147.
[12] *Ibid.*, p. 146.
[13] P. Borel, *Champavert, Contes immoraux*, Paris, Editions des autres, 1979, pp. 110–130.
[14] R. Caillois, *op. cit.*, p. 159.
[15] Cité dans J.-L. Binet, P. Descargues, *Dessins et traités d'anatomie*, Paris, Chêne, 1980, p. 92.
[16] *Ibid.*, p. 120.
[17] C. Clément, *Géricault, étude biographique et critique*

avec le catalogue raisonné de l'œuvre du maître, Paris, 1879, p. 131.
18 Cité dans J.-L. Binet, P. Descargues, *op. cit.*, p. 215.
19 *Ibid.*, p. 216.
20 M. Duval, *op. cit.*, p. 14.
21 Cité dans *La sculpture française au XIXe siècle*, Grand-Palais, 10 avril – 28 juillet 1986, p. 29.
22 G. Deleuze, *Francis Bacon, logique de la sensation*, Paris, La différence, 1981, p. 23.
23 F. Bacon, *L'art de l'impossible, entretiens avec David Sylvester*, Genève, Skira, 1976, vol. 1, p. 69.
24 *Ibid.*, p. 80.
25 *Ibid.*, p. 71.
26 *Ibid.*, vol. 2, p. 74.
27 *Ibid.*, vol. 1, p. 55.
28 *Ibid.*, p. 92.
29 *Ibid.*, p. 98.
30 *Ibid.*, vol. 2, p. 36.

Bibliografie der zitierten Werke

ALBERTI L.B., *Della pittura*, London, C.Crayson, s.d., livre II.
ANDRÉAS SALOMÉ L., *L'amour du narcissisme*, Paris, Gallimard, 1980.
ANZIEU D., *Le corps de l'œuvre*, Paris, Gallimard, 1981.
ASSOUN P.L., *Des effets pervers du narcissisme, le portrait de Dorian Gray*, in »Cahiers de psychologie de l'art et de la culture«, n° 11, automne 1985, pp. 75–92.

BACON F., *L'art de l'impossible, entretiens avec David Sylvester*, Genève, Skira, 1976.
BALTRUSAITIS J., *Le miroir*, P.Elmayan-Le Seuil, 1978.
BALZAC H. DE, *Le chef-d'œuvre inconnu*, Paris, Minuit, 1985.
BARTHES R., *La chambre claire*, Paris, Gallimard-Seuil, 1980. *Roland Barthes par lui-même*, Paris, Seuil, 1975.
BATAILLE G., *Œuvres complètes*, Paris, Gallimard, 1979.
BAUDALAIRE C., *Œuvres complètes*, Paris, Gallimard, 1976.
BAUDRILLARD J., *De la séduction*, Paris, Gallimard, 1979.
BELLMER H., *L'anatomie de l'image*, in »Bellmer«, *Obliques*, s. d.
BÉNÉDITE L., *Courbet*, Paris, Renaissance du livre, s. d.
BILLETER E., *L'autoportrait à l'âge de la photographie*, Musée cantonal des beaux-arts de Lausanne, janvier/mars 1985.
BINET J.-L., DESCARGUES P., *Dessins et traités d'anatomie*, Paris, Chêne, 1980.
BOLOGNE J.-C., *Historie de la pudeur*, Paris, Olivier Orba,, 1986.
BONAFOUX P., *Les peintres et l'autoportrait*, Genève, Skira, 1984.
BOREL P., *Champavert, Contes immoraux*, Paris, Editions des autres, 1979.
BRASSAÏ, *Conversations avec Picasso*, Paris, Gallimard, 1964.
BRETON A., *L'amour fou*, Paris, Gallimard, 1937. *Nadja*, Paris, Gallimard, 1964.
BRION-GUERRY L., *Cézanne et l'expression de l'espace*, Paris, Albin Michel, 1966.

CAILLOIS R., *Au cœur du fantastique*, Paris, Gallimard, 1965.
CARY J., *La bouche du cheval*, Paris, Albin Michel, 1954.
CELLINI B., *Mémoires*, Paris, Société littéraire de France, 1919.
CLÉMENT C., *Géricault, étude biographique et critique avec le catalogue raisonné de l'œuvre du maître*, Paris, 1879.

DELABORDE H., *Ingres*, Paris, Plon, 1870.
DELACROIX E., *Journal*, Paris, Plon, 1932.
DELEUZE G., *Francis Bacon, logique de la sensation*, Paris, La différence, 1981.
DIDI-HUBERMAN G., *La peinture incarnée*, Paris, Minuit, 1985.
DOSTOÏEVSKI F.M., *Le double*, Paris, Gallimard, 1980.

DU COLOMBIER P., *Les plus beaux écrits des grands artistes*, Paris, La Colombe, 1946.
DUVAL M., CUYERE E., *Histoire de l'anatomie plastique*, Paris, Alcide Picard et Kaan, 1898.
DÜRER A., *Lettres et écrits théoriques*, Paris, Hermann, 1964.

EHRENZWEIG A., *L'ordre caché de l'art*, Paris, Gallimard, 1974.
ELLES, Paris, Quatre chemins, 1953.
EURIPIDE, *Alceste*, Paris, Les Belles Lettres, 1925.

FLAUBERT G., *Voyages*, Paris, Les Belles Lettres, 1958.
FOUCART J., *Rembrandt*, Paris, Flammarion, 1971.
FREUD S., *Essais de psychanalyse appliquée*, Paris, Gallimard, 1983.
Totem et tabou, Paris, Payot, 1968.
Un souvenir d'enfance de Léonard de Vinci, Paris, Gallimard, 1927.
Délire et rêves dans la »Gradiva« de Jensen, Paris, Gallimard, 1982.
GAUTIER T., *Mademoiselle de Maupin*, Paris, R. P., s. d.
GENET J., *L'atelier d'Alberto Giacometti*, s. l., L'arbalète, 1963.
GRAINVILLE P., *L'atelier du peintre*, Paris, Seuil, 1988.
GUILLAUMIN J., *La peau du centaure*, in »Corps-création«, Presses universitaires de Lyon, 1980, pp. 227–269.

HOGARTH W., *L'analyse de la beauté*, Paris, A.-G.Nizet, 1963.
HUISMANS P., DORTU M.-G., *Lautrec par Lautrec*, Paris-Lausanne, Bibliothèque des arts-Edita, 1964.

JEAN R., *Cézanne la vie, l'espace*, Paris, Seuil, 1986.

KIPLING R., *La lumière qui s'éteint*, Paris, Albin Michel, 1965.
KOFMAN S., *L'enfance de l'art*, Paris, Galilée,1985.
KRISTEVA J., *Soleil noir, d'pression et mélancolie*, Paris, Gallimard, 1987.

LAFOND P., *Degas*, Paris, Floury, s. d.
LEIRIS M., *Le peintre et son modèle*, Montpellier, Fata Morgana, 1980.
LEMOISNE P.-A., *Degas*, Paris, Librairie centrale des Beaux-Arts, s. d.
LORD J., *Un portrait par Giacometti*, Paris, Mazarine, 1981.
LOREAU M., *La peinture à l'œuvre et l'énigme du style*, Paris, Gallimard, 1980.

MAC ORLAN P., *Courbet*, Paris, Editions du Dimanche, 1951.
MALRAUX A., *La tête d'obsidienne*, Paris, Gallimard, 1974.
MATISSE H., *Ecrits*, Paris, Hermann, 1972.
MAUPASSANT G. DE., *Le Horla*, Paris, Gallimard, 1986.

MERLEAU-PONTY M., *Le visible et l'invisible*, Paris, Gallimard, 1964.
MICHEL-ANGE, *Poésies*, Paris, Didier et Cie, 1875.

NARCISSES, *Nouvelle revue de psychanalyse*, n° 13, printemps 1976.
OVIDE, *Les métamorphoses*, Paris, Les Belles Lettres, 1928.

PANOFSKY E., *L'œuvre d'art et ses significations*, Paris, Gallimard, 1969.
PARMELIN H., *Le peintre et son modèle*, Paris, Cercle d'art, 1965.
Les dames de Mougins, secrets d'alcôve d'un atelier, Paris, Cercle d'art, 1954.
PLINE, *Histoire naturelle*, Paris, Firmin Didot, 1860.
POE E.A., *Nouvelles histoires extraordinaires*, Paris, Gallimard, 1974.
PONTORMO, *Journal, in*, »Macula«, n° 5–6, 1979.
PRÉVERT J., *Imaginaires*, Genève, Skira, 1970.

RANK O., *Don Juan et le double*, Paris, Payot, 1973.
REINACH A., *Recueil Millet*, Paris, Klincksieck, 1921.
RICH C., *Degas*, Paris, Nouvelles éditions françaises, s. d.
RILKE R.M., *Auguste Rodin*, Paris, Emile-Paul Frères, 1928.
RODIN A., *L'art*, entretiens réunis par P.Gsell, Paris, Gallimard, 1967.

SACHER-MASOCH L., *L'esthétique de la laideur*, Paris, Buchet-Chastel, 1967.
SARTRE J.-P., *Qu'est-ce que la littérature?*, Paris, Gallimard, 1985.
SERRES M., *Les cinq sens*, Paris, Grasset, 1985.
SOLLERS P., KIRILI A., *Rodin, Dessins érotiques*, Paris, Gallimard, 1987.

STRIEDER P., *Dürer*, Anvers, Fonds Mercator, 1982.
VALÉRY P., *Degas-danse-dessin*, Paris, Gallimard, 1938.
Œuvres complètes, Paris, Gallimard, 1960.
VAN GOGH V., *Correspondance*, Paris, Grasset, 1960.
VASARI G., *Les vies des meilleurs peintres, sculpteurs et architectes*, Paris, Berger-Levrault, 1985.
VAUDOYER J.-L., *Le nu féminin*, Paris, Flammarion, s.d.
VÉSALE A., *La fabrique du corps humain*, Arles, Actes-Sud, 1987.
VINCI L.DE, *Les carnets*, Paris, Gallimard, 1942.
Traité de la peinture, Paris, Berger-Levrault, 1987.
VOLLARD A., *Paul Cézanne*, Paris, G. Gres, 1919.
Renoir, Paris, G. Gres, 1920.

WALTER A., *Les relations d'incertitude*, Arles, actes-Sud, 1987.
WILDE O., *Intentions*, Paris, Union générale d'éditions, 1986. *Le portrait de Dorian Gray*, Paris, Stock, 1983.

ZOLA E., *Œuvres complètes*, Paris, Tchou, 1969.

Ausstellungskataloge
Degas, Grand-Palais, 9 février – 16 mai 1988.
La peinture dans la peinture, Musée des Beaux-Arts de Dijon, 18 décembre 1982 – 28 février 1983.
La sculpture française au XIXe siècle, Grand-Palais, 10 avril – 28 juillet 1986.
Le dernier Picasso, Centre Georges Pompidou, 17 février – 16 mai 1988.
Manet, Grand-Palais, 22 avril – 1er août 1983.
Les demoiselles d'Avignon, Musée Picasso, 26 janvier – 18 avril 1988.

Verzeichnis der Illustrationen

ANONYM: Zeuxis, die Jungfrauen Krotons malend – um 1530–1540 – illuminierte Seite, Detail. New York, Pierpont Morgan Library, M 948, f. 159 (Foto der Bibliothek) 62

ANONYM: Das willige Modell – 18. Jahrhundert – Öl auf Leinwand (Foto Roger-Viollet, Paris) 150

ANONYM: Wachsanatomie – um 1785 – natürliche Größe. Wien, Institut für Geschichte der Medizin der Universität (Foto des Instituts) 176
                                                      Detail 178

ALLAN David (1744–1796): Der Ursprung der Malerei – 1773 – Öl auf Leinwand – (38,2×30,5). Edinburgh, National Gallery of Scotland (Foto des Museums) . 22

BACON Francis (geb. 1910): Triptychon, Studie des menschlichen Körpers, rechtes Bild – 1962 – Öl mit Sand auf Leinwand – (198×145). New York, Solomon R. Guggenheim Museum (Foto M. Aronowitz, New York) 188

– Triptychon, Studie des menschlichen Körpers, Gesamtansicht – 1962 – Öl mit Sand auf Leinwand – (drei Tafeln von 198×145). New York, Solomon R. Guggenheim Museum (Foto M. Aronowitz, New York) 189

BALDUNG GRIEN Hans (1484–1545): Der Tod und das Mädchen – 1517 – Tempera auf Lindenholz – (30×14,5). Basel, Öffentliche Kunstsammlung, Kunstmuseum (Colorphoto Hans Hinz, Allschwil) . . 168

BALTHUS genannt, Comte Klossowski de Rola (geb. 1908): Cathys Morgentoilette – 1933 – Öl auf Leinwand – (165×150). Paris, Musée national d'Art moderne, Centre Georges Pompidou (Foto des Museums) 56

BECKMANN Max (1884–1950): Die Versuchung des heiligen Antonius, Mittelbild – 1936–1937 – Öl auf Leinwand – (200×170). München, Staatsgalerie moderner Kunst (Foto J. Blauel, Artothek, Peissenberg) 97

BELLMER Hans (1902-1975): Die Spiele der Puppe – 1949 – Gliederpuppe in Umgebung versetzt, Foto. Paris, Musée national d'Art moderne, Centre Georges Pompidou (Foto Ph. Migeat, Paris) 38

BERENGARIO DA CARPI Giacomo (1. Hälfte des 16. Jahrhunderts): Frau auf einem Grabmonument sitzend – 1521 – gravierte Tafel entnommen aus »Comentaria (…) super Anatomia Mundini«, Bologna. Paris, Bibliothèque interuniversitaire de Médecine (Foto der Bibliothek) 179

BONNARD Pierre (1867–1947): Der Boxer (Selbstbildnis) – 1931 – Öl auf Leinwand – (54×74). Schweiz, Privatsammlung (Foto Christie's, London) 51

BOUCHER François (1703-1770): Laure O'Murphy – 1751 – drei Bleistiftzeichnungen auf dunkelbraunem Papier – (31,7×46,7). Privatsammlung (Foto Archiv Skira) 152

CARAVAGGIO (1573-1610): Narziß – 1594–1596 – Öl auf Leinwand – (110×92). Rom, Galleria Nazionale d'Arte Antica (Foto Scala, Florenz) 31

CÉZANNE Paul (1839–1906): Die »großen« Badenden – 1898–1905 – Öl auf Leinwand – (208×249). Philadelphia, Museum of Art (Foto des Museums) 68
– Sieben Badende – um 1900 – Öl auf Leinwand – (37,5×45,5). Basel, Galerie Beyeler (Foto der Galerie) 69
– Studienblatt – um 1882 – schwarzer Bleistift und Bleimine – (49,8×32,2). Rotterdam, Museum Boymans-van Beuningen (Foto Archiv Skira) 69
– Eine moderne Olympia – um 1873 – Öl auf Leinwand – (46×55,5). Paris, Musée d'Orsay (Foto RMN, Paris) 111

Corinth Lovis (1858–1925): Selbstbildnis mit Modell – 1903 – Öl auf Leinwand – (121×89). Zürich, Kunsthaus (Foto des Museums) 40

Courbet Gustave (1817–1877): Das Atelier des Malers – 1855 – Öl auf Leinwand (361×598). Paris, Musée d'Orsay (Foto RMN, Paris) 155
                                                      Detail 6

CURZON A. de: Das Porträt – o. D. – Öl auf Leinwand (Foto Roger-Viollet, Paris) 24

DALI Salvador (1904–1989): Der Angelus von Gala – 1935 – Öl auf Holz – (32×26). New York, Museum of Modern Art (Foto R. Descharnes, Copyright Demart Pro Arte B.V., Paris) 18

DANTAN Edouard (1848-1897): Abdruck nach der Natur – 1887 – Öl auf Leinwand – (165×131,5). Göteborg, Konstmuseum (Foto Ebbe Carlsson, Göteborg) 23

DAVID Jacques Louis (1748–1825): Apelles malt Campaspe im Beisein von Alexander – 1812–1813 – Öl auf Holz – (96×136). Lille, Musée des Beaux-Arts (Foto des Museums) 147

DEGAS Edgar (1834–1917): Interieur eines Bordells (»Das Fest der Patronin«) – 1876–1877 – Pastell auf Monotypie – (26,6×29,6). Paris, Musée Picasso (Foto RMN, Paris) 121

202

– Nach dem Bad (Frau bei ihrer Toilette) – 1885 – Kohle und Pastell – (78×76). Basel, Galerie Beyeler (Foto der Galerie) 122

– Sich trocknende Frau – um 1890 – Pastell – (104×99). London, National Gallery (Foto des Museums) 123

– Nach dem Bad – 1896 – Öl auf Leinwand – (89×116). Philadelphia, Museum of Art (Foto des Museums) . . 125

– Große Arabeske – 1882–1891 – Wachs – (Höhe 48). Paris, Musée d'Orsay (Foto Archiv Skira) 126

– Schauspielerinnen in ihrer Garderobe – um 1880 – Radierung und Aquatinta, zweite Fassung. Privatsammlung (Foto Archiv Skira) 127

DELACROIX Eugène (1798–1863): Sitzender Akt, Mademoiselle Rose – um 1821 – Öl auf Leinwand – (81×65). Paris, Musée du Louvre (Foto RMN, Paris) 77
Detail 76

DIX Otto (1891–1969): Selbstbildnis mit Modell – 1924 – Öl auf Leinwand – (81×95). Hagen, Karl Ernst Osthaus-Museum (Foto des Museums) 43

DÜRER Albrecht (1471–1528): Der Zeichner – 1525 – Holzschnitt – (7,5×21,5). Bremen, Kunsthalle (Foto Archiv Skira) 38

– Selbstbildnis als Akt – um 1503 – Feder und Chinatinte auf grauem Papier – (29,1×15,3). Weimar, Kunstsammlungen (Foto Roland Dressler, Weimar) . 48

– Selbstbildnis des kranken Dürer – nach 1521 – Federzeichnung gehöht mit Aquarell – (11,8×10,8). Bremen, Kunsthalle (Foto des Museums) 48

– Studienblatt (Proportionsschema des menschlichen Körpers) – 1505–1510 – Studienblatt erschienen in »Della Simmetria dei Corpi humani«, Buch II, Venedig, 1591. Paris, Institut d'Art (Foto Archiv Skira) 87

– Eva – 1507 – Öl auf Holz – (209×83). Madrid, Pradomuseum (Foto Artothek, Peissenberg) 91

DUTHOIT Paul (1856–1921): Das Atelier junger Mädchen – 1896 – Öl auf Leinwand – (120×104). Pau, Musée des Beaux-Arts (Foto Marie-Louise Pérony, Pau) 106

EAKINS Thomas (1844–1916): William Rush und sein Modell – 1907-1908 – Öl auf Leinwand – (89,5×120). Honolulu, Academy of Arts (Foto des Museums) . . 53

EIN EPIGONE REMBRANDTS: Ein Maler und sein Modell (Rembrandt malt Hendrickje) – o. D. – Öl auf Holz – (53×60,6). Glasgow, Museum and Art Gallery (Foto des Museums) 104

ESTIENNE Charles (1504–1564): Studie eines Totenkopfes – anatomische Bildtafel aus »La dissection des parties du corps (...) déclarations des incisions«, Paris, 1546. Paris, Bibliothèque interuniversitaire de Médecine (Foto der Bibliothek) 175

FRAGONARD Honoré (1732–1806): Das unerfahrene Modell – s.d. – Öl auf Leinwand – (50×63). Paris, Institut de France, Musée Jacçquemart-André (Foto des Museums) 151

FREUD Lucian (geb. 1922): Akt mit Palette des Malers – 1972–1973 – Öl auf Leinwand – (61×61). London, Tate Gallery (Foto John Webb, London) 58

FÜSSLI Johann Heinrich (1741–1825): An der Größe antiker Ruinen verzweifelnder Künstler – 1778–1780 – Rötel und Sepia – (42×35,2). Zürich, Graphische Sammlung, Kunsthaus (Foto des Museums) 84

GAMELIN Jacques (1738–1803): Skelett eines Engels – anatomische Bildtafel aus »Nouveau recueil d'ostéologie et de myologie«, Toulouse, 1779. Paris, Bibliothèque Nationale (Foto der Bibliothek) 166

GAUGUIN Paul (1848–1903): Annah die Javanerin – 1893 – Öl auf Leinwand – (116×81). Privatsammlung (Colorphoto Hans Hinz, Allschwil) 79

GAUTIER D'AGOTY Jacques (1710–1781): Anatomie eines Engels – Farbätzung – (60,5×46). 14. Tafel aus der »Suite de l'essai d'anatomie en tableaux imprimés«, Paris, 1746. Genf, Bibliothèque publique et universitaire (Foto Nicolas Bouvier, Genf) 183

GÉRICAULT Théodore (1791–1824): Anatomisches Fragment – 1818–1820 – Öl auf Leinwand – (54×64). Paris, Collection Jean-Jacques Lebel (Foto Veignant, Paris) 185

GÉRÔME Jean-Léon (1824–1904): Pygmalion und Galatea – 1890 – Öl auf Leinwand – (88,9×68,6). New York, Metropolitan Museum (Foto des Museums) . . 53

GIACOMETTI Alberto (1901–1966): Großer sitzender Akt – 1957 – Öl auf Leinwand – (154×59). Basel, Galerie Beyeler (Foto der Galerie) 71

GOLTZIUS Hendrick (1558–1617): Apoll von Belvedere – 1617 – Meißel – (41,6×30). Amsterdam, Rijksmuseum (Foto des Museums) 88

GOSSAERT Jan (1478–1535): Neptun und Amphitrite – 1516 – Öl auf Leinwand – (188×124). Berlin, Staatliche Museen (Foto E. Lessing, Wien) 149

GOYA Francisco (1746–1828): Die nackte Maja – 1800–1803 – Öl auf Leinwand – (97×190). Madrid, Pradomuseum (Foto des Museums) 116

GRACHT Jacob van der (1593–1652): Frontispiz seines Buches »Anatomie der witterlicke deelen (...)«, Den Haag, 1634. Paris, Bibliothèque interuniversitaire de Médecine (Foto der Bibliothek) 179

HOGARTH William (1697–1764): Analyse der Schönheit, Bildtafel I – 1753 – Kupferstich, 3. Zustand – (37,2×49). Genf, Cabinet des Estampes (Foto Herbert Pattusch, Genf) 90

HOLBEIN Hans (1497–1543): Der tote Christus im Grabe – 1521 – Tempera auf Lindenholz – (30,5 ×200). Basel, Öffentliche Kunstsammlung, Kunstmuseum (Colorphoto Hans Hinz, Allschwil) 171

HOUASSE Michel-Ange (1680–1730): Académie de dessin – um 1715 – Öl auf Leinwand – (61×73). Madrid, Palacio Real (Foto des Patrimoine National) . . 109

INGRES Jean-Dominique (1780–1867): Raffael und La Fornarina – 1811–1812 – Öl auf Leinwand – (68×55). Cambridge, Harvard University, Fogg Art Museum (Foto des Museums) 33

– Angélique – 1819 – ÖL auf Leinwand – (84,5×42,5). Paris, Musée du Louvre (Foto RMN, Paris) 55

JUSTE Juste de (1505–1559): Pyramide von Menschen -s.d. – Radierung – (26,6×20). Paris, Collection Paul Prouté (Foto Jean Dubout, Paris) 88

KHNOPFF Fernand (1858–1921): Geheimnis-Reflex, Detail – um 1910 – Pastell und Zeichnung – (Durchmesser 49). Brügge, Groeningemuseum (Foto Archiv Skira) 28

KLEIN Yves (1928–1962): Anthropometrie 82 – 1960 – reines Pigment und synthetisches Harz auf Papier, auf Leinwand montiert – (155×281). Paris, Musée national d'Art moderne, Centre Georges Pompidou (Foto des Museums) 14

KOKOSCHKA Oskar (1886–1980): Selbstbildnis mit Puppe – 1920–1921 – Öl auf Leinwand – (80×120). Berlin, Staatliche Museen (Foto Jörg P. Anders, Berlin) 59

LAIRESSE Gérard de (1640–1711): Rückenmuskulatur – anatomische Bildtafel aus dem Buch von G. Bidloo »Medicinae Doctoris (…) Humani Corporis«, Amsterdam. 1685, Genf, Bibliothèque publique et universitaire (Foto François Martin, Genf) 177

LÉON Frédéric (1856–1940): Atelier – 1882 – Öl auf aufgezogener Leinwand – (158×117). Brüssel, Musée d'Ixelles (Foto J.-D. Burton, Brüssel) 93

LEONARDO DA VINCI (1452–1519): Aktstudie zur Anghiari-Schlacht – um 1503–1504 – Feder und rote Kreide – (16×15,2). Windsor Castle, Royal Library (Foto Archiv Skira) 86
- Proportionsschema des menschlichen Gesichts – um 1505 – Feder und braune Tinte, Aquarell-Rehauts – (34,3×24,5). Venedig, Galleria dell'Accademia (Foto Archiv Skira) 87
– Studienblatt (Schultermuskeln) – um 1510 – Feder, braune Tinte, braune Tusche und Rötel – (30,5×22). Windsor Castle, Royal Library (Foto Archiv Skira) . . 169
– Studienblatt (Die Begattung) – um 1510 – Feder und braune Tinte – (30,5×22). Windsor Castle, Royal Library (Foto Archiv Skira) 170

MAGRITTE René (1898–1967): Der Versuch des Unmöglichen – 1928 – Öl auf Leinwand – (116×81,1). Brüssel-Paris, Galerie Isy Brachot (Foto der Galerie) 27

MANET Edouard (1832–1883): Das Frühstück im Freien – 1863 – Öl auf Leinwand – (208×264). Paris, Musée d'Orsay (Foto RMN, Paris) 109 – Olympia – 1863 – Öl auf Leinwand – (130,5×190). Paris, Musée d'Orsay (Foto RMN, Paris) 113
– Olympia – 1863 – Öl auf Leindwand – (130,5×190). Paris, Musée d'Orsay (Foto RMN, Paris) 115
– Studie zu Olympia – 1863 – Rötel – (24,5×45,7). Paris, Musée du Louvre, Cabinet des dessins (Foto Archiv Skira) 117
– Frau mit Katze – 1865 – Holzschnitt – (10,5×15,9). Paris, Bibliothèque Nationale, Cabinet des Estampes (Foto Archiv Skira) 118

MANZONI Piero (1933–1963): Sculture viventi – 1961 – Performance. Mailand, Naviglio Galleria d'Arte (Foto Archiv Skira) 13

MANZÙ Giacomo (geb. 1908): Selbstbildnis mit Modell in Bergamo – 1942 – Bronzerelief (132,7×98,1×25,7). Washington, Hirshhorn Museum and Sculpture Garden, Smithsonian Institution (Foto des Museums) . . 20

MARQUET Albert (1875–1947): Fauve-Akt – 1898 – Öl auf Papier auf Leinwand geklebtem – (73×50). Bordeaux, Musée des Beaux-Arts (Foto des Museums) 104

MARTINI Francesco di Giorgio (1439–1502): Proportionsstudie – um 1470–1480 – Codex Saluzziano 148, Folio 15, Vorderseite – (7,5×10,5). Turin, Biblioteca Reale (Foto Archiv Skira) 85

MASSÉ Auguste (1795–nach 1836): Atelier der Gros-Schüler – 1830 – Öl auf Leinwand – (80×100). Paris, Musée Marmottan (Studio Lourmel, Foto Routhier, Paris) 107

MATISSE Henri (1869–1954): Der Maler und sein Modell – 1936 – Öl auf Leinwand – (60×81). New York, Collection Ira D. Wallach. Copyright Succession H. Matisse/1990 (Foto Archiv Matisse/D.R. Paris) . . 9
– Akt mit Spiegel – 1937 – Feder auf Papier – (81×59,5). Privatsammlung (Foto Archiv Skira) . . . 45
– Weiblicher Akt vor einem Spiegel liegend – 1937 – Feder auf Papier – (28,2×38,2). Privatsammlung. Copyright Succession H. Matisse/1990 (Foto Archiv Matisse/D. R. Paris) 46
– Die Sitzung – 1943 – Öl auf Leinwand – (54×73). Privatsammlung. Copyright Succession H. Matisse/1990 (Foto Archiv Matisse/Adrion, Paris) 47
– Malstudie zu »Akt im Atelier« – 1904 – Öl auf Papier – (31×24). Paris, Musée national d'Art moderne, Centre Georges Pompidou (Foto Jacqueline Hyde, Paris) 101
– Das Atelier am Quai Saint-Michel – 1916 – Öl auf Leinwand – (147,9×116,8). Washington, Collection Phillips (Foto der Collection) 102
– Der Maler und sein Modell – 1917 – Öl auf Leinwand – (146,5×97). Paris, Musée national d'Art moderne, Centre Georges Pompidou (Foto Lauros-Giraudon, Paris). 103
– Männlicher Akt (Männliches Modell) – 1900 – Öl auf Leinwand – (99,3×72,7). New York, Museum of Modern Art, Tanguy and Rockefeller Funds (Foto des Museums) 108

MEISTER L. D. (nach Primaticcio): Pygmalion erschafft Galatea – um 1545 – Radierung – (23,4×12,7). Paris, Bibliothèque Nationale (Foto der Bibliothek) . . . 52

– Apelles malt Alexander und Campaspe – um 1545 – Radierung – (34,1×24). Paris, Bibliothèque Nationale (Foto der Bibliothek) 146

MICHELANGELO (1475–1564): Detail aus dem Jüngsten Gericht: die sterbliche Hülle des heiligen Bartholomäus – 1537–1541 – Wandfresko, Rom, Vatikan, Sixtinische Kapelle (Foto Scala, Florenz) 40

– Aktstudie zur Schlacht von Cascina – 1505–1506 – Feder und Bleistift – (40,8×28,4). Florenz, Casa Buonarroti (Foto Scala, Florenz) 89

– Sklave – um 1532–1534 – Marmor – (Höhe 235). Florenz, Galleria dell'Accademia (Foto Alinari, Roger-Viollet, Paris) 54

MODIGLIANI Amedeo (1884–1920): Liegender Akt – um 1919 – Öl auf Leinwand – (72,4×116,5). New York, Museum of Modern Art, Simon Guggenheim Fund (Foto Josef S. Martin, Artothek, Peissenberg) 195

MOREAU Jean-Michel (1741–1814): Das sittsame Modell – Anfang des 18. Jahrhunderts – Stich nach P.-A. Baudoin – (47×37). Dijon, Musée des Beaux-Arts (Foto des Museums) 150

MUELLER Otto (1874–1930): Sitzendes Paar – um 1922 – Tempera auf Jute – (116×90). Privatsammlung (Foto Buchheim-Verlag, Feldafing) 35

MUNCH Edvard (1863–1944): Mädchen vor einem Bett – 1907 – Öl auf Leinwand – (100×98,5). Oslo, Munch-museet (Foto des Museums) 16

– Der Künstler und sein Modell – 1919–1921 – Öl auf Leinwand – (134×159). Oslo, Munch-museet (Foto des Museums) 57

PALAMEDES Antonio (1601–1673, ihm zugeschrieben): Das Atelier des Malers – o. D. – Öl auf aufgeleimter Leinwand – (51×68). Brüssel, Musée d'Ixelles (Foto J.-D. Burton, Brüssel) 108

PICASSO Pablo (1882–1973): Der Schatten – 1953 – Öl und Kohle auf Karton – (129,5×96,5). Paris, Musée Picasso (Foto RMN, Paris) 11

– Der Maler und sein Modell – 1970 – Buntstifte auf Karton – (22,5×31,3). Paris, Musée national d'Art moderne, Centre Georges Pompidou (Foto Ph. Migeat, Paris) 32

– Der Maler und sein Modell – 1914 – Öl und Bleistift auf Leinwand – (58×56). Paris, Musée Picasso (Foto Jacqueline Hyde, Paris) 39

– Im Atelier – 1954 – Buntstift und Tusche – (24×32). Paris, Galerie Louise Leiris (Foto der Galerie) 42

- Der Bildhauer – 1931 – Öl auf Sperrholz – (128,5×96). Paris, Musée Picasso (Foto RMN, Paris) 61

– Der Maler und sein Modell – 1925–1926 – Öl auf Leinwand – (137,5×257). Paris, Musée Picasso (Foto RMN, Paris) 67

– Frau und Greis – 1954 – Tusche – (32×24). Paris, Galerie Louise Leiris (Foto Archiv Skira) 93

– Der Maler und sein Modell – 1958 – Bleimine und Buntstifte – (50,6×65,6). Paris, Unesco (Foto Archiv Skira). 94

– Interieur (Malerin und Akt im Atelier) – 1954 – Chinatusche auf Papier – (23×31). Privatsammlung (Foto Archiv Skira) 105

– Das Frühstück im Freien nach Manet – 1961 – Öl auf Leinwand – (60×73). Paris, Musée Picasso (Foto RMN, Paris) 114

– Radierung der Serie »Degas im Bordell« – 1971 – (50,5×65). Paris, Galerie Louise Leiris (Foto der Galerie) 132

– Die Modelle – 1954 – Chinatinte – (24×32). New York, Marlborough Gallery (Foto Archiv Skira) 132

– Les Demoiselles d'Avignon – 1905–1907 – Öl auf Leinwand – (245×234). New York, Museum of Modern Art (Foto Archiv Skira) 133

– Zeichnung zu »Les Demoiselles d'Avignon« – 1906 – Bleistift und Pastell – (47×62,5). Basel, Öffentliche Kunstsammlung, Kupferstichkabinett (Foto des Museums) 134

– Radierung der Serie »Degas im Bordell« – 1971 – (50,5×65). Paris, Galerie Louise Leiris (Foto der Galerie) 135

– Der Maler und sein Modell – 1964 – Öl auf Leinwand – (146×89). New York, Collection Mr. and Mrs. Morton L. Janklow (Foto Galerie Beyeler, Basel) 136

– Die Ruhepause des Bildhauers – 1933 – Radierung – (19,3×26,7). Antibes, Musée Picasso (Foto Lucarelli, Nizza) 137

– Akt im Atelier – 1953 – Öl auf Leinwand – (80×116,2). Basel, Galerie Beyeler (Foto der Galerie) 138

– Der Maler und sein Modell – 1963 – Öl auf Leinwand – (65×92). Paris, Musée national d'Art moderne, Centre Georges Pompidou (Foto Bahier und Ph. Migeat, Paris) 139

– Im Atelier – 1954 – Tusche – (24×32). Paris, Galerie Louise Leiris (Foto Archiv Skira) 140

– Radierung der Serie der »347«, Maler und Modelle – 1968 – (45,5×53,5). Paris, Galerie Louise Leiris (Foto der Galerie). 141

- Der Künstler und sein Modell – 1963 – Öl auf Leinwand – (73×116). Collection Marina Picasso, Galerie Jan Krugier (Foto der Galerie) 142

- Radierung der Serie »Raffael und La Fornarina« – 1968 – (15×20,5). Genf, Privatsammlung (Foto der Sammlung) 143

- Radierung der Serie »Raffael und La Fornarina« – 1968 – (25×32,5). Paris, Galerie Louise Leiris (Foto der Galerie) 143

PIGALLE Jean-Baptiste (1714–1785): Voltaire – 1770–1776 – Marmor – (natürliche Größe). Paris, Musée du Louvre (Foto Giraudon, Paris) 153

PISANELLO genannt, Antonio Pisano (1397–1455): Allegorie der Wollust – um 1430 – Feder und Bister auf Papier mit rosa Grund – (19,2×15,2). Wien, Graphische Sammlung Albertina (Foto des Museums) . . . 92

PONTORMO genannt, Iacopo Carucci (1494–1557): Aktstudie (Selbstbildnis) – 1525 – Rötel – (28,4×20,2). London, British Museum (Foto des Museums) 49

REMBRANDT van Rijn Harmenszoon (1606–1669): Künstler, eine Tugend zeichnend – um 1639 – Radierung, zweiter Zustand – (23,1×18,4). Wien, Graphische Sammlung Albertina (Foto des Museums) . 98

- Die Anatomie des Dr. Tulp – 1632 – Öl auf Leinwand – (169,5×216,6). Den Haag, Mauritshuis (Foto E. Lessing, Wien) 167

RENOIR Pierre Auguste (1841–1919): Weiblicher Akt im Freien – 1883 – Öl auf Leinwand – (65×54). Paris, Musée de l'Orangerie (Foto RMN, Paris) 80

- Liegender weiblicher Akt (Gabrielle) – 1903 – Öl auf Leinwand – (67×160). Paris, Musée de l'Orangerie (Foto Scala, Mailand) 81

RÉTIF DE LA BRETONNE Nicolas (1734–1806): Edmond, den Akt zeichnend – Stich. Tafel XXXVII des »Paysan perverti«, Paris, 1784. Paris, Bibliothèque Nationale (Foto Archiv Skira) 37

RODIN Auguste (1840–1917): Balzac stehend (Bozzetto) – 1891–1895 – Gips – (25,5×11×11,2). Paris, Musée Rodin (Foto Archiv Skira) 159

- Aktstudie – 1892–1893 – Gips – (134×75×81). Paris, Musée Rodin (Foto Archiv Skira) 159

- Balzac in Dominikaner-Tracht – 1891–1892 – Gips – (108×53,7×38,3). Paris, Musée Rodin (Foto Archiv Skira 159

- Liegender weiblicher Akt mit gespreizten Beinen – o. D. – Bleimine und Aquarell – (22,5×23,7). Paris, Musée Rodin (Foto Bruno Jarret, Paris) 160

- Salammbô – um 1900 – Bleimine und Wischer auf cremefarbenem Papier – (20,4×31). Paris, Musée Rodin (Foto Bruno Jarret, Paris) 161

- Die Danaïde – 1885 – Marmor – (36×71×53). Paris, Musée Rodin (Foto Bruno Jarret, Paris) 162

ROPS Félicien (1833–1898): Selbstbildnis mit Modell im Atelier – 1875 – Bleistift auf Papier – (22×15). Namur, Musée provincial Félicien Rops (Foto Thierry Golard, Namur). 58

RUBENS Peter Paul (1577–1640): Das Pelzchen – um 1638 – Öl auf Eichenholz – (176×83). Wien, Kunsthistorisches Museum (Foto des Museums) . . 72

SCHAD Christian (1894–1982): Selbstbildnis mit Modell – 1927 – Öl auf Holz – (76×61,5). Hamburg, Privatsammlung (Foto Lauros-Giraudon, Paris) 34

SCHIELE Egon (1888–1918): Stehender männlicher Akt (Selbstbildnis) – um 1910 – Bleistift, Aquarell, undurchsichtige Tinte, weiß deckend – (55,7×36,8). Wien, Graphische Sammlung Albertina (Foto des Museums) 50

SEURAT Georges (1859–1891): Stehendes Modell – 1887 – Öl auf Holz – (26×17,2). Paris, Musée d'Orsay (Foto RMN, Paris) 100

SWEERTS Michael (1624–1664): Das Atelier des Malers – s. d. – Öl auf Leinwand – (71×74). Amsterdam, Rijksmuseum (Foto des Museums) 25

TOULOUSE-LAUTREC Henri de (1864–1901): Im Salon in der Rue des Moulins – 1894 – Öl auf Leinwand – (111×132). Albi, Musée Toulouse-Lautrec (Foto des Museums) 129

- Die Ruhepause des Modells – 1896 – Öl auf Karton – (63×43,5). Privatsammlung (Foto Archiv Skira) . . 131

VASARI Giorgio (1511–1574): Das Atelier des Apelles in Ephesos – 1542 – Wandfresko. Arezzo, Casa Vasari (Foto Scala, Florenz) 21

VELAZQUEZ Diego (1599–1660): Venus und Cupido – um 1650 – Öl auf Leinwand – (122,5×177). London, National Gallery (Foto des Museums) 12

VERMEER VAN DELFT Jan (1632–1675): Die Malkunst – um 1672–1673 – Öl auf Leinwand – (130×110). Wien, Kunsthistorisches Museum (Foto des Museums) 192

VERONESE Paolo (1528–1588): Allegorien der Liebe: Die Untreue – 1565 – Öl auf Leinwand – (190×190). London, National Gallery (Foto des Museums) . . . 75

VESAL Andreas (1514–1564): Titelseite der 2. Edition des »De Humani Corporis Fabrica Libri Septem«, Basel, 1555. Genf, Bibliothèque publique et universitaire (Foto François Martin, Genf) 172

- Skelett, über einen Totenkopf nachdenkend – anatomische Bildtafel aus »Suorum De Humani Corporis Fabrica Librorum«, Basel, 1543. Genf, Bibliothèque publique et universitaire (Foto Nicolas Bouvier, Genf) 173

- Muskelmann in einer Landschaft – anatomische Bildtafel aus »Suorum De Humani Corporis Fabrica Librorum«, Basel, 1543. Genf, Bibliothèque publique et universitaire (Foto Nicolas Bouvier, Genf) 174

- Muskelmann, an eine Mauer gelehnt – anatomische Bildtafel aus »Suorum De Humani Corporis Fabrica Librorum«, Basel, 1543. Genf, Bibliothèque publique et universitaire (Foto François Martin, Genf) 174

VIGNOLA genannt, Iacopo Barozzi (1507-1573): Quadrierung – Kupferstich aus »Le due regole della prospettiva (...)«, Rom, 1583. Florenz, Biblioteca Nazionale (Foto Laboratorio D. Pineider, Florenz) 90

VINCENT François-André (1746–1816): Zeuxis bei der Modellwahl – 1789 – Öl auf Leinwand – (323×415). Paris, Musée du Louvre (Foto E. Lessing, Wien) . . 63

WANDELAAR Jan (1690–1759): Muskelmann (Rückenansicht) – anatomische Bildtafel aus dem Buch von Albinus »Albini Tabulae Sceleti et Musculorum Corporis Humani«, Leyden, 1747 (Foto Nicolas Bouvier, Genf). 180

- Skelett mit Nilpferd (Rückenansicht) – anatomische Bildtafel aus dem Buch von Albinus »Albini Tabulae Sceleti et Musculorum Corporis Humani«, Leyden, 1747 (Foto Nicolas Bourier, Genf) 181

WIERTZ Antoine (1806–1865): Die schöne Rosine – 1843 – Öl auf Leinwand – (140×100). Brüssel, Musées Royaux des Beaux-Arts (Foto G. Cussac, Brüssel) 165

WINGHE Jodocus van (1544–1603): Apelles malt Campaspe – um 1600 – Öl auf Leinwand – (210×175). Wien, Kunsthistorisches Museum (Foto des Museums) 144

FOTOGRAFIEN

- Yves Klein bei der Vorbereitung seines Modells für die Körpermessung Ant. 15 – 1960. Houston, Collection Robert L. Gerry (Foto Archiv Skira) . . . 15
- Das Modell Rosa Meissner im Hotel Rohne – 1907 – Fotografie von Edvard Munch. Oslo, Munch-museet (Foto des Museums) 17
- Modell in einem Badezuber – o. D. – Fotografie von Pierre Bonnard. Paris, Musée d'Orsay (Foto RMN, Paris) 17
- Matisse und sein Modell – 1939 – Fotografie von Brassaï (Copyright Brassaï) 44
- Giacometti mit Annette in seinem Atelier – o. D. – Fotografie von Sabine Weiss, Paris 70
- Giacometti in Stampa, Annette malend – o. D. – Fotografie von Ernst Scheidegger, Zürich 70
- Kiki de Montparnasse – 1922 – Fotografie von Man Ray (Foto Lucien Treillard, Paris; Copyright Juliet Man Ray) 96
- Matisse und sein Modell – 1944 – Fotografie von Henri Cartier-Bresson (Foto + Copyright Magnum, Paris) 102
- Modell in der Pose »Efeu« – um 1898 – Fotografie von Henri Godet (Foto Archiv Skira) 109
- Nach dem Bad – 1896 – Fotografie (Bromid-Abzug) von Edgar Degas. Malibu, Paul Getty Museum (Foto des Museums) 124
- Toulouse-Lautrec und sein Modell – um 1894. Albi, Musée Toulouse-Lautrec (Foto des Museums) . . . 130
- Akt – 1911 – Postkarte, Fototypie. Genf, Privatsammlung (Foto Archiv Skira) 156
- Posierendes Modell – o. D. – Fotografie von Mario Fortuny. Venedig, Museo Fortuny (Foto Centro di Documentazione di Palazzo Fortuny, Venedig) . . . 156
- Akt – 1853–1854 – Abzug auf Nitratpapier; Fotografie von Eugène Durieu. Paris, Bibliothèque Nationale (Foto Archiv Skira) 157
- Liegender Akt (Rückenansicht) – o. D. – Fotografie von Thomas Eakins. New York, Metropolitan Museum of Art, David H. McAlpin Fund (Foto des Museums) 157
- Bildhauerwerkstatt von Matisse im Kloster Sacré-Coeur, Boulevard des Invalides – um 1909 (Foto Archiv Matisse, Paris) 158